imaginist

图书在版编目（CIP）数据

平乐县志 / 颜歌著 . –– 上海：上海三联书店，2023.10
ISBN 978-7-5426-8194-2

Ⅰ . ①平… Ⅱ . ①颜… Ⅲ . ①长篇小说－中国－当代
Ⅳ . ① I247.5

中国国家版本馆 CIP 数据核字 (2023) 第 150114 号

平乐县志

颜歌 著

责任编辑 / 宋寅悦
特约编辑 / 黄平丽　黄盼盼
封面设计 / 汐和 at compus studio
封面插画 / BEIBEI
内文制作 / 陈基胜
责任校对 / 王凌霄
责任印制 / 姚　军

出版发行 / 上海三联书店
　　　　　（ 200030 ）上海市徐汇区漕溪北路331号A座6楼
邮购电话 / 021-22895540
印　　刷 / 山东韵杰文化科技有限公司

版　　次 / 2023 年 10 月第 1 版
印　　次 / 2023 年 10 月第 1 次印刷
开　　本 / 850mm×1168mm　1/32
字　　数 / 312千字
印　　张 / 15
书　　号 / ISBN 978-7-5426-8194-2/I・1824
定　　价 / 78.00元

如发现印装质量问题，影响阅读，请与印刷厂联系：0533-8510898

To Daniel

目 录

第一章

天然气公司陈家康的爱人叶小萱站在东门城墙下头跟人说哀怨，一说就是小半天。

但你有所不知，这哀怨啊，自古就是说不得的。俗语有：哀声唱退送福神，怨气招来讨命鬼。殷殷切切念诵的便是这个道理。衰败就似那无事生非的泼皮，你越是呻唤，他越是作势；你稳起不理，他便终归自讨没趣了。所以，就连小娃娃摔了一跤，大人也会说："不痛，不痛，绷起不痛就不痛。"——源自的也是同一个道理。

叶小萱兴许也不是没听过这些说法，只是，她心中的积郁实在有许久了，不吐两口出来，只怕即刻就要哽死。

她正跟人说："……你说我那女子，也不傻，也不丑，该长的一样没少长，该读的书也读了，工作也还不错……你说是哪根筋没对，硬就说不到个对象？"

"我已经跟她说了，"她歇了口气，"今年你是在吃二十九的饭了，这就是你的最后通牒了，等到明年子还没结成婚，你就给我收拾包包搬出去，自己立个门户，饿死还是饱死都跟我没相干了。我眼不见心不烦，就当你是嫁了！"

"小萱啊，"街坊也要笑一笑，"你这话说得也太狠了，那你女儿咋说？"

"她！"叶小萱叹一声，"人家一不紧二不慢地，跟我说：'妈，你说得也对，你看，东门外正在开发的有恒发新城，还有平乐帝景、莱茵美居，听说这些环境都很不错。我正说去看看呢，不然下周，你陪我去？我这几年也有些定存，看看能不能干脆就买个小套二，说不定明年劳动节就可以搬了。'——你说，她是不是要气死我这个人！"

嗨！街坊想，狗日的，我千算万算，又没躲过这婆娘的花招——说了半天，原来是来炫耀的！

街坊就说："恒发新城的房子的确不错，我儿子和儿媳妇过年回来也去看了，当场就订了一套套三带花园的，说是投资——以后地铁修通了，肯定要涨价！"

叶小萱想：你有钱，你最有钱，你们全家都有钱！

她就说："哎，你看我这人，一说就啰啰唆唆半天，耽误你时间了。我这还要回去煮饭，改天聊，改天聊。空了约起打牌嘛！"

她把放在地上的几个塑料袋子提起来，准备回家煮荷叶稀饭。走两步，还是放不下，又回头喊："蒋大哥啊，你真要把我们陈地菊的事放在心上啊，有合适的不要忘了给她介绍！"

也是好事从来不出门，坏事出门传千里。叶小萱这一喊，满街上站起的，走过的，正埋着脑壳在手机上看新闻的，都把这个消息听进去了。

"哎呀，不要急啊，小萱，"有个婆婆劝她，"缘分说来就来了，快得很！"

话都是这么说的，于是叶小萱也想不通啊：这眼看都又要立秋了，再是一晃眼翻年就是二〇一〇了，她女儿的那根红绳绳是已经发货了，走到半路了，还有遭哪个不要脸的代领了？总之，她逢人见人都说一次，请大家不要忘了她的陈地菊的终身大事——反正又不要钱！

现在我们说的这陈家正是我们镇上普普通通的一户人，而陈地菊也就该是川西平原上普普通通的一个女子。她爸和她妈都是永丰县平乐镇人，一个北街二环外户口，一个东门老城墙边出生。二十岁出头，经宝生巷蒋幺姑介绍认识，处了一年多结了婚，在东街牵牛巷安了家，又再过了一年多，生下了一个女儿，取名陈地菊。

那是一九八一辛酉年年底，陈地菊在永丰县医院呱呱坠地，一哭就是一个冬天。她爸她妈都被她折磨得不行。腊月里，房顶上降着霜，老城门下头的沟边上也结满了冰碴碴，她爸却要去河头给她洗尿片子，她妈就在家守着蜂窝煤炉子，要熬猪蹄子汤喝了好下奶——两口子摸着石头过河，兢兢业业，对这小人儿百般伺候，人家却毫不领情：该哭哭，该吐吐，该拉了就哗地拉他一大泡。等好不容易煎熬到了开春，她爸妈都认为苦日子总该见阳光了，她却莫名其妙生了一场病，一条腿都肿起来了，又红又亮跟个萝卜一样——就这样被送回了她的老家县医院。

两口子又是茫然，又是绝望，在儿科门口抱在一起，伤伤心心哭了一场。镇上出名的肖小儿肖医生刚好解手回来，看到这两个年轻人鼻浓滴水的样子，又是同情又是好笑。"哎呀，你们不要着急。娃娃就是这样，小时候越是磨人的，长大了就越乖。"她劝他们。

也许就是肖医生的妙口金言，也许还是陈家祖上的荫佑，陈地菊出了院，读幼儿园，读完幼儿园又读了学前班，再读到小学毕业，她就真的长起来了，很是长出了二分人才，腰肢细细，腿儿长长，人堆子里一站拔得溜高。叶小萱和她出个门，街坊邻居都要夸赞："哎呀小萱，你这女子长得好啊！这才好大啊？长这么高！这要拿点人来比啊。"

于是叶小萱听进了耳朵，心头焦焦："哎呀我这女儿长得这般人才，可不要遭哪个混蛋小子污孽了！"——为了防止女儿中学里早恋，她和陈家康两头分了工，一个哄一个教，一个防一个守。期间大概有两次，陈地菊和隔壁班的通了几回信，马上就被叶小萱眼明手快地查出来，一掌掐死在摇篮之中。说起来陈地菊还算是争气的，学习成绩一直不错，高中毕业，高考提前录取上了永安师范大学，读的还是当年最热门的财会专业。叶小萱真正是心满意足，偷饱了油的耗子一般打量她的心肝："我这女子真是聪明，自己就把大学考了！也不要我花钱走后门。这下学业解决了，下一桩就该是找对象了！"——她哪想得到这师范学校里尽是女子，走在路上好不容易看到个男的居然还不戴眼镜就是稀奇。陈地菊大学读了四年，只带过一个同学回来吃饭，叶小萱觉得他牙齿有点不齐，陈家康嫌人家学的是幼教专业。两个娃娃走了，两口子在屋里一边洗碗一边兴叹。陈家康说："这人配不上梅梅，以后毕业了当幼儿园老师，哪有啥出息！"叶小萱说："你说到哪桩去了，这就是回来吃个饭，我的女哪能把这人看上了！"

那时候他们两个都是人到中年了，四十走完眼见就要五十。陈家康在天然气公司升了个科长，叶小萱农资公司下岗了，跟朋友搭伙做中介也还有声色。他们住是住天然气公司家属院的大套三，穿是穿十字口精品服饰店里的港澳名牌，吃鸡鸭鱼肉就不说了，偶尔想要出个远门，还有陈家康科室的司机小赵开长安车包接包送，再爱抱怨也没真事来抱怨了。叶小萱对她的女说："梅梅，你不着急，你这才二十二三岁，正是好时候。等到出了学校，外面有条件的多得很！你再慢慢挑。"

二〇〇三年陈地菊大学毕业，在永安市商业投资银行谋到了职位，好像还真的处了一个男朋友，两个人前后交往了一年多，还没提上台面，就眼见〇五年春节来了。叶小萱年前做体检，查出来子宫里有个一点五乘二点六的肿瘤，很快做了活检，报告一下来果然是恶性的。

原来这才是他们这一家人命里面的一个大劫。叶小萱住进了医院，陈家康和陈地菊一起去见医生。医生说："有两个方案，先跟你们家属商量一下。一是马上做手术，子宫全切；二是先保守治疗一段时间，看看病人情况。第一种有风险，但是治疗控制机会更大，第二种比较保险，有人就这样一拖拖十多年也有的。你们自己考虑。"陈家康"哗"地就哭了，眼泪花流了一脸，中风一般，手上把化验单捏住一团，人就朝边上倒。陈地菊把她爸的手握住了，把化验单拿了，展开来，一边展一边声哽哽地，还是说了："周医生，我们做手术，我去给我妈妈说。"

父女两个走出来，走到楼梯间，忍不住一起哭了。陈家康想起了陈地菊还是奶娃娃生病的时候，陈地菊想起了她妈妈骑车带她去上学前班的第一天，两个人老的扶少的，大眼对小眼。最后，陈地菊说："爸，没事。你不怕，还有我在。妈肯定没事的。"

居然应了她的吉言，还是要再谢谢祖宗啊。陈地菊在她妈的病床前守了四个月，日夜颠倒，四季也不明了，直到叶小萱手术出来了，又化疗了两个疗程，就看到各种指标都正常了。叶小萱出了院，再一下就过去了三四年，她先还是吓得经常睡不着觉，睡醒来就要先想自己是不是已经死了，慢慢地也缓过来了，头发长出来了，脸上也有了肉，每年复查两次，都没有再发。亲戚朋友街坊邻居一个个说："谢天谢地啊谢天谢地，小萱。感谢你有福气，感谢你有个孝女！"

叶小萱说："你就说我这死女子，倔得跟牛一样！为了我生这病，硬是要把市里头那么好的工作不要了，回来在西门上邮政银行坐起。有朋友也不联系了，每天就在屋头把我看到，眼见马上都要三十了——唉我这病，拖累啊！真对不起我的女，她要不再不赶紧找个归宿，把自己安顿了，我这命捡回来都是白捡了！"

古语说：悲不悲，白发老翁驾白鹤，总有轮回。喜不喜，红头姑娘梳红妆，也怕冤孽。说的是人生大事，无非婚丧嫁娶，生死聚散总有奥妙，却不必一惊一乍，悲哭喜笑。说白了，都是办几桌席的过场。正逢叶小萱中介铺子上的搭档吴三姐的老人公去了世，她就热心去帮着守灵，顺便吃吃大锅饭，和几个朋友搓麻将。也是撞上了运气，一上台子她就连续自摸了两回。

"哎呀小萱，你简直是人红挡不住啊！"吴三姐脑壳上戴个白孝，脸皮子一垮更添悲戚，一双手在桌子上"哗哗"顺着和麻将。"手气太好了，硬是有点邪哦！"

蒋大嫂一边把麻将牌垒起来在自己那一方，一边附和："我最近简直有点不敢跟你打麻将。上回也是，把我们赢得只有那么惨了，小萱，你还是要输点给我们啊，不然这样咋整啊？"

"不是不是，"叶小萱也有点不好意思，只得嘴皮子上打谦虚，"我这人是这样的，好像打丧麻将就要来运——喜麻将就不行了，打一回输一回！"

"你这么说，"孙二妹"啪"地一开骰子，数一数自东家起了牌，"再过两个月我们倩倩办大事，你们都来嘛？打打喜麻将，好生把小萱赢一下。"

"这么快你们倩倩就办大事啦？"蒋大嫂一笑眼睛都眯了，"恭喜！恭喜！我还觉得她还像是才几岁，这都要结婚了！"

"不小了！"孙二妹说，"都二十五了！再不结婚，就老了！"

叶小萱把牌在自己面前垒起来，筒条万子各自分类了，嘴皮子瘪一瘪。

"也不见得！"还是吴三姐维护她，"现在生活好了，人都要活得久些，不像我们那时候，着着急急就要结婚。人家现在三十多岁再结婚的也多得很，照样过！"

"三姐你说得对，"孙二妹这才想起了叶小萱还有她的烦恼，赶忙改口，"现在时代不同了，越是能干的越是结得迟！我那倩情只不过是没出息，只得早点嫁了……四筒！"她打一张。

"你们也不用劝我了，"叶小萱摇摇头，跟着出一张三万，"我那女子啊，就是个高不成低不就。是，她条件还算是不错，但是毕竟马上就要上三十了，不好找啊！你看她那些同龄的同学朋友，都是结了婚，娃娃都生了——她再不抓紧啊，离了婚的都找不到了！"

"说到这离婚，你们听说没，"吴三姐笑一笑，"刘五妹的女刚刚离了！"

"难怪！"蒋大嫂碰一碰吴三姐丢到堂子里的六万，再打张七筒，"我说这五妹最近都不出来耍！新车也不开来显了……哎，她那女子结婚还没一年的嘛？咋就离了？"

"这就是人家说的，纸盆盆煮开水，好得快，散得快。她那女子当时朋友才耍两三个月就闪婚了，结果就结了就天天吵嘴。你们都知道五妹的女好刁泼嘛，哪个受得了！"吴三姐递给叶小萱一个笑，头顶上白孝带子飘飘。

"她那女刁还不是随她了，"叶小萱也和刘五妹素来不太合适，"我也听说了，婚是今年二月份离的，转眼人家那男的都又找了一个了。"

"这男的就是这样，说找就找！最鸡巴没心肠！"孙二妹咬切切地，手指尖尖一翻甩一张牌。

其他人这才想起孙二妹的前夫去年再婚了，听说已经抱个胖儿子都满周岁了。

叶小萱就生了些恻隐，毕竟家家有本难念的经。她伸手出去打了一张三条到孙二妹门口，说："来！二妹，我给你打张条子，你要条子啊？"

她本来是起个姿态，想给它缓一缓气氛，哪料得孙二妹正是在等这一张。她"哈"地一拍，手掌子一推"哗"地把牌倒下来，眉开眼笑："哎呀谢谢小萱，刚好三六条对杵！我这算是开张了！"

一桌子的人就一哄，有的夸孙二妹牌好这么快就和了，有的笑叶小萱手昏生张上来不看就打。她们把牌洗了，垒起来再打，打了再洗，洗了又来，一直打到夜上黄昏，送礼的单子钉了半面墙，哭丧的领了钱走了，守灵的又围着吃了一顿饭，这才依依不舍地散了，各自回家。

叶小萱这一天手气欠佳，被三家端了一家；哪想到就要情场得意，等来了柳树下的桃花：她都出了烈士陵园，正在往外走，就听到蒋大嫂赶上来喊："小萱，你去哪儿？来，坐我的车，我载你一段。"

"不了，不了，"她客客气气地，"我走一下。我本来就要多锻炼身体。"

"哎呀，"蒋大嫂伸过手来，亲亲热热地拉着叶小萱的手膀子，"你跟我走嘛，我有好事给你说。"

都是老江湖，叶小萱一看蒋大嫂的眼色，立刻领悟了。于是她身体也不锻炼了，反手把蒋大嫂一抓："那走嘛！我们边走边说！”

她们去停车场把蒋大嫂的车找到了，两个人一头一个地坐进去。蒋大嫂果然就说："小萱你看，我这有这么个人家……"

蒋大嫂的车是一辆香槟色的尼桑，今年年初才买的，还正是铮亮。叶小萱她把屁股安在真皮座位上，眼睛看着那后视镜下吊的玉弥勒，再鼻子里面香喷喷地一闻，耳听得蒋大嫂殷切切地说："小萱啊，都是为人父母，你的心情我最理解。你不要着急。你们陈地菊那么优秀的一个女娃子，肯定要找个配得上她的。我想了半天，我这正好认识这么一家人，你听听看合适不合适……"

蒋大嫂介绍的这家人真是有些来历：男人是地税局的科长，女的以前做房地产开发，很是赚了些钱，还开了间茶楼；娃娃也很有出息，三十一岁，新西兰读研究生，回来在工业开发新区上班，开的是宝马系的车，每年少说也有二十万年薪。

这还真是个香喷喷的肉饼子。叶小萱自然是饿得瘪肠肚了，又总还不敢捡："你说这小伙子这么有出息，咋会现在都还没对象啊？……"

"咳！"蒋大嫂把车开出烈士陵园，慢慢沿着老城门往西门开，"小萱，我也不给你说瞎话。听说他是有个女朋友谈了好几年，年前分了，所以现在还单身——这也没啥，现在的年轻人，总是多选择嘛。"

"也对，也对，"叶小萱心里有了数，"但比起来，我们这家人就一般了，他们条件那么好，看得起我们不？"

"你硬是谦虚！"蒋大嫂一笑，"他们那家有个科长，难道你们陈家康不也是科长？他们那家做生意，难道你的万家中介不也很红火？小萱你是不张扬，但我清楚你得很，你那家底也不薄的。至于你们陈地菊，作为一个女娃娃，也是很优秀了——我看啊，就是般配得很！"

　　叶小萱还要谦虚："老蒋啊，你这是乱抬举我。我们老陈一个天然气公司的科长能跟人家地税局的科长比啊？等于一个在非洲，一个在美国！至于我那点小生意，就是搞耍混个时间，再说我这几年主要顾身体，我那铺子就更没管了。"

　　"说到这个，"蒋大嫂一个刹车停在红绿灯，转过头来看了看叶小萱，"小萱啊，就是你我两个人，我就给你说句真心话，你可不要介意。"

　　"你说嘛。"叶小萱说。

　　"要是跟姓吴这家人朋友说成了，家里头要见面了，你可千万不要提你那两年生病的事，更不要提生的是啥病——总是说起不安逸。"蒋大嫂说。

　　叶小萱听到这一句，难免有点感动。她也就转头看着蒋大嫂："唉难为你操心了！我懂，我这病说不得——不瞒你说，三月份有一家人说要介绍，一听我得过癌症，见面都没见就直接黄了。人家说的害怕以后生娃娃遗传，你说这……"

　　"愚昧！"蒋大嫂骂一句，重新把车开起来，开过了十字口，"所以我都说了小萱，我懂你的心事。你女儿那么好一个娃娃，不能耽误了。你放心，我们是老关系了，你的事就是我的事。这事我老蒋给你管到底，一定把我们陈地菊嫁个好人家！"

蒋大嫂一直把叶小萱送到天然气公司家属院门口。叶小萱下了车都要走了，她又把车窗子摇下来："小萱你慢慢去啊。还有，对了，你把陈地菊的照片传几张给我QQ嘛，我们保持联系，约时间嘛！"

　　叶小萱想：哎呀完了，我那女子还就是没一张称头的照片！——她的心虽然慌了，但脸皮子还是笑得来绷起："没问题！我这回去就发给你！谢谢啊，谢谢！"

　　却说这个陈地菊从小长到大没有别的过场，就是不喜欢照照片。还是奶娃娃的时候，她就最害怕戴眼镜的叔叔。其他小娃娃看到那眼镜明晃晃的都喜欢多看两眼，甚至还要嘻嘻地笑一笑——唯独这陈地菊，只要一见戴眼镜的就必然"喵"的一声哭出来，随便就哭半个小时，神仙都哄不住。等她长大了，一家人去清溪公园转耍，来了个摄影师问他们照不照相。陈家康没刮胡子还稍微有点犹豫，刚刚烫了头发的叶小萱就积极地答应了，两口子一人一只手拉着陈地菊站在中间，一二三预备起正要说茄子，陈地菊却哭了，一门劲往陈家康身后钻。这张相就这样没照成，日子久了，连叶小萱都忘了自己也曾经烫过卷卷头。

　　等陈地菊长大了，心也长开了，她就说："我才不照相，照出来干啥？你看那些人，照得最好的照片都选出来当遗照了。"那个时候她多大了？也就是初中毕业刚刚上高中吧。大人都吃了一惊，叶小萱想："哎呀，难道我的女子还有点文学才华？"

　　倒不是说父母看自己的子女就要偏心。陈地菊还真存有那么五六个笔记本，都是她读中学那几年写的日记。中间有好多篇叶小萱都看了不下两三回，现在都还能背出一两句精彩段落。比如她初中快毕业之前写的："算到现在我已经上学上了九年，往后数，加上大学至少还有七年。为什么要把这么好的时光都浪费在学校里？"高中一年级的时候她写过："浩在信里说，他读到一句话，是一个法国作家写的，叫作'他人即地狱'。他人即地狱。他人即地狱。"高三临考在即，她写下了："想不出来明年这个时候我会在哪里。每个人都说考不上大学你就毁了。那么说不定明年这时候我已经死了。"——当然了，当年叶小萱绝没心情去欣赏陈地菊的文采，一字字一行行间，她看的都是这女子不好生读书想要叛逆造反的蛛丝马迹。于是就连哄带骗啊，带骂带打，前前后后把街坊邻居楼上楼下的惊乍不知几多回。这些日记本在他们搬家的时候收来不见了，时间久了，连陈地菊自己也记不得她曾经在有一天晚上听着张雨生的《大海》流了满脸的泪水。

俱往矣。小时候的陈地菊再是耍脾气，闹叛逆，随着十几二十年过了也不得不成了大人。尤其是叶小萱病了一场以后，她的这个女子就更是听话懂事，说话轻言细语，凡事都有商有量，用陈家康的话来说，"你这场病好得不容易啊，我们现在更要珍惜啊，过了这一劫，就事事都该顺了。"

可不就该是这道理。这一头正说起要照片，那一头叶小萱上街买菜就看到十字口有家影楼新开张，摆在橱窗里的几幅大照片张张看起来都很有格调，门口贴着海报："开业酬宾，艺术照 199 元起"。她顺手拿了张广告单，回去真就哄起了她这女跟她去拍照。又是刚好，开这金典影楼的是一对小夫妻，和陈地菊差不多年纪，男的照相女的化妆，两个人又勤快又热情，又周到又细心，同母女两个说起来话喷喷地，亲亲热热就把事办了。再过了几天，叶小萱把照片拿到，就更是不得了：只见一张张里都是亭亭佳人，婉婉淑女，端端很出效果。她立刻在 QQ 上把相片给蒋大嫂发过去，当天下午蒋大嫂就打了电话来："成了！成了！吴家那家人满意得很，你看不如下周末让两个小的见面？"

天时地利人和，两个年轻人顺顺当当见了面，约在天盛广场旁边的朋友咖啡喝下午茶。叶小萱当然没参加他们的活动，总要给小的留点空间。她就等在屋里，麻将也没打，转街也不转，只和陈家康一起看电视。看一看，到了晚上六点半。叶小萱就高兴起来，喜滋滋地说："老陈你看看，都六点半了，他们肯定吃晚饭去了。太好了太好了！说不定啊，我们梅梅的终身大事今年就要成了！"

陈家康说："哎你也不要想太远了，这才见第一回见，哪有那么快。你饿不饿？饿就去厨房把饭热起，再炒个青菜。"

"这有啥快的？我有这种感觉，梅梅和这小吴啊肯定合得来！你看嘛，感情这事，不对咋都不对，一旦对上眼了，快得很！"叶小萱钉钉然地预言。

过了没两天，她走去她的中介铺子上，见到吴三姐正坐在店里打毛线，看她来了，招呼她："小萱，你气色不错啊！脸红红的，是有啥好事？"

叶小萱想也不想就知道这人肯定是听说了蒋大嫂给她介绍亲家的事。她先一把坐下来，再开口说："那是啊，最近我好事多得很，你说的是哪一桩？"

吴三姐"嗤"一笑，毛线也不打了，问她："咋样嘛？见了面觉得如何啊？"

"嗨呀，我那女子你又不是不清楚，她见就见了，哪会跟我汇报。我倒是问她啊，她就只说'还可以'。"叶小萱说。

"'还可以'就是对了！"吴三姐拍拍手，"不然你还要人家咋说！"

叶小萱自来就同三姐亲热，便不多余客套，也说："我也觉得应该还有点谱。这几天我就看她经常在发短信，又跟我说下周末要出去吃饭。"

"那很好啊！太好了，看来是看对眼了！那我就放心了，红包给你准备起了！"吴三姐笑起来拍手。

"你不放心？"叶小萱笑她，"你有啥不放心？"

"你是不清楚啊小萱，我这头听说了，"吴三姐把脑壳探过来，压低了声气，"吴家这娃娃香得很！毕竟是外国留学回来的，见过世面，好多人抢！咳，说来也是笑人，"她顿了口气，"我听说啊，连刘五妹的那个女也有人介绍给这吴家了，你说是不是不要脸！"

叶小萱的心"咚"地一下掉出来，咕噜咕噜在地上滚。"刘五妹的女？"她冲口出来，"她是个离了婚的嘛？咋好意思介绍给人家一个单身汉？"她太阳穴上一阵扯，心想：先人的，这才是冤孽了！这婆娘以前跟我抢陈家康不够，现在她的女还来跟我的女抢？

"嗨！"吴三姐也是抱不平，"所以我才要赶紧给你说啊！你说这算个啥事……其他人也就算了，但是刘五妹那人，你还不清楚吗，一贯恶吓吓的，耀武扬威完了！她那女是离了婚了，但他们刘家家业大啊，两个厂，五六间铺子，你想那些说媒的还不给她吹上了天！"

叶小萱气上来了："家业大有啥用，两个人谈婚论嫁，靠的是相处和感情，你再有钱有啥用？没感情，等于零！"

"那肯定是！"吴三姐赶忙给她顺心，"所以我才说嘛，你的女现在跟那小吴进展不错，那就行了——至于其他的，你放心。她刘五妹不过就是有两个臭钱，真要比人缘，哪比得过小萱你，我们这就来赶紧想想办法……"

叶小萱她好歹是曾经当选过"永丰县战备人防标兵"的人，吴三姐也经历过那峥嵘岁月，自然不弱。于是这两个人就策划开来，如此如此，这般这般，当然当然——就要打翻她刘五妹的鬼算盘，绝不让吴恒这好女婿落入别人的口袋。

两个人话里说得热闹，刚好就有个买主走进来要找房子租。她们就赶忙鼓起气来做生意，一个翻本子，一个拿钥匙，带着这人去看了三间待租的房子，最后买主租了葫芦巷里最便宜的一间。叶小萱她们从他和房东那各收了半个月房租当中介费，三方画押把合同签订了。

这一阵忙完已经是下午六点过了，吴三姐赶着要煮饭就忙忙慌慌跑了，叶小萱一个人关好了铺子慢慢走回去，心里盘算着要如何斩妖除怪，排除万难，送她这宝贵女儿一路平安上西天。

其实都是命里带的，书上早就写好了。比如刘五妹的女子刘婷珊和吴家的儿子吴恒就是有缘无分，注定是女要嫁东家男要娶西家；还有陈家的媳妇叶氏小萱，她四十五岁头上也的确注定有一个大劫，熬过了这辈子就该平平安安，一直要活到八十三；再说到她的女儿陈地菊也是早就定好了，二十九岁这年便会红鸾星动，三十岁到了就该是要结婚嫁人。

可叹息世上的人往往难以参透这种玄机，总是驴子拉空磨般地想去奔他个前程，还要防着左邻偷我的糠，警惕右舍拿我的米，斤斤计较，百般攀比，着实令人啼笑不得。也难怪有首打油诗说：

> 万般都是天注定，何必碌碌争前程。
> 蝼蚁栖在刍草间，能得将息便将息。

但叶小萱一个市井妇人，早上醒了最远也就想到吃中午饭。她以为她这女子的姻缘就真是她来说了算的，自然挂出百般警觉来，一心要铺前断后，不让这便宜旁落。

首先是，各路来她中介铺子里的街坊朋友，她都拉住人家来，说一说最近西瓜要下市了，摆一摆这两天的子姜好新鲜，最后，再顺道夸夸她的女儿陈地菊相亲成功，见了吴家小伙子，双方都很满意，好事就要在望。

再来她就劳动了吴三姐，出去买买菜，饭后转转街，见到熟人就多说两句刘五妹那女儿离婚的事，谈谈这女子自来娇生惯养，脾气最是泼洒，离个婚，扯得皮撕肉烂，实在是罪过罪过，还有其他周家吴家郑家王家的女儿们（都是传说在打她吴恒的算盘的），更是歪瓜裂枣，各有过场。

至于最后一桩，哎，就是也得了解了解她的未来女婿吴恒，把他吴家的里里外外祖宗三代都查个彻底。毕竟这结婚可不光是两个人的事,男女两家上下都得牵扯进来,因此不能只听蒋大嫂这媒人的好话,总还得参考多方信息,才能知己知彼,防患未然,最终立于不败之地。这就要感谢平乐镇地方终究不大,轻轻一问,东门就串到了西门:她隔壁铺子的廖小英和吴家的妈妈居然是初中同学;吴三姐的儿子做钟表生意,有幸和吴科长一起喝过两台酒;还有她们店上的老客人张二姐,她的侄儿子就正是这吴恒单位上的同事——再加上这些人又个个都是热心肠,话匣子打开来全在喳喳喳——叶小萱很快了解了:吴家的爸爸性格豪爽,爱喝酒,广交朋友。吴家的妈妈没什么过场,爱买衣裳,周末打麻将。至于吴家的儿子吴恒更是果然没得挑,不喝酒,不抽烟,为人谦虚,工作认真,在单位上很受领导重视,同事也都喜欢他。叶小萱甚至钻起门路来找了一张吴恒的照片:见他是中等身材,诚诚恳恳的,戴个眼镜,一副书生样子——但是,绝对不丑!

这下她彻底放心了,双手合十对菩萨祷告:"观音菩萨保佑啊,我的陈地菊这回真是遇到个如意郎君啊!"

书上说的母女连心。叶小萱对吴恒满意得不得了,她的女儿陈地菊也似乎找到了状态:只见她一天过一天,一日再一日,就似乎有些粉俏俏了,洗个头发,化个淡妆,下了班一飘一飘,人影子也没见个整的就又出门了——叶小萱正是怀疑她桃花动了,那一头就有了陈家康笑融融地回来报喜:

"小萱!小萱!我们那女子真的耍朋友了!"他一推门来就说。

"咋呢?"叶小萱赶紧走厨房里出来,抓个铲子在手上,嘴里问。

"我今天下午刚好去西门办事，回来正见梅梅下班出邮局，嗨！我还没来得及招呼她，就听到路边有个小汽车按了下喇叭，这女子马上就眉开眼笑地走过去，开车门进了副驾驶，两个人车一开走了，你说，这是不是好事来了？"陈家康一气说出来。

"太好了！"叶小萱挥挥铲子，"真的是好事嘛！不愧是我的女！"她又说："这女子还有点鬼，我前天问她她还说'正在了解'——等她回来我赶紧再问她！

"你就不要多问了，"陈家康毕竟更识大体，教育她，"她都说了'正在了解'你就让她了解嘛！你又不是不清楚你的女这脾气，上回她要那朋友你就天天催她带回来，结果咋样嘛？直接打倒了！"

"对！你说得对，这回要稳住，稳住！"叶小萱抹抹胸口，赶紧立个誓。

诸位看官，看一看叶小萱的痴儿模样，想必你心中也早有计较：她的这一出为女择婿必然不会如此顺利，定要有些曲折，生些风波，否则现这里就书不成书，话不成话，又何苦来啰啰唆唆讲这回故事？于是你看：叶小萱这如意算盘注定无法如意，她现在得意，等一会便要失意，但至于到底是如何一个失意法，且听下文慢慢道来。

就说叶小萱胸有成竹地，日子就过得飞快，转眼就到了孙二妹的女儿婚宴这一天。她包了六百的红包去吃喜酒，宴后，和几个朋友坐下来，喝喝花茶，搓搓麻将。两个多月没聚，老姐妹们都各有新变化：孙二妹最得意嫁了女，吴三姐踌躇满志马上要抱孙儿，叶小萱笑脸盈盈好事在望，只有蒋大嫂似乎有些郁郁，皮笑肉不笑。

"二妹你这婚礼办得真好啊，"吴三姐先开局，把牌摸上来，"布置得有档次，主持人风趣，菜也精致好吃！"

"哎呀不提了，总算办完了！把我累得！"孙二妹一手锤腰杆，一手摸麻将。

"这是该累，一辈子就这一回！嫁完这个女，你就该等着享福气了！"叶小萱说。

"唉，你说这人呐，"孙二妹叹口气，"女儿没嫁的时候呢我天天盼她嫁，真正等到她今天婚礼一办了——你莫说，我还真有点难受，这下我一个人孤苦伶仃的，就等到一天天见老了。"

"哎呀二妹，你莫这样想，"吴三姐说，"你还有我们这些朋友嘛。再说了，你也不要保守，干脆也看看有没合适的，找个人打伴嘛。"

孙二妹抿一抿嘴，打张五万："三姐，你不要笑我了，我这都人老珠黄了，哪个要我？"

"你咋说这话，你还年轻得很！二妹啊，你要是有这意思，我们几个就都帮你留意留意。老蒋，你人缘最广，你也帮二妹看看啊？"叶小萱看蒋大嫂闷声声的，就想逗她说句话。

蒋大嫂摸一张牌再打个四条，说："这我不敢！我看不准。找来你们不满意，到时候还反而怪我。"

"哪个会怪你嘛，"吴三姐笑起来，也跟着打个条子，"谋事在媒子，成事在郎君。这些事哪有人能说得准的，但多接触接触总不坏嘛。"

蒋大嫂说："三姐，你说得对。其实人家看中看不中我确实管不到。我再觉得好的，当事人撞不出火花，那也是没法——只不过不管好歹，总该给人家说媒的扯个回消，你说是不是这道理？"

叶小萱听蒋大嫂这话越听越奇怪，她看她一眼又看一眼，终于说："老蒋，我听你话中有话呢？你该不是怪我没给你回陈地菊和吴恒那事吧？——唉！我也是急啊。但我那女子最近天天加班，根本看不到人影子。我呢，也是想给他们留点空间，不多干涉——你放心！我这一回去就把她逮到，喊她赶紧把小吴带回来吃个饭，双方把关系正式了，把婚事定下来，然后我立刻就跟我们老陈登门来谢你！"

叶小萱话说得最是殷切，以为这一来蒋大嫂总该高兴了，哪知道她"啪"地朝桌子上一拍："小萱啊小萱，我一向都觉得你最耿直，最没心眼——你给我说这话是啥意思？既然你的女和吴家这事已经是不成了……"

叶小萱耳朵一"嗡"，心想：咋就不成了？是哪个不要脸的挑是非？蒋大嫂继续说："人家吴家老早就跟我回话了，说你们家陈地菊看不上人家小吴，见了第二回就把人家甩了——我也没问你，是想你总该自己要想起来给我说一声嘛，结果你一直不回我就算了，现在还在我面前扯谎？你这烟雾弹是要放给哪个看？"

蒋大嫂这话一出，麻将桌上才正是炸了个手榴弹，有人自摸海底花也不得更轰动了。孙二妹第一个跳起来："啊？小萱，你娃娃这事没成啊？前几天那刘五妹还来问我，我还钉钉然给她说你那头都成了！惨了惨了！"吴三姐就更是担心："小萱，咋回事啊？你不是给我说你们老陈才看到吴恒还去接你的女下班的嘛？这是咋搞的呢？"

这一群婆娘平时就最是聒噪，现在闹腾起来更是可怖，一个个惊呼呐喊，说的都是自己的心酸。叶小萱就坐在她们中间，像是魔怔了，心跳得咚咚咚，胃上一阵钻上来就在反酸。龟儿子的！她心头想，这是咋回事啊？

硬就是到了这时候，叶小萱才想起原来这桩事情里还有一个关键人物，便是她的女儿陈地菊。于是你看她这就一个人坐在客厅里头，干等她的女回家来，心是五内如焚，意是千头万绪，终于就听到"咔嚓"一声，陈地菊把门推开归了屋。叶小萱赶忙抬起头，但见：一个人高高长长有一米六七，一张脸玉玉白白只略见清瘦，一双眼睛圆而有神，一张嘴皮薄而含丹，扎一条竖马尾，穿一件灰衬衣，却是：看不穿正端端一人，说不清却痴痴一心。

这么好好的一个女子，咋会背着我干忤逆事！她恨恨地想。

"陈地菊，你给我过来，我有事问你。"她喊她。

陈地菊吓了一跳，这才看到是她妈坐在客厅里，赶紧走过来，斜对着坐在单人沙发上，听到她妈说："你准备好久才来给我交代你耍男朋友的事呢？"——陈地菊心里再一紧，清楚事情肯定曝光了。也罢也罢，她定了定神，先想打个圆场："唉，其实也没啥好说的……"

"咋没好说的呢！"她妈一扯嗓子把她的话打断了，手在膝盖上一拍，"你才是有点本事！不声不响地把人家吴恒给我甩了——甩了你又去跟哪个走呢？哦，你简直安逸了！也不给我说一声！我呢？我自己的女的事，我居然要走外人嘴里头听来，你说我这当的是个啥子妈？"

陈地菊怕就是怕她妈妈为了这事跟她闹起来，所以一直迟迟不敢摊牌。哪知老天爷特别会安排，她越是怕哪样就要给她来哪样。她越想找个好时机给她妈好声说她的事，这时机就越是要坏得透了顶。

她只得深深吸了一口气，慢慢说出来："妈，其实我和吴恒总共就见了两回面，双方都不太有感觉，就觉得当朋友算了。当时，我没马上给你们说，是因为正好我就又遇到了这么一个人，觉得还比较合适，就想先接触看看……"

哈！叶小萱心头喊一声，先人的！果然遭我诈出来了！还就是有这么个人！她赶紧问："这人是哪来的啊？"

只听得她的女说："其实也巧，就是上次给我拍照片的金典影楼的那两口子，后来一起耍了几次，是他们的朋友，我通过他们认识的。"

叶小萱一听他妈的大事不妙，愤愤一冲口："那照相的？这都是些啥层次的人，你也一起耍？那这男的啥情况？家头啥情况？"

她就再听到她的女说这朋友的情况，一条条都是她的宣判书：他爸爸在政府县志办工作，妈妈文化馆退休了。他们家住在县政府家属院，他有一辆车，是雪铁龙。自己开了个铺子卖电脑电子设备。

叶小萱越听越焦，越焦越问，一句逼着再一句。"他自己开铺子？那他啥文化程度？"

陈地菊有点犹豫，咬了咬牙，终于说："中专毕业的。"

"轰"地一把叶小萱站起来，头顶发寒，张嘴就骂："陈地菊！你这人快三十岁了！咋会还在感情上这么幼稚！你是啥样的人，你啥样的条件？你一点都没数啊？人家吴恒这种精的好的你不要，一把反而找个不伦不类的！你说你！你上次就是这样，交了个啥样子的人，把自己都整臭了！弄得那么好的工作也不要了！你还不吸取教训！你咋这么瓜！"

她这一通发泄完了，秋风扫落叶一般，只看到陈地菊的脸色白得惨惨的，胸口一起一伏。"妈，"她声音颤起来，"你何必说这么伤人的话，我再是十恶不赦……"她说不下去了，怔了几秒钟，把包包拿起来，一句话不说，开了门走了。

叶小萱陷在沙发上，一个人像是有几千斤重。她想给陈地菊打电话，又终于忍下来了。我的女啊，你不要怪我狠，她想，我这都是为了你好啊。

母女两个多年没闹成这样，一闹就不好收拾。这天陈地菊一晚没回来，叶小萱也是一夜没睡好。陈家康陪她说了几句睡着了，她只得一个人直挺挺地躺在她那半边床上，把事情想了一遍又一遍：她想起陈地菊第一天读小学哭的那一路，她初中三年级给她买的第一份母亲节礼物，她想起她大学毕业终于找到工作给她打的那个电话，还有她住院时候她给她洗脚的样子。唉我今天下午太急了，叶小萱暗暗后悔，我这女其实还是懂事的。等她明天回来，我好好声声跟她说。现在没合适的就耐心等等看，总不能为了结婚而结婚。她心都荒了，听着满院子都是风，迷迷糊糊地，又觉得像有人回来，喊了几声"梅梅"没人理她。她终于睡着了，脸上挂着眼泪水。

等陈地菊真的回来已经快是第二天中午了。她走进门，见她妈跟丢了魂一样坐在沙发上，一双眼睛红通通的。她就赶忙过去喊她："妈！"

叶小萱这才看到她了。"梅梅，你去哪儿了？给你打电话也不开机。你吃饭没？厨房头有稀饭，我去给你热点。"她哑哑地说。

"妈，你先不忙，你过来嘛，我给你说个事。"陈地菊却拉住她的手，同她在长沙发上并肩地坐下来。

母女两个只一夜未见，却好像是阴阳两隔了一般。叶小萱把把细细地看着她的乖女，她的头发、眼睛、鼻子嘴巴。她伸手摸了摸陈地菊的手（她的手冰凉），说："梅梅，我昨天话说重了，对不起……"

哪知道她这话一出来，陈地菊脸色就变了，眼睛红了，眉毛皱起来，嘴巴也皱起。"妈，"她说，声音哽咽住了，"妈，对不起。"

"你给我说啥对不起，"叶小萱叹气，"我这辈子就只有你这一个女，我这条命捡回来也都是为了你，你给我说啥对不起嘛。"

陈地菊眨了下眼睛，两行眼泪唰地流了下来。"妈，对不起。"她说。

叶小萱这才觉得好像出了什么事，她一把抓住她女儿的肩膀，捏紧了："梅梅，你咋了？有啥事啊？出啥事了？"

陈地菊却哭了起来，哭得停不住，正像她小时候那样，一哭就要打嗝。她断断续续地，终于说了。一边说，一边伸手去拿自己的包包："昨天晚上，我回来，回来拿了户口本，照片是婷婷他们帮我们照的，今天早上九点一到就扯了证……"她的眼泪哗哗地流下来，但她说的话叶小萱无论如何都听不懂。

陈地菊把手从包包里拿出来了。只见她雪白的手掌上居然有个红本本，封皮上烫金的字更是刺眼：

结婚证。

叶小萱哪想得到啊，她居然也有今天！她一把把这本子从陈地菊手里夺过来翻开，迎面就看见一张红照片里自己的女正在欢笑，她旁边是个面生的年轻男人，也露出一个俊朗朗的微笑。

我×你先人的！叶小萱忍不住心头一声。她飕飕地发冷，牙齿颤起来，上下打抖。也要可怜她一路机关算尽，兢兢业业斩妖除怪，却被自己窝里的反将了这最后一军，正是：

说哀怨来叹哀怨，聪明反被机关算。不问影楼照倩影，何以千里配姻缘。

此时叶小萱当然看不到这一层因果，只恨照片里的冤家坏了她的好事。她眼睛一转，正好撞上就是这人的名字，一横一竖一撇一捺，点点点，三个字是：傅丹心。

今日工作：

完成《顶上生花——永丰县美发行业十年考察》初稿。所引数据中，"2002 年全县注册持证理发厅共 243 家，其中县城 229 家"疑有误，明日交小苏校对数据。另外，可考虑增加几张关于美发用品、器材，以及各个年代流行发式的照片，使内容更加丰富一些。比如："八十年代末最流行的是波浪头，但小卷中卷到大卷的多种烫发也有很大的市场，到了九十年代初，短发曾一度流行，爱美人士受到港台流行的影响，对头发全方位细节更加追求，泡沫摩丝成为最畅销的美发产品"这一段文字就可以配两三张当时的图片，更出效果。

今日学习：

读《朱镕基答记者问》，感触良多，写读书笔记《寡人之志》一则。

今日膳食：

早：五色豆浆一杯，馒头两个，白水煮鸡蛋一个。午餐单位食堂，两荤一素，未再添。晚餐吃红烧排骨、凉拌鸡、小白菜及其他蔬菜若干，米饭两碗。需留意：晚上不宜多食。

今日琐记：

院子里的山茶花开得尚好，本来正宜游玩，便计划拍些照片。但只不过下了两天的雨，花就烂了一地。只余楼梯口雨棚下一株还算无损。可见虽是草木，也要求个遮风挡雨。

第二章

一年三百六十五天，平摊下来，傅祺红应该是我们平乐镇东街上起得最早的那个人了，但他自己却并不知情。五点十五分寅时刚刚过，他睁开眼睛醒了，轻手轻脚地穿戴整齐走出了寝室，先进厨房喝一杯温开水，再走到了阳台上去。在那里，他宁神调息，面朝东方，沉气静心地起了势：展开来好一个野马分鬃，再升起了那真是一双白鹤亮翅。

傅家一家子人人都在酣睡，整个县委家属院也还依旧鸦雀无声。唯有远处几个新近开发的楼盘亮着作业灯，正在攀升。傅祺红眯着眼睛，意向丹田，眼不看，心不入，任这世界天变地变，他总之要把这一套太极二十四式推完。

等他打完了拳，天也透出了一缕白。他就走回厨房去，洗了手，穿起围裙，开始做早饭。

一年三百六十五天，除非是极偶尔地出了公差，每天，傅祺红一家人的早饭都由他亲自操办。就连汪红燕也不得不说："我们老傅这人虽然毛病有点怪，但这早饭实在做得精细：有豆浆，有鸡蛋，有稀饭，有小菜，还有馒头包子花卷——就像要开馆子一样，讲究得很。荤素，甜，咸，各种搭配。光是豆浆，都是这门豆子加那门豆子，硬是要凑个五个颜色才算数……"

他爱人是弄不大清楚，但傅祺红做事自然有他的道理和方法：也就是所谓天地玄黄，轩辕植五谷而育万民；宇宙洪荒，伏羲制八卦以通阴阳。那么黄豆黑豆要加上绿豆红豆，再配花生核桃，不然配薏仁红枣，总求个五行均衡，四季和谐。

这一天也是稀奇。傅祺红打开橱柜，发现家里竟然没红豆了，大概是最近这阵事情太多搅乱了。无奈何，他只得搜了些枸杞出来，好歹凑了个数。他把豆浆机设好，转身在电饭煲里把小米粥熬起来，又烧起半锅水煮下了四颗白水蛋，再蒸上两个馒头、四个包子（两个肉包子两个豆沙包）和两个椒盐花卷，正是行云流水而又有条不紊——他一转身，刚要把炒锅拿出来，炒一碟泡菜渣渣肉，忽然发现厨房门口端端立起了一个人。

他正儿八经被吓了一跳，这才发现站的这个不是别人，正是他那不肖儿子刚刚接进门的新媳妇。

"哎，小陈，你起来得这么早啊？"他招呼她。

陈地菊也是初来乍到，哪能想到六点刚刚过，这厨房里已经是这般的热闹。她还在睡眼迷蒙地，又才赶紧想起来了，招呼："早上好，爸。"

"睡得还好吧？"傅祺红嘴头招呼她，弯下身去把锅拿出来。

陈地菊也不好意思说她又一晚上辗转没睡好，更不好抱怨这家人的床实在是硬得跟水泥板子一样。她看了看满桌子琳琅，问："爸，请问杯子在哪啊？我想喝点水。"

"就在你背后碗柜上，右手边上面第一个门。"傅祺红说，朝锅里倒下菜籽油。

陈地菊拿了一个杯子，走到饮水机边上咚咚咚地接水，傅祺红背对着她，一边晃油锅，一边说："小陈，你再加点热水兑起喝，早上刚刚起来，喝冷水不好。特别你是女娃娃，太凉了。"

陈地菊说了声"好"，又咕咚咚加了些热水，抱着杯子喝一喝，看傅祺红炒菜。

"爸，你炒的啥？"她问。

"泡菜渣渣肉。"傅祺红说，"你昨天说起来你爱吃，我就想也是好久没吃过了，早上下稀饭正好。"

陈地菊鼻子一冲，想起了她妈叶小萱，喝了一口水。

"傅丹心起来没啊？"傅祺红问。

"好像还没。"陈地菊说。

"这人！"他说，"你都起来了他还在睡！你赶紧去喊他，让他早点起来了，这都几点了！"

"我去看看他。"陈地菊说，端着杯子走回了寝室去。

房子里又是一片静悄悄的了，陈地菊像个打狗的肉包子般没了踪影，傅祺红倒也并不很在意。他把泡菜渣渣肉炒起来，洗了锅，把菜盖好，又把蒸锅的火转小了，走到客厅里去准备读两页头一天的报纸。

他才走到沙发边，就看到茶几上放着棕黄色皮面的一个，却是他的日记本。按理说，他是几十年如一日地，每天睡前记了就要把本子收到书房抽屉里去的，现在，这本子却偏偏就这样横在茶几上，简直睹物惊心。

傅祺红赶忙弯身把笔记本捡起来，掂在手里，又翻开来看了看。小陈刚才应该没走进客厅里面吧？他琢磨。

先是红豆，再有笔记本，他很是责怪了自己几下，拿着本子走进了书房，把它庄而重之地收好了。

早饭桌子上，傅丹心风卷残云般吃得飞快，好似被饿了几十年。还是汪红燕细心，看到陈地菊迟迟不动她名下的那个白水蛋，就问："小陈，你是不是不吃蛋啊？"

"没有，"陈地菊说，"我们屋头也每天早上吃鸡蛋的。只不过我吃东西比较慢。"

"吃得慢也对，吃得慢斯文些。"汪红燕说。

陈地菊把鸡蛋拿起来在桌沿子上敲，一边说："我妈经常嫌我吃太慢了，也喊我吃快些，不过我是习惯了，不容易改过来。"

"这是好习惯，对吸收好，对身体也好！"傅祺红说，"我们这家人就是一直吃东西都吃得太快了，就不好，正好你来了，我们都该向你学习学习。"

陈地菊听得愣了一愣。傅丹心就把吃一半的馒头放在桌子上，说："爸，你不要又把你在单位那套拿出来嘛，大清早的，人都还没睡醒就要学习啥？"

"说的就是你！"傅祺红说，"你看看你吃这饭，跟哪个在和你抢一样。"

"不是我，是梅梅上班要迟了。他们单位去得早，七点四十五就要开晨会。哎梅梅你也快点，吃了好走。"傅丹心说，捻了一筷子泡菜渣渣肉夹在剩下的馒头里，一口吞了。

"哦！是啊，是要来不及了。"陈地菊抬起头看了一眼墙上的时间，也慌起来，喝了一大口稀饭。

"不着急不着急，不得迟不得迟！"汪红燕摆摆手，正要维持个秩序，两个小的就已经吃完离桌了，筷子碗一丢。

"这娃娃硬是，忙忙慌慌的，早点起来不就对了嘛。"汪红燕说，一边把傅丹心剩下的稀饭倒到自己碗里面。

"他从来都是睡不够的，"傅祺红说，"都要三十岁了还在睡长瞌睡。"

留下老两口子慢悠悠地吃早饭，傅祺红又喝了一口豆浆。"你要有空问问小陈，"他说，"有没啥不习惯的，有没啥要添置的。"

"我当然要问了，"汪红燕说，"我就是想下午再去买个挂大衣的架子，不然他们两个的衣裳没地方挂。还有那新梳妆台的灯好像打不燃，我得找个人来修修看……"

她絮絮叨叨地，听在傅祺红的耳朵里，正像是哪里下起了淅淅沥沥的小雨。这雨滴在房檐下，滴在窗台上，整个平乐镇里里外外都沙沙地响成了一片。

"你那好儿子啊，"他说，"前两天又跑来找我要钱了。"

汪红燕惊了一跳，啰唆赶紧收了，说的："他跑来找你要钱了？为啥事啊？"

"你管他为啥，总之我这里没钱。"傅祺红看了汪红燕一眼，确定意思都传达到了。正好他就正听到两个小的叮叮咚咚出门了，陈地菊探个脑壳进厨房来，说："爸，妈，我们走了。"

"好的，你们去嘛。喊傅丹心开车把细点。"傅祺红说。

你莫看这傅祺红在家里尽是琐碎。打开门来走出去，他却是这么样堂堂正正一个人物：国立永安大学恢复高考后第一批中文系正儿八经毕业的，镇上早年数一数二的高才生，在县志办当副主任十多年，正是县政府里铁铮铮的第一笔杆子，在本县文化界说句话也要有几分掷地有声。

本来了，这样的一个人，他的独生儿子将满三十而立，要娶媳妇进门，应该是朋友相贺、万宗来朝的事。但实际上傅陈两家这桩婚事却办得十分低调：二○一○年一月三号星期日，趁着还在元旦节的假上，两家人在东门外三元农庄办了酒席。傅家名下来了四五桌人，陈家那边凑起也不过十桌，稀稀拉拉一百多个人，就把这婚结了。

有人说不会挑日子啊！你不见这几年，我们镇上的人生活都过得好了，家家都买了小汽车，一有个假就开着私家车去游山踏青，溜溜子一竖堵在高速路上。这元旦三天假本来是出游的小高峰，偌大一个镇上走得剩不到几个了，哪个有空来你这儿吃喜酒——何况三元农庄里就是做些家常菜，又不好吃！

也有人说是因为陈家两口子对这门亲事不太满意。毕竟是两个小的暗度了陈仓，稀里糊涂把这桩姻缘结了——要是以古代来论，这就是私奔了。可怜陈家二老把这独生女儿一口汤一口米地喂到这么大，也是端庄婷婷了，竟然"嗤"地放了个哑炮就出脱了，心里总是有那么点难受的，因此难免不太积极。不然，以陈家康叶小萱两个人的交际，无论如何也不至于就请这么两三个人。

还有一些人，他们说问题主要还是出在傅家，特别是傅祺红身上。说起傅祺红这个人呐，不给他写本书简直委屈了！先说他这人真龟儿子聪明：资格大学毕业这些不说了，在县志办，每一年，全县各个乡镇各个单位的统计数据报上来，他看一遍就记在脑壳里了，你要是在文章里引错一个数据，他肯定给你逮出来，逮出来就算了，还要清清楚楚喊你去查哪一本文件哪一页哪一节；另一方面，傅祺红又只有那么迂腐：千百年地，他骑一个凤凰自行车，穿一件深蓝的衬衣，冬天冷了加个外套，夏天热了解个纽子，从家属院出来走到县政府去上班，要是他在路上遇见了你，必然远远就要从自行车上下来给你客客气气打招呼，你打左边来，他就走右边下，你走右边来，他就从左边下，几十年从来没错过，你说吓人不吓人；进一步地，他这人又出名地不会处事，自一九八六年在县政府上班以来，无论是领导的女儿还是同事的儿子，无论是婚丧嫁娶还是考试升学，他从来不去吃酒席，被请到了，就同办公室一起随个喜。那几年都穷，他给五块钱也没人嫌弃，后来日子过好了他出五十，但这就已经叫寒酸了，他却不管不顾一张五十给到了〇〇年，好像最近几年，人家终于想通了，封了一百——但现在的世道没有两三百哪拿得出手！——你说，你说，就是这么个人，哪能请得来宾客！

又有人说了：这些都还是小事，都是老同事了，也不至于一个红封封就把人挡住了。说起来，还是因为傅这个人不但迂，而且抠，甚至有点阴——这才是问题的根本原因。讲两件事：县志办的老主任余先亮，是个极其忠厚善良的人，又是个老民革。九八年县政府换届，当时的领导班子有意提拔，准备调他到人大当副主任。按程序，先到县志办做了民意调查，这本来是走个过场，却硬生生被傅祺红搅黄了。就是他这个人，偏偏要说人家余老师工作能力不强，统筹能力欠佳，甚至还暗示余和当时的出纳梁英有暧昧关系——龟儿子洋洋洒洒地一封信告到县委办，打倒了余先亮的好仕途。你要真说起来，这人也是笨，搬起石头砸自己的脚——你想，余是县志办主任，他是副主任，要是余被调走了，这主任的位置说不定还能轮到他的脑壳上，哪至于一个副主任给他做到太阳落山！这是一桩。另一件事就更富有争议了。这还是九四年的时候，那一年很流行炒银元，傅祺红也不清楚是哪来的门道（说是他老父亲以前当银匠留下来的），弄到了一批银元。居然而然地，就在这县政府的清朗乾坤下，拉着这个同事那个熟人，问人家买他的银元。本来了，做生意就做嘛，再是千里马也要吃点夜草。但傅祺红却真是不落教，前前后后地，至少三个同事在背后说出来，从他那儿买到了假银元！然而，终归，钱不是大钱，人更是熟人熟面，这些同事都吃了哑巴亏，没去找他对质，但傅这个人在县政府的名声就此一落千百丈了。

听的人说："不对不对，你这说的是九四年，按我说，傅的名声落下来不是九四年，而是九五年，你忘啦，九五年傅家那桩丑事，闹得那么大！"

于是说的人和听的人都想起来了，便鼓起了眼珠子和腮帮子，好似金鱼对着鲶鱼，换了几个眼色。哎呀呀这事就真的说不得了！说不得，不好说——

——不说了，不说了。

都是说人言可畏。傅祺红更是早早明白了炼狱尽在他人中间的道理。沧浪之水清兮，可以濯我缨；沧浪之水浊兮，可以濯我足。这是《孟子》里就说过的。他傅祺红自来不求闻达天下，但愿今生无愧于心。街上的人怎么去说他反正管不住他们的舌头，他能管的也就是他自己，以及他名下的这两三口人。

比如他的爱人汪红燕，他经常教育她：“你啊，出门在外，切记要少计较。我看你买个菜，一角钱两角钱要去跟人家讲价。人家那些卖菜的，风里来雨里去，赚个生计，你说多造孽。我们这家人说不上富贵，但绝对不差这点钱嘛。少计较，少盘算，心要宽，日子才过得舒坦。”

还有他的儿子傅丹心。对这个人，他以前是有无数殷殷切切的寄托，这么十几年来，虽然殷切渐淡了，但总还是要挂在心上。有了机会，他也还是要教道理给他：“傅丹心啊，你现在虽然只是做这点小生意了，但也要诚心。世上无小事，只要认真。你都大了，马上就三十了，道理你都懂。我看你在社会上结交也广，朋友多了当然是好事，只是切记，择友要谨慎，近墨者黑啊。还有婚姻问题，你可千万不要着急。要成家，先立业。你自己没成就立足，就不要随便违误其他的人……”

汪红燕听他说了三十多年，早就清风耳边过了，只有这傅丹心要忍不住不耐烦，顶他："哎呀爸，你放心！我懂！你少念两句，我就有空多做点事了！我做我的生意，你上你的班，你又不懂我的事，你说啥说！"

傅祺红为人父亲，被儿子顶了也莫奈何，只能摸摸鼻子算了，但偶尔和汪红燕说起来，还是忍不住要叹气："我们这儿子啊，脾气太急了，你说他这辈子的教训也不算少了，咋还是学不会一点平和？"

汪红燕提着水壶过来，揭开傅祺红的茶盅，给他冲了鲜开水，又把水壶放回去了，走过来坐在沙发上，这才说："哎呀老傅，你说他急，你这不也是急啊？我看啊，丹心这几年越来越懂事了，开了这间铺子，自己攒钱买了车，还是很能干啊！平和嘛，要慢慢来嘛。等他成了家，有了责任，这些就都懂了。"

这还是在去年子国庆节之前的事了。傅祺红听汪红燕这么一说，觉得很是莫名其妙。"你这一下说到哪儿了？就他那样子，每天吊儿郎当的，还说成家？你看他长醒了没？"

汪红燕把眼睛斜起来，递了他一眼："你看你，你就是看不起你儿子。丹心咋不好了？高高大大，标标志志的，走出去哪个人不夸？"

傅祺红想：长得漂亮又不算是本事。但他没把这话说出来，只听得汪红燕滔滔地往下讲："……其实现在是有这么个情况，儿子昨天先给我说了，我呢，就替他来跟你摊摊牌：他现在处了一个女朋友，跟他同年，在邮政局银行上班，他说她人很朴素，脾气也温柔，两个人已经在谈婚论嫁了，准备找时间带回来给我们看看……"

傅祺红万万没想到：汪红燕给他泡个茶，居然泡出了这么个大消息。他屁股坐在沙发上，脸上也应该还是镇定，心里却忍不住嗟了一声：嗨！这小子！

他倒不奇怪傅丹心没有主动向他说这事，这儿子从来和他妈亲近些，不过这一切也发生得太快了吧？这女子是啥样的人？长成啥样子？家事清白吗？为人可靠吗？

汪红燕看他不说话，接着说："我逼着这娃娃给我看了照片。人家这女娃娃长得可可人人的，气质很好，皮肤又白——我们的儿子啊，还是有眼光！"

"有照片？给我也看看呢。"傅祺红就问。

"我哪有！"汪红燕噗地笑了，"在你儿子那儿！你哪天自己问他，喊他给你看嘛！"

她这一说无非是想让傅祺红自己去给傅丹心表个态同意。也罢，他就等着，看哪天有空了两父子端端坐下来，认认真真地聊两句，谈一谈何为男有室，女有家，何为修身齐家治国平天下，哎，然后再让他拿这女娃娃的照片出来，给他欣赏欣赏——

——哪想到！这一头傅祺红还在打腹稿，那一头傅丹心就直接拍板把合同签了：国庆节假过完，他正纳闷这小子几天野得不落屋，居然就看他的儿兴冲冲地跑回来，高高兴兴地对着二老比画出一个红通通的小本子，大大方方地说："爸，妈，我结婚了！"

傅祺红当时是两耳轰鸣，如同洪钟罩顶，但他以后回想起来，也不得不笑一笑，感叹一声："佩服！佩服！"

也就的确是一物总有一物降。这说的还不只是夫妻，更有母女和父子。傅祺红这辈子是如何兢兢业业地，万事都是仔细：混完了知青，考上了大学，分定了工作，娶到了老婆，接下来就有了这一个娃娃，只盼望他承上启下，更上层楼——但这儿子却只有独门一桩本事，就是总要弄些标新立异的，搞砸他老子的周全安排。

都是后话。当时，傅祺红眼见着汪红燕红了眼圈，一副守过严寒东风来的架势。"给我看看，给我看看！"她把那张结婚证捧在手里，眼泪水马上就要落下来，"哎呀，照片照得真好，陈地菊，陈地菊……这名字有点意思啊。啊，她是十二月生的啊，比你要小半年……哎呀，真好，真好，你看你们俩这样，多般配，老傅，你来看看，你来看看他们多般配。丹心，来给你爸看看。"她把结婚证递给傅丹心，指着让他递给傅祺红。正是：好个婆娘，果然是老式风韵，更有那作家身段！她这一递哪是随便的？——何况傅祺红又不是站在天边上，她伸长了手也够不到。她事实上是在起一个势，要拐这傅祺红从傅丹心亲手里把他的结婚证接过去。他一旦接了，就算是领了旨，画了押，同了意了，再有千般不安逸，也只得认了这桩亲。

但这一回傅祺红绝不会就这样着了她的道。"不看！我不看！"他冲口而出，把双手背在身后，铁了心就要打散这两娘母的一出好戏，"你还有心情看照片！你先看你这好儿子！傅丹心，前几天你才提了一句，说你有个女朋友，我当时咋说的？我说回来吃个饭，有事好商量。结果我人花儿也没见一个，对方家庭情况更是一无所知，你就把婚结了？你几岁了？还以为是办姑姑宴啊？你其他方面不上相就算了，婚姻大事，咋能这么儿戏？你还给我先斩后奏！你有本事啊！你简直是，给点颜色你就不知道好歹了？你还干脆不把我放在眼里了！"他的左手握在右手上，右手被捏得要碎了一般，他盯着傅丹心那张白死死的脸，眼睛都雾了。

"哎呀老傅……"汪红燕多年没见他发过这种脾气，一下也六神无主了，她正是搜肠刮肚地，想着要从哪引经据典一句，不然就随着骂儿子两声，好歹把这人安抚下来。

傅祺红却是控制不下，两只手都抖起来：终于，他左手也握不住了，右手就"嗖"地挥出去，"哗"的一声，拉过平日里放报纸杂志的藤架子，一把打在地上。

整个客厅里顿时散成一片。"哎呀哎呀！丹心！丹心！快去把你爸拉到了，他这是又要发疯了，又要发疯了！"汪红燕真吓起来，心颤颤地，喊自己的儿子。

傅丹心就站在客厅中间，看着他爸大口口地喘着，嘴皮抖着，全身都是气。他被他妈喊了一喊，这才回过神，大声说："爸！你坐下来，你先坐下来！"他把结婚证也甩了，走过来，一把抱住他，毕竟是年轻力壮的，一下把他压在沙发上。

傅祺红"咚"地被杵倒在了沙发上，锥心地从屁股痛到了心口，一下子醒了。他看到自己的爱人汪红燕站在客厅边上，一边发抖，一边哭。

"哎呀对不起，红燕，对不起，我一下失控了。对不起，对不起。"他赶紧反应过来了，向她道歉。

其实这些年傅祺红的脾气算是渐渐平和了。再早个十几年上去，他下班回来上楼了，脚步声响起来，那么他的老婆汪红燕和他的儿子傅丹心就都要打个颤颤，赶紧一切收拾端正了，免得惹他不高兴。

这些事情外人当然是不太清楚，只觉得傅这家人素来有些格格不入的，不好评价，就算是一起住了几十年的，也只能说个大概：

傅祺红和汪红燕一九八一年结婚，他们的儿子傅丹心是同一年五月里生的，一生下来就一双溜溜的大眼睛，满头黑头发，最是逗人喜爱。长大点了又嘴甜，这个"婆婆"那个"阿姨"最会喊人。当时大家还都住筒子楼，傅丹心上下走一圈就吃百家的零食饱了，饭也不用吃。哪家人有这么个娃娃不高兴？偏偏傅祺红就不喜欢他儿子串门，把他在家关起来，箍来写毛笔字，一个白娃娃写成了黑娃娃。又过几年傅丹心读了小学，上的是平乐一小的重点班，小人又好学又聪明，次次都考双百分，老师欢喜，也和同学打成一片——偏偏傅祺红就要让他退学出来，留在家里给他自己教。这事当年还是起了些风波，一小的教务主任来家访了几次，连教育局都惊动了，但傅是冥顽不灵，仗着自己有些关系，硬生生把这事压下来，把这娃娃关在屋头不见天日地，一教就是整整五年。那时候县政府家属院搬了新址，住在独门楼房里相互往来就少了，偶尔楼下看见傅丹心，见他秧子一般瘦，看到人也不会说话——硬是是个人都要心痛。不敢找傅祺红，同汪红燕总要说两句："燕子啊，你那娃娃我给你说，要不得！还是得送到学校去，得接触社会，交朋友啊！"汪红燕估计回去也是使劲劝使劲说，傅祺红才终于让步了，放他儿子出去参加了那一年的统一小升初考试，这才算把这娃娃拉回了正轨。再眼看下来傅家就一样样都顺了：傅祺红在县政府办公室正受重用，又兼任了刚才成立的项目办副主任，傅丹心小升初考试各项满分，一鸣惊人，居然成了"神童"，学习成绩优异不说，长得也是一节节地拔高起来，很有些潇洒，加上天天都有人夸，举手投足自然更有风采。于是大家都说，这娃娃以后是要成大器的。

哪想到天有不测，"咚"一声来了一九九五年，带来了这家人命里面的一个大劫难。傅丹心和奥数补习班的一个女生早恋了。本来这事虽然不光彩，也不算大逆不道，但糟就糟在端端被那女娃娃的家头人先发现了：傅丹心那年十四五岁的年纪，这女娃儿也就才十二岁不到，于是这女家屋头气啊，气得咽不下这委屈。找傅祺红闹了两次都不满意，一纸把傅丹心告上了法院，起诉他"猥亵幼女"。最终这案子是庭外和解了，傅家赔了大几万才了事，但名声就已经脏了，全县闹得沸沸扬扬，人人见了他们都要绕路走，社会影响坏到了极点。傅祺红一下失宠了，被一杖打到县志办冷宫，傅丹心这娃娃的前程更是完全毁了。

外人都说傅丹心被他爸害了，只是没哪个敢在傅祺红面前提，于是就看傅祺红还是很稳得起，该上班上班，该客气客气，写文章见领导，一样不落。

但剩下的外人就看不到了。傅祺红下了班，回了屋，那眉毛一皱，脸板起来，硬是比阎王爷还吓人。他睡不着觉，就动不动把傅丹心半夜抓起来重新写检讨。白天里脑壳痛，吃一吃饭就要把碗甩了说是菜没洗干净里头有沙子。傅丹心很快读职高走了，留下了汪红燕独自对着这个人，战战兢兢地，说一句话要在脑壳里先想五回，总还是难免说错了。一说错傅祺红就要一本书一杆笔给她甩过来，有时候就干脆一巴掌——那几年汪红燕哭了多少回，数也数不清了，院子里见人只敢打个招呼，生怕多说两句兜不好就要遭人看笑话。

罢了罢，家丑不外扬，这些苦日子都过去了。慢慢地，我们镇上的人好像忘了他们十几年前丢过的脸，他的悔恨也就没那么重了。傅丹心读书读完了回来住，人高马大的和他闹了几回，他就懂得收敛了。一家人收收拾拾过到现在，傅祺红就是老了，瘪了，关心起养身来，还要下厨煮饭了，成了个和气先生。

汪红燕私下说："我这么多年的苦日子现在终于好了，连儿媳妇都要进门了。唉，我总算还有点晚福啊，有点晚福。"

只不过如今这世道下要娶个儿媳妇进门谈何容易。都说今生的子女前世的债，说女子头上三十万，生个小子添十万。傅祺红和汪红燕上辈子欠他们儿子的又哪是金钱能算得清的。就看这傅祺红，他那一下骤闻婚讯，再是气得裂了肝了，也不得不收拾心情，拉下脸面，买好礼行同汪红燕和傅丹心一起，去拜访他未逢面的亲家陈家康一家人。

说来都是平乐镇东街的，名字一对，人物的身家样貌就大略在眼前了。陈家康这名字汪红燕有些印象，而叶小萱更是和她隔着五六条巷子一起长大的，正儿八经地熟人熟面。再说起两户人其实住得很近：傅家一家从政府家属院出来，转了右拐，沿着东街往城里走，走两步，又再转个右，顺着东门老城墙边，路过魁星楼小区和离休活动中心，就到了天然气公司的家属院。

街上的银杏树正在好时节，叶子黄得发透，火烧云一般。三个人在家属院门口站下来，等着陈地菊出来接他们。汪红燕感叹了一路，现在反而紧张了，伸手拉拉傅丹心的领子，又理自己的头发。唯有傅祺红散着手，端详起这小区的景致和花木来：只见一栋栋住宅楼贴着米黄的小瓷砖，楼下院坝错落着几棵银杏，叶子竟还显着翠绿，映着常春藤，此外，还种了紫薇、梅花、玉兰和女贞，院门口立了两株硕大的桂花树。

"这两棵桂花长得好啊，等八月份开花了，香起来肯定不得了！"他感叹。

他话音才落下来，就听到傅丹心喊："梅梅，在这！"

他顺着这声抬头看过去，就看见一个年轻女子从院坝深处小跑了出来。她扎着马尾辫，穿着一件深蓝色的防寒服，围着黄围巾，衬得脸上格外清白。

"叔叔好，阿姨好！"她跑到他们面前，站住了，喘着气，和他们打招呼。

汪红燕笑了："小陈啊，你好你好，听丹心说了好多次，终于见了！"

傅祺红对她点了点头。

陈地菊走到傅丹心身边去，傅丹心拉起她的手，说："梅梅，你跑啥跑，又不着急。"

陈地菊给了他一个眼色，嘴角却透出笑来："这门口有点冷。走嘛，叔叔，阿姨，走这边。"

陈家的两个大人眼巴巴地等在客厅里，门一开立刻站起来道欢迎，礼收了，客气也说了。正见茶几上早摆好了茶杯，泡上了茶，果盘里切好了苹果还有香蕉和橘子，糖果盒展开来，有酱米酥、绿豆糕、桂花糕几种糕点和开心果、山核桃、杏仁等果干。

"坐嘛！随便坐！"叶小萱说。

傅祺红在单人沙发上落座了，汪红燕和傅丹心挨着坐在了三人沙发上。叶小萱和陈家康一人拉着一张椅子来坐下了，还剩下另外一张单人沙发，叶小萱就指着那张沙发说："梅梅，你也去坐嘛。"——陈地菊就也坐好了。

你看看这：不打不成冤家，不错不结亲家。好儿女一对成双，痴父母相顾无言。

看年龄是傅祺红最长，又论轻重，傅作为男方家长也该第一个讲话。只见他笑眯眯喝了半口水，清了清嗓子，很诚挚地说："两位，抱歉啊，早该上门来拜访，却拖到今天，实在不好意思。这两个娃娃这事情当然是很突然，但归根结底还是件好事，我为他们高兴。年轻人真心相爱，愿意共同组建一个家庭，这是件多不容易的事。我和丹心他妈，我们肯定祝福他们，希望他们过得幸福。你们说呢？"

他这大开大纳的调性一定，就把其他人死鱼一般钉在了砧板上。叶小萱干笑一声："对啊，是不容易！我们这女儿这么大，说亲的，介绍的，一排排！哪个她都看不上，结果就遇到了你们的傅丹心！"

"所以就是缘分嘛！"汪红燕赶紧说好话，"像我们丹心也是一向事业心重，我们都没催他。哪知道一遇到你家小陈，马上定了！"

"我也听说了，"叶小萱说，"你们丹心开的那家铺子叫啥名字？阳光电脑？正好我们家这台电脑最近有点问题，哪天来给我们修一下嘛？"

傅丹心还没来得及表态，他妈就说："那当然了！现在都是一家人了，哪还用那么客气！丹心，还有小陈啊，我刚刚就在想这事，现在，趁大家都在，我就干脆提出来：你们这都正式结婚了，就不能喊'叔叔阿姨'了，恐怕是要改口了吧？"

陈地菊尚没回应，她妈马上笑起来："哎呀红燕姐，你硬是个急性子！这八字都还没一撇，你慌啥子嘛！——他们光是扯个证，哪能叫啥'正式结婚'——还是得等婚礼办好，礼行了，亲戚朋友间打响了，再来说其他的！"

"小叶，你说这话恐怕不太妥当。"傅祺红沉了沉，说，"他们结婚证领了就是正式结婚了，这是国家规定，法律认可的，不是你我说了算的，这是一。至于这婚礼，我建议我们就请个客，简简单单庄庄重重地，大家一起吃个饭，祝福到了也就对了，不用搞形式，搞铺张。"

其他人都不说话，只有叶小萱一个人笑："傅哥，不是我要搞形式，而是现在这情况特殊。先是两个娃娃本来就决定得仓促了，外人难免觉得奇怪。二是，嗨我也干脆就直说了，"她再一笑，"这不是我要翻旧账，只是你们傅丹心那官司当时闹得太响了，我随便一打听都在给我说。当然了，我们女儿也和我们解释过了，说这些都是谣传，傅丹心人品是好的，那我就相信我的女——但那些人不清楚啊！所以，我们肯定必须要办这个婚礼，要办好，办隆重了，才好把这谣言破了，免得人家以为我的女嫁了个犯过罪的！"

她这话一出，气氛就真的凝重了。傅丹心一下脸红了，陈地菊喊了一声："妈！"

还是汪红燕赶忙捏住傅祺红的手，抬起脸对着叶小萱："小萱啊，都是为人父母，我们还是将心比心嘛。哪家人没本难念的经？何况我们镇上总有些人喜欢嚼嘴皮子说闲话，你也不是不清楚。就昨天，还有人来我面前说啥'屋头得过糖尿病和癌症的千万要不得'，我当场就给他顶回去了——这不是愚昧吗？都要去听这些话，那还没个完了。归根到底，这事主要是他们两个小的幸福，他们好就是最重要的。你说要办婚礼，那就办嘛。本来是喜事，高高兴兴办就是了，何必管其他人？"

难怪民间有：名将手下无弱卒，杨门女眷赛老虎。叶小萱平时也算是横的，没想到居然横不过傅家这看起来文弱弱的汪红燕，吃准了她总不敢让她的女走到这一步又不走了。只见叶小萱的脸先是凝了，又才骤地笑了："是是是，红燕姐，你说得对。你看我们这老关系了，你也该了解我这人，我就是嘴快，话说出来通了就算了。这两个小的能走到一起，肯定是莫大的缘分，我哪会不为他们高兴呢？当然高兴了！"

傅祺红他一向看人最准。双方家长见了第一面，他就把陈家大人看白了。叶小萱泼，陈家康蛮，两个又不好惹又是贪。至于他自己，本来他绝不是抠的，但是既然和陈叶这样的人打起交道了，就是该算则要细算，该硬更加刚硬，免得他一看你好欺就一口把你吃了，乖乖应了老祖宗说的：市井之中小刁民，贪嗔拐骗最得势。官宦门下真君子，礼义仁孝皆无用。

于是从十月底过到十二月，从订婚庆到租喜服，从饭馆到喜酒，再到车队、花篮、婚纱照，这两家人是笑里含刀，寸土必争，一分钱都要算好了，算得傅祺红脑壳上白头发都多长了好几根，到现在过了就再不愿回头想了。期间，唯一值得欣慰的是，这两个娃娃还是算懂事的。

先是陈地菊当着双方父母的面表态，她不希望大办。不希望到王府国宴那种地方去撑排场，也不用租名车来当车队——"那些都好虚嘛，摆出来给人家看的，跟我们自己没一点关系，假得很。"她说——请人就请亲朋好友，真正关系近的，其他半熟不熟的人一律不请，甚至，也不用傅丹心给她买钻戒——"你这瓜女子，钻戒你都不要啊？"叶小萱忍不住。"我不用，我又从来不戴首饰那些，买来浪费。"陈地菊说。

傅丹心那边更不容易，居然主动来同老两口交心，说："爸，妈，这回这事是我任性了，做得不妥当，让你们两个都费心了。但我和陈地菊在一起的确是真心的，我一定会对她好的，你们放心。这婚宴里外你们破费了，这几年我也的确没啥存款，这存折还有五千元，你们拿去嘛，能帮补些帮补些。"

"你说的啥啊，"汪红燕拍了拍他的手，"你娶媳妇，我们肯定要张罗，高兴还来不及！"

傅祺红也说："哪个要你那点钱，你拿回去自己收起用。"

"谢谢爸妈。"傅丹心就把钱收了，又道了一回谢。

——光是这些都还不算，真正把傅祺红打动了的是二〇〇九年十一月中旬的一天。

那天两家人一起去三元农庄定婚宴菜单，顺便在那吃了顿饭。饭桌上，叶小萱首先起了话头："傅哥，红燕姐，你们听说没？明年房地产啊肯定要大涨！"

傅祺红抬起筷子夹一片大碗肉，脸上一笑："我没听说过啊？我一向不太关心这些事，房子再涨，我也不能把我自己家卖了换钱吧。"

"嗨，傅哥，我不是这意思，"叶小萱也跟着夹了一片大碗肉，"不过你看啊，地震后房地产一直不景气，国家出了好多政策扶持，我那中介铺子上这一阵来看房子的眼见一天多过一天，你看嘛，这马上翻年过了春节，这市场要爆起来。"

"我有个朋友最近正在看房子，"傅丹心搭话，"正好西门上普罗旺斯花园开盘，他们就跑起去了，结果排队一直排到曹家巷门口。"

"这么说来恐怕真是热了，"汪红燕也一把陷进去，"丹心，你哪个朋友在看房子啊？是上次我见过的小刘那两口子吗？"

傅祺红把肉吃在嘴里，细嚼慢咽，听他们越说越热闹。

果不其然，几句话下来，叶小萱说："傅哥，你看，你这人总是那么深沉，不过这事你要给我表个态啊。两个娃娃既然成了家，总要有个落脚的，趁着这年尾去看看房子？你说呢？"

傅祺红定住先喝口茶，慢慢说："小萱啊，都是当父母的，你的心情我理解，总是想要给娃娃最好的，把一切都安排妥当——我何尝不希望这样呢？但是实际情况不允许啊。都是不外人，我也不用给你假装，汪红燕从文化馆早就提前退休了，我在县志办更是个清水衙门，要买商品房，实在拿不出这个钱啊。"

"傅老师，你这话的意思，"居然陈家康发话了，筷子一放，"就是说你反正不管了？"

陈家康人长得不高，但肩宽体壮，头顶上发量有些稀疏了，但一对眉毛又黑又粗。他这眼睛一横，真正是气势惊人，直对着傅祺红的脸面。

"我不是不管，而是没有这个能力。"傅祺红说，"老实说，这次办这个婚礼，已经是穷尽了我们家的存款了。"

"傅哥，你这话说的！"叶小萱又是按捺不住，提高了声音，"你一个堂堂县志办的主任，你说这种话我绝不可能相信！这婚礼抠抠减减就算了，房子这种大事，我绝不让步！"

"妈！"陈地菊喊她。叶小萱不说了，筷子往桌子上"啪"地一放。

一桌子六个人有三个都不吃了，汪红燕也只得把筷子放了，想再来扭转一回乾坤："小萱，你不要气，我们老傅说的都是实话，我们家确实没有这个能力，但也确实是支持和祝福这两个娃娃的。这样嘛，"她好歹想出一个办法来，"我来出钱，把丹心的寝室重新装修了，买新家具，布置个新房，小陈就先来我们家住。我们房子还是宽敞，他们住一点问题都没的。以后的，我们再慢慢想办法，你看这样好不好？"

叶小萱本来都把嘴闭了，给她一激又发作起来："你想得美！这是我的女……"

"妈！"陈地菊又喊了一声，这次声音比上次更大，把叶小萱震得一转头，其他人也转过头来看着她。

陈地菊把这一桌的人挨个都看过去：老的老，少的少，几张脸上红的红，白的白，倒也有趣。她最后看了看坐在她身边的傅丹心，说："爸，妈，我知道你们都是为了我们好，但你们这样吵来吵去有啥意思？妈，"她转向叶小萱，"你真不要为我这结婚的事情再折腾了，折腾大家，也折腾你自己。我和丹心都是快三十岁的人了，现在又成了夫妻，就更该自食其力了。"她顿了口气，宣布，"我还有些存款，丹心也给我说过他也有存款，我们两个把这钱凑一凑，应该够首付，至于月供，我的工资足够了，何况还有丹心的收入。你们真不用操心了，这样好不好？——我们继续好生吃饭嘛。"

被她这么一说，满桌的大人反而像是小娃娃。汪红燕第一个重新拿起了筷子："你说得对！你说得对！唉小陈啊，你和丹心都是好娃娃，原来早就有打算了，太好了！太好了！小萱，你看，我们的娃娃都这么懂事，简直值得高兴啊——来，我给你捻个排骨！"

她就给叶小萱捻了一个糯米排骨，反正放在桌上也没哪个吃；叶小萱呢，就只得收了她的好心意，先不去管自己最讨厌吃糯米——一个接一个地，他们重新捡起了筷子，吃了两块肉，都活络过来，又讨论起元旦节婚礼的大安排。

傅祺红喝一口茶，看了陈地菊一眼，看她正扭过头去和傅丹心说话。他想：这小女子，平日里不说话不出气，一说起话来，居然有大将之风啊。

二〇一〇年元旦三天假过去了，稀稀朗朗的平乐镇街道又逐渐回归了人头涌动，商业繁盛的日常景象。虽然还是冬月，但天盛广场里里外外都已经挂起了红灯笼，偶尔出个太阳，映得两边墙壁雪白雪白的，很有几分妩媚。

眼看这新的一年才过了这么几天，镇上却已经发生了不少的变化：我们已经知道傅家屋头添了儿媳，陈家名下多了女婿，又还有其他张家王家钟家刘家也各有收获——这些都是民间事项。官方上面真正有一桩大事：二〇一〇年元旦假后，整个县政府，包括县委人大在内的四大班子，全都搬到了东门外全新的办公中心。说起这新办公中心，实在教人啧啧，只看它：银光挥洒气势弘，飞檐展壁十五层，一摊子从杜鹃路占到天宇路，好似一架巨型的宇宙飞船；传说里面更是不得了，齐刷刷有七百多间办公室，中央空调，电脑系统，智能健身馆一应俱全——哎，哎，说哪儿去了，不要跟到传这些谣言。

让傅祺红来说，再多的变化都是身外之物。总之，他的办公桌还是那张办公桌，办公电脑还是那台电脑，书架子还是那些书架子，书还是那些书（当然了，每个月总要增加些新资料）——唯一的不同是：每天早上他骑着自行车出门，本来一向转左拐的，现在却偏偏要转右拐了。

眼下他吃了早饭下了楼，同门卫齐师傅问个好，骑上自行车转了右拐，沿着东街一路往东门外骑过去。天盛广场门口一向人挤人，货比货地，水泄不通。就算是傅祺红也难免发疑惑：这是哪来的这么些人呐，每天不上班？他们不上班，又哪来的那么多钱，每天在这买这买那？

好不容易他进了政府，停了自行车，踢踏踢踏走过了四五张草坪，才终于走到了党史办旁边的县志办。他理理头发，整整领口，穿过走廊走到他的办公室去，坐下来成了个有条有理的傅主任。因为这正主任赵志伦自来是个甩手将军，天天在外不是开会就是拉赞助，留下傅祺红负责镇守，手里面排起的全是要紧事等他处理。

你看他才坐端正了，就把手下的人一个个都喊来点卯。先来了苏聪，白瘦瘦的戴个黑框眼镜，貌不惊人却是县志办里写文章的第一骨干。苏聪给他拿来一包竹叶青，说是元旦去蒙顶山看亲戚带回来那家自己种的，资格得很。傅祺红顺手把《顶上生花》的初稿交给他，让他下去查实里面标注的数据问题。又喊来了实习小曾，市上社科院去年过来的研究生，喊她把交通局和劳动局报上来的两年数据整理出来，再接着给另一个县师专来实习的小杨也交代了工作，让她安排下个月春节前办公室团年聚会的事情，特别强调了要"简朴实惠"。然后会计刘姐来敲门，拿了几张搬家置办的发票让签字，但这事傅祺红就没法了，因为他作为副手没有报销权，只给她附了张条子说"已阅同意"，喊她等赵主任来再正式签字。最后来了吴文丽，这位写文章最草、管闲事最多的，她交了统好的《计划生育1996—2005十年数据》，又在盘一盘地不走人。傅祺红说："小吴，你还有啥事啊？"

吴文丽笑起："我啊，是来为民请愿的：傅主任，你还记得不，去年年底你和赵主任都去湖北学习考察，我们就没吃成团年饭。你可是亲口答应了我们，今年要吃好的，还说要去唱卡拉 OK 的！"

傅祺红隐约想起有这么回事，就说："那好嘛，你去给小杨说一下，找个大家喜欢的馆子。至于卡拉 OK，我得问问赵主任，应该没什么大问题。"

"太好了！"吴文丽拍拍手。"噢对了，"她又说，"上回我给你说的那支华夏你买了没？我这都涨了！这支就是好，逆流而上啊！我看说不定啊，今年股票基金都要涨起来了。"

傅祺红就皱眉毛了："这上班时间，不说这些。你没事先走嘛，我还要忙。"

这些人终于都退了。傅祺红慢悠悠地把苏聪那包茶叶拿了，剪开来，闻了一鼻子的清香。他把茶缸子涮了，加了新茶叶再冲了开水，然后舒舒服服地端这杯茶坐回了办公桌前，打开电脑，点开了建行的网银，登进了自己的账号。

果然，正像吴文丽说的那样，华夏大盘形势不错。他的钱不但还在，又比昨天多赚了几十元。

他持着鼠标在屏幕前，看着他名下的基金，入定一般——过了一阵，他终于点下了"全部赎回"。

这一天，傅祺红破天荒地提前下班走了。他骑着自行车，过了政府家属院而不入，再过了十字口转拐朝北去了。

北门"阳光电脑"里，傅丹心正在招呼一个顾客买网线，比着两个水晶头："……你看这个，这个五块钱，做工真不行，我不骗你，容易坏得很。这个贵些，十五元，但你看这做工，随随便便用几年，绝不得出问题。"

客人就左看了又右看，很是沉思了一阵，最后说："我就要这五块钱的。"

傅丹心说："那随便你嘛，要是用不起了你过两天不要又来买。"

客人心意已决，给了钱，拿了网线和水晶头，转身走了。

傅祺红这才走进铺子去，喊道："傅丹心。"

傅丹心以为他眼睛花了，居然看到自己的老父亲青天白日地出现在了这电脑铺子里。"爸！你咋来了？你下班这么早？"他招呼他。

"我来看看你嘛，你这铺子弄得不错啊，这么多东西。"傅祺红绕过柜台，走进了铺子里，左右打量了一圈，找了张板凳坐下来。

傅丹心简直手足无措地，走到饮水机下面去翻纸杯子："爸，你喝水嘛？还是喝茶？"

"不喝不喝，我坐一会就走，不耽误你工作，"傅祺红对他招招手，"你过来，我给你说两句话。"

傅丹心只得坐下来，听他爸说话。

他爸说："你前几天给我说的那个钱的事，我想了一阵。首先这事是你不对。你和小陈既然成了夫妻，互相就要坦诚。你明明没有存款，偏要跟人家说你有，这不是骗人吗？这事以后再也做不得了，一定不能说假话。其次，我也体会到了，你说这话也不是有坏心意——毕竟你们正在热恋，哪句话不想往好听了说？所以我也不过分责怪你了。现在这问题就是，你那天也给我说了，你们要买房子的这个首付，小陈自己的存款肯定不够，你呢又没钱，所以就来问我要钱了，对吧？"

傅丹心点了点头，脸色凝重。他心里想的是：唉，都是我妈的错。硬要说我爸那有钱，喊我找我爸要。结果呢，这人又来教训我了——他哪来的钱！

他爸接下去说："我这有十万块钱——现在首付给两成就可以买房子，你们选个套二，或者小套三，三十万出头，加上契税，十万肯定够了，省一省，硬装也有了。你把钱拿了尽快去把房子看看，东边新城开发的楼盘都不错，西门外也有几个大盘，赶紧定了。至于小陈的钱，不要拿人家的，喊她存起来，她自己用。"

傅丹心挖心掏肺地吃了一惊，又不得不真正佩服起他妈来："还是我妈了解我爸啊，他还真有个小金库！"

"来，"傅祺红把钱包拿出来，抽出一张银行卡递给他，"这卡里面有十万六千八百三十二元，密码是你生日的月和日。你拿好了，千万不要给你妈说是我给你的，也不要给小陈说，就说是你自己存的，懂不懂？"

傅丹心正好似在一个美梦中，伸手出去，把这卡接了（一张实打实地沉甸甸啊），揣到怀怀里，又和他爸坐了一会，轻飘飘地，把他送出了门。

傅祺红推着自行车，准备下街沿。他又转过头来，看着傅丹心，说："你啊，你现在结婚了，就真的是三十而立了，要踏踏实实地过日子啊。"

傅丹心本来还不在意的，这一下忽然鼻子有点酸。"爸，我懂，"他说，"你放心，我懂的。"

今日工作：

进入《永丰县志 1986—2005》"姓名"一节的二稿统写："……九十年代后，男孩取名多强调阳刚之气，如：浩然、志宇、天浩等；女孩取名则多用两字重叠，如：婷婷、莎莎、丹丹等。另外，一些具有异国风情的名字开始流行，比如：玲子、樱子、莉娜、由美等。"有趣的是，正是在 1990 年 10 月，十字口的县电影院正式营业，并开始陆续播放一些上影厂和八一厂译制的外国影片，成为了我县最受欢迎的休闲娱乐场所之一。这两件事之间或许有些联系，值得注意，可写深入些的文章。嘱小苏调电影院上映影片资料及公安局姓名登记资料，进行进一步整理。

今日学习：

闲读《中国式理财》，其中提到的两点：不消极避险，不追求暴富。深以为然。

今日膳食：

早：五色豆浆，水煮蛋一个，馒头两个。午：在馆子吃席，较为丰盛，吃了大碗肉、烧肚条、松鼠鱼及蒸排骨等。晚：简餐，碎米芽菜及煎蛋汤，白饭半碗。

今日琐记：

最近因丹儿的婚事颇为操心。古人说婚姻最讲门当户对，确为真理。小市民之流最是琐碎，令人伤神。但是，丹儿在择偶上居然颇有眼光，选出的这一位落落大方，出淤泥而不染。由此可见，不论丹儿现在的外部处境如何变化了，他依然保留有当年的心气。为此，我至为欣慰。

第三章

陈地菊大概不会忘记她第一次和傅丹心做爱的那一天，二〇〇九年八月二十三号，星期日。

那一天，她大概是下午一点半出的门，和傅丹心在十字口的电影院会合了，准备看场电影。傅丹心想看《终结者2018》，陈地菊想看《窃听风云》，结果两个的时间都不凑巧，他们就去看了《哈利·波特6》。放映厅里密密麻麻的，全是家长带着娃娃，这个吼，那个叫，幼儿园放学也不得更热闹了。陈地菊和傅丹心被夹在这些人中间，一坐就是两个半小时。最开始她还怕被哪个熟人看到，坐得端端正正的，过了一会，实在熬不住了，就把脑壳靠在傅丹心的肩膀上，睡了过去。

陈地菊从来没有，以后也不会对任何人提起。但是，就在那一天，在永丰电影院里，她做了一个最是迤逦的梦。在梦里，她似乎置身在幽蓝蓝的海底，又是湿润，又是暖和，周身舒畅，大张着一双腿杆。在她上面有一个男人，肩宽背紧地，猎豹一样压着她的身体，把自己一点点地往她里面送。于是她从里到外都饱涨了，像是被潮水卷裹着，有满怀的喜悦要一把倾吐而出。在梦里她无法发出声音，全身紧绷，一，二，三，一，二，三，柔肠缩起，绕住了心肝。终于，"哗"的一声，她的深处爆发了，从阴道里涌出来热辣辣的一片——她就低头去看，发现刚刚流出来的是一大堆文具：三角板、圆规、自动铅笔、橡皮擦、量角器、修正液，还有好几个笔记本。这些文具有的是新的，有的是用过了，有彩色的塑料，有银色的不锈钢，堆在她的两腿之间，金字塔一般，甚是壮观。

她醒了过来，电影都放完了，正滚着演职人员表。周围的娃娃们兴奋得上蹿下跳，尖叫不断。傅丹心转过脸来看着她，很是无奈的样子。"哎呀你终于醒了，看你睡得笑眯了，是做了啥美梦？"他问她。

陈地菊红起脸来，内裤上一阵阵发潮。她不好同傅丹心解释，只说："这里好闷哦，我们走嘛。"

两个人就走了，手牵手地下了停车场，坐到了傅丹心的车里面。陈地菊正是做贼心虚，总觉得他们之间的气氛有些尴尬，便故作轻松地把手放到傅丹心膀子上，问："我们这下去哪儿嘛？"

傅丹心脑壳一抬，一双黢黑的眼睛看着她的脸，抬起手来抚住了她的后脑勺。陈地菊什么也来不及想，他就扎猛子一般扑了过来，"轰"地亲住了她的嘴。

说起来两个人本来就有小半个星期没见，正是干柴烈火地，挡不住的思念。他们在车里面纠缠了大半天，终于，傅丹心说："梅梅，我们去'仙客来'嘛。"

"仙客来"是以前我们镇上最高档的宾馆，这几年略略落寞了，但还是有辉煌的。陈地菊听愣了一愣，说："去那儿干啥嘛？"

傅丹心就笑了，嘴巴一扯："咋呢？你不敢去啊？"

"有啥不敢，不就是'仙客来'嘛。"陈地菊说。

他们就去了"仙客来"。一切都发生得太快了。傅丹心开了房，给陈地菊发了房号。陈地菊坐着电梯上了五楼，走到了507房间。她站在这扇方方正正的房门口，只觉得自己在另一个梦里。她伸手出去正要敲门，门就轻飘飘地开了，傅丹心站在门里面，拉住她的手，喊她："梅梅。"

他把她牵到了床边上，坐下来，搂住她，再续刚刚的前缘。他滚烫烫地压在她身上，要把她压到深渊里去，手从她腰上升上来，解她的胸罩。于是她的一对乳房挣脱出来，还在喘息，又被他压上来，一双手给它们挤在一堆，揉了又捏。

两个人陷在一起，正要酣畅。傅丹心忽然把头抬起来，大叹了一声："哎呀！"

"咋了？"陈地菊嘴皮上呢喃。

"我没有避孕套。"他说。

他皱着眉毛，把钱包摸出来，来回翻了几转："真的没的！哎呀！"

他又沮丧又绝望地，一张脸看起来造孽到了极点。陈地菊说："你去洗手间看看呢，一般酒店都有的。"

傅丹心一撑起来就冲到洗手间去，在里面一阵乒乓，很快咚咚地跑回来，手上扬起来亮晶晶的一片——他扑到床上，抱住陈地菊，狠狠地亲她的脸，如获大释一般。

陈地菊忍不住笑起来。她两只手绕在他肩膀上，紧紧地，把他满满圈在怀里。

"梅梅啊，"傅丹心呻唤着，贴住她，伸手去解自己的皮带。"梅梅，我爱你。"他说。

须知这情爱本是一桩莫须有的事，全赖自古的痴男信女几番演绎而来。说牛郎织女，就说两情若是久长时，又岂在朝朝暮暮；说司马相如和卓文君，便说愿得一心人，白头不相离；说唐明皇与杨贵妃，则说在天愿作比翼鸟，在地愿为连理枝——如此唧唧呀呀，缠缠绵绵，道不尽的小儿女心肠，只哄得在座诸君泪眼婆娑，心猿意马，也就信以为真，更要跃跃欲试，直上青天摘明月。

但你有所不知：这牛郎招织女，本属于诱拐的，为的是私欲，开头委曲求全，最终一拍两散；文君随相如，坐实是私奔的，迷的是虚名，一开始饱受饥贫，到最后同床异梦；至于玄宗得玉环，就更是名不正、言不顺，说白了是扒灰的，犯的是贪纵，再是一度春风，也免不得横尸荒野——

——所以说呐，什么情啊情、爱啊爱，都是编出来好听的。正好似那街道上的赤脚郎中总得挂个招子，上书"祖传秘方，包治百病"，红尘中的男女就说些"你爱我我爱你"——先把场子扯圆了，才得有鱼儿虾儿跳到这坑子里来。然后呢？

然后全是麻烦。一大清早陈地菊先在厨房里撞见她的老人公傅祺红，活生生被吓醒了，胃上梗着一口气，好不容易把早饭吃了，和傅丹心一起出了傅家的大门。两个人坐在雪铁龙车里，天还没有亮透，陈地菊忍不住叹了一口。

"咋呢梅梅？你叹啥气呢？"傅丹心问，把车发动起来。

"唉，我最近睡得实在太糟了，昨天晚上差不多就睡着三四个小时。"陈地菊说。

"哎呀，"傅丹心慢慢把车往外开，"那这咋办呢？你要不要回你爸妈那住两天嘛——总要把觉睡好了。"

"你说得简单，"陈地菊打了一个哈欠，"我要是回去了，我爸妈肯定要啰唆，你爸妈也要说。"

"你管他们那么多！他们说就说嘛！"傅丹心同门卫齐师傅点了点头，把车开到了街上。

"我才没你那么潇洒。"陈地菊恨他一眼，把脑壳偏在靠背上，半梦半醒地看着窗户外面的街上稀稀落落几个人。

"这周末我们去看看房子嘛，这都马上要春节了。"她说。

"这周末？"傅丹心支吾起来，"周末我和刘毅文约了有事啊。"

陈地菊说："你们能有啥事？无非就是一起打牌嘛。"

"我问问看嘛，"傅丹心伸手出来，摸了摸她的肩膀，"反正这周不行还有下周，不急。"

陈地菊把他那手打下去，眼睛一闭："我眯会，到了你喊我。"她心头有气，手就下得有点重，实在想不通傅丹心为什么要把看房子这事一拖再拖。

七点半不到，马路畅通，他们几分钟就到了邮政银行门口。陈地菊看到她的同事徐佳正从街对面穿过马路。徐佳也看见她了，对着她挥手。"我走了，"陈地菊说，一边对徐佳招手，一边拿起手提包，"今天我要加班，晚上自己回去，你就不等我了。"

她车门一甩走了，傅丹心在车里面扯出一个笑，对她挥挥手。

她正是有点难过，就被徐佳走过来一把拉住了。"陈地菊，我逮到你了，大清早的就在单位门前秀恩爱！"徐佳笑起来。

"哪儿有嘛。"陈地菊一嗔，看见傅丹心把车掉了头，开走了。

"你老公好帅啊！"徐佳也伸着脑壳去看，"又帅还这么体贴，天天早上送你上班啊？硬是好！难怪你一眼看对就结了！"

"唉！好啥啊！"陈地菊看似礼貌地叹了一声，转身和徐佳一起往邮局里面走。街上的路灯直到这时候才灭了。

陈地菊大概早就忘了。但是，实际上，第一次见到傅丹心的时候，她狠狠地在心里面骂了他几句"讨人厌"。

那天是婷婷和文哥约的局。除了他们两口子，还有文哥的好朋友龙刚，龙刚的女朋友郑维娜——这是两对；落单的有一个陈地菊，再拼了一个是傅丹心。一圈介绍下来，大家都心知肚明，各自落座。陈地菊坐到了沙发最里面，傅丹心自然坐在了她旁边。

陈地菊从来比较客气，傅丹心坐下来，她先向他点了点头："你好。"

"好。"傅丹心也点了个头，伸手在茶几中间拿过来两个杯子："你要喝什么？"

桌子上有百威、冰锐，还有几瓶矿泉水。陈地菊说："我喝百威嘛。"

傅丹心就给她倒了啤酒，又给自己倒了，举起杯子来，说："幸会啊。"

"你好。"陈地菊又说了一次。两个人把杯子碰了一碰，各自把酒干了。

走完了过场，剩下一时就相顾无言。陈地菊才在想话，龙刚就一把拍在傅丹心的肩膀上："丹心，明天晚上熬夜看欧冠哇？"

傅丹心眉毛一扬，身一转过去："好啊，明天晚上曼联的嘛！"

两个人这就天雷勾地火一般聊起了球赛。陈地菊坐在冷板凳上，喝了啤酒，看着王婷婷握着麦克风唱《爱的主打歌》。

这人！长得人模人样，这么没礼貌。陈地菊忍不住在心里念——这算是第一次。

她就把手机拿出来，点进去看没看完的小说。她在追的一个破案小说刚好更新了，于是她迫不及待去看又是哪个被杀了。

过了一会，傅丹心转过来倒啤酒，正巧看到她整个人都埋在手机上，就说："哎，你咋自己在这耍手机了？你这样有点不合群哦！"

奇怪了，你自己先跑去说话，现在来怪我！陈地菊就想——这是第二次。

她就说："那你让我嘛，我出去点歌。"

傅丹心说："你要唱哪个的歌，我帮你点。"

陈地菊本来想拒绝，又看到傅丹心外面还坐着龙刚和郑维娜，两个人又正是并蒂的莲花一般挨在一起亲热。她就说："那你帮我点一下《英雄赞歌》。"

"你要唱啥？"傅丹心瞪大了眼睛。

陈地菊也不是没料到他的这个反应，她就沉声静气，一个一顿地说："英，雄，赞，歌。"

大约是被这四个字震慑了，傅丹心人偶儿一般站起来，握着这太乙真君的金光符，走到点唱机边上，"啪"地一贴，整个 KTV 包间即刻响起了那雄浑壮烈的音乐。

"这是哪个点的？傅丹心你要唱这个啊！"王婷婷惨叫了一声。

"我点的。"陈地菊觉得这一屋人的反应实在有趣。坦坦然然地她走了出去，拿了话筒，清了清嗓子开始唱："烽烟滚滚唱英雄，四面青山侧耳听，侧耳听……"

傅丹心发誓，这绝对是他第一次在 KTV 包间听到有人唱这首歌，但陈地菊的声音清亮极了，甚至有丝伤感，把这歌唱得如同一首诗一般，"为什么战旗美如画，英雄的鲜血染红了它，为什么大地春常在，英雄的生命开鲜花……"——等她唱完了，所有的人都举起手来，哗哗地鼓起了掌。

"来！小陈！我敬你！唱得太好了！"龙刚举起杯子来，一把喝了。

王婷婷说："真没想到啊，这首歌原来还多好听的。"

"是啊，"文哥也说，"没想到陈地菊你这么会唱歌，简直是歌星啊。"

"好听！好听！"龙刚意犹未尽，"来来来，我再给你点一首，你会唱《我的祖国》嘛？"

陈地菊本来为了惹弄傅丹心才让他给她点了这首歌，没想到居然得了满堂的喝彩，骑虎难下。她看了傅丹心一眼，傅丹心呢，倒是舒舒坦坦地坐在沙发上，手里面端着啤酒，对着她举了举杯子，很是鼓励的样子。

装模作样！陈地菊暗暗地说——这是第三次。

说来也奇怪，陈地菊在心里面骂了傅丹心三回，就无端端地把这人挂在了心上。过了两天，傅丹心给她打电话，说："喂，陈地菊，你有没空？今天下班出来一起吃饭嘛？"

她记得她一下就笑了。她说："好。"

陈地菊和傅丹心的第一次约会并不如想象中的顺利。六点过她下了班，傅丹心开车到邮政银行门口接她。陈地菊才刚刚一坐进车里，他就说："想吃啥子？随便点。西餐或者日本料理都可以。"

陈地菊皱了皱眉毛，说："去吃串串嘛。国学巷里的那家邓婆婆串串你吃过没？特别好吃。"

傅丹心看了她一眼："那就串串嘛。"他把车发动起来，方向盘一转往南门开。

邓婆婆串串在一栋居民楼的一楼，地方虽小，名气却大。十几年前靠卖炸洋芋在学生中流行起来，现在主要卖串串香麻辣烫，每天门庭若市，是始终不败的金字招牌。陈地菊他们停了车走进来，就见里面正是热气腾腾的，人满为患。两个人站在门口等位子，傅丹心说："陈地菊，你这人还有点老派的。"

陈地菊很是莫名其妙："啥意思呢？"

"你看嘛，"傅丹心说，"你唱歌也喜欢唱老歌，吃饭也要来这种的地方吃饭，是不是多怀旧的嘛。"

"这些事有啥新旧，"陈地菊淡淡地说，"歌好听不好听不分早晚，东西好不好吃也跟时髦没关系。"

傅丹心笑起来："哎呀，你才几岁啊？咋这么老纠纠的，说个话跟我爸差不多了。"

陈地菊正要回嘴，恰好有个小妹出来说："姐，你们的桌子有了。"

也是要谢谢这邓婆婆的好串串，两人这才把恩仇泯了。你看他们坐下来：先见这油汤就真是一绝，红而不艳，辣而不燥，签子上黄喉和脆肚都又新鲜又爽脆，嫩滑的牛肉串一口一个，沾锅就熟。傅丹心拿串牛肉一口下去，便觉得一股激流在他的嘴里面钻，再拿了一串又吃一口，就见这一股气钻上了他的天灵盖，又辣又麻，尖溜溜的还有缠绵。他忍不住呼了一口气出来，叹一声爽，喊小妹："来两个啤酒，冰镇的！"

啤酒来了，傅丹心把两个杯子倒满，举起来说："来喝一个。"

"喝嘛。"陈地菊把杯子和他一碰，一口干了。

"不是我说，"傅丹心不由赞叹，"你这性格硬是好，就是爽快，又是耿直，一点不装不假，简直了不起！"

陈地菊笑一下，吃她的金针菇。

"你看我今天还差点打倒了，"他继续说，"把你当成那种渣渣瓦瓦的小女子，想说你肯定是想吃环境，还说去吃西餐——哎呀，抱歉啊抱歉！是我庸俗了！"

"主要是今天想吃串串，"陈地菊说，"其实西餐也好吃，下回吃西餐嘛。"

两个人这才蕴了点感情出来，一边吃串串，一边喝啤酒，聊起龙门阵来。说来都是一个镇上的，又是同龄人，一对就发现相互之间有一大堆熟人朋友，就说起他们来：那些当红的，出风头的，聪明的打架的，现在走的走了，焉的焉了。

"哪想得到啊！"傅丹心很是有点感慨，"你跟陈麒博还认得到，你说他硬是，生意做成那样，结果说进去就进去了，留到老婆怀个大肚子，唉！"

"那时候我们小学他还叫陈军呢，坐我前面，每天都要遭隔壁班的男生打哭。"陈地菊一边笑一边举一举杯子。

"哎我咋没早点认识你！"傅丹心也一举起来跟她碰了，再干了。

这一天两个人吃掉了总共两百三十几串串串，喝了十二瓶啤酒。他们结了账走出来，傅丹心说："陈，陈地菊，你还有点喝，喝得啊！"

陈地菊赶紧把他扶一扶，说："我给你打个车回去，明天你再来取车子嘛，我给邓婆婆说了，他们给你看到。"

她打了个车把傅丹心送回去，车先开到县委家属院门口停了。傅丹心刚要下车，又转过来要给车费。出租车司机说："我这还在打表，你现在咋给嘛。"傅丹心摸一张一百的递给他，说："来师傅，你先拿到，好好生生把我女朋友送回去，啊？"

陈地菊记得自己的心"突"地跳了一下，她说："赶紧把你那钱收到！我这有钱。"

实际上，从小到大，陈地菊和傅丹心还是在我们镇上有过几次交集。只不过他们两个人都记不得了。

第一次应该是一九八五年的儿童节。陈地菊被她妈带着去凤凰照相馆照纪念照。她刚刚从东街幼儿园的六一演出下来，脸涂得红彤彤，眉间一个五梅花，头发上用黄纱巾扎了个硕大的蝴蝶结。因为要照相，她一直撇着嘴，再加上相馆里又挤了好几个娃娃，她就更紧张了。她妈眼见她要哭了，赶紧转移她的注意力，指一指等在她们对面的一个男娃娃，说："梅梅你看，你看哥哥穿的啥？——哥哥穿的海军服，你看人家哥哥好勇敢！"——这个穿着海军服的小男孩就是傅丹心，他也是才过完机关幼儿园的儿童节，被他妈带来照相。陈地菊看到他眉毛中间也杵了一个五梅花，但是已经花了，红点点不圆了，反而有条尾巴拖出来，像个扫把星。她就笑起来，笑一笑就忘了哭。

第二回是一九九三年十月，陈地菊初一上半期。那个月正是我们县的西游记文化艺术宫隆重开业，全镇的机关单位都买票组织去参观。平乐二中也组织了学生去校外活动。陈地菊他们一路又是唱歌又是笑，走到了二环路外的西游记宫。只见荒地里"嗖"地立起了一栋大庙，琉璃的房檐，雪白的墙壁，门口一排威风凛凛的石狮子。其他几个学校的学生也有组织来的，正排队在门口等着进去参观。陈地菊他们班旁边排的是平乐一中的一队学生，统一穿的是藏青色的中山装校服，自以为潇洒的样子。等到他们走进西游记宫了，从花果山、南天门、高老庄、平顶山，一路走到了<u>盘丝洞</u>，只见洞子里阴森森地冒着白气，<u>巾巾丝丝</u>顶上挂下来映着荧光。陈地菊有点发寒，她前面那个女生又走得飞快，她要去撵她，一步没踩稳，一头跌在了地上。她后面是个一中的男生，赶紧过来把她扶了起来，问她："你没事嘛？"——这个男生就是傅丹心，但陈地菊尴尬得头也不敢抬，只说："没事没事，谢谢啊。"等这人走了，其他几个女生来笑她："刚才那个男生有点帅哦！"陈地菊没有看到他的样子，只在黑漆漆的盘丝洞里红了红脸。

　　第三次遇见傅丹心的情景其实陈地菊并没有忘记，但是她恐怕不会对任何人提起了。那是一九九五年六月份，高中升学考试在即，学校每天都在补课，天又反常地热，压得人喘不过气来。每天她唯一的安慰就是晚自习下课，走到国学巷口上吃一份炸洋芋，油锅里黄灿灿地捞出来再蘸红海椒面，烧到胃里面又是痛快又是舒畅。这天晚上她吃了炸洋芋，推着自行车沿着国学巷往江西巷走，忽然听到背后一阵骚动。她转头过去，就看到几个一中的男学生撵着另外一个男生从巷子里跑过来，一把把他按在巷子门口，书包扯下来甩在街沿上，又是锤又是踢，一边打，一边骂："狗×的强奸犯！强奸犯！还敢来读书！"路边还有几个二中的学生，听他们一骂立刻反应过来了，哄笑起来，一边笑一边喊起这几天在二中被传烂了的顺口溜："一中有个小神童，天天读书不吃饭，饿得鸡鸡呱呱叫，最后成了强奸犯！"他们这么喊了几回，终于把这几个一中的惹恼了，转头来要打他们，一群人攥起哄起跑了。这下，刚刚那个被打的男生才慢慢地站起来，手膀子膝盖上都破了皮出了血。他理了理自己的衣裳，再要去捡书包。他的书包就落在陈地菊脚边上，她本来可以把这书包捡起来，递给他，但她却冻住了，脑壳里想："这就是那个著名的'神童'！就是那个耍朋友被人家告了的'神童'！"——她动弹不得，眼看着傅丹心把书包从她脚边捡起来，抬起头来，看了她一眼——陈地菊怎么会忘记这个场景啊，她一辈子都忘不掉傅丹心当时看她的那一眼：那一眼是那么恨，那么冷。多年以后再想起来，她的心都还要忍不住一颤。

过了十几年，那天晚上国学巷里的甲乙丙丁都早就各落一方了。只有傅丹心和陈地菊还在我们镇上，约出来吃饭，然后又要喝酒，喝了一回两回，再有了第三回。傅丹心喝得麻了，点起一支烟，跟陈地菊说起他小时候的事："说不定你根本没印象了，不过那时候我在我们镇上还是多出名的，简直笑人得很……人家说我是'神童'，"他抽口烟，笑起来，隔着烟子问陈地菊，"你还记得不？我们同一年的，你该有点印象嘛？'神童'！硬是说来逗人！有个屁的神！读个书遭我爸打得肉皮子都烂了！"

照例，陈地菊还是比他稍微清醒一些，就没有告诉他她早就想起了他就是自己当时在国学巷里碰见的那个男生，他的那一双满是血丝的眼睛。她说："你这么一说我想起来了，那你还是个名人啊。"

"吥！"傅丹心把烟杵了，伸手端起啤酒杯子来，"那时候太瓜了！太瓜了！唉不说了，喝酒！"

陈地菊就跟他碰了一碰，脖子一仰，把杯中的酒都干了。

　　各位看官，所以这就是前文说的，世上的事情都是天老爷写好了，白底黑字，落纸为证，是个人就赖不掉。你看这陈地菊和傅丹心冥冥里多看了那一眼，就把这辈子的缘分结下了，再是曲曲绕绕，兜兜转转，总是要走到对方跟前来。

　　于是他们现在走到了一起，最兴奋的人却莫过于王婷婷。一个是她老公职高一路上来的好兄弟，一个是她刚刚相识正打得火热的新朋友，看似毫不相干的，被她这手轻轻一点，居然就像对瓷娃娃般粘到了一堆来，咋不叫她越看越喜欢。

　　这就是：

　　　　梅花待西厢，萧郎在东墙。
　　　　天成美眷侣，莫忘俏红娘。

　　像朋友间有人问："最近傅丹心咋不出来打牌了？"

　　她马上骄傲地说："他哪有时间跟你打牌，他耍朋友了——我介绍的！"

　　或者有他人关心："上回我们一起唱歌那个女子，喊出来一起耍嘛？"

　　她就立刻宣布："人家现在是傅丹心的女朋友了，要喊出来耍，得先问问傅丹心！"

　　再有说："嘿！这两个人居然真说到一堆去了！"

　　她赶紧护短："你这说啥酸话！人家两个配得很嘛！当然是真的哦！"

最后还是刘毅文说她两句："婷婷啊，你稍微低调点嘛。这毕竟是傅丹心他们两个人的事，你每天在这给他们搞广播，弄得乌掀掀的——你还是注意点，不要喧宾夺主。他们这才刚刚相处，事情多得很，万一没整对呢？你也不要太激动了。"

王婷婷这下面膜也不敷了，一把撕下来桌子上一放，转脑壳对着她爱人就是一出好教训："你这人才说人家霉话！——没整对？他们哪点没整对嘛？你看不到他们两个每天出双入对的，好得不能再好了？还有哪儿不对？……"

——她的话还轰轰地在耳边响。却眼见没过两天，就出了一桩大事。

那天是国庆假的最后一天，金典影楼连拍了五套婚纱照，王婷婷两个累得心都紧了，好不容易收摊了，和傅丹心在河边打了一阵斗地主，肚皮饿了，就走到曹家巷后面张三哥摊子上吃烧烤。

三个人刚刚坐下来，包着口水等张三哥烤他的销魂猪脑花儿，傅丹心才说"不然我给梅梅打个电话喊她过来一起吃"，婷婷的手机就夺命一般响起来。

她接起电话来，那边的却正是陈地菊，婷婷"喂"一声，就听她声音有些异样，似乎是在哽咽。

"婷婷，你，你现在没空啊？我过来找你。"她说。

"过来过来过来！"王婷婷赶紧说，递给傅丹心一个笑，"我正和文哥还有小傅在张三哥这吃烧烤，刚刚烤起，你赶快打个车过来！"

"啊？他们都在啊……"陈地菊有些气若游丝的。

婷婷这才觉得不对，一把坐正了："你咋了？是不是不好了？——你过来嘛，有话过来说，我们都在，你快过来快过来。"

傅丹心赶紧说要开车去接她，陈地菊却自己打车过来了。一双眼睛红通通地，在婷婷身边坐下来，看了一眼傅丹心。

四个人围着一张方桌，上面摆三个热气腾腾的猪脑花儿，撒满的海椒面和葱花，嫩滑滑地散着乳香，却不见哪个动筷子。

"梅梅你咋啦？"婷婷问，"你啥事情你说嘛。"

"唉，"陈地菊叹口气，"我刚刚跟我妈吵翻了……"

她就一叹一顿地把事情娓娓道来，婷婷他们就尖着筷子吃两口脑花，边听她说："……也是怪我没早点找个合适的时机把事情给她说清楚，她现在气一上来，啥都听不进去了。唉她那人，每次一闹房顶都要掀翻，我就干脆走了，出来了……"

王婷婷看她好生造孽，也跟着叹气："哎呀，哎呀，咋会这样呢。就算你跟那相亲的没说成，但你现在不是也有我们小傅了吗？你把你们的事都给她说了？她还是那么气？"

陈地菊哪好明说她妈气愤的正是这一桩。她拿个杯子倒了半杯茶，喝一口。

傅丹心也喝一口茶，筷子一放，把烟拿出来。

"没事没事，"婷婷使劲想了个办法，"梅梅啊，我看这事没啥问题，就等你妈气过了，你就带傅丹心买点东西，大家面对面见一见——见了面就好说了。"

婷婷没看出这事的真正利害，傅丹心却不是瞎子，他抽

· 76 ·

一口烟又吐出来，只是不说话。

果然陈地菊叹了一叹，对婷婷说："没这么简单，本来我妈本身又身体不好，真不敢随便激她……"她一边说，一边终于鼓起勇气看了傅丹心一眼，却被他脸上的表情一慑，话也不会说了，眼眶子一烧。"丹心，"她低低地喊，"你觉得这事咋办……"

傅丹心慢慢把烟在地上按了，终于开了口："这个我不好说啊，毕竟是你和你家头人的事。你要是想我和你去见你爸妈，我就跟你去；你要是觉得不合适，想跟我先淡一淡，我这边也没问题。"

婷婷一听，脑壳"嗡"地大了："傅丹心！你在说啥子？咋就说到这来了？你吃醉啦？"

婷婷体会不到傅丹心的难处，陈地菊却立刻懂了。她妈妈当然是势利，傅丹心却也自有他的清高。这一下她眼睛真的红了，转一转直心酸："丹心，你何必说这话……"

连刘毅文也说："小傅，你在说啥？好端端的咋一下说绝话？"

"不是绝话，"傅丹心说，"我这是说的实话，我是为她着想。你们又何必为难她？"

陈地菊埋着头，想到她妈骂她的那些话，本来还只是绕在她耳朵边上，现在像是鱼刺一样扎满在她的心肺上，她吸了一口气。傅丹心啊傅丹心，她第一次真正在心里怨恨起来，你有再大的不忿，也不用发在我身上嘛？我也是在难受啊，你这么绝情是要做给哪个看？是要做给哪个看？——她痴了一般，看着桌子上的这份烤脑花儿一点点冷下来了，热气散了，油凝起来，正是血翻翻的。

像是无路可走了，陈地菊他们却听到王婷婷脆地一炸："我呸！傅丹心你这个死没良心的！你算是个啥男人！不就是她妈现在不满意你了嘛？这有啥了不起的？你问问刘毅文，他第一次到我屋头去的时候我老汉给他凳子坐没？——哪个人耍朋友不遭些风波，你甩个死脸干啥？——人家梅梅也是好声好气地，来找你商量嘛，你倒好，推个一干二净！有这么便宜！"

傅丹心这辈子从来没被一个女人这样骂过，一下子神都丢了。另一头陈地菊也忍不住了，肩膀耸一耸地，居然嗤嗤地笑了出来。"是不是？"婷婷一把把她的手拉了，紧紧捏住，"你说你这男朋友是不是欠教训？一个臭男人，你摆啥架子？"

陈地菊不管眼睛里还有眼泪水，只顾对着桌子心撕撕地笑。好不容易，她抬起头来，正看到傅丹心，脸上的笑却是止压不下。

傅丹心被她这一笑在心头上，一下蔫了。他看着他的陈地菊，眼睛里面全是她清清白白的样子。他把脑壳摇一摇，也"哼"的一声笑。

"那你说咋办嘛婷姐。还是你最有办法，你来说。"他问王婷婷。

这下，所有人都看着王婷婷，王婷婷也把他们看了一转。她血涌上来，嘴皮一咬："要我说啊，干脆，干脆你们就先去把证扯了——成了自家人，就啥话都好说了，再有事也是共同进退嘛。反正啊，你们也早就认定对方了，又再合适不过了，早一天晚一天，总要结婚的！"

她这话一出来，陈地菊先是蒙了。她耳朵边响起的是她甩门走了的那一声，门后面坐的她的妈妈叶小萱。现在跟傅丹心结婚？她的心疯了一样跳起来，整个人直想吐。

"好啊。"她听到傅丹心说，"这倒真是个办法。梅梅，你看咋样？我反正是认定你了，你呢？你要是也认我，我们就干脆去把婚结了。"

这件事情已经过去了好一阵，但陈地菊回想起那天晚上来依然有一种宿醉的感觉。当时傅丹心一言既出，正像是在黑暗中点燃了那革命的火种，一把熊熊地把人心都激荡起来。他们把张三哥坐到关门了，就兵分两路各自回家拿了户口本，又再在天盛广场旁边二十四小时营业的肯德基会面。四个人点了可乐，点了薯条，又点了炸鸡块，一边吃东西，一边说话一边笑。陈地菊和傅丹心把手紧紧地握在一起，就这样坐到了天亮，去金典影楼把相片照了，再去等在民政局门口，作为当天的第二对新人扯了证。

这事就这样成了。陈氏地菊嫁给了傅门丹心，更是嫁给了傅家这一家人。有人说：不是一家人，不进一家门。也有说的：进了这家门，就是这家人。到底是如何的一个先后因果，就要看哪一方的嘴皮子更灵巧了。你是金镶玉来还是玉蕴金，反正各人打个圆场——这先不管。但是总归，这夫家的门一旦进了，也就是陷下去了，有说是金屋藏娇，但更像瓮中捉鳖。现在陈地菊就正是被困在这黑坛子里，夜里睡觉难翻身，白天吃饭不作声，再难受不过了。好不容易等到银行中午午休，她去买了饭，端着穿个街，走到十字口斜对面的金典影楼去找她的女朋友说些知心话。

金典影楼里，王婷婷开着烤火器，坐在柜台后面正吃炒饭，只听得影楼的门就"哗"地被推开了，她一抬头正要招呼生意，就看见进来的是陈地菊，穿着深绿色的工作服，外面套着防寒衣。

"哎梅梅，吃饭没？没吃我给你喊个饭。"她说。

陈地菊举了举手上的塑料袋："我买了抄手。"

"哪家的抄手？是宋姐那的哇？我最喜欢吃他们的抄手了。来！给我吃一个。"婷婷高兴起来，端着她的饭盒从柜台后面走出来。

抄手是宋姐小食店的酸汤抄手，炒饭是三味快餐的芽菜炒饭，这都是镇上吃惯了多年的家常味。两个朋友坐在影楼接待客人的小茶几边，就着烤火器，一边吃饭一边聊天。

婷婷自然知道陈地菊这一向不太顺心，就先问她："怎么样啊？你睡好一点没？我给你说睡前泡个脚最好。"

陈地菊先喝了一口热滚滚的抄手汤，再叹了一口气："唉！还是睡不好，难受啊，我今天上班觉得我心跳都不对了。"

"那你跟傅丹心说说嘛，总要想个办法啊。"婷婷也很着急。

"我今天早上跟他说了，他喊我回我爸妈家住两天。"

"那你回去住两天嘛？总要睡觉啊。"婷婷点点头，挑了她一个抄手。

"我哪敢这样回去？"陈地菊摇摇头，"为了结婚这事，我和我妈吵了好多回你也清楚。我住到傅丹心家去这事她本来就反对，还是我自己硬要同意的。这才过了没两周，我就跑回去，你看她要咋说我！"

"哎呀，这倒是……"婷婷也为难了。

"不然，你到我那来住嘛！我那房子条件是差一点，不过就我和刘毅文，都随便，你来，我喊他去睡沙发！"她想出来一个办法。

陈地菊再是忧心也要"噗"地笑出来："我才不来打扰你们两口子！"她又喝了一口汤，继续说："其实我和傅丹心现在就应该赶紧去看房子，把房子赶快定了这日子才有些盼头——本来这是早就说好的事，我们一人出一半首付，趁春节前就可以把房子定下来。但我连连给傅丹心提了好几回，他就偏偏左右找借口，就是不去看。唉，你说他这是要干啥？"

婷婷却才是第一回听说这件事。"原来你们要买房子啊，"她说，"这么大的事我咋没听傅丹心提过？"

"唉，这有啥好说的。都结了婚了，肯定要把房子买了嘛，不然咋办？"陈地菊说。

婷婷就有点心酸酸的，想起了她和刘毅文在葫芦巷租的那个烂偏偏。她说："现在一个房子首付要好多钱啊？"

"也不算贵，现在政策还好，买个七八十平的套二，首付两成算下来可能还不到十万。"陈地菊说。

婷婷心头"咚"了一下，叹了句："这么多钱啊！"

陈地菊这才意识到王婷婷他们的情况不同，赶忙附和："是啊是啊，肯定是一大笔。那也没办法啊，我们两个一人出一些，凑一凑嘛。"

"傅丹心说他要出一半？"婷婷一边想一边摇头，炒饭也不吃了，"不对不对，他哪来那么多钱啊？他的情况我们朋友都清楚。他最是大手大脚的，赚一块花一块，根本不存钱的，他哪来的存款？"

陈地菊一听这话，心头也跳了一下。"不会吧？"她说，"他自己亲口给我说的他可以出一半。"

"那我就不清楚了……"婷婷识相，赶紧把话包回来，"说不定他是有存款，说不定他爸妈要支持他呢。既然他说了，那肯定是要出嘛。"

现在是家丑不可外扬，陈地菊也就不便把两家父母亲为这房子吵得翻了天的事拿出来跟婷婷分享。她不说话了，想把她的抄手吃了，又有点吃不下去，问婷婷："你还吃不吃抄手？这还有两个。"

"我不吃了，"婷婷皱着眉毛，"感觉他们今天这酸菜有点回了。"

两个人就把剩下的和饭盒一摞，装在塑料袋里一把丢了。陈地菊打起身回去上班了，婷婷继续坐在柜台后面等生意。

这一下午陈地菊这班却上得甚不安宁，手上点着钱，脑子里面来来回回想的都是傅家这一家人。她想着县政府家属院里那阴森森的样子，楼门口斜挂着的好几幅蜘蛛网，又想到傅家厕所里面那一股说不出的酸臭味，阳台上永远挂满了晒洗的东西。她想到她的老人公傅祺红，说起话来庄颜正辞，书房门永远一关一晚上都不出来。她的老人婆汪红燕，此刻应该正在客厅里坐着给她打毛衣，她昨天晚上回去她就把她叫过去了，说要再量一回她的手长，量完了又跟她说些话不收拾，她就只得坐在冷飕飕的客厅里陪她看完了整整两集《潜伏》。

还有她的爱人傅丹心，傅丹心。陈地菊一想到他，手指尖上都刺了一下。她虽然嘴上不承认，但心里却觉得王婷婷的话说在了点上。傅丹心这人的确是大方，平时爱交际，花销也不少，他那铺子虽然过得去，但肯定也赚不了大钱——说不定，他真是手上没钱，所以最近才这样地遮遮掩掩，就是不去跟她看房子。

陈地菊想到了这一层，整个人就不动了，坐在柜台后面，想起来前两天也不知道是为了哪件事，傅丹心又在饭桌上和他爸顶起来。当着陈地菊和汪红燕的面，傅祺红把筷子一放，脸一黑："傅丹心，你不要以为你现在稍微有点出息，就了不起了，跟我说话就'你''你''你'的。我给你说，我们这家，我是你爸，你是我儿子，这是永远都改不动的。只要你一天还在我门下吃饭，你就给我收拾点分寸，少拿这种态度跟我说话。"

陈地菊记得当时傅丹心耳朵涨得通红，坐她的身边，正像那个几十年前她在国学巷里偶遇的少年，一丝也没有改变。有一瞬间，她真的以为他要把桌子一推走出门去，直到汪红燕说："老傅，你收拾点！人家小陈初来乍到，你把人家吓到了！"

傅祺红这才赶紧抱歉："哎呀小陈，真不好意思，让你见笑了。好好好不说了，大家吃饭！"

唉。她心里吞了一个叹气，举起手来把章盖了，文件递出去，笑起来把这个客户送走了又按铃喊下一个号，于是一个很温柔的女声响起来："请、207 号客户、到 2 号柜台。"陈地菊听着这熟悉的声音，看着熟悉的营业大厅，终于决定：不想了，就我来出这首付嘛。反正，也算是让那笔钱有个正当的用处。

就这样她当天晚上回了屋，一心只想赶紧随便把饭吃了，就好同傅丹心回寝室里去，把这事情说开了，好让他消了顾虑，先去把房子买了。哪知道她的老人婆汪红燕却读不懂她的心意，偏要精精细细做一桌子菜：你看有一道鱼香茄子、一道韭黄肉丝、一道凉拌鸡肉、一道白肉冬瓜汤，还有一份炒小白菜和一碟泡菜渣渣肉。

傅祺红吃两口，就说："今天这菜炒得不错啊，鸡肉拌得好，茄子也切得匀净，好，好。哎红燕，你给我倒点酒来呢。"

汪红燕就起身去给他倒酒，一边说："这鸡是真资格的土鸡肉，还有这茄子，我就正是在市场头看这茄子新鲜才专门买的。丹心，小陈，你们都多吃点。"

陈地菊只得点个头，心也随着沉一沉：傅祺红这酒一喝开，今天晚饭肯定不好赶紧收拾了。她看了傅丹心一眼，哪知道他居然是一脸笑意，张嘴说："妈，你也给我多拿个杯子，我陪我爸喝两口。"

"唉哟唉哟！"汪红燕乐得呵呵笑，再拿了个杯子，"难得啊，你们父子两个，今天兴致好哦！"

陈地菊毕竟还是个外人，哪懂得这一家人门后面的曲折。

她就眼睁睁看着这两个男人把杯子摆好了，各自倒满了一杯枸杞酒。傅丹心把杯子举起来，说："来，爸，我敬你。"——两爷子一碰杯子。

陈地菊无奈何，舀了一勺泡菜渣渣肉，和着饭吃一吃，听桌子上其他人一句一句地说话。

"小陈啊"，傅祺红忽然喊她，"你有没啥不习惯的啊？吃的住的用的，有啥要求尽管跟我们说。你千万不要觉得不好意思，忽然搬到新环境肯定有很多不适应，有啥你就说，啊？"

陈地菊吓了一跳，万万没想到这家里面第一个对她说这话的人居然是傅祺红。她有点百感交集地，就说："谢谢爸。我知道了。有啥我会说的，你不担心。"

傅祺红点点头，继续吃两口鸡肉，忽然又说："对了，傅丹心，你们这周末没啥事吧？我今天回来路上看到有个楼盘在促销，叫作'未来城'，看起来还不错，不然你们去看看？"

陈地菊再吓了一跳，更加没想到傅祺红居然正在这时候提起了这桩事，她想赶快接个话，免得傅丹心不好做，居然就看到傅丹心也跟着把头点起来，嘴里说："好啊，好啊，正好我这周末就没啥事。那梅梅，不然我们去看看嘛。这都马上要过年了，最好是不要再拖了。"

正是人盘算不如天打算。陈地菊枉自想了一地的心事，却没想到这事就是两杯酒上解决了。星期六一大早，傅丹心开车载着她，两个人从西门跑到东门外，一楼一盘地开始看房子：西门的嘉祥城、普罗旺斯花园，东门的恒发新城、平乐帝景、莱茵美居，还有天空城，他们都一个个看过去，宣传册、户型图，乱七八糟拿了一大堆。正是东家的女儿爱红妆，西家的女儿会针线，各有长短，难以决断。

两个人看得肚皮都饿了，只得先把这头放下来，找个地方吃中午饭。傅丹心说河滨大道最近红火得很，不如去那看看。两个人就开车过去了，果然见一排排开出来的新馆子：火锅、烧鸡公、酸菜鸭、鱼头煲、农家菜，还有两家西餐厅。这才是午饭时间，路边就几乎都停满了，傅丹心好不容易找了个停车位。两个人下了车，一路看过去，又是一阵好挑拣，傅丹心说吃鱼头煲嘛，陈地菊说太多了我们就随便吃点。

他们正在为难，忽然看见"田园风光农家菜"门前停着一辆陆虎越野车，又黑又亮的一大坨，气势不凡。陈地菊正想"这车恐怕有点贵"，就听到傅丹心说："哎，这不是龙哥的车吗？他也在这边啊！"

他就拿出手机来给龙刚打了个电话。龙刚果然正在"爵士咖啡"里吃午饭，"快过来快过来！一起吃一起吃！"他在电话里一阵大声招呼。

两个人就走到"爵士咖啡"去了，一进去就听见人喊："小陈，丹心，这边！"他们一转身，只见龙刚在一个靠窗的卡座边上，站起来，对着他们挥手。

陈地菊走过去，才发现卡座里还坐了个年轻的女人，但不是郑维娜。她对她点了点头，坐下来，一下话也找不到。两个男人却高兴得很，招呼服务员过来点菜。龙刚说："哎！你们两个！结了婚就不出来跟我们这些单身的耍啦？这样不好哦！"傅丹心说："我哪晓得你在哪干大事，哪敢随便打扰你！"

也许是因为第一次在 KTV 的时候，陈地菊才要跟傅丹心说话就被龙刚搅了，她就一直对这人印象不太好。但不知道是什么原因，傅丹心却和他很亲热，两个人一见面，又是说，又是笑，两句话下来就要点啤酒。

"哎，丹心，"陈地菊不得不出来制止，"你等会还要开车，下午我们还有事，不要喝酒。"

"噢对对对，"傅丹心还算想得起道理，赶紧说，"不好意思龙哥，今天喝不成，等会下午还要去看房子。"

"你们在看房子啊？"龙刚笑起来，"那就是真正巧了！来，我给你们隆重介绍，西川名居售楼部的孙经理！"

"啊，孙经理好。"傅丹心跟她打了个招呼，两个人握了一握手。孙给他们递了名片，陈地菊一看，名片上写着：孙静，销售部经理。

这孙静看起来矜矜持持的，但一说起话就很是干练。一顿中午饭下来，她给傅家两口子详详细细地介绍了整个川西名居的情况：投资方，开发商，物业，小区环境，容积率，户型，无一不全。这楼盘其实也不远，就是在创新公园的另一边，斜望着恒发新城。拿孙静的话来说，他们楼盘很低调，但是质量绝对好，容积率低，户型合理，还有赠送面积，用来住家是真正最实惠的。

话都说到了这里，饭也吃了，一行人就开着两辆车，一起去看川西名居。这小区是以多层为主的，外墙青瓷白砖，很是雅致，花园里一树树梅花和铁脚海棠正是开得灿烂，两口子又去看了样板房，双双都觉得很满意。

龙刚先来问了他们的意思（确定是想买），就转身去问孙静要折扣。孙静也是两肋插刀了，打了几个电话，最后要来了整整三个点的折扣。这样一来，就再也没有什么值得犹豫了的。傅丹心拍了板，定下了 A2 户型九十二平方的小套三，总价三十六万三，首付七万两千六再加上五千多的税费，定金先交两万。

孙静带他们去付定金，三个人一起走到了财务室。财务问："现金还是刷卡？"

"刷卡。"陈地菊说。

她要去拿她的钱包，傅丹心说："梅梅，哎，我来嘛……"

陈地菊却很是坚决："没事，我卡上正好有钱。"她把卡拿出来，刷了两万元，打了收据，签了字。

这件大事就算定下来了。也的确是遇得好不如遇得巧：吃一顿中午饭，就把房子的问题解决了。龙刚还想去茶楼坐一会，傅丹心说得先回去给老人家交代，不如改天再约。

他们开着车回县政府家属院，正是尘埃落定了，双双都有些恍惚。

傅丹心还是很觉得不太妥当的，说："梅梅，对不起，让你一个人把定金垫了。"

陈地菊不是没料到他会有这样的反应，轻轻地说："你说的啥话，我早就想好了。你看你，你买这车子把钱都用了，现在手头也不充裕。现在就这样：首付我来给，月供我们一起付，这样不是正好？"

傅丹心听她这话出来，自然就沉了一沉，最后说："其实我这里还有些钱，我凑一凑，还是能拿个两三万出来。"

"没事，"陈地菊说，"也多亏我这么多年吃住都是我爸妈管，工资基本没用，这首付还给得出来。你那些钱，你存着，以后这房子还要装，还要买家具，用钱的地方多了。"

傅丹心把车转到东门上，看到满街的人头攒动，女人们穿着高跟鞋，一个个花红柳绿——在这么多庸庸碌碌的女子里，他却找到了他的爱人陈地菊。

他伸出手去，捏了捏陈地菊的手。她的手又是温热，又是柔软。

"梅梅，"他叹了一声，"我爱你。"

傅祺红日记

2007 年 8 月 10 日

今日工作：

今天，在《永丰县志 1986—2005》的阶段编辑工作会上，提交了"居民生活篇"中的"城镇居民消费支出"一节，分为食品消费、衣着消费、居住消费、交通通信消费等八大项。

按计划，为了更直观地体现居民消费情况二十年的变化，除文字部分，每项各配了一张表，一目了然地列出该项人均消费金额（元）和占生活总支出比重（%）的逐年改变。小苏在收集数据上费了不少工夫，又由我和他共同统筹制表，同事们都很认可。但是赵却把这一节否了，表示他要亲自再统笔一次。散会后，我实在有些想不通，就找他谈了一次。他也算跟我说了真心话，表示主要的问题是在"居住消费"这一项中。他的意见是：有些叙述不太准确，"容易引起误会"，例如文字部分的"20 世纪 80 年代末以前，不少职工住在单位修建的集体宿舍中，不交一分钱"（赵说肯定还是要交一些钱，"不交一分"太夸张）；"买一套 80 平方米小户型商业房，2005 年要支付 13.6 万，相当于一般双职工家庭大半生的积蓄"（赵认为最后这个"相当于"是不必要的主观煽情）。更重要的是，他坚持九十年代以后城镇居民商品房购买的数据表格必须删掉，"太敏感"。

· 90 ·

他这么一说我就明白了，毕竟是动辄几十万的房子，再来详细数据一列，他肯定是怕万一把哪个上头贪了的牵连了。按理说，史者记事，从正执中。古来有班固，有司马迁，有范晔，都是职当载笔，善恶必书的。下笔只为后世检戒，从来不由君主观见。但赵却只想拍马屁，又喜欢唱赞歌，又生怕惹麻烦。有这样一个人管事，实在是县志办之悲哀。

今日学习：

读完《曾国藩与桐城派》，又回头去重新翻了翻《曾国藩家书》。这本书确实值得一看再看，句句都是经典："君子之立志也，有民胞物与之量，有内圣外王之业，而后不忝于父母之所生，不愧为天地之完人。"

今日膳食：

早：臊子面约二两，煎蛋一个。午：邱蹄花两只，白饭一碗。晚：凉拌猪脑壳，凉拌兔丁，炒空心菜，干煸苦瓜，锅贴若干，稀饭三碗。

今日琐记：

丹儿终于找到了一间合适的铺面，就在北门紧靠十字口，以前土产公司对面。他很满意这个铺面，我们也觉得高兴。自从从光纤公司出来以后，丹儿一直十分低落，这一下，他自己开张做生意了，也算有了突破。他还有点遮遮掩掩，不敢正面跟我说。实际上，我真有些羡慕他的自由和机遇。我这辈子都困在单位里，彻底报废了。

第四章

　　都说平乐这地方自古以来就是有灵脉的。早在西汉时候，就出了个扬大夫文冠天下，侍奉在皇帝左右。之后经朝历代，又有石太守、吕知州、蔡御史、赵委员、张参谋等名人显贵先后为一方贤达。于是此地的居民也似乎受此濡染，待人接物间颇有谦谦君子之道，融融和睦之风。

　　比如两个熟人在街上碰见了，绝不口空白舌问个好就算了。有一个要问："老傅，吃饭没？走！我招待你吃饭！"另一个便说："今天屋头煮了。改天吧，改天，我招待你。"这一个就赶紧抱个拳来感谢："使不得使不得，还是我招待你！"——就这样你招待我招待，两个人来回递够好几转，才算表了真情义，才再依依惜别了。

　　又比如去菜市场买个菜，也是不得了的阵势：走到摊子前，得先问个好，再说："老板麻烦，称点豌豆颠。"老板就赶忙跳起来，满脸笑起，抓个塑料袋子给买主捡豌豆颠。买主要说："哎，不好劳烦你，我自己来捡。"老板就说："不行不行，看把你的手打脏了。"买主再要客气："没关系没关系，我自己捡，看把你的手弄脏了。"老板就更加谦虚："不得事，不得事！我的手本来就脏！"——这样说够一轮，也刚好装了一大兜，一上秤六元四角钱。买主还要硬给个六元五，拿起来感感谢谢地走了。

一边走，一边忍不住朝塑料袋里瞄了好几眼，心头想："这个人不要尽是给我捡些老的啊！这拿回去一拆魂都没了！"

吃晚饭的时候，汪红燕果然说："老傅啊，你今天买的那个豌豆颠好老啊。我拆了好多拿来丢，你看，炒出来就这么一点。"

傅家四口人围着饭桌吃晚饭。桌子上一碗青椒肉丝、一碗白油丝瓜、一盘凉拌三丝，还有小半碟子清炒豌豆尖。

这下傅祺红也觉得菜有点少，就对傅丹心说："你赶紧下楼去，过街在白家卤味那买点卤菜上来。"

傅丹心坐都坐定了，说："算了嘛，够了，今天本来就没好饿。"

"你就想你自己了，"傅祺红说，"人家小陈呢，我们大家呢？"

陈地菊赶紧表态，说不用买不用买，这些足够足够了——傅祺红却不听她的客气话。他拿出五十元钱，把傅丹心遣出了门，叮嘱："多买两个猪尾巴。卤牛肉要买有筋的。"

傅丹心拿钱走了，过了一会，提回来一袋卤牛肉（有筋的）和一袋子猪尾巴（配了红海椒面的干碟包），"哗"地往桌子上一摆，更添了半壁江山。

哎，这才有个吃夜饭的样子嘛。傅祺红夹了一个猪尾巴，又想起来，问他的儿："找的钱呢？"

"哎呀爸啊！"傅丹心难得叹了一大声，"现在啥物价你有概念不？你以为五十元还是钱啊？——就光买这么些，我还添了钱的！"

傅祺红便有些抱歉："你添了好多？我补给你。"

"哪个要你的！"傅丹心也伸手过去抓了个猪尾巴，"啪"地丢到嘴里两咂，正是有其父必有其子。

陈地菊还是个新媳妇，自然不好说什么。汪红燕嫁到傅家几十年，就早是熟脸皮了。她笑起来："你们两个才有意思呢，亲父子，明算账啊！"

"不是我要跟他算账，"傅祺红已经吃了两坨猪尾巴，现在顺便夹点豌豆颠，"我这是要给他表明这个道理：账要算清楚，千万不得蒙人家的钱，更不要欠钱。做人啊，要随时留心这些细节。"

傅丹心不想接话，转头给陈地菊夹了一片卤牛肉。

"你们那房子什么时候交房啊？"当爸的又问。

说到房子，这儿子的态度才好些："大概要今年年底，我们这算是这一批新房子里交得快的了。"

"那楼盘不错，"汪红燕也来了兴致，"我前天走去看了看，小区绿化做得真好！"

"哎，你自己走过去啦？那么远，你喊我一声，我开车带你去嘛。"傅丹心还是心疼他妈。

"一点不远！"汪红燕说，"我穿过创新公园就过去了，天气又好，等于散个步。这新修的创新公园真不错，小陈，你去过没？"

"我爸妈最爱去那散步,春节陪他们去看新房子又去了两回,他们都说这房子位置好,正挨着公园。"陈地菊笑起来说。

"就是啊!以后你们搬过去了,出门就是那么大个公园,随时都去散步,好舒服!"汪红燕感叹。

以后他们搬过去了——傅祺红一边吃饭,一边悠悠地看着他的儿子和儿媳妇,两个人目明眉秀,唇红齿白的,正是在那最要潇洒的好年华。等到他们都搬过去了,傅祺红想,这晚饭就真要吃得清淡了。

刚刚过去的这个虎年春节傅家过得格外闹热。硬就靠这一套还画在纸上的新房子,人心里外都齐了,在自己屋头吃了顿正儿八经的年夜饭(真是多年未有了),又和亲家一家在初三和初七连续走动了两回。叶小萱和陈家康这下是满意了,字字句句都说傅丹心好,傅祺红和汪红燕自然也要表态,连连声声夸陈地菊优秀,双方又是碰杯又是祝贺,笑谈小两口未来的新房子和新生活。也是正应了俗话说:*岸柳因春绿,人心随势移*。这欢欢喜喜的一个多月过了,老老小小都多了几分亲热,像是真正的一家人了。

当然了,儿子和媳妇必须得搬出去,这是大势所趋。不然整整四个人住在一个房檐下,总有许多不方便。

吃了晚饭,傅祺红正在书房里写东西,忽然听到有人轻轻地在外面敲门。

"进来。"他把笔放下了,说。

门"吱"的一声被慢慢地推开了,陈地菊站在门口。

"爸，不好意思，打扰你了。"她说。

"小陈啊，你啥事呢？进来嘛。"傅祺红赶忙站起来。

陈地菊就走进来。只见这书房里迎面来一整墙壁的书柜，再有小茶几边，书桌上，一摞摞的也全是书。"这好多书啊。"她笑了。

"咳，这都是多年来收的。"傅祺红从书桌后面走出来，站在书架前，"也算有些好书，但大多数都是不成样的。"

"啊，我是有个这个事，"他儿媳妇说，"我的一本书，放在客厅里找不到了。我问了妈，她说可能是她以为是你的，就捡到书房里来了。我就来看看这里有没有。"

"哈！"傅祺红一笑，"也难怪了。我们这家头啊，从来都只有我一个人看书。你那本是啥书？我来给你看看——她要是收进来了，应该是在这一堆。"他走回书桌边上，那上头堆了高高低低好几摞的书，都是他最近在看的。

"哎，"这下陈地菊有些讷讷地，"是本侦探小说。深蓝色的封面。"

"深蓝色的封面……"傅祺红把书桌上的书一本本翻过去，"叫啥名字？"

"叫作《无人生还》。"陈地菊说。

她话音刚落，傅祺红就看到那本书。宝蓝宝蓝的封面上，黑漆漆的几个人影子，白惨惨的字写着"无人生还"。

"啊，"他把书拿起来，"是阿加莎·克里斯蒂的啊！你喜欢她的书？"

"对啊！"陈地菊一听到傅祺红说出这名字来，像是暗号对上了，一下笑了，"我多喜欢看她的书，福尔摩斯系列也都看了，还有日本几个写侦探小说的作家，我也很喜欢。"

"阿加莎·克里斯蒂可是个大作家！她写了好多书。你不要说，我这好像还有几本她的书……"傅祺红走到左手第二个书柜前，打开门来，在架子上找。

他素来很有条理，立刻就从书架上把阿加莎·克里斯蒂的几本书抽了出来，转身递给了陈地菊："你看看，这些都是老版本了，不比你这本做得精美。以前的书要简朴得多，当然了，也便宜得多。"

陈地菊就把书拿在了手上，一本本看过去：《悬崖山庄的奇案》《阳光下的罪恶》《东方快车谋杀案》。

"你拿去看嘛！"傅祺红大方地说，"我这小说其实还真是很有一些……你看，这还有《乱世佳人》，还有《基度山伯爵》《罪与罚》《钢铁是怎样炼成的》《静静的顿河》……"他在书架上挨个数过去，"你有空了自己来挑，喜欢的就拿去看！"

"好啊，"陈地菊只得把书拿在手里，"那我看完了再来挑两本。"

"你随时来！"傅祺红说，"我这别的没的，书多得很！"

陈地菊谢了一回，抱着书走了。她自来很细心，走出去就把书房门掩上了，又再说了声："谢谢爸。"

傅祺红正要说"不用谢"，陈地菊却已经在门外面了。隔着一扇棕红色的实木门，他的爱人、儿子，和儿媳妇，看电视的看电视，耍电脑的耍电脑，看书的看书。

他本来准备回去继续写文章，但却忍不住想再欣赏欣赏他的书柜，一扇扇一排排地看过去。背着手，踱着步，像个老财主一般：永丰县的县志、年鉴，各种文化特色集以及多样的县情手册占据了左手第一个书柜的大半。接着是本县文化界朋友出版的文集、诗集、摄影集，一本本签了名，题了字，占了整整两排。再来才是他自己买的书，按照年份来排列，又再分为文学类、政治类、人文类、经济类——一本本地，从八十年代中期一直到现在，列满了快四个书柜。

傅祺红眼睛扫一扫，把这二十多年看了过去：这些书本来是小而薄的，后来越来越大，各种材质的封面，长长短短的开本都出来了，放在书架上很是参差不齐——这几年才似乎又回归了，由繁再化简地，使书架子重新平坦了。

最后一个书柜的最底面三排，整整几十本列在一起，是他多年都没过问的角落。傅祺红蹲下来，看着这些发了皱又发了卷的书脊：一套《小学语文》，一套《小学数学》，一套《小学自然》，再有《中国通史》《世界通史》《幼儿英语启蒙》《世界美术名作二十讲》《科学简史》《儿童插图百科全书》，又有《全唐诗》《千家诗》，《论语》《孟子》《诗经》《春秋》等四书五经，《古文观止》甚至《增广贤文》，以及其他更多的。

傅祺红大概永远不会忘记一九八七年的年底。他去傅丹心当时就读的平乐一小开了第一次家长会。回来之后，想了几个晚上，最终决断：让儿子从学校退出来，领回家来自己教。

所谓启蒙，人之初张眼，仰观吐曜，俯察含章，方有两仪生；读古今识圣贤，明是非立品德，方有三才定。傅祺红深信这个道理，就更不愿让他的独儿在平乐一小耍耍打打混过这六年。他原本的计划，是要傅丹心利用这段黄金时间在家里学完这些书，为以后的成才打下最坚实的基础。为了完成这个目标，傅祺红是手把手地，定大纲，写计划，出练习题，父子两人一个当老师，一个当学生，又有一个汪红燕帮着监督检查，在书房里一学就是六年。

他的计划并没有完全成功——傅丹心没学完这些书，没有读透，没有背全。总是个娃娃，难免贪耍——这是傅祺红自己评估的。

但是，在外人看来，他这计划就真正是一个大轰动了——傅丹心尚未满十二岁，在初中入学考试上亮相，不但完成了老师专门刁难他来出的高难度入学考试题，甚至又加试做了的初中三年级水平的英语、化学、物理，样样都是满分，震惊了全县的教育界。

一夜之间，傅祺红走在县政府里，平时那些心比天高眼朝头顶的，个个都来跟他道祝贺。有的说："傅主任啊，以前我只在电视上看过那些神童啊，少年大学生啊，觉得好了不起！没想到现在，我们身边就出了一个！你的傅丹心前途无量啊！"有的说："老傅，还是你有魄力，说教就教，还真就把娃娃培养得这么出色！你有啥科学方法，跟我们分享一下嘛！我给你说，你那些用的书啊，笔记啊，都要好生保存起来，等以后你们儿子再有出息了，你把这些整理出来一出版，嗨！那肯定是畅销书！"又有人说："祺红，你现在真是红了！按我说啊，你在教育娃娃上这么有心得，这都公认了，我们政府办也不敢留你了，说不定马上就得调到教育局去！"再有人想得更远："哎，马主任，你这就说得太局限了。现在祺红县里县外都打响了，哪还只是在我们这里打转。你看嘛，过阵子，市上啊，省上啊，就要来要人了！一路给他提拔上去！"

——那闹热简直到了一个极点。已经快要二十年了，依然地，傅祺红一看到这些书就想到了那些话，在他耳朵里面钻进钻出，唱得锣鼓喧天。

他一把站起来，把书柜门关了，"啪"的一声。总算是守住了满室的清风雅静。

有些无聊的喜欢说傅祺红闲话，说他千不该万不该，就是姓拐了，才会这么多年都永远是个"副主任"，先被余先亮管也就罢了，余先亮退了休，还要被比他小一轮的赵志伦管，打死坐不正。傅祺红不是没听过这些小道上传的——更难听的也有——但他从来都一笑置之。这些镇上的人！他心头想，你自己蹬打不开，还把我傅某人的格局也想得这么狭隘。难怪圣贤说，切莫与鼠儿雀儿论道！

但你说有啥办法：东街的傅银匠看上了东门外凉水井黄老六家的幺女，托媒婆上门说亲，下了五个银元的聘礼，把这黄慧兰娶过了门。两口子安家在东门老十字口边，一套房子对着东街，外面做生意，里面过日子，男人打银子，女人料家事，日子虽不殷实，却总算和睦。结婚第二年，两个人生了第一个娃娃，按"祺"字辈取名傅祺永。这小娃娃聪明伶俐，人见人夸，长到一岁半，害了瘟死了。傅银匠和傅黄氏极是悲痛，过了一年多，再生了个女娃娃，取名傅祺华。傅祺华小时候爱哭，长大些了就特别懂事，每天帮她妈做家事。长到三岁半，到城墙边水井上去打水，一个失足跌到井里面死了。两口子哭了五天，一口水也没进。也是万幸，这时候傅黄氏的肚子里已经揣了一个。她鼓起劲来，抱鹅蛋一样把这肚皮护起来，过了五个多月，生下了个又白又胖的男娃子，一出娘胎就是一头黑头发，面貌不凡——这才是傅祺红了。

所以你说有啥办法啊。傅祺红他在转轮台上凤凰一跃，却偏偏落到了这四川地方的小镇上。既然自这傅黄氏的肚皮里破出来了，也只得就长在了这地方。他倒是自幼聪明，抱负不浅，甚至考上了大学——但还是没用，哪里生，哪里死，最后，还不是得被分配回这巴掌大的平乐镇。

既来之，则安之。他时常这么宽慰他自己。好在这平乐地方虽然在盆地底下，不过一方寸土，却田肥地沃、物厚人和，四时风物，更别有致趣。就看这正月一过，才入了春，满街满镇的花木们都兴旺起来了：寒梅刚刚开完，海棠尚且妖娆，嫩黄黄的迎春花和粉白白的樱桃花就招展起来；再过几天，杏花开了，满树的更是下雪一般。风一吹，扬起重重的花瓣子，又夹着隔壁李花和梨花，飘飘荡荡，最是迷这看花人的双眼；再过几个星期，等到萝卜花和胡豆花来打过了前哨，油菜花就要"唰"的一把，开出来满原遍野，遮天蔽日的金灿灿——等这时候，任你是天官投胎，星君转世，也不得不脱了袄子，掀开铺盖，走出门去。照照相片，晒晒太阳，再抬张桌子出来打麻将。

这正是：春雨惊春花信到，凡心思凡微澜起。

傅祺红骑着自行车上班，走到县政府里停他的车子，看见一堆保安围着停车棚打斗地主。三个人打，六个人看，好不热闹。他本来是下意识地，想说声："哎，师傅些，这县政府里头打牌，恐怕不好看哦。"——但他又考虑到这样做或许有些讨人嫌，再加上平时还要麻烦人家守车子——就把话哽了，拿起公文包走了。

他还没走到办公室，就听到县志办里面传来一阵黄雀儿似的笑声，不想也是吴文丽。傅祺红刚刚忍了一手，现在就有点不耐烦。这吴文丽简直是！自己游手好闲就算了，上班时间，居然嘻哈打笑成这样！他想。

他转拐过去，就看见吴文丽和实习生小杨站在走廊上说话，吴文丽笑得"咯咯咯"的。

"小吴！"傅祺红发了话，"你们有啥笑话下班了说嘛！上班时间，这么不严肃！"

两个女子便立刻肃穆了，端端正正地杵在走廊中间，喊："傅主任好！"

傅祺红还是不太安逸，皱着眉毛盯着这两个小的，斥责道："你们啊你们啊，一大早上就这么吵，人家其他人听到，对我们县志办咋想！一点不注意影响！"

小杨倒还勉强摆出一副唯唯诺诺的样子来，吴文丽就干脆"噗"的一声笑出来，她仗着自己地皮混得更熟些，说："傅主任，我们正在说的就这个影响。嗨呀，你恐怕还没听说吧？"她闪着一双眼睛，眯起来一个贼笑，"赵主任出事了！"

傅祺红心一紧，赶忙问："他出啥事了？"

"哎呀，都传开了，"吴文丽又笑起来，"赵主任今天刚刚一到单位就被纪委请去谈话了！"

傅祺红再是吃惊，表面上也要稳起，他就压了一压心神，问道："纪委为啥去找赵主任去谈话？是有啥事？"

吴文丽举起右手来遮在嘴边，却遮不住她满眼的好风光："他啊，被他老婆告了！啧啧！说的他在外面有了个二奶——这就算了，还说的他为了这个外头的女人，又是挪用公款，又是偷赚外水，干了不少违规乱纪的事……他这老婆也确实是大义灭亲，简直狠啊！一股脑地把啥他和这小三进出酒店的证据啊，他利用职务谋私的短信记录啊，包括银行账单，都交上去了！这么厚一沓！"她夹起虎口来一比，"证据凿凿啊，上头想也不理也不行啊，只得把赵主任请去喝茶了……"

"……你说这女人啊，是不是惹不得！这是自己的亲老公啊，一过几十年了，娃娃也有了，居然说翻脸就翻脸，还翻得这么彻底，这么决绝，这么周密，我想一想都起鸡皮子！"吴文丽一边娇声叹叹，一边摇摇脑壳，"你说这对她有啥好处？搞得鱼死网破，她就是离了婚，把财产都拿了，又能咋样？——不过就是有个小三嘛，有啥了不起的！你觉得你男人照顾外头的多了，照顾你少了，你自己给他商量嘛！有啥道理不能讲？居然就一路告到县政府来了！简直是……"

她越说越是鲜活，又着杨柳腰，点着青葱指，念念叹叹，一副为主鸣冤的样子。傅祺红自来正派，就说："你这话也不能这么说。首先，现在情况还不明确，我们都不要道听途说，翻些小话，弄坏了影响。再来，退一万步说，万一真是有这么个情况，那也的确是他做得欠妥当。毕竟，在外面养二奶，肯定是不对的。"

"哎呀傅主任，"吴文丽翻翻白眼子，挽住了小杨的手腕子，娇弱弱地往她那边一靠，"这都啥年代了！哪个还管这些事！他赵主任包得起二奶，那是他有这个本事——人嘛！哪个没点花花肠子！——当然了我也不是说他就做得对了。这事啊，有两点他没做好：一是没安抚住自己的老婆，这简直失败失败！第二呢，这就让我们这些人有点想不过了。你说他既然剐了我们办公室的，又还缠了外水，居然从来不分点出来。我们这些下头的啊，光是苦哈哈做事，半点钱星子也没看到，这简直是让人寒心了……"

她这话一出来，傅祺红就不得不立即制止了："吴文丽！你越说越过分了！赵主任到底啥情况，我们根本不清楚。就我了解，我们县志办的账都是清清楚楚的，进的和出的都是一笔笔记得好整整的，你不要在这揽起乱说！扰乱人心！"

傅祺红当了多年的副手，擅长接球和传球，人前更是一贯的好好先生，很少在单位说这么重的话。吴文丽一下子不发声了，小杨就一脸惊恐，两个女子盯着他，想走又不敢走。

"快回去做事了！"傅祺红下了令，格外威严，"林业局的数据统计校对完了没？第三稿编辑工作做到哪了？现在这第二本二十年县志的工作压得这么紧，眼看人手都不够了，你们还在这闲耍，这都几点了？"

两个人赶忙两散了，"哒哒哒"跑过一路。

傅祺红也夹起公文包，继续沿着这阴森森的走廊走过去。苏聪的办公室在他办公室斜对面，透过半掩的门，傅祺红看见苏端端正正坐在电脑前面，眼镜架在鼻梁半中间，"啪啪"

敲着键盘，白脸上映着蓝光。这娃娃倒是个明事理的。他想，转身走进了自己的办公室。

他把门关好了，把公文包放在桌子上，又把饮水机电源打开了。然后，他拿了他的茶杯子，走到书架边上，揭开茶叶罐捻了两撮茶，走到饮水机边上去等开水。这饮水机用了很有几个年头，烧起水来咕噜噜地，简直山崩地裂一般。

晚上，两个娃娃出去给朋友过生了，两个老的就在屋头守着方桌吃晚饭。桌子上有一个木耳炒肉、一个凉拌鸡，还有油焖红油菜和菠菜蛋汤，以及昨天的卤菜。

"嗨！"傅祺红看着这一桌子，笑起来，"今天啥好日子，就我们两个，还居然这么丰盛。"

"你说得！"汪红燕打了饭过来，坐下揉着腰杆，"哪天不是三菜一汤、两荤一素给你做起的？说得好像我平常在虐待你一样。"

傅祺红夹起一筷子木耳炒肉，放到嘴里，一边咂嘴，一边说："哎，今天这菜炒得好，肉也嫩，好吃。"

汪红燕说："我今天专门去南门周老八那割的肉，他的肉一向好，不打水。"

"嗯。"傅祺红点点头，又伸手夹了木耳肉片。他把菜放到自己的饭碗里，正要和着扒口饭，忽然说："哎，这菜这么好，干脆，给我打点酒来。我喝两口，先不忙吃饭。"

汪红燕想不通今天又刮了哪股妖风，但反正她爱人兴致正好，她也就干脆蹭个高兴。"那喝两口嘛。"她笑起来，把傅祺红的饭碗拿了，把饭倒回电饭煲，还给他一个空碗，又去橱柜上头把他的枸杞酒拿出来，往杯子里倒了约莫三指宽的，再一转身把酒递给了傅祺红。

傅祺红端起杯子，嘬了一口枸杞酒，即刻地，便是一股暖意入心头，更有一丝甘甜留齿间。他再夹了一大片肉，咂着嘴嚼一嚼，正是：纵有天上珍馐肴，不及人间猪头肉。

老两口多年不见这种悠闲，吃着饭，喝着酒，品着菜，心里面各有各的踏实。

汪红燕说："老傅，你看，结婚这事果然是对的。不然人家说成家立业成家立业，可见正是这个顺序：先成家了，懂事了，才要立业。你看丹心他们这房子就买了，也不要我们操心，下面，看他们两个小的如何奋斗了，哎呀，不容易啊。"

傅祺红把酒杯子放下来："有啥不容易的。他们两个现在都有正经工作和收入，房子也有了，车子也有了，上头还有四个老的支持他们，再舒服不过了。你想想，当年我们结婚的时候，有啥子？啥都没！"

汪红燕想一想他们那时候的苦日子，也忍不住笑了："也是！你还记得不，当年你那床棉絮啊，坑坑眼眼的，一到冬天有好冷！"

傅祺红肯定不会忘记。当年他大学毕业分到广播局，住的宿舍是个筒子楼，搬进来的时候又正是隆冬。房间的窗户都开了缝，门也关不严，风一吹就"哐啦哐啦"地响。他的那床被子是大学时候的，睡了多年，已经成了一张纸，汪红燕倒是带过来一床她的铺盖，但也软垮垮的不经用。傅祺红是男人冷也就算了，偏偏汪红燕一个妇人家家，又有身孕在身，着实是冻不得。傅祺红焦急得很，箱箱里面翻出来，春秋衫毛线衫都丢上床去，堆起垫起坝窝窝。汪红燕再是心头怨，看他那样子也忍不住一笑："你把这床垒得高一头矮一头，要咋睡？"傅祺红一看也笑了，笑归笑，还是难受，心头一根根地扎银针一样。最后他说："红燕，要不然你回独柏树爸那住嘛？不跟到我在这受冷，你和娃娃要紧。"他这话一出，汪红燕正了脸色："傅祺红，你说的啥？我们娃娃都有了，婚也结了，你喊我走哪儿去？反正，你睡哪儿我睡哪儿，你吃啥我就吃啥，再哪样也不得回娘屋。"

两个人冷啊，穿着棉袄子早早钻进了铺盖里，抱在一起捂热和，一晚到亮不松手——这样过了大半个月，好不容易等到发工资。第一件事，傅祺红就跑到十字口，找弹棉花的柳师弹了一床整整十二斤的新棉絮。他抱着那床棉絮回了家，把它摆在床上。两口子又是看，又是摸，跟见了活菩萨一样。有了这床棉絮，他们才终于不冷了，睡在铺盖里，穿着薄薄的春秋裤，透着热汗睡踏实了。再到翻年春浓了，他们的儿子傅丹心就"哇"地蹦出来了，健健康康，白白胖胖——硬要谢谢这床棉絮啊。

傅祺红也难得笑了，感慨道："不过你这话我也同意，傅丹心找到了小陈，真是找好了。你说，这姻缘啊还真是奇妙。有的人有福气，懵懵懂懂就找了个贤惠的，日子也要越过越好；有的人呢，就不会娶，一眼看错了，娶了个母老虎，这辈子都惨了！"

汪红燕她一个退休的家庭妇女，哪能体察县政府的风云变化。她把这话一听，听得胃上硬生生地一顶。哎，说话说得好好的，他这是啥意思，表扬儿媳妇就算了，话锋一转，意思是说我是个母老虎——等于你这辈子不出息，还是我的错了？她涌上头地想，眼神一骤冷了，盯着傅祺红。

傅祺红正是喝得欣欣然，两颊上也有了颜色。他悠悠地靠在椅子背上，吃吃肉，吃吃菜，春风得意。他把酒喝完了，觉得还是要吃点饭，就说："来，给我打点饭。"

汪红燕说："你没长手啊？自己打！我吃完了，去看电视了，你洗碗！"

她把桌子一推走了，留下傅祺红一把掉回了他的那张硬板凳。

有人说一人一命，还有说富贵终须天定，闻达皆由圣意。这些都是教人要守本分，要踏实过日子，知足，认命，切忌痴心妄想。君不见古来将相显贵，哪位不是生则天显异象，养则圣贤相教，入世则闻名天下，出世更流传百代——这样的轰轰烈烈，都是早就注定好了的事。至于平常的老百姓们，你生，天上不得下一滴雨；你死，地里不会少长一棵草——哎，明白了这个道理，就释然了。有吃的吃一口，想睡了睡一会。但愿我心无非分，平平安安到古稀。

傅祺红是早就把这道理想透了，但却管不住他名下的其他人不去痴心妄想。也才过了两天太平日子，他的儿傅丹心就又起了心花花。吃夜饭的时候，他无端端说起了五一劳动节。

"妈，劳动节家头没啥特别的安排嘛？我们准备出去耍一趟。"傅丹心说。

"好啊，"汪红燕说，"好不容易放了假，是该出去走一走。哎，不如去龙门山爬山嘛，到时候山上的杜鹃花正是开得好。"

"要看今年天气怎么样，"傅祺红接了句，"如果热得早，杜鹃花四月就开了，等到劳动节都开烂了，也不好看——到时候再说嘛，这才刚刚三月份，还早得很。"

可怜这老两口子还在说前生的旧话，却不知人世间都改过了几个朝代。他那儿子跟儿媳妇换了一眼，然后说："哎呀，我的意思是，我和梅梅两个人想走个远点的地方去耍，你看，我们结了婚也没出去耍过……"

噢他这才懂了，人家说的这"我们"并不包含他和汪红燕两个人。汪红燕赶紧说："也好，也好，你们两个出去耍一耍，放松放松。"

"你们准备去哪儿嘛？"傅祺红问，"哎，小陈，你去过云南没？云南不错，天气也好，我去过一次，觉得很值得。"

陈地菊应道："我以前也和单位同事一起去过一次丽江，是很好，有机会也多想再去。"

他儿媳妇还是客气，他的儿就懒得转弯倒拐了，直顿顿地说："我们准备去普吉岛。"

"啥岛？"汪红燕问。

"普，吉，岛。"傅丹心一口一字地教。

"这地方在哪儿啊？我没听过呢？"他妈还是打不到方向。

"在泰国。"傅丹心说。

这下汪红燕意识到了问题的严重，一脸惊诧："你是说你们要出国啊？"

"咳，"傅丹心笑他妈，"泰国算啥出国嘛！飞机三个多小时，打个瞌睡就到了，方便得很！"

"走那么远，安不安全啊？"汪红燕皱着眉毛。

傅祺红也发了话："这五一劳动节本来就是高峰期，你还要跑到泰国去，得花多少钱啊？"——他话都说出来了，才忽然想到陈地菊还在桌子上，赶紧补充："我不是说你们不该花钱出去耍，不过最近你们刚刚买了房子，还要还贷款，我看，用钱还是稍微有点计划的好……"

"唉，我懂。"傅丹心打断说，"就是因为这个普吉岛的团划算得很，我们才准备去的！我朋友跟旅行社的熟人要的特价，六个人一起，五天四夜，算下来一个人才五千多一点。"

"你们哪些人一起去嘛？"汪红燕一贯地找不到重点。

"我们两个，刘毅文他们两个，还有另外一对朋友，也是两口子。"傅丹心说。

母子两个还居然越说越像那么回事了，傅祺红则要清醒得多。一个人五千多，两个人就是一万多。除此之外，还有啊：要吃，要耍，要买，甚至打个车，喝杯水，哪个不是钱——他算一算算一算，只觉得更加心寒。

他看了看陈地菊，只见她转过头望着傅丹心，看他口若悬河地给汪红燕讲这南洋普吉岛上的好风光，一边听，一边点头，嘴边上挂着笑。

"好嘛，"他最终说，"你自己都决定了，就去嘛。只要你有那个钱，你就去嘛。"

傅丹心最不喜欢他爸的这种阴阳怪气，眼睛一鼓，铮铮然地:"我咋没钱呢!我有钱!"

"那就好,"傅祺红重新把筷子拿起来,夹了坨茄子,淡淡地说,"你的钱,你要咋用,你自己决定。"

管事的终于松了口,汪红燕暗暗替她的儿松了口气。"你们多拍些照片回来啊,"她交代,"蓝天白云肯定好漂亮!多给小陈拍点!"

"我最喜欢不照相,每次照出来都瓜兮兮的。"陈地菊赶忙摆手。

"打胡乱说,"汪红燕笑起来,拍拍她的手,"你这么年轻,咋拍都好看,多拍点!"

两个女人细细碎碎地说起了话,饭厅里面就安静下来,傅丹心和傅祺红都沉下了心去吃他们的饭。傅丹心没看他爸,不知道他爸看了他好几眼——傅祺红的眼睛里重重的,都是担忧和盘算。

总是父子一场,说一百回"看透了",念一千道"想穿了",也毕竟斩不断那一线缠在肝肠脾肚间的牵挂。吃了夜饭,傅祺红坐在书房里,看一会书也看不进去,只得打开电脑整理起春节期间的照片:初五那天,难得出了大太阳,清溪公园的梅花和铁脚海棠都格外娇俏,他在花丛间穿了一天,又是蹲又是钻,又是弯腰,又是垫脚,得了不少好照片。

中间有一张他特别喜欢的,照的是一片白梅林中的一株红梅,白如漫山霜雪,红独一枝素艳。当时,傅祺红在那很是立了一会,心有所动,拿出他年前新买的定焦镜头装上了,又用了 1.4 的大光圈，把相机轻轻地靠过去，拜佛一般，凝神静气地按下了这张虚中有实，以近写远的红梅图。

有诗云：

红梅雪中立，寒风独自开。

不与争桃李，自有幽香来。

——他正在对着电脑屏幕孤芳自赏地，忽然听到书房门"咚咚"地响了两声。这一回他有经验了，马上听出来敲门的是他新进门的儿媳妇，就好声好气地说："进来嘛。"

进门来的果然是陈地菊，她手上拿着前几天借走的几本书，抱抱歉歉地说："爸不好意思，又打扰了。"

"没有没有，"傅祺红说，"我正在这看照片耍。来！你来看看这张照片，我过年的时候在清溪公园照的。"

陈地菊就走到书桌后面去，跟傅祺红一起看他电脑上的照片。

"照得这么好啊，"她说，"看不出来啊，爸你还有这个本事！"

"哪有，"傅祺红笑起来，"这算啥本事，也就是照起耍的，自娱自乐。"他把鼠标挪过去，连敲了几下，给他儿媳妇展示着这自己的佳作们。

陈地菊看得连连点头："爸，你这爱好太好了。唉，要是我爸有这修养就好了，他啊，每天只会在网上打游戏。"

傅祺红自然不予评价，继续缓缓地点他的鼠标。

陈地菊把一行行的照片都看过了，终于得了个空，赶紧举起手上的书来："噢对了，爸，我是来还你这些书的。"

"你都看完啦？"傅祺红有些吃惊，"你看得快嘛！"

"啊，"陈地菊不好明说这几本她原来是看过的，只说，"我看故事书向来都看得快。"

傅祺红哈哈一笑，把书从陈地菊手头接了，又问："怎么样？还想看哪些书？你自己去选嘛。"

陈地菊就只得走到书柜边上，一排排一本本地看过去，像是以前陪她妈去摊贩市场选毛线。

"我看看这本嘛。这本好像是个畅销书。"她居然抽出一本《穷爸爸，富爸爸》。

"哦，这本啊。这本书是讲金融的，"傅祺红跟她解释，"你要是喜欢看故事书的，这书就不好看了，而且你也不投资啊，看这书做啥。"

陈地菊手上翻翻书，一边说："我是想看看，这些投资理念啊，理财啊……我对这些没啥概念，丹心就经常说我，有工资只会存定存。"

"他懂啥懂！"傅祺红喷一口气，"这娃娃才会大言不惭的！你这是正儿八经在邮政银行金融系统工作的。他一个社会上混的，还来教育你了！"

说都说完了，他才想起这说的是这头儿他自己的亲生儿子，那头儿媳妇的新婚老公，就缓了缓气："你想看就看看嘛，这本书还是没啥歪门邪道，就是树立正确的理财观念，你看看也好。"

陈地菊点了头谢了恩，拿起她的书走了。留下一个傅祺红坐在书桌前，对着一间空房子，把刚才他们说的前言后语来回几想，越想心头越慌，他甚至想起了二〇〇六年傅丹心捅下的那大娄子。

"这娃娃就是心野，"他一想又是气，"仗着有点小聪明，做事情最不踏实。这就是我从来都不给他还有他妈说我的钱。这下他拿了这十万元，该不是又要翻天了？"

"我看看，"他算起来，"房子首付给了七万二，又交了契税，就剩下那么两万多，也包不住，硬是要出国去耍，一下把钱给我折腾完！"——他拿出一张纸来，在上面把数字都写下来，加了减，减了加。他辛辛苦苦，绞尽脑汁，一分一厘算出来抠出来，省出来存出来的私房钱啊，就被这败家儿子三贯不值二文，一眨眼给他花了。

傅祺红也不是不心疼，但毕竟是自己的亲骨肉，只得慢慢把这口气化了。"算了算了，"他想，"也就是这一回了。现在你是成家立户了，再有啥就该你自己担起了——你看嘛，等你下回要用钱，你看嘛，你看我得不得再拿一分一角出来送给你！"

古来金钱最是珍贵，铸币、铜钱、银锭子、明珠、美玉、金元宝，一铢铢一贯贯，一箱箱一山山，那都是命里带的血汗。说财道富，自有神明主张。因此民间才有：富亦富时要珍重，穷亦穷时莫慌张。有人经不起富贵，挥霍了；有人耐不住贫穷，作歹了——这些通通都是犯了财神爷的忌讳，都是要遭报应的。

比如县志办的主任赵志伦，本来是本县中青年干部中的骨干，一表人才，独得聂县长看重，又有一纸大学文凭（电大自考）护身，正是前途似锦一派光明的。但他偏偏就想不开，硬要去贪些不该他的，整来整去，终于被纪委请去喝了茶，一下打倒双规了，冲得接连着几天都没了音信。政府大楼里是一片嗡嗡地，都在念"遭了，遭了，姓赵的这下子遭了"，县志办却成了"这里的黎明静悄悄"。

苏聪把自己关在办公室里，四天时间统完了整整一个章节的县志稿样，条理清晰，数据准确，一律地高质量；吴文丽带着实习生小杨和小曾，把资料室里堆废纸一样的书书报报都清了出来，摆上了阅览室的书架；会计刘姐也沉下了心，把赵主任上台这七年多来的进出账目重新过了一遍，理得一派齐刷刷——而傅祺红则是那个压力最大的，一把手不在，事事处处都变成了要他来全权负责，工作会议得他主持，工作进程得他安排，甚至哪个要盖章，哪个要签字，也样样都要来直接过他的手——他就像那唐三藏被困在了盘丝洞里啊，度日如年，度日如年，只盼着上头赶紧送个孙猴子来渡他上西天。

他等啊等，盼啊盼，等过了星期四，等到了星期五，等到了星期五下午快下班了，终于听到过道里哒哒走来了一个陌生生的脚步，紧接着，他办公室的门上便咚咚响起了一串客气气的敲门声。

"进来！"他赶忙说。

门"吱呀"地被推开的，来的正是纪委的罗副书记。

傅祺红站起来招呼："罗书记，你好你好！哎呀，你咋过来了？你看我这这么乱，哎呀哎呀，不好意思。"

罗书记倒很无所谓，背着手摆进来，一派清闲。"老傅啊，好久不见了！我先要恭喜你啊！"他说。

"你恭喜我干啥？"傅祺红心都不跳了。

"嗨！"罗书记在沙发上坐下来，左右看看，"你说呢？你的公子这不是才刚刚大婚嘛！你也真的是！太客气了，多年的同事了，也不请我去喝个喜酒！"

于是傅祺红很是有些讪讪地，只得说："唉，不要说了！那事搞得太仓促，就只有家头几个人聚了一下，其他都没请！"

"下回，下回嘛，"罗书记倒很大度，"等到你有了孙儿子要吃满月酒了，一定要喊我啊！"

"好的好的，一定一定。"傅祺红走到书架边去拿茶杯子，问，"你喝啥茶？喝花毛峰还是竹叶青？"

"喝竹叶青嘛。"罗说。

傅祺红就给他泡了一杯竹叶青：一撮茶叶子下去，滚鲜的开水一冲，叶子就打着旋子慢慢地立起来，展开青幽幽的一片绿。

罗书记接过茶来喝一口，不由一叹："老傅，你会享受生活哦，这茶很不错嘛！"

"哎呀！"傅祺红也在沙发上坐下来，紧紧地捏着他自己的茶盅，"这是我山上的远房亲戚自己种的，说不上好。只是不打农药，新鲜！"

"好茶！好茶！"罗书记又喝了一口，"哎，正好，你看这明前茶马上就要出来了，不然，你帮我问你这亲戚买点。现在的茶叶子崴货多得很，既然是熟人，我也放心点。"

"没问题，没问题！"他满口满地答应。

这算是把闲话说完了，礼数都周全了，两个人才可以谈正事了。"老傅啊，"罗书记开口，"我们明人不说暗话，你也应该清楚吧。我这下来主要是为了了解了解赵主任的情况。"

这几天晚上傅祺红睡不好觉，把这个场景想了恐怕有千万遍，但等到它真的发生了，他又觉得像是做梦一样。

在梦里面，有他自己，有罗副书记，还有两杯青山绿水的竹叶青，他们坐在县政府银闪闪的办公大楼里，背对着大窗子，轻言细语地说着赵主任犯下的事：

"年前你们吃团年饭，吃了一千二，报了两千五，是有这事吗？"——"这我不太清楚，你看，我们这办公室都知道，我从不过问钱的事。不过，团年饭吃的是土灶馆，是我安排实习小杨定的，特别叮嘱了不要铺张，都是家常味，吃得很简单，应该不至于太贵。"

"去年你们编了一本《永丰美食地图》，县委批了两万的预算。后来赵志伦又去找书里写到的各家饭店收了额外的'编辑费'，据说每家一千到五千元不等，这事你知道吗？"——"这事我是知道的，当时我给赵主任提出过意见，说我们编这书还是应该客观，收了人家的钱，有变相广告费之嫌。但他说办公室本来就没钱，收点钱到账上，以后有个事可以用。唉！我也就没再问了。至于现在的具体情况，恐怕还得问问刘会计。"

"还有这一笔，你们每年的年鉴上面批的标准费用是七万元。但据我所知，自从○五年起，赵志伦每次都私下找聂县长多批三万块的'采风费'，这'采风费'具体是怎么用的？"——"'采风费'？我在县志办这么多年，从来没听过这个名目。按理说，我们下个单位，走个乡镇，都是本职工作范围之内的，哪来的另一笔费用？就拿我自己说，这县里面十五个镇，一年到尾我至少要来回跑两三次，从来没拿过一分钱的补助。你现在说有这'采风费'，这简直是奇怪了。"

"嗯，好。另外还有个问题，私人一点的，关于赵志伦在外面有情人的事情，你有没什么情况可以提供的？"——"没有！没有！没有！这确实就是人家的私事了，我哪清楚。只不过，赵这个人比较喜欢去卡拉OK。惭愧得很，早年他新上任的时候，我也是为了和他搞好关系，跟他去过一次，唉！乌烟瘴气的，实在受不了！"

毕竟是纪委出身的。罗副书记态度很是和善，但话就总不得断，一样样一笔笔，正是要把那木板上的黄鳝鱼刮得肠开肚烂。

不过，好在，县政府里人人都清楚，傅祺红自来是一门正直，满腔老实的。罗书记一句句问，他就一项项答。了解的就说，不了解的就不说，有一分就说一分，有两分就说两分，既不徇私隐瞒，也不添油加醋，再是客观不过了。他们这话谈了大约一个半小时，把茶盅子里的茶都喝枯了。

末了，罗副书记客客气气地说："老傅啊抱歉啊，说了这么久，耽误你了。情况我这里先了解了，到时候正式来做调查还得再麻烦你一回。"傅祺红就赶紧一步一点头地回应："不耽误不耽误，应该的，应该的，罗书记你才辛苦，辛苦了。"——终于把人送走了。

早过了下班时间，办公室里走了个干干净净，就连那太阳都要落山了。也是刚好，有一线夕照落在县志办的院坝里，耀得满园金灿灿。傅祺红站在那，看着花台里几株肥壮壮的龟背竹被晒得发了绿又发了白。

他忽然觉得很想解手，这才意识到原来自己这泡尿实在是憋得太久了。

傅祺红日记
2005 年 12 月 12 日

今日工作：

《永丰县志 1986—2005》的编写工作正式启动了。县志办牵了头，政府办公室协助了，在县委五楼大会议厅召开了二十年县志动员暨启动大会。分管文化的县委副书记蒋书记亲自出席了会议，聂县长也到场了，各个局、各个部分，以及各乡镇、街道，也都派来代表参加了这次会议。在会上，蒋副书记代表县委领导班子讲了话，强调了这次大县志编写之史无前例，之至关重要，要求各部门各乡镇必须全力支持，使县志编写工作顺利、按时、超质量完成。他讲话中引了一句很有意思，说这写县志是："千古鸿蒙笔下记，挥毫一书万世传。"——这话说得雄壮，却令我感到有几分凄凉。正是说从来县志写出来，在当时当世是没几个人要看的，所以我们这么些人一辈子舞的笔杆，都是要拿去埋到坟里面的。

今日学习：

断断续续地，看完了《兄弟》的上部。这书看起来很畅快，看完了就觉得还是有点空虚。书里的那些事，在任何一个经历了我们那个年代的人来看都不算稀奇，好几个段子都是我早年听过的。可能这书主要是给现在的年轻人看的。当然了，这书还是很有时代和历史的典型意义的。

一想起来，我至少认识五六个"李光头"似的人物，其中有两个现在都成了大老板。

今日膳食：

早：豆浆一碗，豆沙包两个。午：会后，在仙客来大酒店用餐，比较丰盛，有虾、螃蟹，甚至还有三文鱼刺身，试了一片，比较寡淡，不过很新奇。晚：猪肉水饺二十个。

今日琐记：

丹儿上周给我们买回来一套红外线热能被和枕头，说对保健好。汪红燕感动得不得了，连续几天到处给她那些朋友炫耀——我跟她说要低调，不要炫耀，她偏偏不听。结果今天晚上吃饭，这个人就愁眉苦脸了，说她听说原来那套红外线热能贵得很，要一万多元。马上她就担心丹儿乱用钱了。所以说女人之间嚼舌头从来不成事。我就教育她：会花钱会赚钱，儿子自然懂得把握。

丹儿他们光纤公司现在应该是发展很好，最近这一阵都忙得不见人影子。这几年经济的确蓬勃了，我见了好几个人，不显山不露水，走对了路，一下就发了大财——当然，我也不是说要他发大财，但看见他事业有进展，我们当父母的总是很欣慰的。

第五章

平乐镇东门菜市场外面曾经有一家"厦门糕饼屋",主要卖些豆沙面包、奶油蛋糕之类的时新西点,也兼做葱油饼,核桃酥等传统中式点心,味美价廉,在我们镇上很是红火了一阵。这家店门口常年支着一面广告牌,上头大红的毛笔字写着:"寿桃,喜饼,离娘粑"。那个时候陈地菊读初中,每天和同学一起骑自行车上下学,停下来买面包,总是免不了要见到这牌子。不知道为什么,她读一读上面的字,触目惊心地,就有一股莫名的悲伤。

她说不清这情绪的来源,更不能和她的同学倾诉她无端端的失落。同样让她心酸的还有镇上的一群鸽子,每天下午五六点,它们就准时在天上盘旋起来,从南街飞到西街,又从西街飞回南街,天好的时候它们显得很白,天阴的时候它们看着发灰。过了好多年,陈地菊想起这些鸽子来,依然有一种被哽住喉咙的感觉。

已经十几年了,这家"厦门糕点屋"早就灰飞烟灭,连市场外的老房子也拆了,新建起来一排五层高的小洋楼,更不用说那些鸽子更是销声绝迹了。

　　和这些东西一起消失的还有她一路认识的同学和朋友，幼儿园的，小学的，初中高中的。像是商量好的一般，他们几乎都离开了平乐镇，有的去了永安，有的出了省，有的到了更远的地方。本来，陈地菊自己也是这些人中的一员，大学考走了，毕业就留下来在永安市工作——永安和平乐两地之间虽然只隔了二十八里路，却有霄壤之别。陈地菊在城里住了六七年，两三个月回来看爸妈一次，就见人人都在夸她的衣着说话更加伸展了，看起来简直像个外地来走人户的——等到她搬回了平乐镇上，那是〇七年一月份的事情。她记得上班第一天，她穿得一身油绿色的制服，踩个小高跟走路去西门，穿过十字口，一晃眼看到了北街上两排光秃秃的梧桐树。她的心就再次被揪住了，整个人像被丢进了水井里，漫鼻子糊眼。她想起了她十几岁时候在镇上的样子，她的难以解释的伤感，涌上来，又是辛酸，又是满足。

　　她的朋友们都不在了，她也就难免无聊一些，下了班和爸妈一起吃饭，看看电视，看看小说，反正回来本来就是想简简单单。陈地菊在平乐镇上的生活真正有了改变还是因为认识了傅丹心，和傅丹心一起出去，又结识了他那一大堆各种各样的朋友兄弟：这些人有政府上班的，有社会上混的，有自己开铺子的，也有做倒卖生意的，看似歪瓜裂枣，又偏偏个个都对他掏心挖肺，肝胆相照。还没结婚，他们就对陈地菊"嫂子"前，"嫂子"后的，等婚一结更不得了了，今天一个短信约火锅，明天一个电话喊喝茶，就连她在邮政银行上个班，都忽然有人来："嫂子！帮我取下汇款单嘛！"

陈地菊先是吓了一跳，接过这人的汇款单来，看一看他的脸正想是在哪顿饭上见过。还好他接着一递过来是他的身份证：周正军，一九七八年生人。陈地菊就说："周哥，好久不见。"

"是好久不见啊！"这人说，"你跟丹心说哪天约了一起耍嘛！我都想他了！"

人家哈哈地拿了钱走了，一口一个"谢谢嫂子"，隔壁的同事笑："这人简直有点欢，是你老公的朋友啊？"

"是嘛。他那人呐，这镇上人差不多该要认识一半！"陈地菊一边摇头一边把汇款单一摞收了。

就是应了书上说的：迂腐书生讨人嫌，纨绔子弟逗人爱。傅丹心还真就是有这样的魅力，使得人人都要说他的好，你看朋友三四吃个饭喝个酒，他肯定是那个抢着埋单的；弟兄大小过个生结个婚，他绝对比一般的多包两三百元。跟陈地菊耍起朋友，该送花送花，该送礼送礼，绝不缺斤短两。再延伸到陈家康和叶小萱两个，一个送了新电脑，一个买了金戒指，也是实打实的真心实惠，再不弄虚作假。叶小萱本来是对这个人有些成见，现在也改观了。她每天带着亮闪闪的金戒指，出去打牌还特意晃一晃："看到没？我女婿给我买的！"

她妈妈想通了，陈地菊当然是最高兴的。她也不傻，自然不会跟叶小萱说穿这新房子首付款的玄机，她妈夸一夸傅丹心，她就跟着添添油，看她妈一把高兴起来熊熊地，她也就跟着心顺了。

心一顺，她就慢慢睡得踏实了，看着傅祺红汪红燕也渐渐有了几分亲切，走在街上，风物人情，家长里短的居然透出了暖和——从记事以来，陈地菊第一回觉得她跟我们这镇子亲热了。

比如王婷婷打电话来，说郑维娜要跟龙刚闹分手，人都疯了。她说："梅梅你过来一下嘛，哎呀她哭得不行我一个人劝不住她！"——过去的陈地菊是绝对不会管这种闲事，现在她就有点不忍心，反正傅丹心下午也要跟朋友喝茶，她就说："好嘛，你们在哪儿嘛？我过来找你们。"

王婷婷和郑维娜在东门外文兴街的"红豆缘水吧"。陈地菊一进店门就听到郑维娜的声音尖厉厉地："……我不得就这样便宜了他！大不了同归于尽！"她顺着这声音走过去，见这两个女子坐一张沙发，霸一张靠窗的桌子，一桌上全是卫生纸。

"梅梅姐……"郑维娜本来骂得欢，一见陈地菊嘴巴扁起来，眼睛红红地，喊她。

陈地菊在她们对面坐下来，看了看王婷婷："咋回事嘛？好端端的为啥要闹分手？"

她这话一出，郑维娜就像遭哪个逮了七寸，"啾"的一声趴在桌子上又哭起来，王婷婷一边拍她的肩膀，一边说："唉，好啥啊，龙刚这人……又在外头搞些花花肠子，又遭娜娜逮到了！"

陈地菊自然想起了帮他们买房子的孙经理，她抿了抿嘴，不说话，就听这两个人一人一句在她面前，说郑维娜如何在龙刚手机上正好瞄到有个短信发过来喊他"老公"，说她如何把这电话号码偷偷地记了第二天打过去果然是个娇声声的女妖怪，说她气得忍不住跟龙刚摊牌问他是要她这个人还是她这条命，说两口子就这样吵了一架郑维娜半夜跑去酒店开房一个人睡到第二天十二点醒了想起还是气，就哭起来给王婷婷打了电话……

"……这都下午三点过了，他也没给我打个电话，也没发个短信，也不怕我万一出事了呢？简直是死没良心的！"郑维娜一边说，一边抽张卫生纸，"嗤"地一揸鼻子，伤伤心心地眼泪水流下来。

"哎呀娜娜你不要又哭嘛，"王婷婷赶紧再抽给她一张卫生纸，"那不然你给他打个电话，看他在干啥？"

"我才不给他打电话！他肯定跟那个婆娘一起嘛，风流快活地，巴不得我没消息！"郑维娜接过卫生纸来擦眼泪。

陈地菊见她两只眼睛上下的妆都花了，眼线睫毛膏糊成一团，黑洞洞的，就像哪个在她脸门上凿了两个窟窿。她心头叹口气，张嘴说："唉，你也不要这样想，龙哥再咋样也不可能现在跑去找那女人——你们吵架了，他肯定也不好受啊。"

"这倒是！"王婷婷本来绝望了，被陈地菊一语点通了灵犀，赶忙接话，"你就说龙哥那人，看起来大大咧咧的，其实最重感情。你自己也清楚嘛，你们在一起这么多年，他啥时候亏待过你？你这车子，你哥的工作，还有去年你爸妈拆迁以后住的新房子，还不都是他安排的？"

郑维娜不说话了，揉着手上的纸：的确，这些实整整的赖也赖不脱，都是龙刚给她的。

"那你们说我现在咋办？"她顿了半天，喝了口水，往沙发背上一靠，问。

陈地菊看了一眼王婷婷。王婷婷也看了一眼陈地菊，眼睛一凝就出来了一个主意："不然这样，反正我们都在，你就干脆打个电话给那狐狸精，给她个下马威！你看你跟龙刚在一起这么三四年，苦难同当的，占哪样都是你大——她算个啥，就是个第三者插足！这种人最贱了，就该好生给她骂一顿——你不好意思，我来帮你骂！"

她这"骂"字掷地有声地炸出来，陈地菊就像被蜂子蜇了一下，寒毛都竖起来了。郑维娜也愣了愣，咬了咬嘴皮："骂她？"

"当然了！"王婷婷反正是把自己的胆壮了，"不然这些人还以为勾引人家老公那么简单，有胆做，还没胆受啊？——就要给她们点颜色看看！"

陈地菊想说点话又不太说得出来，她望着郑维娜，看她在沙发上一点点坐起来，脸色发白。

"算了嘛，"只见她终于说，"大家都是女人，何苦去骂她呢。唉，还是怪龙刚，就这德性，我又自己选了他，不是活该？他啊，总之就图个新鲜，也不至于上心。其实他也清楚得很，我跟他才是一家人，不瞒你们说，他的生意啊，股票啊，一大半都是交在我手上的……"

郑维娜这一个鹞子翻身，打了好大弯弯，转得王婷婷一时神都不回了。"哎娜娜……"她想再唱两句，还好陈地菊说："好嘛，你想通就好。最重要的是你自己的心情，毕竟你和龙哥的事只有你们当事人才说得清楚。反正两个人在一起都不容易，能好好解决就好好解决了。"

"你说得对，梅梅姐，"郑维娜说，"唉我这脾气，就是太任性了。我妈都经常说我，二十六岁奔三的人了，还是像个小娃娃一样！"

她一下就说饿了，招手喊服务员过来要点吃的。王婷婷张口结舌地看着陈地菊，陈地菊就给她一个眼色，她才反应过来这戏都收了，顺手接过菜单子也来找些吃的。

都怪这王婷婷只知其一，不知其二。只以为郑维娜跟龙刚这么多年受了他许多花心的委屈，却不清楚当年她们走在一起也是经历了好大一番波折。实际上这龙刚本来有一个前妻，是他当年大专的同学，人也是小家碧玉的，脾气好，格外持家。两个人二十五岁结的婚，二十七岁生的娃娃，三十一岁龙刚发了财，车子房子都换了，顺势而上地到了三十四岁，也就不得不把老婆也换了——结识了刚刚大学毕业的郑维娜，一头搅进去了，逼得回去搞离婚。房子分了两套，车子给了一辆，分手费出了一大笔，娃娃也跟了他妈，这才脱身了。龙刚遭剐成一个老光棍，人财两失，心肝俱焚。

所以郑维娜和他在一起，最开始也是过了艰难日子的。好在龙刚的人脉关系都还在，两个人又格外齐心协力，这两年才都见好了。

在座诸位肯定听得多了，都会说家家有本难念的经。其实更有这识人心如举幽火观佛，火则欲明欲灭，佛则无身无相，因此世间难有洞察，只修体悟，犹如那圆月照千川，更是白雪藏万径，微妙之处，不与他人言也。

王婷婷看不出郑维娜这个人的微妙，只难为她心头也有重重的烦恼，她手上拿着菜单子，想要点卤肉饭还是意大利面，却酸楚楚地想起昨天晚上和刘毅文因为去普吉岛花钱这事吵了好大一场；陈地菊也没心思多琢磨郑维娜的辛酸，她盯着菜单子上的彩图一张张看过去，想起自己〇四年〇五〇六年的那些时日。

"唉！"郑维娜叹了一口气，说，"那我就吃个海鲜饭嘛，还是给我放点海椒面。"

王婷婷和陈地菊也都点了。服务员把菜单子收起，一摞拿在手上走了。

等到外人走了，这几个女子就还有知心话要说。你先听王婷婷就问："娜娜，我听说，最近欧冠龙哥很是赚了些啊？"

"哎呀那个！"郑维娜摇起头来，"赚啥啊？都是辛苦钱。熬更守夜地守起，盯盘口天天盯得眼睛都绿了，还有那么多进进出出，赊账的，输了不给钱的——累人啊！其实他就是想大家朋友娱乐才出来当这个庄家——他自己还有一堆生意——结果累得姓啥都忘了！"

她们这话往陈地菊耳朵里一听，真就像哪个老和尚在念经，唱的是南无喝啰怛那哆啰夜耶，听得她两耳精光一头雾水。她就问："你们这说的是啥意思啊？龙哥是在做足球生意？"

这下郑维娜总算"噗"的一声，正式破涕为笑，一边笑一边说："哎呀梅梅姐，你硬是，这都没听过啊？我们在说他们赌球的！"

"赌球？"陈地菊眉毛皱了一皱，"那是不是风险还是大啊？"

"也没那么吓人，"郑维娜跟她解释，"就他们几个朋友内部自己耍耍，都赌得小，完全是消遣的。"

"哎，我就想说，"王婷婷终于把自己的话插进来了，"娜娜，你回去问一下龙哥嘛，如果风险不是那么大，请他指点指点我们刘毅文，带他一下，让我们也赚点钱嘛。"

郑维娜把这话一听，举起手来就拍了王婷婷一肩膀，脆砰砰的一声，王婷婷一个"唉哟"。"我简直要骂你！"郑维娜说，"有你这样当老婆的？你们刘毅文勤勤恳恳正儿八经靠手艺赚钱的，又顾家又稳定，哪样不好？你倒好了，人家那些拉都拉不住，你还想推你老公去赌球？"

王婷婷恐怕真是被她这一下拍痛了，扁着嘴巴捂着膀子，眼眶子都红了："你这死女子！下手好重！是你自己说没啥风险嘛，又是龙哥照顾，我当然信得过！不然其他人我哪敢喊他去！你骂我倒简单，我还不是没法了——我们照个相能赚好多钱嘛，说出来你听了都要笑！总得要逼他走一步嘛，不然还一辈子喝西北风了？"

其实郑维娜也是一个通人性的女子，听王婷婷这么一说，一把的辛酸她就都懂了。她抿了抿嘴皮："你要这样说，我给你支个招。龙刚正好有这么个门路：他有个朋友在城头开夜总会的，'皇朝88'，听过没？反正火得很，开了三家了，每家都要挤爆！——现在要开第四家，正在找投资——那这真的是送钱给你赚啊，投一股十万，每个月红利就是一万，一年就是十二万，你想想！这也是龙刚的关系，一般人抱了钱过去人家还不理的！你要是真的想赚点，就干脆投这个，稳当！包你赚！"

她这就像是那黄鹂鸟儿一开嗓,透人心脾。王婷婷一下眼睛都亮了,然后又叹口气,把脑壳一摆:"唉,你说得!我哪去找十万块钱,我要有那么多钱,我就不喊穷了!"

郑维娜这下子真就有点犯难:"啊?你十万都没啊?那,你找哪个朋友一起,凑起来大家一起投嘛。"她看了陈地菊一眼。

陈地菊就看到郑维娜和王婷婷两双眼睛忽然盯鼓鼓看在她身上,一双细长长,一双滚圆圆。王婷婷尚不好开口,郑维娜说:"梅梅姐,你有没闲钱嘛?反正放在银行里头只会生霉,不如拿来跟婷婷姐凑起投个资,反正有钱赚!"

陈地菊笑一笑:"我们这才买了房子,还要装修,哪来的钱!"

"也是……"郑维娜点点头,看着王婷婷那造孽的样子,一咬嘴皮,"那,这样嘛婷婷!你有好多钱?你给我说你差好多?我来给你凑个数。我总是自己还有点存款。反正你投进去红利都算你的,你就按一般借钱的利息给我就对了。"

"这咋好意思?"王婷婷真正吃了一惊,连连摆手,"最多我们一起投资,红利大家分。"

"我才不要你那红利!"郑维娜虽然年纪小,胸怀就大得很,"反正我就这样给你说了。你回去跟你们文哥商量一下,想好了来跟我说。我来给你补缺口,龙刚那头就保证给你安排好,买一股,一年翻倍,绝对的!"

也就是不过两个多小时的时间,陈地菊来的时候是见郑维娜期期艾艾、王婷婷声声圆场,现在却整整个儿打了一个调,郑维娜成了观音菩萨来救世的,眼妆虽然花了,眼光却是锐利。

服务员过来把饭端到了她们的门前：一个海鲜饭，一个卤肉饭，一个番茄意面。三个女子各取兵器，调羹筷子叉子地吃起午饭来——这饭是吃得迟了，就显得格外鲜美，油汁浇在白米上，肉臊缠在干面里，真正是眼见了嘴馋，鬼迷了心窍。

陈地菊想说："婷婷啊，投资这种事，收益越高风险就越大，你还是多想一想。这钱投进去，万一有啥问题，咋得了？"——她话都哽到了喉咙上，又吞回去了，眼看着郑维娜和王婷婷一口一吞吃得正是欢畅，哪好意思搅散了她们的兴致。

她心里面有点空寥寥的，就想起了傅丹心，想起了今天她出门的时候傅丹心还在床上睡眼迷蒙的样子。她想：唉，这人现在在哪儿，跟哪些人耍啊，吃饭了没？

本来难逢难有是周末，又再出了个太阳，我们镇上的人就都不做正事了，傅丹心自然也不在他的铺子里。"阳光电脑"卷帘门紧拉着，门上明晃晃的。退出来，顺着北门往城外走一走，居然越走越是闹热，过了老城门，走到清溪河边，便到了政府新近打造的绿道公园。

只见这公园里，河岸上，正是那春光浓郁，白玉兰及垂丝海棠尚在盛放，仗着太阳，各家茶铺都人满为患，打纸牌的，冲壳子*的，搓麻将的，掏耳朵的，一桌连一桌摆了几丈远。这一家"故乡茶舍"正在太阳坝子里，生意最好，一桌

---

* 冲壳子，四川方言，意为聊天，闲谈。

桌吆来喝去好不热闹，就见傅丹心在其中和几个男人坐在一桌，泡着几杯清茶，打着一副纸牌。

他们打的是四川地方上很是流行的"炸金花"，一副牌，六个人，五元起钵，上不封顶，一群人你一嚷来我一唤，很是闹热。只见：

三张纸牌掌底压，各路银钱桌上掷。电光溅火石，豹子吃同花。

最尔虞我诈，辨本性难识。赢一时笑吃满堂，输到头肠穿肉剐。

傅丹心今天下午显然手气正好，一路蒙着牌下暗注，居然连连得手。他下家坐了个脸黑黑的青年小子，戴一副方眼镜，穿一个灰夹克，几回被他逼得无路可走，提早弃牌，正是唉声叹气。因为这下暗注是翻倍的：前面翻了倍，后面的人要跟，就得跟着多出一倍的钱。眼见这一手一来，傅丹心又蒙着跟了，方眼镜看了一眼自己的牌，一把甩了，骂道："狗的傅丹心，这儿风大，看你等会翻船！"

傅丹心倒只一笑。龙刚就说："周眼镜，你不服气，你就喊他看牌嘛。一个大男人，酸溜溜的说个逑！"

"老子不想看他的牌！"周眼镜说。

喊人看牌就是两家直接比牌了，这是要再翻一倍的事。"你不是不想看，"龙刚慢悠悠地甩出一张十元跟了注，"你是不敢看。"

周眼镜努了努嘴皮，终于还算是清楚龙刚的名声，按下声来喝一口茶。

他们走了三圈，一手注抬到了四十，剩下三个人也都走了。留下傅丹心对着龙刚面对面，他还是不看牌，直接甩了一张红彤彤的一百元出去，捡回来二十。龙刚就笑起来，说："傅丹心，你今天硬是有点横哦！"

傅丹心说："跟不跟嘛？"

龙刚说一声"不跟"，把烟杵了，从手边捡了两张一百的，一丢到堂子里，喊起："我看你的牌！"

全场的人都把气憋紧了。只见傅丹心居然还是一副心不在焉的样子，慢吞吞地把他的三张牌翻过来：他手上一个黑桃8，一个红桃10，再有一个方片9。

龙刚喷了一口气，大笑起来，把自己的牌一摆："咳！龟儿子的！老子×你全家！"

其他人就伸着颈项去看龙刚的牌：方片6、红桃7、梅花8。

一桌子男人哄地炸了，个个都在骂怪话。傅丹心伸手出去，把钱都一把揽了，正是好大一兜兜。

"不打了！不打了！"龙刚宣布，"再打也是给你上寿的，今天简直邪了！"

"那就不打了嘛。"傅丹心倒是随和，慢慢把钱一张张理好，揣起来。"正好都四点过了，再坐一会一起去吃火锅嘛，"他说，"我请客。"

"这还要说！"周眼镜说，"你不请客今天走得脱？"

这道理当然人人都懂，却只有周眼镜这个鸡儿偏偏要把它说破。

"哎！"龙刚吐一口烟出来，半是感慨半是叹息。

"把你们郑维娜也喊出来嘛，"傅丹心说，"大家一起。"

"哪个喊她！"龙刚挥挥手，"我们男人自己吃酒舒服，把婆娘些喊起来干啥？还是，嘿，你想你老婆了哇？"

傅丹心摸了摸鼻子，笑了一笑："你才想了！"

"想就想嘛！你想她了就喊嘛！来！我把我那婆娘喊起，反正你出钱，多吃一个我还赚了！"龙刚说。他毕竟是老江湖，一颗心儿早就七窍玲珑了。

说干就干，他就抽出手机来，一按按出去，把手机贴在耳朵边上，懒洋洋地，在太阳下把各个脚趾拇都打撑了，喊道："哎呀，老婆……"

满桌子的男人都要笑起来。周眼镜骂："狗日的这人！肉麻起来不要命！"

却看这"红豆缘水吧"里，三个女子正在歇息了碗筷，要收拾这杯盘狼藉，忽然听得音乐响起来，一声出来："想你时你在天边……"陈地菊顺着声音去看，就看见郑维娜把她的长头发一撩，伸手去包里摸她的手机，她那手机闪闪一个银边子，晃晃一个大屏幕，好不洋气——原来就是它在响。她看一眼来电显示，眼目眉间一瞬柔了，接起来，一声柔绵绵的："哎，老公？"

王婷婷和陈地菊隔着桌子互相看一眼，王婷婷抿起嘴来，眼睛一转一笑。所以啊，这郑维娜骂龙刚骂得最是凶悍，喊起老公来就最要娇滴滴。这大概就是他们说：骂一声我的砍脑壳，咬一口我的心肝肝。

王婷婷和陈地菊两个都不好出声音了，只听郑维娜举着手机说恩爱："……火锅？对啊，是有几天没吃了火锅了，多想吃的……去龙腾嘛，就那家现在最好吃……啊，我们三个都在一起，婷婷姐和梅梅姐还有我，我们正在喝水，在'红豆缘'……肯定要来接我们嘛，我今天又没开车……好的，那等会见，拜拜老公！"

她把电话挂了，喜滋滋地报出来："龙刚打的。他跟傅丹心在一起。说晚上大家一起吃火锅。他们来接我们。"

郑维娜有心胸哭山骂海再又"嗯"一声就把仇怨泯了，王婷婷和陈地菊自然要为她高兴。王婷婷兴致勃勃地说："去龙腾啊？我听到你在说。他们那的毛肚最好吃！黄喉也不错！"

陈地菊脸上也挂了笑："原来他们在一起啊，那哪个来接我们啊？"

郑维娜看她一眼，笑她："我们猜嘛！我说啊，肯定是傅哥——他一听到你在这，肯定马上就来了！"

"哎不行不行！"王婷婷想起要维护自己的爱人，"我得赶紧给小傅打个电话，喊他把我们刘毅文接到一起，他今天在屋头修照片，肯定饿了！"——她摸出电话来打过去，郑维娜就拿化妆包来，排出眼影盘粉盒子还有睫毛膏，要把自己的脸重新再来画一遍，陈地菊也顺手抓过一个镜子来，看一看牙齿，理一理头发。

你就叹她们这痴心模样，确是亘古不变的。有曲为证：

想和他相偎相厮，知他是千场万场。

才离了一时半刻，恰便似三暑十霜。

另一头，龙刚带着大部队直奔"龙腾"了，傅丹心开车来接人。他得了王婷婷的电话，就先开去葫芦巷去接刘毅文，在楼下等了好一会刘毅文才下来，一屁股坐上副驾驶，顶上头发乱支，一下巴胡子楂楂。"哎，文哥，你这造型有点艺术家风格哦？"傅丹心吓了一跳，说的。

"哎呀，不提了！"刘毅文伸手去抓了抓头发，先往右边抓，再往左边抓，总算抓顺了，"昨天跟那死婆娘吵了一晚上，今天又修了一天的图，累死我了！"

傅丹心把车开动了，一边开出去，一边问："你们这回又吵啥嘛？吵那么多你不累啊？"

刘毅文只能苦笑："唉，你清楚婷婷那急性子，随时都是浇了柴油的。昨天晚上我在跟她讨论这回去普吉岛的事，两句话没说对，她张嘴就把我大骂了一场，说我不爱她了，还说要离婚，一桌子的东西都给我掀了，你说这是要搞啥？"

兄弟两个并排坐在车上，等着前面的红灯变绿灯。

"你就说这王婷婷，"刘毅文继续说，"我们耍朋友的时候她就会说，说这辈子都跟我了，再苦再穷都无所谓。结果，结了婚，我们好不容易自己出来开了这间铺子，也存钱准备买房子——眼看日子是越来越好了，她就真的搞不懂哪根筋不对，天天都是抱怨！今天说你邋遢，明天说你没本事，跟这个比，跟那个比，动不动就要闹一架……哎呀天啊！——我都想干脆回我爸妈屋头住算了，像你们这样子，也不交房租，也不用自己煮饭，天天也有两个人管到她，不然她简直要翻天了！"

　　傅丹心一边开车一边听他说。他跟刘毅文从职高就认识了，看他和王婷婷更是一路看过来的。这两个人从来都喜欢吵嘴，吵不够，还要打架。有一回，王婷婷正儿八经把刘毅文的鼻子都打出血了——就这样了，还是不分手。

　　傅丹心说："你啊，也是。你跟婷婷较真干啥，女人家就是要哄嘛，说点好话就对了。"

　　"我也想把她哄到啊！"刘毅文再叹了一回，"问题是我最近真是手头有点紧，这去普吉岛的事情确实拿不出来钱啊，我有啥办法？我去抢银行？"

　　红灯几闪变绿了，傅丹心重新把车开起来，沿着东街开出去，就见楼慢慢高起来，不远处是天盛广场的红灯笼们。他有好几秒钟没说话，终于开了口："你还差好多钱嘛？"

　　刘毅文眼看前方的路。"你算嘛，一个人五千二，两个人就是一万出头，还要耍，还要吃……总得要有个一万五才敢出这门，我这头再算就拿得出来五千……"

　　傅丹心也看着路。"那你啥意思嘛？你是想去，还是想干脆就算了？"

　　"我咋不想去呢！"刘毅文喷口气，"我敢不敢不去嘛！你们要去，龙哥他们也要去，就我们这家不去——王婷婷不把我撕来吃了！"

　　傅丹心听他说得血浸，笑起来："你呀你，一个大男人，咋就遭这王婷婷管这么死！你硬是没救了！"

　　车出了东门，眼看文兴街的路标就在眼前了。傅丹心说："算你运气好，这马上月底了，我就要进一笔账刚好有一万。你的团费我就先帮你垫了，你呢也就不在这哭丧个脸了。我们都去了，你们肯定也要去嘛，咋可能把你们两口子丢在这？"

"你行不行哦？"刘毅文脑壳转过来，"你也不是有好多闲钱的人，我还不清楚你？你不要鼓捣硬给我补。"

"唉，没事！"傅丹心摆摆手，"我最近正好做个投资，收益不错得很，这个月我得这一万，下个月还有一万。"

"这么凶啊？"刘毅文吃一惊，"你娃要发了！"

傅丹心就也看他一眼："这叫啥发了？你没看到我们那新房子一天天修起来了，马上就要弄装修，你就等到我来找你借钱嘛！"

"你放心！"刘毅文和他多年弟兄，再说就是肉麻了，"你这钱我肯定在你交房之前还给你，到时候还要来给你朝贺的嘛！"

"肯定嘛，到时候来好生吃一顿。"傅丹心说，一边把车转进了文兴街，靠路边停了。

于是这两对半日不见的就都再相逢了，陈地菊对傅丹心笑一笑，王婷婷朝刘毅文翻个白眼，再并肩坐进了后座，加上个郑维娜，亲亲热热欢声笑语地，直往西门外开去。

他们开到龙腾火锅店，只见一栋四层高的楼房青瓦飞檐，彩灯耀照，红红火火正热闹。街边上一列列停着车，大门外一堆堆等着人，更有一阵异香从大门扑鼻而来。正是：

　　铜锅鼎沸，牛油海椒煮五香。

人头齐攒，三教四海杂九流。

"这些人！"郑维娜隔着窗子看，"每回开个新馆子，就一窝蜂来凑闹热！"

她话音刚落，火锅店的门童就笑欢欢地迎过来，傅丹心把窗户摇下来，门童说："哥！吃饭啊？先拿个号。"

"龙哥定了位子的。"傅丹心说。

"哦龙哥啊！"门童马上就要把一张脸笑成两块，弯着腰杆来帮他们开门，"那你们先进，先进，来，我们这帮你们停车。"

他后面马上有人又迎了过来，门童说："带上去三〇三，龙哥的朋友！"

于是一群人气昂昂地穿过门口那些等位的，被这迎宾的客客气气地迎到了三〇三。门一开：好大一张桌子！满桌子上是艳红红的生肉和白莹莹的肠肚，龙刚和其他男人坐在桌子边上，正在畅谈，看见他们来了，立刻站起来，喊道："哎！你们来啦！来！过来坐！菜我都点了，快来！快来！"

他们就坐过去，郑维娜一把抓住自己男朋友的手膀子，手指甲尖尖戳进他的肉里头，龙刚吃痛，想抽口气又不敢抽，眼渴渴看她一眼，郑维娜就"嗤"地笑了，拉住他坐下来。王婷婷也把刘毅文的手一扯，挨着他们坐了，陈地菊和傅丹心两个人坐在了刘毅文两口子的旁边。

桌上的新朋友都是龙刚的人，他站起来为大家一一介绍："这是我女朋友，娜姐，你们都见过了。这是刘毅文，刘老板，十字口开影楼的，这是他老婆，婷姐。傅丹心，都认识嘛，这是傅丹心的老婆，陈姐……还不喊人？"

于是满桌的男人都站起来，给各位姐姐问好，"嫂子""嫂子"地，喊得像要闹地震。陈地菊她们三个只得站起来，举个杯子，把杯中酒喝了。

喝了这一杯啤酒，就当是认识了。一桌人纷纷落座，油碟子调起来，香菜蒜蓉加起来，毛肚牛肉都要烫下锅里去。

傅丹心看了看桌上的菜，问："都点了嘛？还有啥要加的？点鹌鹑蛋没？再加个苕粉。"

这两个菜都是陈地菊最喜欢吃的。桌对面有个戴眼镜的（可不正是那天邮局取钱那个人）说："都点了，都点了。再等会嘛，该都上来了。"

菜就上起来了：先上了鹅肠、毛肚、肥牛这些来得快的，又来了香菜圆子、麻辣牛肉、黄喉、耗儿鱼、脑花儿这些扎实的，再补充了竹笋、猴头菇、金针菇以及杏鲍菇，剩下就要随意烫些青菜、豆腐皮、苕粉以及洋芋片片好饱肚皮——我们镇上的人一年到头吃火锅，天冷吃，过节吃，有事吃，没事还吃，大热天的居然也照吃不误，吃热了，就喝凉啤酒，喝多了，就去厕所里面屙个尿。

感谢老天爷开恩啊。这前一夜里再有各家风雨，也总算在这火锅前面风光月霁了。陈地菊她看着郑维娜手忙忙地给龙刚烫毛肚；又看到王婷婷也转身丢个香菜圆子到刘毅文碗里面；还有她的傅丹心，拿个漏勺在锅里绕啊绕，舀起来三颗鹌鹑蛋。他把这勺子转过来，把鹌鹑蛋都放到陈地菊的碗里，说："梅梅，吃嘛。"

也是毫无预兆地，她的心又一把被揪住了，冲上来一阵说不明的辛酸，冲到她眼睛里，就要冲着她的眼泪流出来。她赶紧抬起手来抹了抹眼睛。傅丹心问："你咋了梅梅？""没事，"她说，"我还以为有东西溅到我眼睛上了，结果没的。"

再一次地，她无法对这一桌子的人解释她毫无由来的伤感，因此只能埋头去吃她的鹌鹑蛋。连着有好几个人来给她敬酒，她就都挨个喝了。傅丹心看她喝得急，就说："哎梅梅，你喝慢点啊，不要喝醉了。"

龙刚说："你说得，把你老婆看扁了！她能喝得很，来，再干一杯！"

陈地菊一向都不太喜欢这个人，但此时人在局里就不好推托。她站起来，正巧看见龙刚身边的郑维娜在对着她笑，一张脸上飞着霞红，她就也对她笑了一笑，说："好嘛，干了。"——把这一杯同他喝了。

一桌人反正要喝到天荒地老去了。龙刚敬了陈地菊又敬傅丹心，傅丹心同他喝了又同刘毅文喝，对面周眼镜也来掺和，先跟傅丹心喝，再来敬陈地菊，被王婷婷和郑维娜哄起来连喝了三杯才罢手，陈地菊跟王婷婷以及郑维娜两姐妹也喝了，整个人轻飘飘的，走出了包间，走到走廊尽头去上厕所。

她蹲在厕所里面，一下子清静了，才觉得自己真有些喝醉了。陈地菊闭着眼睛，听一泡尿哗啦啦地从自己肚子里流出来，觉得这一切都好像是个梦境。她曾经做过一个这样的梦，现在这梦又回来了。

她解完了手，在厕所门前的洗手台边洗手，一边抬起头来看镜子。镜子里面她一张脸红扑扑的，一路红到了耳朵上。

她把水龙头关了，抽擦手纸出来擦手，就听见男洗手间的门"咔哒"一开，龙刚从里面走了出来。

他一看见陈地菊，自然很高兴，走过来站在她身边打开水龙头洗手，一边说："小陈，你简直喝得哦！"

"哪里喝得啊？"陈地菊说，抬起手来捂在自己两边脸上，觉得手板心滚烫，"我这下有点喝醉了，脸都红了。"

龙刚转身过来，嘴里说："哪红了嘛？我来看看呢？"——抬手就把她的手拉下来，另外一只手湿淋淋地举起来，摸在她脸上。

陈地菊被他一手的冷水真正惊得入骨，一把给他拉开："你干啥啊？你喝多啦？"

龙刚却不是轻易打退堂鼓的人，左手被抓了，右手又卷上来，这一回直接按在了陈地菊的胸脯上，说："来我看一下嘛，看你是不是喝醉了。"

陈地菊往后退了一步，想走却正好被龙刚堵在面前。

"龙刚！"她厉起声音来，"你让开！你喝醉成啥样子了！你让开！"

"哎呀，"龙刚还真被她慑了一下，脸上一笑，手又要伸过来，"你还有点脾气嘛！陈地菊，你装啥装？你又不是啥清纯玉女，给我摸一下又咋了嘛。"

陈地菊清楚这个人是听不进话了，她转头过去看三〇三包房，偏偏就没有半个人出来。

龙刚的满身酒气冲在她的鼻子上，她就想起了郑维娜下午哭得那一阵伤心心，一股子恨"嗖"地烧上来："你不让开哇？不让就跟我走！走！过去包间头，喊你女朋友来跟你说！"她干脆一转手，钳住龙刚的手腕，把他往外面拖。

龙刚这才领悟过来这个婆娘是正儿八经惹不得的。他半个身子都歪到洗手台上，想从她手上脱身，一边挣扎，一边骂："你这死婆娘！还跟我横起了！你有啥了不起的！跟我在这装清高！你妈×你跟到谭军混夜场的时候老子又不是没见过！"

陈地菊万万没想到他会说出这个名字来，心不跳，手也松了。龙刚一个站不住，整个人顺着洗手台倒下去，把洗手液擦手纸盒子等一统扫落了，屁股重重落在地砖上，"哐当当"一阵巨响。

龙刚这一跤子的余响还要袅袅不断到很久以后去了。现当下，傅陈两口子虽然尚不知情，却莫名烦闷，堵在心上难以开释——眼看都快把车开回县政府家属院了，傅丹心还是放不下，又问了一回："刚才没啥事嘛？真的只是他绊倒了？"

陈地菊说："你咋又问？给你说就是地下太滑了，他一下没站稳，我拉他也没拉到，结果绊成那个样子。"

傅丹心说："你拉他干啥，要绊等他绊嘛。"

陈地菊笑起来："你才笑人，他一个大活人在我面前，我难道不帮个手？"

傅丹心说："他以前操扁挂练过拳的，这点算啥。"

"你又没给我说过！"陈地菊说。

傅丹心也觉得自己有点过了，就把右手伸过去，握住陈地菊的左手，说："梅梅，你昨天说得对，我这些乱七八糟的朋友太多了，该淡的有些是要淡了。"

陈地菊这才想起昨天晚上他们是在睡觉前拌了两句嘴的，因为她本来想今天下午一起回她爸妈那边，傅丹心却说他约了朋友要喝茶。"那么小个事，"她说，"早上起来我就忘了。"

傅丹心把车开进了政府家属院，又把车停了，还是八点五十九点不到的时间。也多亏龙刚跌了这一跤子，饭局早早地结束了，火锅店还打了个大折扣。大院里有人在散步，又有两个小娃娃在路灯下打羽毛球。他们看见傅丹心和陈地菊走过来，就把球收了，站起来规规矩矩地等他们两个走。傅丹心招呼他们："赵宇轩，聂易晨，这么迟了还打羽毛球啊？"

"明天星期天的嘛，又不上课！"其中一个男娃娃说。

"你马上读初中了啊？"傅丹心问。

"早就初一了！"还是那个男娃娃说。

他们走过去了，进了单元口上楼梯。傅丹心说："刚才那个跟我说话的是聂县长的娃娃。"

陈地菊有些惊讶："聂县长好大啊？他娃娃才这么小？"

"他啊，可能四十五六吧。他这人很有本事，升得快。他们就住在我们隔壁栋。"傅丹心说，压低了声音。

两个人从二楼上到了五楼，走过了整整八户人家的大门。这些门里面住的都是县上政界里有来头的人，楼里静得只有电视的广告声音传出来。

今天晚上两个老的还没有睡下，汪红燕和傅祺红都在客厅。汪红燕在看电视，傅祺红在洗脚。

"回来啦？"汪红燕招呼。

"妈，爸。"陈地菊喊。傅丹心照例只是点了个头。

"这两天都回来得迟啊，在忙啥呢？"傅祺红说，端坐在藤椅上，裤子挽到膝盖，两只脚正放在脚盆里。

"也没啥事，"傅丹心说，"今天天气好，几个朋友约到喝个茶，就一起吃饭了。"

"你们啊，"汪红燕说，"还是要少在外面吃饭，又油腻，又没营养。特别是小陈，你现在最是要注意身体啊。外面吃些啥，都说不清楚。"

"嗯。我知道的。"陈地菊说，"最近是出去吃得有点多了，我会注意的。"

"哎呀，年轻人的事，你不管嘛。"傅祺红说，缓缓地把脚从脚盆里抬起来，又拿洗脚帕擦脚。

"问是你在问，管就是我在管了？你倒是，天天当好人当起瘾了？"汪红燕笑一笑，拿起遥控器换频道。

傅祺红抬起脑壳看了两个小的一眼，没接她的话。傅丹心就说："那我们先进去了，爸，妈，你们早点睡。"

等进了寝室，两个人才觉得是真正落屋了。傅丹心一把躺到床上，脑袋屁股都安生了。他看到陈地菊把包包挂到门背后，又脱下外套来要挂上去，却忽然不动了。她把外套捏在手里，整个人抖了一下。

他正想问她到底是不是有事，她就转过来了，一张脸白莹莹的，脸上有一个笑。"以前我们镇上有好多鸽子你还记得不，"她闲闲地说，一边到写字台前拿她的书，"最近这几年好像都没影子了，你说那些鸽子都跑到哪儿去了？"

傅祺红日记
2001 年 2 月 8 日

今日工作：

过完元宵节收了心了，开了今年第一个正儿八经的工作会，余主任交代了第一季度的工作安排。办公室准备做一系列的"永丰县各村镇地名考（暂名）"，十五个镇他自己写五个，分别是平乐（县城）、中兴、红旗、安庆以及团结；去年才调来的小苏也分了五个：德元、七方堰、古城、金民场、金元；最后剩下五个自然是我的：聚昌、安德、清河、合作、三园。我县秦时立郡，又有清溪河一脉传承，具有深厚的历史文化积淀，去考察和挖掘每个镇、乡的地名、路名、桥梁名，寻根索源，著书列目，这是对后代大有功德的事。但是，就算是在这样的大事大德上，余先亮之卑小鄙贱也照样体现出来：他自己分的那五个镇都是中心城镇，紧邻县城，商业发达，交通方便是其一，历来资料都很是周全。小苏拿的那几个也不差，沿着清溪河过去一路连到崇宁县，又有码头文化的传统，又是少数民族聚居地，可做的文章也不少。却再看看我傅某人分到的这五个，地理上都是在我县外围的最边边上，一大圈要从灌县转到永安市，于是光交通就够我跑的。再来，这些地方古来就是穷凶凶，有个别镇甚至在解放前常住居民也就只有两户不到十人——这样艰难的情况，真不知我这材料要从何搜起？罢了。余先亮故意为难我，但我又何苦同他一般见识？毕竟再有一年半他就退了。

今日学习：

春节期间读《倜傥人生——关汉卿传》，顺便就把《元曲三百首》也拿出来读了一读。说来我少年时候更爱读"庄唐雅宋"，对这"谐元"一直都持保留态度。现在或许真是老了，四十将近过半，未感不惑，只觉言木，大概是快要到"厌红尘万丈混龙蛇，老先生去也"之时了。

今日膳食：

早：汤圆十二个，红豆馅。午饭和小苏在政府外的刘家馆子一起吃的，凉拌猪头肉一份，凉拌拐肉一份，豆汤饭一碗。晚：白水青菜脑壳一碗，豆花一份，配一碗白米饭。注意：过年吃了太多油腻，这段时间最好吃清淡些。

今日琐记：

汪红燕提起工业开发区有很多新兴公司入驻，好些都在招人。她说他们文化馆有个同事的女儿在那找了个工作，待遇还很不错。吃饭的时候我同丹儿提起来，他一下很不高兴，说我和他妈又对他指手画脚，说他自己有打算。丹儿他们这一辈人的确是蜜罐子长大的，没有饿过饭，不太有紧迫感。他从职高毕业已经快一年了，一直这里那里打打零工，没个着落。当然他吃住都在家，自己赚点零用钱，好像是没问题，但这样下去哪是个办法？人总归还是得有个单位，有集体，有靠山——以后的路还长，哪知道会有什么样的事，总得要寻个保证。现在的年轻人光想叛逆，对这些基本的问题考虑得太少了。

第六章

　　傅祺红睡到半梦半醒之间，忽然觉得肚脐眼一阵剧痛。但他之前睡得太深，正是云深不知处了，这时候光觉得痛，还是醒不过来。他感觉好像有根虫子钉在他肚皮上，撅起身身来想往里面钻，拱啊拱，拱啊拱，忽然又"嗖"的一声，不见了。他肚皮就不痛了，只是一阵冰凉，风嚎嚎的，好像哪个人来掀了他的铺盖。

　　他就冷醒了，一身都是汗，躺在黑漆漆的床上，喘了好几声。他低头一看，看到自己这床铺盖倒是好端端盖在身上，但肚皮还是凉飕飕的。他就把铺盖揭开来，借着窗户外面的昏光往下看。这一看，着实把他吓掉了几个魂魄——只见他的肚皮从正中间被剖开来，翻皮现肉，里面黑洞洞红通通，血淋淋的一片，其中，也不知道是肠子还是胃，一跳一跳地，好像泥鳅儿在水塘子里翻。

　　他血都不流了，头上一阵昏，再定睛一看，却见这接在他颈项之下的不是他自己的身身，而像是个畜生的——皮白白的，肉粉粉的，鬃毛间露着两排奶头，又翻出一阵阵潲水臭：这分明是个母猪的肚皮！

傅祺红这才意识到自己还在做梦，赶紧醒了，坐起来，一阵阵地发恶心。他身边，汪红燕还睡得香甜，一声声噗鼾闷雷一般。他看了看床头柜上的钟，三点四十。"差不多了，"他心想，"反正也睡不着了。"他就干脆轻手轻脚地起来了，穿好衣服，打开寝室门出去了。

窗外家属院的路灯和远些工地上的作业灯一起斜照进客厅，照得椅子沙发和茶几一片静悄悄。傅祺红觉得嘴很干，就走到厨房去准备喝口水。他一走过去，才发现厨房的灯大开着，陈地菊坐在餐桌边上，抬起头来，小声声地喊他："爸。"

"小陈，"傅祺红也很惊讶，"你咋起来了？"

"睡了一会醒了又睡不着，干脆起来看会书。"陈地菊笑着说。她面前摆了一杯水，还有一本摊开的书。

"也对。"傅祺红拿了一个杯子，走到饮水机那边去倒水，"睡不着又躺在床上最是心焦，还不如干脆起来了。"

"你呢，爸，你咋起来这么早？"陈地菊问。

"唉，"傅祺红喝一口水，"我们这些老年人本来就不用睡那么久，醒了就起来了。倒是你啊，你还年纪轻轻的，咋会睡不好呢？"

"我也说不清楚，"陈地菊似乎是叹了一口气，"忽然就醒了，然后再也睡不着了。"

傅祺红想问她是不是也做了什么梦，但又觉得不太合适，他再喝了一口水："是不是最近工作压力比较大？我看你这段时间很少回来吃夜饭，傅丹心说你一直在加班。"

"这倒没啥，我们一直都加班的，习惯了。"她说。

傅祺红靠在橱柜面前，看着他这个儿媳妇。她把头发拢起来，低低地绑了一个马尾辫，一张脸露在灯光下，有些许憔悴。

他下意识地，只觉得肚脐眼周围还是隐痛隐痛的。他把水都喝了，把杯子放在水槽边上："那我去书房了，你看会书要是困了就回去睡会，不然你上班还要一天。"

"好的。"陈地菊说，"我待会就去睡。"

等到五点过的时候，傅祺红从书房里出来，陈地菊果然不见了。两个杯子洗得干干净净的，倒放在水槽边的碗架上，餐桌边的椅子也推进去放好了。傅祺红穿过厨房，走到阳台上去，挽起袖子，提起脊柱，轻吐缓纳地定了心神，推开了今天的第一式。

古话说：心不宁则梦绮，神不定则梦诡。可见这夜梦里的魑魅魍魉，都是那白日下的贪嗔妒忌。于是也不怪傅祺红连续都睡不安稳，只为最近他县志办里的事情实在太多了。罗副书记来跟他谈的那一次话足足有两个多小时，但那还仅仅是个开始。接下来，苏聪、吴文丽、会计刘姐，甚至实习生小杨和小曾都被喊去纪委分别谈了话，了解了情况。会计和出纳的账被里外看了几遍，又把赵志伦的办公室上下搜查了几次，资料搬了好几箱。

办公室的人先是心惶惶就算了，现在更是连天地抱怨。本来，今年为了编大县志，工作负担再重不过了，现在又有这个事，搅得天无宁日，鸡飞狗跳。开个工作会，大家都在抒怨气。

吴文丽说:"这赵主任,自己家头那点事情没管好,整得我们其他人底朝天!"苏聪说:"今天喊你谈个话,明天再来补充个细节,还让不让人工作了!年底事情交不完,又要来批评我们,上头这些人硬是欢!"小杨怯生生地,也说:"我来实习也没好久,见都没见过赵主任两面,结果还被喊过去,一问就是一个多小时。"

傅祺红作为这里面官最大的(副主任代理正主任),自然最要讲道理,就安抚他们:"你们大家理解一下。毕竟赵主任是县上的正局级干部,要记功要记过,都是大事,当然要调查清楚,不能马虎。我们就配合调查嘛。他问就问,查就查,任何情况,有你就说有,没有你就说没有,一清二楚的,再简单不过了——总之要协助纪委,尽快使这件事情尘埃落定,我们才好继续开展工作。"

他又补充:"还有,这赵主任的事现在正是敏感,我们大家言语上一定要谨慎。少说,少讨论——办公室里是这样,出去就更要注意了,不谈、不议、不听。"

他话是说到了,说端正了,至于下头的人听不听,怎么做,就确实在他掌控之外了。毕竟圣人也说了,人生在世,有"三闲"最是难过:说闲话、管闲事、操闲心——连圣人都需提点,何况这永丰县县政府里满地横走的庸碌之辈。

比如他下了班,到收发室去取个《四川史志》样刊和稿费汇款单,出来就遇到了人大主任——他以前政府办的老领导马向前。马向前和他是多年的革命感情了,走过来一招手:"祺红,最近忙得很啊?这几天午休我都找不到你打乒乓球！"

"唉，"傅祺红摇摇头，"你莫提了，我们那办公室这一向简直忙坏了！"

马向前这话一听，看了看四下正好没人，就压了压声音："这赵的事情现在还在查啊？"

傅祺红也左右看了看（的确是没半个人）："唉，是啊，这都快两个星期了，按理说纪委早该出报告了。哎老马，你有没消息啊？"

"你不问我，我也想给你说这事。"马向前更靠过来了些，一张老烟嘴凑在傅祺红耳朵边上，冲得他满鼻子腥臭，"这赵的事啊，本来纪委都把报告写好了，交到县委常委去，结果，聂县长发了好大一通气，说这调查又不全面，又不正式，说纪委简直是在胡搞乱搞……"

傅祺红一惊，脱口而出："你这意思，难道聂县长要保他？"

马向前嗤一声，摇个头："保？恐怕没那么好保哦！聂这脾气一发，反而给他整凶了——熊书记当场表态，说这件事的确重大，纪委肯定马虎不得，然后还亲自下令，让纪委一定严办，彻底调查，充分取证，多一分不能冤枉，少一分不能姑息，你想，这话啥意思，啥分量……"

"那这一说来，"傅祺红皱起眉毛，"赵恐怕真是要下了？"

"肯定嘛！"马向前一摆手，"你咋还在想这个？现在的问题是，赵一下，这位置就空了——这就是马上的事了，哎祺红，你咋还在这悠悠闲闲的？"

"我能干啥？"傅祺红叹个气，"以前余先亮退的时候上头都没考虑我，现在我最多还有一届就退了，还能有我啥事？"

"哎！"马向前退了半步，拍了拍他肩膀，"你和我就不说这客套话了！祺红，这么多年，你的为人和本事我都清楚，你当年跟余先亮一下没处好，弄得一直坐这个副局级，那真是委屈了。你放心，"他再压了压声音，"现在这时机有了，该我帮你说话，我肯定要说话。"

"老马啊老马！"傅祺红两只手抱起来作个揖，嘴里说，"老马你这话我惭愧啊！惭愧！"

"你我两个，不说这些话！"马向前再一摆手，"这有人来了，我先走。你改天来趟我屋头，我仔细给你说！"

他转身往政府大门走了。傅祺红一回头，果然看到又有一群下了班的走过来，也是他为人终归更周到些，就站在收发室门口，挨个个笑眯眯地给这些张三李四打了招呼。

一九九五年底，傅祺红从政府办调到了县志办，一进门就吓了一跳：火柴盒子般的一间办公室，满地堆起都是书和报纸，正中一张办公桌落了漆，墙边两把椅子翘了边。当时的主任余先亮坐在这张办公桌背后，穿一件粗黑呢子大衣，抱一个搪瓷茶水盅，手上夹一根烟，心口落一堆烟灰。他看到傅祺红走进来，懒眉懒眼地把脑壳一点："哎，你来啦。去对面党史办看看嘛，看他们有没办公桌不要的给你用。"

傅祺红就去党史办讨了一张办公桌，半边桌皮子都磨掉了，两个抽屉有一个没底子。他哼哧哼哧地把这张桌子搬回来，余先亮还是坐在椅子上抽烟，烟头子一点左手墙边："放那嘛。"

傅祺红就过去把地下的书理清出来，把桌子推到墙边抵住了，又拖了把椅子过来，终于对着这张墙壁坐了下来。他歇了一歇，又很想喝口茶，就把自己的茶盅拿出来，问余先亮："余主任，我们这茶叶在哪呢？"

余先亮看他一眼，烟灰一弹："我们这没茶叶，你要喝茶？去党史办要嘛。"

傅祺红就只得又去党史办讨茶叶，过两天稿笺纸没了，又再去要稿笺。党史办要得太多了不好意思，就转去信访办要，信访办把人家要烦了，再找精神文明办。要打电话，去政府办蹭，要用相机，问宣传部借，再是要想去市上开个会，就得满大院打转，找个好心人来报销路费。余先亮私下骂："我们这哪是啥县志办！狗日的一年到头逑钱没的，就是他妈的个讨口办！"

也是话丑理端。当时，正逢编写《1993—1995年鉴》工作在进行中，除了余和傅，县志办还有借调来的三位临时工作人员。这一群人正是游勇散兵一般，每天走家串户，求先人拜祖宗地，要把各个单位各个乡镇的数据和文章都收集上来，再一点点统稿、写稿、校稿，又一趟趟地跑印刷厂，拿了清样，就捏着红圆珠笔趴在桌子上一排排地圈、点、改，半个手膀子都要被油墨染黑。

这一天，傅祺红正在二校目录，一排排对着看：

乡镇企业

·综述·

——也是该他们卧薪尝胆，苦尽甘来。忽然间，傅祺红就像被哪个拍了天灵盖一般，"哎呀"喊了一声。余先亮正抽饱了烟，蜷在自己办公桌上发困，被他这一吓，猛地醒了，骂起来："嗨！你惊乍啥子？大白天见鬼了？"

"余主任，"傅祺红转过去看着他，心咚咚地跳，"我忽然想起，我们这年鉴应该再加一章。"

"加一章？"余先亮没弄懂，"傅祺红，你龟儿子还嫌我们这事情不够多啊？还要加一章？"

"你看嘛，"傅祺红拿起手上的校样，唰唰翻了两页，"我们这最后有'人物篇'，有'乡镇篇'，是不是也可以加个'企业篇'？"

余先亮也不是笨人，咂了咂这话中滋味，立刻懂了。他笑起来："你个傅祺红，你这脑壳有点滑哦！"

这临时加进去的"企业篇"正是永丰县县志历史上最画龙点睛的一笔，洋洋散散排开来，整整六十八家企业八十三张页码，从制衣厂到曲酒厂，从塑料彩印厂到床上用品厂，各行各业无所不包，正是神仙不问出身处，升天自有金银路：要上年鉴，编辑费一口价两百元，一张照片一百五十元，如果是厂长的人物照再加一百。其中,西川肉联厂的老板邱自岳最是大手笔,赞助了一千元,他的彩照便翩翩飞上了年鉴开头的彩页特版,并列在当年来访的英吉利国友人和土库曼斯坦国部长之间,真正是光宗耀祖了。

转过来说,县志办自然也是受益匪浅,收获良多的。一个主任一个副主任都换了新办公桌新椅子,其他圆珠笔修正液稿笺纸擦子更是不在话下,茶几添了一个,茶具备了一套,茶叶干脆买他整整三斤。年鉴工作收稿那天,县志办五个人还有当时的出纳梁英一起去西门上永辉饭店吃了一顿,猪头肉喊了一大盘,红烧了一条鲢鱼,还开了一瓶全兴大曲——大家都欢得尽兴了,也就傅祺红还独留着几分清醒,他留意到那一天结账的时候余先亮和饭店老板鬼头鬼脑地很是拉扯了几下,得了一张发票,后经他查探是整整七百五十元的金额。

余先亮吃了差不多五百元的外水,却一分也不给傅祺红这跑腿的,也确实是贪心独大,寡情薄义了。难怪九八年傅祺红要一纸御状上去,把余的仕途打倒了,使得两个人终于正式交了恶。于是,余先亮就算提前退休了,也跟上头通了话,坚决不让傅祺红来接他的手,这才又调来一个赵志伦,端端一屁股,再坐到傅祺红这造孽人的头顶上——却是后话,这里暂且不提。

佛家说身是菩提树,心如明镜台,说的是肉身之丰茂枯荣及灵心之清净虚空。须知这心上最是沾染不得其他东西:有了愁,成了忧心,有了欲,就是贪心,有惧难免提心吊胆,有求最终痴心妄想。于是也就难怪傅祺红最近心神惶惶，毕竟他十几二十年的心酸都绕在心结上，缠了又缠，卷了又卷，正是：

只叹说冯谖放旷，执剑复长歌。
谁人识年来心事，古井又生波。

这一头他别了马向前，慢悠悠地在自行车上骑回县政府家属院来，正见门卫齐师傅在卖废品，一堆堆报纸杂志纸盒子摆开来，一个个过秤。他就想起来，说："齐师，好啊，卖废品啊？我给你说，我那楼上还有好多旧报纸旧书，都不要的，我改天给你收拾出来，你下回一起卖了。"

"那咋好意思！"齐师傅是个憨厚的人，赶紧打推辞，"算了！算了！"

"有啥不好意思的，"傅祺红说，"反正都不要的，我收拾了给你拿下来，好吧？"

"那太麻烦！太麻烦，我自己上来拿就对了。"齐师傅赶紧说。

"哎呀何必呢，这么小个事不麻烦你。我过两天收好，喊我儿子一把就给你拿下来了。"傅祺红自摆了个手，扶着车子进了小区。齐师傅在他后面大声武气地说了好几声"谢了"。

他把自行车停了，拿起公文包和那本《四川史志》往楼上走，一边走，一边翻杂志。他的文章这一期终于登出来了，傅祺红翻开来在第十九页，题目是："剿匪录：解放前夕永丰县风云记事"。这篇文章是他去年夏天为了庆祝永丰县和平解放六十周年写的，写的时候还觉得只是篇官样文章，很是一般般，现在读来却颇有些意思——大概不管哪样东西，一旦变成了铅字，就更要漂亮一些。

他轻快快地上了五楼，拿钥匙开了门，正听到汪红燕说："……算了算了，我不给你说了，我锅头还煮起肉在，你爸马上就要回来了，拜拜！"

他走进去，就看到汪红燕挂了电话，着着急急地从客厅走回厨房，扫了他一眼，打了声招呼："啊，你回来啦！今天傅丹心他们不回来吃饭！"

"咋呢？"傅祺红脱了鞋，把手头的东西放在鞋柜上，走进厨房。

"说是哪个朋友请客，然后说小陈今天又要加班，喊我们不要等她。"汪红燕揭开锅盖，拿筷子把煮的那块五花肉挑出来，放在菜板上晾一晾。

"又加班啊？"傅祺红打开水龙头，洗了个手，"要不要我帮忙？"

"你顺手帮我把红苕尖洗了嘛。"汪红燕指一指堆在筲箕上的青菜，转头拿起刀来切肉。

两口子一个在水龙头下洗红苕尖，另一个在菜板上切五花肉。那流水声虽然哗哗，却盖不住五花肉的满屋糜香。汪红燕先忍不住，伸手拣了一片半肥瘦来吃，又递给了傅祺红一片。

傅祺红嘴里嚼着猪肉，瘦的香肥的弹，舌头牙齿都舒服了。他吃了这片，又走案子上抓了一片，再吃了，才说："今天我遇到老马了。"

"老马啊，"汪红燕把肉都装到盘子里，又拆了几瓣蒜来切蒜片，"他还好吗？好久没看到他了。"

"是好久没看到了。"傅祺红说，"上回见他还是傅丹心结婚的时候了。说起来还在一个地方上班，都忙啊！"

"就是，"汪红燕说，"你一说我想起来了，人家老马真的多对的。丹心结婚他封了那么大一个红包，说起来我们都没谢谢人家，简直不周到。"

"你说得对，"傅祺红点点头，"我们是该要谢个礼的。你看就这两天嘛，我联系下老马。我们买点东西，去看看他们。"

"对啊对啊，说起我们还没去过他们那新房子！还有廖三姐我也好久没看到了。"汪红燕切完蒜，又顺手切了几根二荆条小青椒，再眼看锅里的油烧起来了，就把这一案板子的蒜和海椒倒了下去，"嗤啦"一声——一时间，满厨房炸起浓浓的白烟，好似爆了一个手榴弹，傅祺红赶紧退了出去。

永丰县人大主任马向前现在不住县政府家属院了，都说全是靠他的公子有出息：科技大学毕业，在中华通信拿着高薪厚禄，又去肯尼亚外派了几年，赚了不少钱。小马孝顺爸妈，前年初，在恒发新城买了套别墅，装修都花了几十万——去年年中，老马两口子笑嘻嘻地搬了，住到了创新公园西面上风上水的富人区，开门正对着微风湖，斜望过去是新政府的"大飞碟"——这地方是一万种好，唯独有点远。周三晚上，傅祺红和汪红燕两口子吃饱了夜饭，提着一手的礼行出了门。好不容易啊，走到了恒发新城一期马宅大门口，肚皮里头就又空了一个角角。

傅祺红光听说马向前的房子装得很有档次，等到他真正进了大门，站在客厅里头了，才是要吞一口口水，心上也打了颤颤。只见那：挑高的房顶悬一组南海水晶吊灯，照得通明，映一套真皮大沙发，气势煌煌；电视机是进口纯平六十寸液晶，放的是国际新闻欧美大事；茶几上水晶碗有脸盆大小，摆的是新奇水果热带鲜瓜，个头硕硕，颜色鲜鲜，打了蜡一般亮闪闪。

坊间有人作了一首《正宫·醉太平》，说的正是这个事：

> 出生便贫窘，饥寒度童年。红苕煮糠糊肚皮，霜风钻胶鞋。乾坤一转几十年，革命成果终成才。年来痴梦登富贵，手忙抱金锭。

"坐嘛！坐！坐！"马向前的爱人廖三姐倒还是一贯的热情，招呼他们，"祺红，红燕，你们两个硬是的，来就是了嘛，还拿啥礼！太客气了！"

马向前也说："祺红啊，都是老同事了，你还这样，太见外了！"

傅祺红就说："唉，老马，你不这样说嘛。一点心意，好久没来看你，一点心意！"

——都是过场。遮手的礼收了，迎客的话说了，安客的茶泡了，两位太太笑融融聊些家常，两个长官就信步踱到书房里谈起了正事。

"祺红，我给你说，赵这事啊快完了！最早这个星期，最晚下周五一节前，肯定要结了。"马向前先来打个定音锤。

"也该结了！"傅祺红还是叹一叹，"这都快一个月了！整得人心惶惶的。"

马向前掏出一支烟来点上了，深深抽了一口，抽得眉毛都皱紧了，然后吐出来："现在主要的问题是，我们要给赵这事情定个性：是党内处理呢，还是要送检察院。"

傅祺红的心是"咚"了一下："送检察院，不至于吧？"

马向前再抽一口烟："有啥不至于！他遭都遭了，就是肥猪儿掉到了井里头，横竖都是死了！"他看了傅祺红一眼，又接着说："我们的意思，还是觉得要严肃处理，绝不轻忽。毕竟你想想，连这县志办的人都可以仗个势就随便吃钱了，那那些其他办公室的人还不要上天了？"

傅祺红掐了一指，抬起脑壳问："这也是聂县长的意思？"

"哈！"马向前一弹烟灰，"祺红啊，我就说你这人看问题最准！——聂是肯定想大事化小的。但你想嘛，"他顿了一下，"正是因为这赵是他堂堂聂县长的人，这事就肯定得整撑了，整扎实了，免得以后更说不清楚，对不对？"

傅祺红也不能说对，也不能说不对。他摇摇头："老马啊，你这意思我有点听不懂了。"

"嗨！"马向前把烟杵了，"老同志，你不要跟我装傻。我老马也不跟你说些含混话。现在就这样的：我听说你上次给纪委罗副谈了一回，说得很有保留——祺红，你这么有保留，这事情就不好办了。你看，这结案前，纪委的人肯定还要最后再来找你一回。我建议你啊，仅仅是建议：这一回，你就把话说到家，不给这龟儿子留那么多余地——我们换个角度，今天要是你傅祺红掉坑坑头了，难道他赵志伦会拉你一把？"

傅祺红不说话，只把眉毛皱了，字正正地一叹："唉！"

"祺红啊，"马向前就劝他，"你的心事我太懂了。你放心，那天我就给你说了，你虽然只有一届了，但是该整对的还是要整对的——其他不说，这正局级退休和副局级退休还是真的不一样啊！就等他赵一下来，我们都给你考虑了，你肯定是要上的！"

马向前"我们"来"我们"去了老半天，就偏偏不给傅祺红说清楚到底是"哪们"。傅祺红沉吟了几秒："老马，这事啊，我还是觉得不可能……你看，就算你出了面，把我提名了，他们常委哪能通得过？"

他这一问，把马向前真正问得愣住了，他一下没说话，然后哈哈大笑起来——好个傅祺红！你莫看他轻易不出招，真正出招就有门道。他这是潇洒洒地一立身，一双慧眼灼灼地把水塘子里看清了，手上竹篙子"唰"地一点、一递、一挑，一声"着！"，打起了就是一尾大鱼沉塘底。

"哎祺红啊祺红，你放心！这事情我老马拍不了板，难道他熊书记还拍不了板吗？"马向前笑了好一阵，终于说。

永丰县县委书记熊国正和县长聂锋之间的过节还得从二〇〇三年的政府换届选举说起——这件事过是过了七八年，但我们镇上的人提起来还是心怦怦的。"……那简直是！"街坊们在茶馆里一说就很要溅些口水，"那简直是惊心动魄，龙争虎斗，就是那地煞星冲倒了天罡星，土匪头围剿了解放区，啧啧啧啧！……"

围观的有好心人就忍不住说："叫花子，你小心点，这话不能乱说，传出去是要砍脑壳的！啥叫'土匪头围剿解放区'？我们这早就解放了，哪还有土匪！"

"嗨！这话不是我说的，我是引用人家书记说的，书记说的还有错？"街坊把嘴一抹，压一压盖碗，喝一口花茶。再一清嗓子，把这一节旧事情细细道来：

那一年的选举本来是最是简单清楚不过，老县长徐定军早两年退休了，市上调了一个叫作季成刚的来当代理县长。所谓"代理县长"，也就是让他先上车把位子坐好了，等换届选举到了，哎，再补一张票。

这张票长啥模样？组织上早就给他画好了：〇三年第十届县人代会，县长选票上一个孤零零的候选人——季成刚。同意的打个钩钩，弃权的交个白票，要提名他人的请另写名字。

要是以往，这事肯定是万无一失的：鸭蛋都递到嘴边边了，哪个还不会张嘴咬？全县的人都背好书了要选季县长，只有分管教育文化的副县长聂锋很是不甘愿。当时，聂不过三十七八岁，年轻气盛，锋芒正劲，当然是想往上走，偏偏上头就是不提他。熊书记跟他谈了话，语重心长地："小聂啊，你还年轻，多锻炼两年，多做事，组织上自然有考虑。"——熊书记是谆谆教诲而又切切关怀，换了个人说不定也就听进去了，偏偏这聂锋生来就是个心野的，哪信他这些诳娃娃的话。

"他心头肯定不服气嘛！"街坊摇一摇头，绘声绘色，"你想嘛，他一个平乐镇上土生土长的，兢兢业业好多年，干得也是有声有色了，正是好时候。凭啥啊，就遭这个外地来的野和尚一屁股压在他脑壳上？"

　　其实这里还有一个关键人物，就是聂锋爱人的舅舅周老六。这周老六是个什么人？他西门上生，南门上长，北门上混帮派混了好一阵，之后下海，做房产生意，开录像厅，又倒木材——总之过场做尽，朋友也满天下了，真正是个走遍四条街不揣一分钱的好汉。聂锋不服气喝个闷酒，这周老六就来给他出主意："哎外甥女婿，你莫丧气。你这么能干，众望所归的，就算它那选票上没你的名字，难道我们不能一个个给它写上去？"

　　一般人听到这话就先吓住了，也偏偏周老六又是野，又是狠，都到家了，他反正豁出去了，要助他的外甥女婿一步登天。眼见他联系了他的企业家朋友们，又再找了各个乡镇街道的乡长镇长甚至大队长，要给聂锋拉票。传说，这些人在西门外的竹林餐厅吃了一顿饭，整整六七桌，吃了几十斤牛肉，酒更是下了无数。那天聂锋当然没有到场，但在场每个人说起他的俊风异采都是如在眼前一般。弹簧钢板厂曾老板一杯甩了，拍着胸脯子表示："各位代表，各位老板，感谢你们今天赏脸来吃饭，来给我兄弟扎起[*]！在这里，我曾信国首先表态：我无条件支持聂县长当选！凡是这回投票给他的，一张票两千元！我说话算话，都来找我报账！"

　　有人说那句"一张票两千元"就是这一场选举的冲锋号，也有人说还得靠聂锋本人的确有能力，也算得了些民心。总

---

[*]　扎起，四川方言，撑腰，当后台。

而言之，等到人代会正式选举那一天，全县将近四百号人大代表唰唰进了场，拿着笔哗哗一选，还真的就给聂锋选出了两百七十八张选票，季成刚得了一百多票，还有十几票弃权。

县委常委举座震惊，县委书记熊国正当场暴跳如雷。"这姓聂的太不像话了！他简直是个土匪！这土匪头子是要造反了！"——街坊们说这就是那天熊书记骂出来的。

只叹这自古成王逐败寇，一举定江山。谈笑间，樯橹灰飞烟灭了，浪淘尽，光留下风流人物。上头的人再是气再是怒，也没了办法。季成刚摸摸鼻子走了（现在哪还听说过有这号人？），留下一个聂锋正是三十八岁的年龄，未及不惑而成了一县之长，端端坐进了县委常委局，正是那一人之下万人之上的好风光。

但熊和聂两个人之间的梁子也就这么结下了，从来常委一开会就是你递我两枪我绊你两拐——也罢了，无伤大雅。组织上汲取了这个血的教训，从此以后，每回投票之前都要找各个代表谈话又谈话，工作又工作，确保不走票。真正投票更是不用笔了，同意直接交票，不同意再举手要笔打叉叉——都是后话，这里暂且不提。

到了现如今这世道下，平乐镇早就是一派祥和了。骑自行车的绝不占机动车道，吃锅盔的再不贪糖油果子，看报的不挡下棋的，打菜籽油的不挤卖灰面的，劫道的不进北二环，入室的不出老南门——规规矩矩，井井条条，哎，全靠有章法。

早个几十年上去，镇上就没这么多规矩，总有些宵小之徒，强蛮之盗，横行在人户之间林盘之内。名气较大的，比如西门曹家巷的贼娃子赵家，南街猪市坝的土匪头钟家，东门外凉水井的强盗窝子黄家。至于北门上，更有本地哥老会和军方保安队割据一方，豪强云集，袍哥横行，今天砍一条膀子，明日打一轮枪战，终年不见安宁。

当然，这都是解放之前的事。现在我们这里是太平了，政通人和，融融盛世。眼前见此好景，就更要忆苦思甜，不忘历史，所以衙门里派了个执笔官儿傅祺红出来，写一篇《剿匪录：解放前夕永丰县风云记事》。

傅祺红这篇文章写的时候还在去年，等到发出来了就已经是今年四月份期间。春浓而夏初的时节，平原上闷热下沉，瘴气上翻，很有些风云再起的味道。公安局的刘局长被下了课，那是上个月的事了，这个月最热闹的是县志办赵志伦的养小三腐败案，纪委来了浩浩荡荡三个人，一大早提走了县志办的副主任傅祺红，看来是要给这事打个句号了。

"哎谢天谢地谢天谢地！"反正管事的走了，办公室的其他人就混在一起说闲话耍，"这下把傅主任问完了，肯定就算完了，这事就该结了！"吴文丽说。

"你说他们要咋处理赵主任呢？"小杨担心心地问。

"我听说啊，"苏聪沉沉地讲出来，"说不定要整到检察院去。"

"你说这赵主任是不是还有点造孽！"吴文丽说，"你听说没，他那'小三'啊，也不年轻了！听说居然是个四十多岁的，还是离了婚的！"

"我也听说了，唉，还真是有点，"会计刘姐瘪瘪嘴，"找了个这么大的，也没占到啥便宜，居然要搞到检察院去？"

苏聪忍不住："你们这些女人简直有点过分，等于他找个二十多的你们就气死了，找了四十多的你们就可怜他了？"

"你将心比心嘛！"吴文丽翻翻眼皮子，嘴巴动一动比剪刀还利，"上回吃年饭是哪个教小杨可以多报发票的？又是哪个跑来找到我们刘姐，硬要喊她给她多报的？"

小杨脑壳一下埋了。苏聪不说话了，喝一口茶，最后说："吴文丽，算了嘛，得饶人处且饶人。你是富贵人家不差钱，还不准我们穷人些给自己谋点福利？"

吴文丽看刘姐一眼。刘姐说："反正我这收的都是正规发票，都有赵主任签字的，你们这些人少乱说。再说了，"她毕竟是这里资格最老的，就又添了一句，"我们不用在这可怜赵主任，就等到看我们这明年的日子苦嘛！"

"咋呢？"小杨问。

"你想嘛，"刘姐耐心心地解释，"这事一闹，我们明年的预算肯定要少，再加上赵主任走了，聂县长那流过来的补助也就断了，你看看我们咋活！"

她这句说得的确最是实际，牵扯到每个人口袋里面的铜板子，几个人一下都肃穆了。"鬼晓得上头要派哪个来坐赵的位子啊？"吴文丽眼珠子一转，嘴巴一撇。

"嘿，"苏聪笑一笑，"吴文丽，你这就眼光短浅了，你凭啥说上头一定要派个外人来呢？"

"哎哟小苏，"刘姐不得不再发话，"这还是要我说你了：你还小，还得锻炼，哪可能就把你提起来了？"

"我？"苏聪指指自己的鼻子，推一推眼镜，咧起嘴来一笑，"我哪有这种本事？我说的是我们的傅主任。你看嘛，说不定啊，他这一回就要端端坐正了。"

连苏聪之辈都听说了这小道消息，县政府里也就基本上都看出了这风要往哪一边吹。到了周中，赵志伦的处理终于下来了：开除党籍，开除公职，交送检察机关处理。又过了两天，人大主任马向前正式向县委常委提名傅祺红为县志办主任。

傅祺红下班出来，一路上遇到了张三李四个个都要同他打招呼："傅主任，下班啦？""傅主任，回去啦？""傅主任，劳动节快乐！"

傅祺红也就败不馁胜不骄地，翩翩地骑着他的自行车过去了。这正是：

> 两袖清风拂赭袍，铁骨正气充丹田。
> 忠良不屈三十年，天公终开慈悲眼。

全家人都感觉到傅祺红精神特别好，晚上吃了饭，他主动洗了碗，却还是像有挥洒不完的激情一般，满身都是劲。他就干脆去书房打包旧书旧报纸了，好明天拿下去给人家齐师傅。他把书柜顶上的报纸拿下来打包了，又把地板上的旧杂志一堆堆擂起来捆好，再最后把写字台上不要的也收了——也是巧了，他一眼看见那本《四川史志》丢在那，翻开来他的那篇文章，他笑起来，哎呀呀，哎呀呀。

另一头他就想起了一件事，出去朝傅丹心他们的寝室喊陈地菊："小陈，你有空没？你过来一下我给你说个事。"

陈地菊应声声地来了，推门进来问："爸，啥事呢？"她穿一件灰T恤，一条深蓝的运动裤，头发扎起来一个马尾，脑门上冒些细汗水。

"是这样，"傅祺红拿出钱包来，抽出那张稿费汇款单和自己的身份证，走过去递给她，"你看，我这有张汇款单，收了好几天了结果我搞忘了。你看你能不能帮我取一下？"

"好啊，"陈地菊把东西接过来，"只不过这马上五一假了，恐怕得等放假完了才取得到了。"

"哦对啊！"傅祺红才反应过来，一拍脑壳，"你们是马上要去普吉岛啊？我都忘了！啥时候走？"

"明天中午的飞机。"陈地菊说。

"哎呀，你看你看，我彻底把这事忘了！这汪红燕她也不给我提个醒！东西都收拾好了？药都带齐了？"傅祺红赶忙问。

"大的都收拾好了，就是还有个随身的我正在收拾。哎，我这还是第一回出国，有点紧张啊！"她笑起来，抬手抹抹脸上的汗。

"这有啥紧张的！"傅祺红也笑了，"你一向最周到了，又仔细，肯定没问题。倒是傅丹心，他的东西收拾好没？他这人一向风风火火的，你要多管一下他。"

"哪儿有嘛，"陈地菊也大概习惯了这父子两个的弯弯道道，"其实丹心多细心的，这次出门一切都是他安排的，我们两个的东西也是他一个人收拾的，啥都不让我弄。"

"对的，对的，应该的，"傅祺红难得觉得很欣慰，"你们两个现在成了家，傅丹心又是个男人，当然要承担多些了。你看你们这一趟还只是出去耍，以后啊事情更多。就说等你们那房子交了，还要装修，还要弄家具家电，都是事！我教你啊小陈，你就让傅丹心多做点，让他去跑腿，本来男人就要立家的。"

陈地菊再笑起来："爸，你这话说的！其实，丹心他啥事都是自己揽，一点都不让我帮忙，也太辛苦了。就说起我们那房子的首付款，你也知道嘛，我也出了点钱的。他呢，就一直说要还我钱。唉你说说，我说两口子本来就该互相分担，他不干，硬说要把钱挣到了，赶紧还给我。他这阵啊每天忙得不行，太累了，看这次出去好休息一下。"

其实陈地菊这话说得又是贤惠又是巧妙，听是诉哀怨，实是夸恩爱，却没想到傅祺红脸一下黑了，话也不接了。

陈地菊愣了一愣，眼看见傅祺红的脸先是黑，然后蓦地白了。她说："爸，你没事嘛？要不要我喊丹心过来帮你收拾这些？"

傅祺红吸了几口气才缓过来。"你出了钱？出了好多钱？"

他那儿媳妇吞了口口水。"没，没好多钱。"她说。

陈地菊是想打个幌子，哪料到傅祺红这辈子见人扯谎见太多了，一双眼睛早就晶亮亮的，看他儿媳妇这模样，他就知道她出的钱肯定只多不少。他脑门顶子一眩，人也偏了一偏。

"爸，你没事嘛？"陈地菊问。

"我没事，小陈，你早点休息嘛，明天还要出门。我没事，明天，明天一切顺利啊。"傅祺红喃喃地。

陈地菊再看了傅祺红一眼，终于走出去，把书房门掩上了。留下他一个人站在旧书旧报纸里，脸门黄黄，衣裳灰灰。

今日工作：

自从中旬国庆七天大假通知一出来，整个办公室就像要逃灾了，没有哪个人不心慌，十多天了，工作基本没有进展。《1996—1998 年鉴》的编写工作十一月之前必须要交清样收尾，现在各个章节各方面稿件虽然交上来，却还没有最后统笔。按理，年鉴统笔的该是余先亮这个一把手，但这一回他却拖沓到现在也不动笔。我明里暗里提了几次，他都不置可否。因为去年换届提拔的问题，余一直心中有怨，但总不应该也不至于发泄到工作大事上来吧？于是，今天，国庆前最后一次工作会上，我又提出了，说这年鉴统笔必须要进行了，如果余主任实在忙不开，那么干脆就我来赶紧做了，确实是不能再拖了——实际上我手里头也有一大堆事情，年鉴统笔又枯燥冗繁，哪个想做？我无非是大局为重，想把工作顺利完成。哪知道余先亮居然当场阴阳怪气地说了些话，具体也不复述了，意思大概是统笔是一把手管事的才能做的，其他人就不要想入非非了——完了还不算，又当场把这工作交代给了范大成。

我清楚得很，余先亮这么做只不过是为了气我，但他着实是公器私用，本末倒置了。范大成一个县报借调过来的，对县志工作根本不太熟悉，还是个小年轻，哪能当这统笔？罢了罢了，看来这《1996—1998 年鉴》注定要打倒了。说起来，这也是余在任上的最后一本年鉴了，他居然为了赌一口气，把这事办得如此不漂亮。按理最后这一本是来给他盖棺定论的，结果成了口草棺材。正是可恶之人必有可怜之处啊。

今日学习：

夜市书摊上偶得了一本《释梦》，作者是奥地利的心理医生叫作弗洛伊德。本来我没起意要买，光想是怪力乱神一类东西，看了无益。但书摊老板大力推荐了，说这书最近很走俏，绝对值得一看。于是我便买回来了，看看这外国人如何来解梦——结果这真是一本奇书，说的都是心理分析和科学论证。"梦的动机是在于愿望的达成和意欲的满足。"联系我最近常做的梦来一分析，的确是很有道理。

今日膳食：

早：小笼包一笼，肥肠粉一碗。午：牛肉米线二两。晚：周二姐串串香。

今日琐记：

丹儿还是能干，一毕业就找到了工作。拿了第一个月工资，高矮说要请我和他妈吃饭。他说吃火锅，他妈却说最近她听好多人都在说串串香。于是我们就去了周二姐串串香，试个新鲜。实际上，这串串还是火锅，只不过不是一份两份点菜，而是一根根签子烫了吃——大概是年轻人的玩意，拿来给他们吃耍的。像我吃，就吃半天都吃不饱，馆子环境也不太上相。当然了，这是丹儿头回挣钱请我们吃饭，总是难能珍贵的。他说起他上班那电脑公司，说他这个月卖了多少多少台电脑，老板高兴得不得了，马上要升他的职，等等。我就提醒他，说这些私人公司有些还是野，要多长个心眼，踏踏实实最好。他一下不高兴，大概是觉得我又对他指手画脚了。我这儿啊，就是太聪明，自尊心太强，听不得半句不同意见。他现在毕业正式进入社会了，正是要多磨炼磨炼，把这些臭脾气改一改。

第七章

五一劳动节放了三天假，镇上的人赶紧该懒的懒，该歇的歇了，纷纷喜气洋洋。就连天老爷也跟着高兴起来，连出了几天大太阳，烤得热烘烘。女人们一个个抽了羊绒衫，脱了防寒服，披个薄外套罩件单衣裳，妖妖娆娆地在街上晃。叶小萱把头发烫了（做了板栗色），穿个玫红的真丝衫，搭件牙白的西装外套，踩着高跟靴子，提着小坤包，东门上一走，满身都是无限风光。

接连遇到好几个老熟人，个个都拉住她发惊叹："哎呀小萱妹妹，一阵不见更漂亮了！刚刚去韩国了？——越来越年轻了！"就算是叶小萱也难免不好意思，抿嘴给他们笑一笑，说："老了，老都老了！你这是乱说嘛，简直乱说了。"

都懂得起的道理：家贫更要遮丑，富贵切莫显耀。讲的是这人啊，越是颠簸，就越要稳起绷起；反而正发达了，才要掩起门面来说谦虚。现下，叶小萱的日子是过得相当太平了，但她总还不忘，见人逢人哀号两句。

你看迎面走来了她的麻将搭子孙二妹，穿得也还算舒气，但毕竟是个离婚又嫁了女的,就有些形孤影单:"小萱,你过节热闹啊,现在女儿女婿都给你陪起,一大家人!"

叶小萱使劲"唉"一声:"就是冷清啊。他们这小两口子,一放假就坐起飞机坐出国去耍了!人家洋盘,我跟老陈只有自己在屋头看电视。"

二妹吃一惊:"出国啦?好安逸!去哪儿了?"

"普吉岛!"叶小萱把名字响亮一报,"是在泰国那边。说的只有那么漂亮了,唉,我反正没去过,等他们潇洒嘛。"

"好安逸!"二妹再叹了一声,"看我这辈子啥时候才能出趟国啊!"

叶小萱说:"其实现在出国也不难。我听蒋大嫂说,他们一大家人过年走了一趟新马泰,还算旺季,每个人投下来居然才六七千——其实我们几个朋友也可以约一约,干脆,等明年过年,走一趟!"

她这也不是完全说空话,孙二妹却露了一个苦笑:"唉小萱,我倒是想啊,就是真的没这个福气!"她压了压声音,"都是你我两个人,我也不瞒你,钟情那女子啊,最近怀起了!这都两个多三个月了,年底就要生——到过年那阵,正该是我忙得出不歇气的时候,哪有命跟你们出去耍!"

这响雷一把打下来砸在叶小萱的脸门上,震得她两眼间很是冒了几个金花。好不容易把神定了,她挂起笑说:"哎呀呀,恭喜啊!二妹,这真是天大的好消息!恭喜你了!"

孙二妹却还锁个愁眉,脑壳一摇:"唉,小萱啊,谢谢你了。不过这事其实都是麻烦。我那女婿民航的,一个星期七天五天半都在天上飞;我那亲家两个又都忙得不得了,他们倒是爱出钱，一把高兴起来，给倩倩发了个六万元的大红包，说是六六大顺嘛，但这真正做事情就全都落在我身上了！"

"那你请个保姆嘛。"叶小萱说，皮笑肉不笑。

"你说得！"二妹下巴一缩，"外人哪有那么放心！"

"那只有你辛苦了。"叶小萱说。

"唉啊，都是上辈子欠的！"孙二妹啐了句。

你看这叶小萱也是造孽：高高兴兴出个门，偏偏就要来这么一个丧门星。"这婆娘！明明尾巴都翘上天了，还要在我面前假眉假眼发哀叹！"她好不容易脱了身，边走边骂，一寸心肝揉成了十几截。

漫无目的地她逛到了北门城墙边，只见七仙桥肥肠粉店里外人头攒动，门庭若市。她就干脆也走进去，点碗冒节子肥肠粉，又嘱咐老板多放点海椒。店里头早就占满了，她坐在街沿上，跟一个来赶场的农村婆婆拼张桌子，一边等她的粉，一边望望桥对面的清溪河绿道公园。

说起来她听好几个人夸过，说这绿道公园修得很漂亮，长长的健康跑道从七仙桥一路通到东门外的菠萝滩，处处都是鸟语花香。她那些朋友都要周末来这里走一走，看看风景还锻炼身体。她也跟陈家康提了，说他们两口子也该来走一转，见识见识绿道公园的新气象——眼看公园修好都有一年多了，她念了也不下小十回，陈家康回回嘴上说好，屁股就从来挪不开他的网络游戏跟前。

叶小萱遥看着桥那边的绿草红花，心里面的鬼火一下烧起来。她拿出电话，两个键按过去："喂！你在哪？在干啥？又在打游戏？陈家康，你烦不烦！几十岁的人了天天杵在电脑前面！大过节的，人家家家户户都出去了，只有你天天在屋头，弄得我也跟到你在这发霉！……"

她的诅咒炮仗一样炸出去，吓得对面的农村婆婆连看了她几眼，屁股挪了又挪。幸好店伙计手快，赶着把她们两个的粉一起端来了，一个冒节子加海椒，一个素粉加豌豆尖，热腾腾地扑鼻子。叶小萱只得说："……我不跟你说了，我吃粉了！"她把电话挂了，拿起筷子把粉和转了，一挑一撮，就见更多热气来了，混着榨菜和芫荽节节，又辣又酸，直扑她的脸面。

叶小萱的例假第一次停了应该是〇五年底〇六年初的时候。春节前后她忙了好几个月，都过了元宵吃了汤圆，才忽然想起她那事一直没来。她心头"噔"一声，跑去中医院看县上著名的妇科专家黄医生。黄医生给她号了个脉，说："小萱啊，你这恐怕就是更年期要来了。也不妨，先吃两服药调一下。"

叶小萱苦涩涩地喝中药，想的是这辈子就完了完了。哪知她命不该绝，也是黄医生的中药到底管用，吃了六七服，居然把例假吃回来了。她很高兴了一阵，又再接再厉，买了好几种滋阴的补品，卵磷脂蜂王浆都吃起来——这样过了一年，她自己倒还觉得身体心情各方面都调养得不错，不想天老爷却另有安排：又到一年年关上，一体检，查出来个恶性子宫肿瘤。

人得了这样的病，命就不是自己的了。叶小萱也豁出去了：手术、化疗、中医、偏方、懂气功的、通灵的、有特异功能的，她见佛就拜，各路神仙前面都把头磕了，总算把命捡了回来，但例假就彻底断绝了。

你要是让陈家康来说一句，他就要说："我那老婆啊，她倒是没死。但她现在那更年期的脾气啊，一天闹几回，简直整得我想死了！"

本来叶小萱自来就不算热情，现在更是基本断了夫妻生活，加上陈地菊出了嫁，她那脾气更完全没人制了。陈家康当个缩头乌龟，困在一方死塘子里水都干裂了，再没想头。好在他这人还算风趣，在外头也懂出手大方，总还有些市场，偶尔去些花花场子，见几个女网友，算是吊个命。

正是闲人些说的：夫妻本是陌路人，姻缘更似黄粱梦。夜来惊梦挑灯看，一根绳头两蚱蜢。

又转回来这就到了劳动节假最后一天，叶小萱和吴三姐约起去中医院熏个艾灸，说起在路上遇到孙二妹这事，还是气不过："……你说二妹这人，就是这要不完的脾气！只有那么自以为是了，好像只要她沾过的就都好上天了，人家其他没哪个比得上她！"

吴三姐劝她："唉小萱你何必生这气。认识多年了，你难道是头回跟二妹打交道？就说那时候她跟钟铮还在一起，还不是一口一个夸他好，你们老陈，我们老席，都经常遭她拿来踩嘛！——结果呢，说离就离了，现在那仇大得，街上遇到都不打招呼的！"

"就是嘛！"叶小萱趴在理疗床上，拉下半边裤子，烤得屁股上暖融融的，嘴头就笑，"你说这钟铮也是狠，离就离嘛，还把钱都裹了。我听说啊，他们西门外那间铺面，钟铮自己就把它卖了，一分都没分给孙二妹的哦！"

"我也听说了，"吴三姐的艾灸盒子架在她肚皮上冒烟烟，眼睛熏不住，就把脑壳往叶小萱这边转，"你说这事硬是气人，问题是孙二妹也怪，居然就这样算了——要是我，管是要闹还是要打，实在不行上法院嘛，总要把该我的那份弄转来！"

实际上叶小萱也是心软，这样说了两句，就叹了口气："唉你说我那屋头再不行，总还有陈家康跟我打伴。二妹也是造孽，孤苦伶仃的，你说是个男的还好说，她一个女的离了就没哪个想沾了，还是我们这些老朋友多约她出来耍嘛。"

"你才笑人！你那屋头哪不行嘛！你们老陈对你那么好，你那女儿又乖又跟你贴，你女婿也好得很嘛——人家才给你买了金戒指，你不要就搞忘了！现在小两口子新房子也买了，你还要干啥？"吴三姐的脑壳偏在枕头上说。

叶小萱自然不同三姐说虚假，就点点头："也是，也是。说起来梅梅这个女子硬是会选。我还以为她这回要整倒，结果人家嫁得还可以：小傅这人还真不错，能干、灵性，对她更是好得没话说！就说这回出去耍嘛，我问了，我那女子一分钱没出，都是人家的钱，你说这人好好！"

吴三姐也跟着点头："就是嘛！我跟你说句过来人的话：你不要以为孙二妹那女婿说起是个飞行员就好了不起，真正赚钱啊，还是做生意！你看我那儿子，前两年还不见得，这几年就真的起来了。你那女婿那么能干，你和老陈关系也不少，天时地利的，再过几年肯定赚大钱！"

叶小萱被她说得乐得合不拢嘴："希望嘛，希望嘛，看你的吉言了！"

"早晚的事，"吴三姐振振有词，俨然是个活神仙，"你看嘛，说不定啊，这回梅梅他们回来就有好消息了，到时候你再添个孙儿，看你哪还有空跟她孙二妹怄闲气！"

陈地菊他们的飞机该是五月六号晚上十点十五到的。叶小萱在屋头掐着指头算：飞机要停稳了，人要走出来，还要等行李取行李——再慢，十二点以前肯定该上出租车了。她在屋头等到十一点半，给陈地菊打了个电话没人接（但是电话开机了），又等到了十二点，再打了一个还是没人接。她着急了，跟陈家康说："梅梅他们咋回事啊？该到了啊，咋不接电话呢？是不是出啥事了？我要不要给傅丹心打一个？"

陈家康打游戏正在忙上，眼睛挪不开，只张了个嘴："飞机都落地了，能有啥事？大半夜的，他们肯定累了，你就算了嘛，明天早上起来再打。"

叶小萱也确实困了，眼睛都眯起了。她洗漱了上了床，把手机放好在床边上，睡了过去。但她那心还是挂起在，半梦半醒地，她好像听到有钥匙响了，再来是些窸窸窣窣的声音。"哎，你听，是不是梅梅回来啦？"她推陈家康。陈家康晃一晃："哪有啥声音，睡觉！"——翻身背过去了。

早上八点过她醒了，边上陈家康还在酣睡。她想不过，就翻起来跑到陈地菊寝室去看。只见寝室里还是空洞洞地没半个人，唯独多了一个行李箱，床上铺盖摊开来，枕头也乱了。

"陈家康！陈家康！"叶小萱两步跑回床边上，推她爱人的肉膀子，"昨天晚上真的是梅梅回来了！她行李都在寝室里头！这女子咋回事的呢？现在人又不在了！"她把手机抓过来给她的女打电话。

这下陈家康也坐起来了，睁起眼睛看叶小萱打电话。电话响了一声，响了两声，终于有人接了。陈地菊在电话那边，蔫声蔫气地，像是感冒了，喊她："哎，妈。"

"哎梅梅啊！"叶小萱切切地喊，"你在哪儿啊？你昨天晚上咋回屋头了呢？傅丹心呢？"

"我现在在上班，"陈地菊说，"晚上下班回来我再给你说嘛。"

叶小萱就只得把电话挂了，工作要紧，工作要紧。

她干等起也不是办法，就到铺子上去守生意。一到中介所看到里面站了一男一女，吴三姐正在招呼。男人四十多岁，有点年纪；女的二十出头，相当漂亮，都不是本地人，想看一套套二户型精致装修好的。吴三姐和叶小萱换个眼色：乖乖，宰的不就是这露水鸳鸯要金屋藏娇的！她们就两个一路，带起他们去看房子。连看了三套：一套奎星楼小区的顶楼带花园，一套时代花园的清水房有大露台，还有一套在葫芦巷的老民房，建筑面积小，实用面积大，都没看上。吴三姐跑这一路有点累，叹口气："哎呀，本来还有一套在隔壁平乐帝景。那套正儿八经不错——坐南朝北，户型方正，装修也新，绝对是巴适的。但是现在房东出差了看不到，要下周才回来，我到时候再给你们联系嘛？"

买主把电话留了，叶小萱送这两个人出去。你看她这人的确是要更热心一些，都走到楼门口了，叹个气，脚一跺，把实话跟买主吐了:"刘哥,小邓,看你们这么诚心,我也不想瞒你们:其实平乐帝景那套房子今天看得到,房东也在。只不过有个买家昨天看上了,所以我那搭档不想带你们去了,毕竟人家订金都给了,就差签合同——但是呢,你们要真有兴趣,我可以带你们去看看,反正也就两步路。"

真真是好个叶小萱啊,天生侠女情怀,一副菩萨心肠。她一带他们去,这两口子还居然就把那一套平乐帝景看上了。于是她也就两肋插刀地帮他们斡旋:找到房东,谈起价钱(比另外那个买家多出了五千),又是说好话,又是拉关系,再拼着挨吴三姐一顿骂,把她那头的那一家甩了——忙到下午四点过,兢兢业业,守到他们把合同签了,了了一桩大事。

那年轻女人十分满意,男的也对叶小萱分外感谢,一听到她还没吃中午饭,就说要请她吃饭。她摆摆手:"不谢不谢,都是缘分。我看到你们有眼缘,你们看那房子也是有眼缘,所以一下就定了。你们高兴,我也高兴!以后搬来这边都是东门街坊邻居,有啥事随时找我帮忙!饭我就不吃了,今天我女要回来,我现在赶紧要去买菜,回去给她煮饭!"

她提前回去了,路上陈家康发了个短信,说今天要见老战友,晚上不回来吃饭。叶小萱那双法眼一看就冷笑了——她也懒得去管这男人的小动作,正好清清净净跟她的女子好说话。路边上她买了些菜,都是陈地菊爱吃的。回去了一边在厨房里头洗油菜,一边想:"狗日的这些男人啊,都是些不要脸的。那个啥子刘哥,这陈家康,没哪个上相的。女人命苦啊,命苦啊。"

六点半陈地菊开门回来了,包包也不放,走到厨房,戚戚地喊："妈。"

"哎！"叶小萱赶忙把火关了，转过头去看：几天不见，她的心肝女子硬是像老了一头，脸色黄黄的，眼睛下面挂着一对黑眼圈。

"梅梅啊！你咋回事？你不好了？"她走过把陈地菊的手一捏。

两娘母走到客厅里面坐下来说话。陈地菊坐到沙发上，眼睛也不看叶小萱，揉着自己的一双手。

"你啥事，你给我说嘛！"叶小萱有点着急，"傅丹心咋欺你了，他干啥了？你说我听，我来整治他！"

"是谭军的事。谭军的事情，傅丹心应该是知道了。"陈地菊忽然抬起头来，说。

这一下像是有人从沙发里头狠狠踢了叶小萱的屁股，她整个人弹起来。"你说啥？他咋可能知道那事？"

"他有个朋友认得到谭军，还见过我和谭军在一起——我是没印象，但人家记得清清楚楚的。这次跟我们一起出去耍了，我觉得应该是他把这事跟傅丹心说了。"

"那你咋说？你就认啦？过都过去那么久的事了，哪个也没证据，你咋那么老实？"叶小萱咒道。

陈地菊露出一个苦笑："他根本就没来问我——我倒宁愿他来骂我两句，就说明这事还有缓和的余地——这一趟出去他都对我爱理不理，忽冷忽热的，奇怪得很，昨天回来的飞机上，他硬是要换位子坐到这个朋友边上，两个人说了一路话——当时我就觉得不对，结果一下飞机他就莫名其妙跟我发了一通脾气，拖起他的行李一个人走了，今天一天都没消息，我打电话也找不到他……妈，"陈地菊深吸了一口气，声音也是抖的。"你，你说我该咋办？"

上一回陈地菊的感情陷入危机还是二〇〇六年了。那段时间，叶小萱住在省医院住院大楼，十六楼肿瘤病房21床，每天看不见一丝绿树绿草，人也跟着蔫黄了。一层楼住了三十多个病人，男女老少都有，有年老的撑过了两个月居然还没死，也有年轻的送进来，半个星期就收拾抬出去了，各有一命。叶小萱自来泼辣的，这一回也吓怕了。每天床头上放起唱佛机"南无观世音菩萨"，手上握一本《圣严法师讲佛经》，好歹有个抓拿。

头天晚上，隔壁得了八年肺癌的廖姐去了，她那天就很不舒服。下午陈地菊来看她，买了两盒草莓，洗了装在碗头喂她吃两个。正好护工不在，她勉强打起精神跟她的女说话。

她说："梅梅啊，我们屋头的存折都在我那边床头柜下边的抽屉里，定存、股票还有国债加在一起总共有五十五万，我拿个白信封装起压在书下面的，你记得要找出来，免得你爸昏里昏着搞忘了。"

她又说："你爸那人面子薄，肯定不好意思问，你姑妈他们前年装修房子跟我们借了五万元一直没还，你要记得这事，提醒你爸喊他们还钱。"

她还说："我前几天跟你爸都说过了，他要是再娶我也不反对，但我们那两套房子一定要留给你。最好是现在就抓紧先把手续办了，过到你名下，免得以后麻烦……"

她把头靠在枕头上，背后唱起"南无大慈大悲救苦救难观世音菩萨"。她有一气没一气地说些话，倒也没多想。陈地菊眼圈子就红了，眼泪水包在眼眶里，一荡一荡。

"哎梅梅，"叶小萱一下也难过了，握着她的手，捏了一捏，"你不哭嘛。唉，这病遇到了哪个有啥办法？幸好，你也大了，工作不错，人也算有了着落：那谭军啊，确实还可以。稳重，成熟，靠得住，虽然年龄比你大点其实也不显——你放心，我一句都没跟你爸说，这事到底咋办，你自己把握……"

哪想到她这话一出，陈地菊的眼泪水止也止不住了，唰唰地流下来，顺着下巴滴到床单上。

"哎呀哎呀，"叶小萱坐起来，"你这女子咋了？好端端的哭啥哭？"

"我们两个分手了。"陈地菊哑声声地说了句，打在叶小萱耳朵里一个闷响。

"分手了？"她很是惊讶，"前几天来还好好的嘛？"

陈地菊摇摇头，深深吸了一口气："就是昨天，他忽然跟我说，他是不会离婚的，也不想再耽误我了……"

"哎呀！哎呀！"叶小萱挣命的劲都出来了，坐起来，捏住她女儿的手，"你不是说他已经在办离婚手续了的嘛？不是说他跟他老婆都分居快五年了的嘛？咋又不离了？"

陈地菊不说话，只是流眼泪。叶小萱眼尖，看到门外头有一两个探头探脑地，赶紧说："梅梅，快去把门关了。"

陈地菊站起来去把门关了，走回来重新坐在她妈的床前。叶小萱一股劲喃喃："唉还是怪我，是不是他看到我在这生病，就觉得不安逸怕我拖累——唉，都怪我！不该硬要喊你带他来看我！——你们这事本来就还不成熟，是我太着急了，都怪我！"

"妈，这哪怪得到你啊！"陈地菊斥了一句，又不说话了，继续流眼泪水。

叶小萱也觉得眼眶子发热，整个脸上都在烧。她看着她的女，一张白脸儿上一双黑眼睛。

"梅梅不哭，梅梅，不哭啊。我在，还有我在，没事，没事……"她伸手去把陈地菊的肩膀揽住了，顺着一拍一拍，"算了嘛，分了也好。本来你们这事啊就不太好，断了也好，断了也好——反正也没公开，你又还年轻，不怕的，再找个好的，合适的。"

那天下午，叶小萱劝了陈地菊老半天，又把药吊完了，止不住地累，昏昏地睡过去。就是在那天的梦里面，她真真切切地看到了菩萨。稀奇的是这菩萨居然长了一对獠牙，坐在莲花台上，黑张脸，伸个爪子下来，眼看要收她的命。她本来是要怕的，现在居然一股劲来了，撒起泼来，赖在地上嘶声裂肺地喊："菩萨！我不走！我不走！我不放心我那女啊！我要是现在走了，留下我那女儿要遭人欺啊！我不走！我不走！"

——也就是那一天过了，人人都说叶小萱居然好转来了。一天天的，她有了力气，抓心烧肺在肚皮里诅咒那姓谭的：狗日的老不要脸，诓骗了我的女，巴不得你这辈子跟你婆娘天天打架；龟儿子花言巧语，说甩手就甩手，总有一天要遭报应，把你撞死在马路中间，等等等等。

她骂了又两个月，出了院，骂起来睡在屋头吃中药，慢慢就爬起来了，出门走路，买菜煮饭。陈地菊再没在她面前提过谭军的事，她也再不打探。到下半年，陈地菊突然提出来，说她打算辞职，回平乐镇来上班。陈家康马上反对，叶小萱却暗一估按，料想这事和谭军有关。毕竟，他们虽然不在一个网点上班，但总是同单位的，肯定还是难处。两句话，她先把陈家康打发了，又找关系送了些礼，把陈地菊调进了县上的邮政局银行。

　　人家说母女连心，又说：世间男儿遍薄幸，只叹女子总相惜。叶小萱当然清楚，这事在陈地菊的心上剌了不止碗口大一个伤疤。但死不下去总是要活转来。既然一抹脸面回来了，那肯定得重开一片天地，打头再唱。于是她走出去就说："……你说我这死女子，倔得跟牛一样！为了我生这病，硬是要把市里头那么好的工作不要了，回来在西门上邮政银行坐起。有朋友也不联系了，每天就在屋头把我看到，眼见马上都要三十了——唉我这病，拖累啊！真对不起我的女啊，她要不再不赶紧找个归宿，把自己安顿了，我这命捡回来都是白捡了！"

　　你就看眼下：陈地菊眼眶红红的，一副小儿女模样没了抓拿，只呢喃："妈，你看嘛，傅丹心不在，我也没法去他爸妈那边，我就只有先回来住了。"

　　这话把叶小萱吓得又打了个闪闪，她坐下来一把按住她女儿的手："不行！这是哪本书的话！你不能回来住！赶紧回去！赶紧回去！"她又把语气缓和了些："梅梅啊，我给你说，越是这样的非常时期，你就越要站稳脚步——傅丹心不回去，你更要回把地方占好，给傅家那老两口子看看——现在你更是要把这两个人讨好了，一定要喊他们多看到你的好处……"

叶小萱这人虽然平常渣渣瓦瓦，但真正遇到事情了还就是不一样：她这下眼睛也看得明了，耳朵也听得清了，方圆黑白，是非曲直，招招式式里都有了章法。她亲自站起来，回厨房里面把菜一样样装好，亲手把晚饭端出来了，把她那女子一勺勺喂饱了，又把她行李重新收拾起来，送出门去，嘴里头连声交代："……总之要稳起。你们两个婚都结了，傅丹心再是气也总要气过的，都是两口子了，再心头不安逸也只有一起过啊，你这就回去等到，他说不定啊待会就回来了……"——她看她走下了楼，又喊："回去路上小心点不要被撞啊，过十字口看好！"然后再轻轻把门关了，转过身来，这才叹了一口长气。

叶小萱一个人在客厅里坐了半天，想起来还有一个人。她把电话拿出来，给陈家康打："喂，你还在哪儿耍？你那'战友'见了这么久差不多了嘛？还有啥话说不完嘛？我给你说，你再不回来，信不信我把你那电脑给你一把扯起丢了！……"

叶小萱整顿她的男人陈家康最有一套，这在我们镇上是出了名的。想当年，北街熊家塘（那时候还是一片荒地）的陈家康娶到了东门城墙脚下的叶小萱，大而不小也是一桩风光。两个人结婚在东门老红星饭店吃的饭，朋友三四都来朝贺了，很是热闹。众目睽睽之下，陈家康背着叶小萱在堂子里面走了三圈，最后把她放下来上把位上端端坐好了，然后，从笔挺挺的西装口袋里掏出张纸来，一口浓浓的四川普通话开始念："小萱，今天，我感到非常的幸福。能够娶到你，是我这辈子最大的福气。从今以后，我要更加追求上进，努力工作，珍惜你，爱护你，照顾你。在这里当着各位亲朋好友，我保证以下几点：每月工资奖金全交，煮饭洗衣服家务全包，不抽烟，不喝酒，不赌博……"

——舆论普遍认为这是叶小萱的手笔，也有几个人说其实是陈家康自己写的。不管怎么来的，他们这先河一开，写《结婚保证书》就成了那两年我们镇上青年男女结婚一个非走不可的过场。好长一段时间，有哪个在街上撞见了叶小萱，就要专门走过去说："哎，叶小萱，你的'每月工资全交'呢，今天没一堆出来？"叶小萱也不怕，眼睛横横一翻，回一句："在屋头洗衣裳！"

都是旧事了。现在，"每月工资全交"早就存起了私房钱，这不提了，就说真有出息的，哪个还要等起用工资？拿蒋大嫂的话说："……就我那点退休工资，还不够我每个月打牌拿来输！"

这是几个老搭子又约起打麻将，正在西门上丽景小区的顺风麻将馆。叶小萱觉得这家稍微有点远，机麻又贵，但每回但凡是刘五妹约就一定要约在这里，听说是因为刘家有投资。

上一盘蒋大嫂点了刘五妹一个海底花，还是有点痛，一边摸牌一边喊两声。刘五妹说："哎呀大嫂，你不急，等到，这盘我来点你的！"

"算了算了，"蒋大嫂把脑壳摇起来，"求人不如求己，我哪有空等你！"

"老蒋这话说得好！"吴三姐跟着把牌摸上手，砌得"啪"一声，"俗话说：千里盼皇粮，不如门前采蒿蒿。牌桌子上哪个靠得到哪个，自力更生，能跑就跑。"

刘五妹"噗"地一笑："三姐啊，你硬是笑人，哪来的那么多一套一套的话，我听都没听过！"

吴三姐说："咳，你就笑我嘛。我是农村出来的，说话肯定比不上你们这些街上的。"

"哎哟，"刘五妹喊一声，"三姐又酸我了。上去五十年，这镇上哪里不是田坝子？我们这些人哪个不是种田的？"

"你这话说绝对了，"蒋大嫂说，"还真的就有人不是——你说对不对嘛，小萱？"

蒋大嫂是看叶小萱一直若有所思的，就想逗她说话，却把她吓了一跳。"啥？"她手上牌一捏，"这咋会说到我身上来了？"

蒋大嫂说："就是说你啊。你那亲家汪红燕——你知道她啥出身不？"

叶小萱这一下午心心念念的，想的不就正是这一家人，想着她的陈地菊已经回去在这两个人脸下面过了三四天了，想得眼酸酸。"她啥出身？"她撇撇嘴，"都是东街上的，还有哪个不清楚？——她不就是独柏树汪驼背的女嘛？汪驼背一个电工，有啥好稀奇的？"

蒋大嫂就"呵呵"一笑："小萱啊，你是只知其一，不知其二。汪红燕的家世哪有这么简单？这事你还是要来问我了，以前我爸搞土改工作，所以这些是最清楚的：这汪驼背只是汪红燕的养父，根本不是她的生父。她生父是哪个？说出来吓死你们！她的生父啊，是汪文敏！"

桌子上的其他三个女人都震了一震。汪文敏这名字现在我们镇上的年轻人没听说过了，但上去一辈，那是真正要震耳欲聋的：汪文敏何许人也？我们镇上的大地主汪生祥的大公子！而汪家当年在我们镇上是什么风采呢？根据蒋大嫂的说法，西起西街神仙桥头，东到东街老城门外，整整一条拉通，两边的铺面和房子都是他们的！城外的良田更是许多亩这就不说了。可怜汪生祥五一年的时候死了，家道就中落了。再加上汪文敏也在"文革"落了难，一家人就真是到了过不下去的地步——只得把汪红燕过继给了以前汪家的老用人，也就是汪驼背——所以是这么来的。

刘五妹第一个发惊叹："哇塞！小萱啊，上回我光看你女婿长得帅，没想到祖上也这么有来历！你这亲家结得好啊：一结结到贵族人家去了！"

叶小萱说："你说啥啊，这都改朝换代多少年了，哪儿还有啥贵族地主？都是平头老百姓。"

"话不能这么说，"蒋大嫂再来主持个公道，"当年汪家的金银财宝古玩字画到底有好多，没人说得清楚，说不定还在哪个犄角旮旯给汪红燕留了一笔。你看电视上那些鉴宝的，一个烂碗都要随便买几百万，汪红燕要是有一两样家传的古董在，你说得有多值钱？"

吴三姐也跟着笑，说的："小萱啊，这就是神仙爱装叫花子，善财只散有心人。你还不赶紧对人家汪红燕好点，说不定啊她真有这么一笔，那你那女子就吃穿不完了！"

叶小萱被她们几个惊呼呐喊，弄得心咚咚跳。她就想起春节时候去傅家吃饭，的确是看到他那客厅博古架上摆了好多瓶瓶罐罐。她一下有点慌了，手抬起来要打四万结果一错抓到了五万，还没看清楚，一抖把牌跌在堂子里，落地算数，就听得刘五妹"哎"一声，一把"哗"地把她门前的牌推了："哎呀不好意思，猫儿和！谢谢小萱啊。"

麻将馆出来，叶小萱本来想跟吴三姐一路走，偏偏刘五妹跳起赶上来："小萱，三姐，等到我一路嘛！我有点事想问你们。"

她们就站在楼门口等刘五妹下来了。三姊妹邀邀约约地出了丽景小区，沿着西门往城里头走。

"哎我就想了解下情况，"刘五妹开了口，"现在恒发新城的房子卖得到好多钱啊？"

叶小萱一边看路，一边看她一眼。"这不好说，要看是哪一期的。恒发一期要贵些，大概算得到六千五七千一平，二期三期就一般，差不多四千左右吧——具体房子又不一样，户型啊朝向啊楼层啊，不好说啊。"

"五妹，你是又要买房子啊？"吴三姐问。

"哎呀，我买啥房子啊。"刘五妹叹了一口气，"我是要卖房子！"

她就一句一字地把情况说了说。原来是她的女儿刘婷珊当时结婚的房子现在要出手。恒发一期的独栋别墅，上下两层，面积将近四百个平方，带车库花园，精装修，全套家电。"这房子当时直接跟他们恒发老总定的，户型和位置都是最好的。我们买就买成两百四十万，加上装修家具家电又花了将近一百万，"刘五妹眉毛眼睛都愁作了一团，"住人也才住了还没一年，全都还是新崭崭的。你说我这现在卖，能卖好多钱？"

叶小萱瞄了一眼吴三姐，吴三姐轻悄悄对她点了个下巴，嘴头说："五妹你这房子不好卖啊！这又是大，又是装修了，还是婚房——你想嘛，出得起这个钱的买主，能选的多了去了，不一定想买个二手住过人的房子啊！"

叶小萱说："我接触这么多客户，越是有钱的，越是有自己的想法，好多人宁愿要是清水房，自己整——花钱都无所谓的，就是不想要其他人的装修。所以你这房子不好整！一是买家本来就少，二是要挑买家，还得看缘分！"

刘五妹面作愁来心也愁了："那咋办呢？我这房子就卖不脱啦？"

"卖肯定卖得脱！"三姐宽她的心，"你真心要卖，急到出手，就价钱上松活一点，还是卖得出去！"

"那你说，我这大概能卖好多钱嘛？"刘五妹问。

"你挂个三百三十万嘛，看看三百万能卖得出去不。你这房子还没满五年，又有交易税，七七八八减了，拿到你手上能有个二百七十万差不多。"吴三姐算了算。

"那我不是亏了！"刘五妹喊一声，两只手朝大腿上一拍。

"不然你就等一等，"叶小萱以退为进，"好多人都说今年子楼市要起来，你看看情况。或者再等个几年，等你那交易税过了，就又要好卖些。"

"我等不到那么久，"刘五妹果然着急，"我的女他们前夫那家人等到要钱，天天跟催债的一样，我早点把他们打发了，早死早了！"

"关他们啥事呢？这房子不是你出钱买的嘛？"叶小萱问。

"唉！是我刘婷珊那瓜女子嘛！我明明给她交代了，购房合同也只写了她的名字。搞不清楚她咋遭绕昏头了，房产证上硬是把那个人的名字加上去了——现在安逸了，人家就咬到这一点喊她卖房子分家产，不然就要打官司！"

"还有这本书卖！"吴三姐喝了一声，"他们咋不去抢呢，来得更快！"

叶小萱也激愤了，舞起手来帮刘五妹出主意：理是理法是法，打官司就打官司，这钱是你们刘家出的啊，凭啥白白送给他！

"我是遇到了有啥法，"刘五妹抬起手来揩了揩眼睛，"毕竟我这是女，人家那是儿，还是不一样。这女人家离了婚本来就掉了价了，还要为个一两百万去打官司，搞得血浸了，那不是一辈子都算了！"

刘五妹的大实话落到叶小萱的怀怀里，打得她心欠欠的。她就把花样都收了，说："五妹啊，你放心，你这房子拿到我这来嘛，我肯定给你卖个好价钱！中介费我也给你打折。"

刘五妹说："小萱啊谢谢你！你看你这人就是心好，所以说有福气。你们陈地菊就比我们刘婷珊命好，嫁得那么好，两口子那么恩爱——真的是有福气啊！"

叶小萱跟她们一路走到十字口，和刘五妹约了时间明天一大早到她那中介铺子头见，作了别，朝南门菜市场走过去。

眼看现在天都暗了，肯定来不及煮饭，她两步到菜市场门口买了邱凉拌铺子上的红油废片，又切了半个烤鸭，提起来穿过倪家巷抄近路回东街。只见倪家巷里的老房子都要拆迁了，间间铺子贴着大黄标牌，一声声地喊：

"大甩卖，大甩卖，十元一件，卖完就散！""不要了！不要了！睡衣，拖鞋，春秋衫，给钱就卖，给钱就卖！""跳楼价！跳楼价！跳楼价处理了，正宗景德镇瓷器，买一送一，买一送一！""收拾了，收拾了，马上收拾了！最后大减价！最后大减价！"

叶小萱眼泪花都要听出来了，想起刘五妹和刘婷珊的遭遇，兔死狐悲地，心里面实打实地难受。

她把电话摸出来，给陈地菊打电话。响了两声她接起来，还是气蔫蔫地，喊她一声"妈"。叶小萱一听这声就明白还是没戏，这傅丹心多半还没回来。她就说："今天上班咋样啊？吃晚饭没？"

陈地菊说上班一切都好。晚饭还没吃，汪红燕正在厨房里面弄。

"那你就一个人在寝室里头耍啊？"叶小萱说，"你赶紧去帮忙啊——你这娃娃咋这么死实！"

"我问了她要不要帮忙的，她说不用。"陈地菊说。

"你问人家当然说不了，你要走过去，拿起来做嘛！"叶小萱教她。

她又叮嘱了她的女不要死闷在寝室里面，多出去看看两个老的，擦桌子嘛，扫地嘛。"……你不要那么笨，拣些恼火的做，就做些轻松的，简单的——重要的是喊他们看到你尽心了。"她说。

陈地菊都一样样答应了，好好好。

"梅梅啊，"她吞了一口口水，"还有个事我要问你，谭军当时给你那四十万，你还自己收到在嘛？"

陈地菊沉默了大概有一秒钟，"嗯"了一声。

叶小萱的心才算掉回了胸口。"你要把这钱收好啊，"她说，"千万不要给傅丹心说你有这存款啊。"

"嗯。"陈地菊答应了。

"没事，"她又劝她的女，"两口子一辈子，总要吵几回嘴的，待会傅丹心就该回来了——不落屋，他还能走哪儿去。"

陈地菊再答应了。两娘母又说了两句，这才把电话挂了。

叶小萱沿着城墙边上走，一路上见了几个熟人，马马虎虎地朝人家点个头。"这结婚有个屁的意思！"她心头想起来这一句又把它掐了——不然又能咋办？一个人咋过？等她跟陈家康都死了，哪个来跟她的女儿陈地菊打伴？

更可怕的是，要是一个没弄对，她那癌细胞又长出来，她脚一蹬死了，陈家康是不是就要把他那"网友"红轿子接回来，把她叶小萱的房子给占了，存折给她取了，把她的旧衣裳旧鞋子几袋子装起丢了——到时候，要没个婆家撑头，就她那女子那木痴痴的样子，还不遭那狐狸精把本来该她得的家产都吞了？退一万步说，只要陈地菊背后还有傅家这三个人，到时候哪怕要打架也多几个坨子啊。

叶小萱一边计算一边走，想一想就好像把这些都想成了真的，好像她果然已经死了，成了一条魂儿，千万里飘回她老家，推开门，看见书房里亮着灯，电脑音箱传出来又是舞剑又是拼刀的，正是她爱人在网上打游戏。

"陈家康！"她喊他，鼻子酸酸的。"我这专门给你买了烤鸭，快点出来吃饭了！"

宝生巷这一条本来是清淡的，进进出出都是本街上的住家户，有两家铺子也只是卖些日杂鲜果，不成气候。〇〇年，它对门子的江西巷改了璀璨商业步行街，冲过来一波水花花。〇五年，背后的北门城墙边打造火锅一条街，再给它添了一把火。不知不觉地，宝生巷里的铺子就一家接一家连起来了：剪头的，按脚的，卖手机的，卖衣裳的，做奶茶的，搞宠物美容的，三十六行，各展神通。万家中介立在这些铺子中间，顶上招牌不大，门口的房产广告却要摆出半个街沿。叶小萱和吴三姐两个好搭档把这门生意做了将近十五年，天干不旱，下雨不涝，自然有她们的法门：带人看房子，先看几家烂的，再看一家好的，这叫作"翘尾"；跟卖家叹衰市压低价，对买家夸红市抬高价，这是"砍两头"；跟镇上其他几家中介先说好了，一套房子大家都挂出来，其他挂高价，只有一家挂低价，最后分提成，这叫"做市"；越是遇到心急的买家，越是要跟他们磨，编说房东不在，其他人看上了，或者干脆就说已经马上要卖了，物以稀为贵，吓他一吓就涨个价，行话是"砍单单"，等等等等。

比如遇到刘五妹这么套大房子，叶小萱他们一家肯定不容易吃下来，就要联合几家中介来一起"做市"；她既然下了决心要推这套房子，就暂时把性价比更好的那两三套不放出来，只拿这一套来"翘尾"，多来几次，总是要成功的。任凭那买房子的东奔西跑，几家比价，却注定是瓮中之鳖，哪能跳出叶小萱她这如来佛的手掌。

星期天一大早，刘五妹拿钥匙和房产证来铺子上，签了委托书，叶小萱就带起相机跟她一路去恒发新城，看看房子，照几张照片。

刘五妹开车，叶小萱坐在副驾，一路出了东门，过了天盛广场，到了创新公园，就见雄浑的一个大凯旋门立在路边，上头几个金字是："恒发新城"。刘五妹拿出来业主卡一刷开了大门开进到小区里。只见绿树成荫，处处显景，琼台玉阁，鸟语花香。

有诗为证：

名园铸出千般景，大厦升入九重天。
张家牛儿李家猪，各家关在各家圈。

叶小萱说："哎五妹，你不要说，这一转新房子再多，最好的还是恒发新城，看看这环境！"

"当时就是看上它环境好啊，容积率低，一期高层都没的。"刘五妹说。

"好安逸！"叶小萱看着窗户外面的一栋栋欧式小别墅，"我这辈子要是能整这么一套，我就值了。"

刘五妹笑："小萱你硬是说得造孽，这一套房子算啥，你真心要住，还能住不起？"

叶小萱扯扯嘴皮子："住肯定还是住得起，问题是我和老陈两个人，孤苦伶仃的，住这么大个房子干啥？"

"那是现在嘛，你看过两年你孙儿就来了，说不定一来两个，有你热闹的！"刘五妹接她的话往下说。

叶小萱昨天晚上才刚刚跟她的女打了电话，就听说这小两口的冷战还打得热烈。她气得把陈地菊骂了一顿，手指拇按了几回要给傅丹心打电话，好不容易忍了。

"这五妹就是嘴甜！"她笑起来，"我连个孙儿影子都没看到，哪来的两个？"

"说起这事我就想起来，孙二妹她的女怀起了，你听说没？"刘五妹说。

"我咋没听说呢，"叶小萱说，"二妹早就给我说了，把她高兴得！"

刘五妹跟着她笑了一阵，打方向盘把车慢慢开上路尽头一栋别墅的车道："她高兴？她高兴啥啊！就前一阵嘛，她那女儿的 B 超打出来了，怀的是个女娃娃。她亲家那家人呢也是有点做得出来，直接就问能不能处理了，还要喊她们把之前收的红包还回去——把她气得啊，来找我都哭了两场——哎你不要跟她提我给你说了啊，这事简直气人！"

叶小萱嘴上"啊"的一声，心头一激：硬是家家有本难念的经啊。你说她的陈地菊遇上傅那一家子，也算比上不足比下有余了。她看到刘五妹伸手把一串钥匙上的遥控按了一按，眼前的车库门像影剧院的幕布那样慢腾腾地升起来了，一阵"嗡嗡"的。

"你这屋硬是整得高级啊。"她说。

"这是小区统一装的。"刘五妹还是谦虚——她正要把车开进去，就"咦"了一声，只见车库里面已经停了一辆，大红色的奥迪A6。"嗨！珊珊这车咋会在这呢？"她把方向盘转起来，开到奥迪边上停了——幸好这车库是双车位。

叶小萱跟她一起下了车，走车库里面开门进去，一进屋是个过厅，转两步才是客厅：落地窗的窗帘紧关着，透进来一两丝光，闷柞柞的。

"哎呀，这些打扫卫生的，喊他们关窗子，咋把窗帘也关这么紧，闹鬼的样。"刘五妹一边骂一边走过去，"唰唰"两声把窗帘拉开，屋里头一下大亮。

"哎呀！妈？"没想到楼梯上头传下来一个女声，"妈？是不是你啊？"叶小萱听出正是刘婷珊的声气。

"嗨！这死女子！真的在这！"刘五妹一转头，顺着声音走过去，"刘婷珊，你跑到这来干啥子？找不到事来这房子里头触霉头啊？"

"哎你先不要上来！"刘婷珊喊——她妈才不管，一双细根子高跟鞋疾如闪电，飞檐走壁地，"咚咚咚"三声上了楼。

叶小萱她一个外人，自然就站在客厅里面，等她们两娘母理家务，她正听到刘五妹说："你咋跑到这来睡了？……啊！啊！"——她惊叫起来。

叶小萱吓得人一抖，手上的包包都捏紧了。"五妹？五妹？你咋了？"

"小萱！"刘五妹也在楼上喊她的名字，"你上来！你赶紧上来！"

叶小萱就去了。楼梯是雪白的大理石，她怕滑倒，一路扭紧了樱桃红的实木扶手。

她走到楼上，看到刘五妹站在一扇门口，一张脸扭得怪相，嘴张开来像个说唱俑。"小萱！小萱！"她一声声地，喊得又亲热又凄惨。

刘五妹好多年没有这样喊过叶小萱。上一回应该是在一九七九年。那一天，她们两个还有陈家康一起走了八里路，要到石家桥去看坝坝电影，还没走拢叶小萱就怄气了，一个人转头往回走，刘五妹在她后面喊。

叶小萱一下有点恍惚，走到五妹边上，伸起脑壳朝门里头看。

她看到刘五妹的女子刘婷珊半坐在床上，披头散发，光起个大白膀子。她身边同样光起个膀子的还有一个，是个年轻的男人：长得本来是端端正正，标标志志，可惜现在一张脸赤红，红得发了紫又透着黑，好像她梦里面那个长着獠牙的菩萨。

"傅丹心！"她喊出来，"你个狗日的！你在这干啥！"

今日工作：

开始了《永丰县中医院百年发展（暂定名）》一书的编写。今天召开了第一次采编会，把工作都分配了下去。余主任负责晚清、民国和建国前，我负责建国后至改革开放前，范大成负责改革开放后至今。此外还有中医院过来的三个编写人员，分别各跟一头，两人为一小组来开展采编工作。日程还是很紧张的，八月份之前要交初稿，十月之前要交清样定稿，十二月份必须把书印出来，才能赶上评选四川省十佳中医院的年度审核。这桩事起初是中医院杨院长提出的：由中医院拨款出资，县志办落实，给他们出个院志，主要突出这几年的建设成就。哪知道，一经余主任考证，居然发现县中医院的历史可以追溯上去到清朝光绪年间，其前身正是永丰县观音会名下的"华容馆"，又这样顺起一扯，理出了整整百年的时间线。于是这书一下就厚了，本来一个小册子，现在成了本精装彩印的大书，分量不凡。杨院长很高兴，立刻表态增加预算，又派过来三个人增援编写工作。我早听说这位杨院长不一般，上任以来把老旧旧的中医院弄得有声有色，大门都翻新了两回。去年，中医院评上了二级乙等，今年更是冲着省十佳去了。

今日学习：

看了几天的《刘文彩真相》，是走老马那拿过来的，听说是香港出的。这书一上来就语不惊人死不休，直接说这地主是"慷慨好义，有燕赵豪侠风"，一页页再翻下去全是给他唱颂歌的，说刘虽然是地主阶级，但其实相当开明进步，为乡里乡亲们办了不少好事，修了学校又修剧场，很受农民爱戴。再讲了那些所谓的"水牢"，还有《收租院》的故事都是为了宣传虚构出来，还有鼻子有眼地说了当时是哪些人做的假证，把刘冤枉了，等等。我一边看一边心就有点怦怦跳。这刘文彩的恶事我们年轻的时候就听得会背了，还好多雕塑啊、绘画啊，全都把他的恶行记下来了的，哪想到这居然有人出来编了这本野史，要给他翻案？这简直是给我们这些做地方史志工作的人敲了警钟，一定要把工作做翔实，做扎实，调查清楚，不偏不倚，写下去的话就是要千秋百代都经得起锤炼的。

今日膳食：

早：臊子面二两。午：杨院长在蜀风园设宴招待，点了酸汤肥牛、白灼基围虾、蟹黄狮子头等新菜，口味很丰富。晚：韭黄肉丝及两样青菜。

今日琐记：

晚上汪红燕跟我说丹儿又打电话问她要钱了，要两千元，说是他手机遭人家偷了。自从他去年进了德元职高以后，这已经是第三回东西被偷了——这学校的环境怎么会如此糟糕！再是职业教育也要基本筛选学生吧？怎么搞成了土匪洞、贼窝子。我一下很是愤愤，汪红燕就劝我息事宁人，毕竟丹儿是要读书的，不要在学校里面挑事，弄得更不好办。实际上，钱都是小事，一想到丹儿每天在这样糟糕的环境里，我就觉得揪心。还好他早搬出去自己住了，不然更说不清楚要丢好多东西。我只希望他能头悬梁锥刺股，好生复习，早点考起专升本，早点走了。

第八章

　　傅丹心说他不记得小时候的事情了，唯独这一件是忘不了的——

　　——那是一九九三年，或者九二年，总之是在他进了平乐一中读书，不用每天困在书房里被傅祺红"家教"以后。上学放学地，路过家属院门口，他留意到总有这么一个穿黄夹克提公文包的人和门卫齐师傅递些东西。他观察了他们好一阵，又暗中做了些功课，终于找了个时机，走上去问："叔叔，请问你是不是收银元的？"

　　齐师傅和黄夹克都吓了一跳。齐师傅说："小傅，你小人不管大人的事嘛。这些都是院子里头的叔叔阿姨托我办的。"

　　傅丹心不管他，只问黄夹克："你要收银元，咋收呢？好多钱一个？"

　　黄夹克上下打量他几眼，笑起来："小弟娃，你有哪种银元嘛？"

　　傅丹心说："我有八年和九年的袁大头，还有光绪元宝。"

　　黄夹克嘴里头"哎"一声："光绪元宝，哪个省的？"

"云南的，还有新疆的。"他说。

那一年傅丹心是十二岁，或者十一岁。平日里，他注意到他爸傅祺红时常把一包银元拿出来，对着一本《精品银元赏析》研究。就这样耳濡目染、触类旁通地，他挣下了这辈子第一笔钱。他卖给黄夹克三个光绪元宝，五个袁大头，总共得了六百二十元。

但这还不是最精彩的部分。傅丹心把这卷票子拿到手，小心翼翼地把它们压到书包底下。到了星期天，他跟汪红燕说要去跟同学打乒乓球，背着书包出了家门，走到神仙桥的古玩市场，挨个对照着淘了八个仿币，回来放到了那包银元里——再下一个星期，他果然看见傅祺红又把他的宝贝拿出来了，摆在桌子上一边数一边看，欣赏完了再把它们封好，庄而重之地放了回去——"哈哈哈哈！"傅丹心一头扎回寝室里，笑得流出了眼泪花。大快人心啊，大快人心！

从那一天之后一过二十多年了，傅丹心从平乐一中到了德元职高，再出社会，进光纤公司，又自己开铺子当上了老板。天生就聪明绝顶的，现更见人情练达。在外面，再是天尊地皇，牛鬼蛇神，他也不当回事，脑壳一转，总有拿他们的办法；唯独回了家还是要忌惮他爸。见说道棋逢对手，哪曾想冤家路窄：这世界上就只有傅祺红这一个人，专有办法折磨他傅丹心，剥他的皮挖他的心，刮他的骨抽他的筋，总之让他生不如死。

上一回是二〇〇六年，他买期货亏了钱，临时拿当时光纤公司刚收上来的一笔服务费抵了一抵。本来，再过两个星期，那一手赚回来他把钱还回去就平安无事了，偏偏老天爷要害他，一转头遭人发现了，直接告到了他爸门下。其实，也就是五万多不到六万块钱，他真要想想办法还不是转眼就凑出来的事，偏偏他爸要充好人，给他垫了还了——还了也没用，光纤公司一手拿钱，一手就把他开除了大门。老实说他也不在乎，这种饱不涨饿不死的工作本来就没意思，偏偏傅祺红就觉得受了天大的耻辱，他在上头找关系也没解决下来，回来就把气都发在他和他妈身上：整整大半年，傅丹心忍辱吞声，骂不还口，打不还手，过够了那卧薪尝胆的日子。直到现在，他老早就把那笔钱还给他爸了，连利息都是算好的一分也没少他，他爸却还是时不时把这事想起来，今天戳一拐杖，明天敲两锤子，生怕哪个把他的人情搞忘了。

五月一号，他和陈地菊去普吉岛的飞机是下午一点。早上八点过一家人照例坐齐了在饭厅里吃早饭。每人面前一碗稀饭，桌子中间一盘馒头，另外一盘装了四个白水蛋，再有两个小碟子，是泡菜和糟豆腐。

"哎老傅啊，今天稀奇了。"汪红燕说，"你平时弄个早饭都那么多花样。今天呢，眼看丹心他们要出门了，你这样就把人家打发啦？"

傅祺红说："他们出去好吃好喝的多了，这顿就最好吃清淡点。"

"爸说得有道理，"傅丹心说，"这一趟出去肯定天天都要吃海鲜，这顿是该清肠胃。"

傅祺红说："对的，就多喝点白稀饭，其他的都不要吃。"

他没看到陈地菊正伸手去拿白水蛋。汪红燕赶忙把蛋一抓起来递到陈地菊手里面，又笑："老傅，你再抠还是要有个限度嘛！当到人家小陈的面，你把人家吓到了！"她再拿了一个蛋，递到傅丹心门口。

"我抠？"傅祺红挑一坨糟豆腐，刨一口稀饭，"你问问你儿呢，看我抠不抠。"

"哎呀！要赶不赢了！"傅丹心看看墙上的钟，喊起来，"这都马上九点了。要赶紧走了！国际航班要提前三个小时到。"

汪红燕也看一眼钟："哎呀那要赶紧了！东西都收好了嘛？不要把飞机赶掉了！"

傅丹心两口把稀饭喝了，蛋也不要了，站起来去寝室里面拿行李。陈地菊也赶忙把自己门前收拾了，说："爸，妈，我吃好了，你们慢慢吃。"汪红燕也一把站起来跟出去——只留下傅祺红在饭厅里面，一口泡菜一口馒头，再喝一口稀饭。

哗啦啦地，小两口把行李拖起提起，才是九点不到就要赶着出门了。汪红燕说"路上小心啊吃东西注意卫生啊"，傅丹心埋着头在门厅穿鞋子。他把鞋都穿好了，正要开门，陈地菊却说："丹心，你去跟爸说一声嘛，说我们走了。"

傅丹心斜起眼睛朝饭厅一看，里面静悄悄的。他妈也说："你去嘛，你爸那人就是这毛病不周正。你去跟他说一声，他好下个台。"

傅丹心想罢了罢了。他走到饭厅里，脸上还笑起的，说："爸！我们走了！"

傅祺红端端地坐在餐桌边上，对着碗和盘子，两只手整整齐齐地平伸出去，放在桌沿上。他听到了傅丹心这句话，把手拿下来，脑壳一抬，轻轻地说："傅丹心，我那十万块钱拿给你，是喊你买房子给首付的，结果你用到哪儿去了？我听小陈说那首付是她出了。那我的钱你就给我吞了？"

傅丹心一肚皮头热乎乎的稀饭"唰"地凝起了。"哎呀爸，这事情……你等我回来再给你解释嘛。"他吐出来一句。

傅祺红说："我早就给你说过了，你上回光纤公司的事我帮了你，就再也下不为例。你是把我的话当耳边风了啊？你的解释我也不想听了，我只要你把我的钱都还给我——你不把这十万块钱还出来，你就不用再回来进我这个门了。"

难怪市井中人要说："搬口又弄舌，巧不凑巧生误会，心慌更意乱，怪也难怪错见鬼。"原来傅丹心出门去普吉岛这一路的阴阳怪气，有家不归不是为了别的，却是因为他爸傅祺红临出门前对他说的这一番狠话。

这一头，陈地菊在天然气公司家属院里跟她妈妈两个方寸大乱，以为她早年间跟有妇之夫网在一起的事被她爱人发现了；哪想得到那一头傅丹心正油头垢面地杵在葫芦巷筒子楼上刘毅文的窝窝里，跟他两个联网打《反恐精英》，嘴上叼根烟，面前一堆鸭骨头。

"哎王婷婷咋还不回来啊？这都几点了？"傅丹心抽手把烟杵了，看一眼屏幕上的时间。

"鬼晓得！她去见郑维娜了。这两个人每回一逛街买衣裳，没哪个说得清楚啥时候才完！"刘毅文说，弓在电脑前面搞埋伏，伸手出去鼠标一点再打死一个。

"那咋办嘛？老子饿死了，你下去买点东西上来嘛。"傅丹心说，抽一支烟出来。

"中午就是我去买的，你咋不去呢？"刘毅文说，手在键盘上点。

"你说呢？我不是在躲人的嘛？你不是才给我说你中午出去看到陈地菊她妈了？"

"你也是有点喜剧啊，"刘毅文终于扭了个头来看傅丹心一眼，"你是欠你爸的钱，也不用连你老丈母都要躲嘛？"

傅丹心哼一声，不说话。

"小傅啊，"刘毅文已经劝了他一路，好话说了几番，"冤有头债有主，你跟你爸闹，何必要连你老婆的气一起怄呢？——也是遇到你们陈地菊脾气好，你这几天给人家甩这脸色，人家也就认了吞了，要是换个我这个，还不早就给你整凶！"

"她脾气好？鬼晓得她肚皮里头打的啥算盘：居然跑去跟我爸说那首付款的事？——我就不懂了，我们两口子的事，她为啥要给我爸翻嘴皮？她是站我这边，还是站我爸那边的？"

"她哪想得到你跟你爸那么多弯弯绕绕，"刘毅文还是要说公道话，"小陈不是那种打小报告的人，肯定是有误会的，你问问她，把话说清楚就对了。"

"我才懒得问！"傅丹心摸到打火机，把烟点起了。

刘毅文其实也不算笨，也看得清楚傅丹心这是投鼠忌器，无非是害怕找陈地菊一问，又反把他暗中得了十万元的事抖出来了；只是他们兄弟情深的，他也不好戳傅丹心的软肋，就说："你娃也是黑！你爸那人那么俭省的，你就把他这私房钱这样吞了——他咋不气嘛，我都要帮他气！"

"我又不是不还给他了！哎刘毅文你少在那翻白舌！要不是我拿这钱找龙刚买了他那投资，哪儿来的那一万块钱？哪儿有钱借给你，喊你带你老婆去普吉岛潇洒？"

既然傅丹心提了这名字，刘毅文就顺着问："结果龙刚回你话没嘛？他们到底退不退股给你？"

"没消息嘛！"傅丹心摇头，"说啥一个月一万，结果只有第一个月给了我一万，然后就没了，说的这段时间生意不行！我在回来的飞机上嘴皮都给他说烂了，这几天又打了无数电话，他就是不松口退钱，说还要问上头的人——多半没戏了！我还去翻了那合同，上头的确是没投资期限的，又的确是写了'不到期限不得赎回'。"

"'皇朝88'，一听就是黑社会的！小傅啊你硬是，这些人你也敢惹！——那现在他不退给你，你咋整嘛？"刘毅文又看了他一眼，说："我说啊，不然你就给你爸道个歉，先回去嘛。钱再慢慢想办法还。毕竟他是你爸，他不得真把你怎么样。"

傅丹心看着屏幕，一只手如疾风在键盘上点，另一只手如磐石握着鼠标。

刘毅文清楚傅丹心和他爸之间的恩怨不是一桩一件一朝一夕的事。他看看这满屋里烟熏火燎的，又看看沙发上傅丹心的脏衣服裤子乱成一堆，说："不然，等会婷婷回来我问问她——我们应该还是有点存款的，没个五万，也有三万。我把这钱先给你，其他再想办法——总之凑够十万还给你爸，你就好好生生回去了，也再不要跟人家陈地菊怄这气了。"

这下傅丹心抬起头来了，看着自己的好兄弟。"狗日的！"他最后说，"你娃有钱啊？那你还找我借一回钱借二回钱的？你个龟儿子！"

　　各位看官，你先不忙其他的，我们这来说句公道话：其实傅丹心还算是个百里挑一的好男人。虽然他瞒着陈地菊吃了他爸给他们买房付首付的十万块钱，但也没有把这钱自己糟蹋了，反而是找门路入股投资夜总会，以钱生钱，最终还是为了给小家庭多积累些财富。另外，就算他拿了他爸这钱，也不是就给他偷了黑了，他自己也说了，这是借的，最终还要还——实际上本是两父子，拿就拿了也不伤大雅，等哪天傅祺红两脚一蹬，再多不也都是傅丹心的？对陈地菊呢，他算是有点迁怒了，但也是人之常情，毕竟要不是陈地菊多嘴去跟傅祺红翻这事，傅丹心本来是可以把里外都整得妥妥当当。再多等一段时间，看那夜总会生意好了，他就要把本金十万收回来还给傅祺红，多的利息他们小两口享受，两边都放平了，岂不美哉！——现在却打倒成一盘烂棋，龙刚这边轻易不会退这本金出来给他，他兄弟刘毅文两口子的那点私房钱他也不忍心拿，回去跟他爸认错求情更是绝无可能。可怜傅丹心一世英名，一身本领，就这样被逼进了葫芦巷这小楸楸头，抽一口烟，叹两声气。正是：

　　　　英雄有志，美人无心，宏图未展沙沉戟；
　　　　龙困浅滩，凤不见凰，明月有情今宵缺。

　　就看傅丹心正在饿得肚皮发紧，心头发烧，他电话忽然响起来。他瞟一眼居然是龙刚打的，赶忙一把接起来。

"哎傅丹心，吃饭没？"龙刚在电话那边问他。

"没吃嘛，我这正在忙个事，准备弄完了再去吃。"傅丹心说。

"出来一起吃饭嘛？留香居，'花园场'包间，五点半。我这马上就过去。"

"对哇，"傅丹心立刻答应了，"我这也收拾一下就过来，那等会见。"

他把电话挂了，笔记本电脑屏幕一按，叹一声："有戏了！龙刚喊我吃饭！"

"快去！快去！"刘毅文也把鼠标丢了，"赶紧把这事解决了！"

傅丹心打了个车到西门外的"留香居"，是我们镇上红了十几年的老字号。他好多年没走到这一转来过，只记得这馆子东西好吃，堂子就有点烂，结果一下车才发现已经样貌大变了：只见门口白墙青瓦，仿的是川西民居的老建筑，走进去曲水声声，中庭里慈竹丛丛，点缀几株杜鹃。"这地方现在整得不错啊，"他想，"下回带梅梅来吃饭。"

领位的带着他穿过中庭，走到"花园场"。傅丹心一推门，就看见里面已经坐上了四五个人：正对门的上把位坐了个年长的男人，一张方脸，额头宽宽，他边上一左一右坐了两个年轻点的，约莫四十岁左右年纪，一个尖瘦瘦戴个眼镜，另一个光头满脸横肉——傅丹心一头以为走错了，手推在门上，脚不动了；又见那年长的一抬头，两只眼睛往他身上一钉，火灼灼地，烧得他慌忙要退出去。

"哎丹心！你来了啊！"他听到有个人喊他。他看过去，这才见尖瘦子边上还坐了个：中等身材，脸膛发黑，戴个方眼镜——可不就是龙刚的小弟兄周眼镜！

"哎！周眼镜！你咋在这？"傅丹心难得看他觉得很高兴。

"嗨！是我约的局，我咋会不在呢？"周眼镜笑得满脸都是牙齿，站起来走到门口把傅丹心迎进去，一一介绍："来，丹心，这是我二伯，都喊他六叔；这是马哥，这是郑哥。"他引傅丹心在光头姓马的边上坐下来，又说："六叔，这就是我那朋友傅丹心，也是刚子的朋友。"

周六叔又再看了他一眼，傅丹心点点头，喊一声："六叔好，马哥，郑哥好。"

"给人家倒茶啊。"周六叔说。光头马哥即刻站起来，膀子一抖茶壶抓过来，把傅丹心门口杯子一翻，给他倒了杯苦荞茶。

傅丹心说："哎麻烦麻烦，我自己来嘛……谢谢马哥！"喝一口茶。

他正想"这是个啥局啊？龙刚这虾子人呢？"就听到周眼镜说："丹心，我六叔最喜欢打牌了，听到我说你打得好，就想见一下你。以后，大家约起一堆打牌耍。"

周眼镜说这"打牌"说的是"炸金花"。傅丹心赶忙摇头："我哪敢跟老辈子打！"

"你不怕，"周六叔说，"我们打就是打起耍，不赌钱，最多，赌两个花生米嘛！"

姓马的和姓郑的都笑起来。傅丹心也笑一笑，再喝一口茶。

"刚子咋还没到啊？"郑哥笑完了，想起来了，问周眼睛。

"他说他要去接人，可能要晚点。那不然，我先喊他们走菜了？"周眼镜说。

郑哥看看周六叔。周六叔说："等刚子来了嘛，又没哪个饿慌了。"

几个人就一边喝茶一边转起吃桌子上的几个凉菜：油酥花生，凉拌萝卜，干拌牛肉，豆腐干。

"傅丹心……"周六叔若有所思地夹一片牛肉，问他，"你跟傅祺红啥关系？"

傅丹心吃了一惊。"那是我爸。"他说。

"啊，难怪我觉得你看起面熟。你跟你爸长得硬是像，但性格好像要比他好些。"周六叔喝口茶，边上郑哥赶紧给他又斝满了。

傅丹心说："六叔认得到我爸啊？"

"打过两回交道，"周六叔说，"你爸那人不好惹哦，脾气硬，书读得太多了。"

傅丹心提起筷子，也夹了片牛肉垫进胃里面。"他就是爱看书。"他说。

"要我说啊，书这东西，看个一两本就差不多了。看多了，要把人看来迂起！你说是不是？"周六叔比了个折弯的手势，桌上其他人哄笑起来。

傅丹心把他嘴头的牛肉嚼烂了吞了，喝一口茶，这才说："书这东西啊，看得进去的人就喜欢多看，看不进去的人啊，咋都没法……"

这下姓马的和姓郑的都转头看傅丹心，周眼镜也不笑了，只听到他接下去说："……所以像我这种就是没法，书读不好，现在只得修电脑。"

"修电脑有啥不好，现在哪家没个电脑，总要烂一回嘛。"周六叔说，一屋子的男人再笑起来。

这一场没笑完龙刚总算推门进来了，满口抱歉抱歉。他背后跟了一个年轻女人，烫个大波浪卷发，挎个珍珠白的小皮包，穿条裙子紧绷绷金闪闪，露出一双手膀子白生生的有点肉。

"哎呀干爹也在啊！"这女子一看周六叔喊一声，欢蹦蹦地要走过去。

"哎刘婷珊你不要乱跑，"龙刚招呼，"你过来你过来。我都给你安排好了，你过来坐这边。"

他就把她拉过来，坐在傅丹心边上，说："来，我给你介绍，这是我朋友傅丹心——你看，我没骗你嘛，是不是帅得很？"

刘婷珊坐下来，上上下下打量了傅丹心一转，"咯咯咯"地笑起来，两只肉手儿捂着脸："帅！帅！帅！"——喜鹊一般连唱了三声。

这下连周六叔也笑了。龙刚转过去，挨着周眼镜坐下来在桌子的另一边。

傅丹心没笑，他盯了龙刚一眼，龙刚也就盯了他一眼，眉毛一抬，嘴巴一撇，意思是：此个中大有玄机妙处，且待我稍后与你解说！

那一天的酒席吃到一半，龙刚喊傅丹心一起去厕所，在厕所里头把事情给他交代了。原来龙刚带来的这个女子不是普通人，是我们镇上大老板刘重业的独生女儿，去年刚刚离婚了，现在正是卿卿佳人独处，许多幽幽怨怨。"这关我屁事啊？我都结婚了！"傅丹心说。

龙刚叹一口气。你这小子鲁钝啊，枉自我龙哥还亲自帮你想办法。你不是喊起要退股嘛，要缺钱吗——这刘婷珊就是你的办法。你听我说：他们"皇朝88"的合同是这么定死的，现在我退你不出来，但是你可以找个人来顶你。哎，有个人把你的股顶了，你就脱身了嘛！何况我们兄弟两个，我就再给你说句实话：你要是把刘婷珊说动了，喊她入了股，不光把你的股退给你，而且我还给你抽成，她入十万，你得五千。你要是把她说高兴了，买个五十万、一百万——你算算，你就赚了！

当时傅丹心一听这话，裤子一提拉链拉起来，嘴里头骂："我才不得干这事！我认都认不到她，咋去劝她？"

"唉你这人，"龙刚也把裤子穿好了，走到水池边上洗手，一边教训他，"饼子都递到你嘴边了，喊你咬一口你还嫌累？——你又不是没看到那女子。我给你说，刘这女子啊，好整得很！她又有钱，又有点瓜——这样子的猪儿我送给你，你都搞不定，傅丹心啊，那我真要怀疑你娃的智商了！"

傅丹心说老子不得干，龙刚说师傅引进门修行在各人，我梯子都给你搭好了爬不爬随便你。两个人话说完了，出去就接着酒桌子上喝起来：马哥、郑哥，还有周六叔，这些都是新朋友，一个个都来跟傅丹心敬酒，刘婷珊也少不了煽风点火。他们喝的酒是周六叔拿来的，足足一箱摆在包间地上，说是内供的茅台，特别顺口，傅丹心就干了一杯又一杯，酒入愁肠，把他化成了一摊软泥。

再接下来就是星期天的早上，他又一觉醒来居然在刘家"恒发新城"的别墅里面，身边上睡了个刘婷珊，他翻身起来还没来得及把衣裳穿好就有个人"哐当"一头撞进来了，居然是自己的老人婆叶小萱。

"傅祺红啊！老子硬是遭你这十万块钱整死了！"他心里面骂了一句。

傅丹心的周末过得浑浑噩噩，陈地菊则是格外忙碌：毕竟她不像傅丹心自己当老板，卷帘门"唰"地一拉就不用上班了；为了去普吉岛，她是找同事调了假的，虽然这一趟耍得比不耍还累，但欠人家的假总要一天不少地还回来。傅丹心在机场一个人打车走了，她自己坐大巴半夜到了平乐镇，第二天天不亮就去了单位，挺起腰板在柜台后面坐到五点半才转回到她爸爸妈妈家，吃了两口饭，又遭她妈撵出来，打发她回婆家。

陈地菊只得拖着行李，沿着东门城墙边往县委家属院走。这时候天刚刚暗下来了，幽幽的发深蓝，华灯初上了，水果店门头成堆的桃子和枇杷摆在街沿上，吃了夜饭的人都邀约出来散步。陈地菊看着这些人的脸面，竟没有一张是相识的。在她停下来等绿灯的时候，有好几辆空的出租车开过去了，她就忍不住想把手抬起来，招一辆车，坐上去，再开到什么地方去。

开到什么地方去呢？

有生以来第一次，陈地菊发现她在平乐镇上无处可去。就算她生于此，长于此，眼睛一闭就能勾勒出这里的每一条街，每一根巷子，每一棵树，她却看不到她自己的身影子。她的行李箱在人行道上磕磕绊绊地颠着，好像下一秒就要散架了，但终于还是一整块跟在她后面回到了县委家属院。

门卫齐师傅的两只眼睛都盯在电视上，没注意陈地菊像幽魂一样走进去了。院子里一个人都没有，树影子投在水泥地上，映得往常那个停着雪铁龙的位置格外空旷。

陈地菊想给傅丹心打电话，手机都捏住了又算了。他也没来问我，我又何必问他？她想着，提着箱子上了一楼又一楼，心里头编着要跟公公婆婆说的借口：是说傅丹心临时接了个活路要做？还是讲哪个朋友家出事了把他喊走了？不然就说他在普吉岛的时候跳到了海里面，头也不回地游啊游，游进了那东海龙宫。

她推开傅家门，看见客厅里面坐了不是一个，而是整整一对老人家。见她走进来，两个长辈的脸上都是一怔。

"哎小陈，"汪红燕从沙发上站起来，摆一摆手，"都怪这傅丹心，话没说清楚，只说他要帮朋友生意上的急事去了灌县，就没说你要回来住——我还以为你这阵就在你爸妈那儿了。你夜饭吃了没？厨房头好像还有点剩菜，我给你热起。"

"汪红燕你这话说得才怪，小陈回了当然该回这儿了，不然去哪儿嘛？"傅祺红也站起来，走过来把陈地菊的行李接过了。

陈地菊一下手中空寥寥的，心里却踏实了些。傅丹心居然主动帮她把这幌子扯了，还是他真的去了灌县？"我吃过了，妈，你不忙。"她跟汪红燕说。

汪红燕就原路退回了沙发，拍了拍自己边上的位子，说："快来，快来，给我摆一下普吉岛，好不好要？"

"你算了嘛！"傅祺红说。"人家小陈单位忙了一天了，喊人家歇一会嘛。你要问普吉岛就等你儿回来，问他！"

她的老人公把行李给她提到她和傅丹心的寝室里，又说："小陈，你先休息，不要管我们。这么多天都在外头肯定辛苦了，早点睡，早点睡！"说完了，他笑起来退出了房间，门一关。

虽然傅祺红向来待她不差，但这罕有的殷勤好似那返照的回光，让陈地菊有点惊慌。"是傅丹心给他说了啥？"她一边想，一边坐下来在床边上。这床还是她走的那一天早上匆匆忙忙理的，枕头都没摆顺，鼓隆隆的一团在床罩下面，像一具蜷起来的尸首。

陈地菊以为她把那些以前的事情都埋得很深了，皮肉都被蛆虫吃干净了，白骨也沉在土里。但难以避免地，总有时候磕绊了，牵扯了，她和谭军在一起的日子就一缕缕地钻出来，浮在她的眼前。

和谭军分手已经有四五年，但陈地菊还是时不时想起谭军的女儿谭双。她认识双双的时候她才是初中二年级，又小又瘦，梳个马尾辫，不爱说话；也就不过一两年时间，她眼看着她长开了，剪了短发，眼睛也亮了，周末最喜欢拉陈地菊一起去 KTV——现在她该是多大了？恐怕快上大学了。

她偶尔也想起谭军的父母，地质局退下来的老干部，很是友善的两口子。老谭叔叔不爱说话，谭妈妈就喜欢拉她聊家常，逢年过节也不忘要送点东西，甚至，听说她妈妈生病住院了，还托谭军带了两千元钱给她。

陈地菊最忘记不了的自然是谭军的爱人邹姐，虽然只见过匆匆的一面——

——那是在二○○三年的秋天，他们刚刚确定关系不久，陈地菊主动提出想见见邹姐。她清楚谭军每个月月底都要去看她，就跟他说她也想一起去。谭军先有些犹豫，最终还是同意了。她记得那天天气很好，空空的蓝天上出着个大太阳，秋高气爽。两个人从永安市西门出三环，走高速路过平乐镇，一路开到了灌县。车上了龙门山，盘盘旋旋，过了普照寺，到了一处白大门白栏杆的大院门前。谭军招呼门卫开门，陈地菊从车窗看出去，见门上的牌子写：永安市安定医院龙门山疗养院。

他们把车停了。谭军问："你真的要去啊？不然你在这等嘛，我一会儿就回来了。"陈地菊说："我要去。"他们一起走出停车场，穿过一个大园子，园子里的银杏正是艳黄。在主楼护士站，一个护士看到他们，马上笑起来："谭哥你来啦，邹姐刚刚吃了中午饭，现在应该在活动室。"——她好奇地看了陈地菊一眼，陈地菊对她笑一笑。

就是那天下午，陈地菊见到了谭军的爱人邹姐。她听说她比谭军大半岁，看起来却比他年轻许多，短头发梳得整整齐齐，穿一件驼色的针织衫，坐在一张单人沙发上看杂志。

"邹姐，"谭军笑嘻嘻地喊她，"你今天没看电视啊？"

邹姐就把脑壳抬起来，看了看他还有陈地菊，说："今天电视不好看。"

"你在看啥子？"谭军在她对面的沙发坐下来，伸手把那本杂志拿过来翻。陈地菊站在那里，有些手足无措，坐也不是，退也不是。

谭军对着邹姐说话，问她最近的饮食作息，说双双的学习。邹姐就光把脑袋左右扭，一会看活动室里面，一会又看窗户外的银杏树。"哦对了，"他终于回头来，看到陈地菊还站着，就招手喊她坐，陈地菊走过去坐下了，谭军说，"这是小陈，今天专门来看你。"

邹姐转过来看了一眼陈地菊，陈地菊赶忙招呼："邹姐好。"邹姐淡淡地瞟了她两眼，又把脑壳转起走了。陈地菊隐约听见她嘴里低低地念着什么。

他们很快就说了道别，从疗养院出来开车回永安，一路都没有说话。等陈地菊反应过来，她才发现自己流了满脸的眼泪。她伸手去包包里找纸巾，谭军说："后座有盒纸。"她就转身过去，把那盒子拿了，抱在膝盖上，扯一张出来擦眼泪，又扯一张。

"都五年多了，"谭军说，"时好时坏的，今天算是还可以的。"顿了一顿，他又说："我们结婚十六年了。总之，我是不可能不管她的——就算有朝一日不得不离婚，我也肯定要管她一辈子。"

"那肯定啊。"陈地菊说。

那肯定啊，她说。五六年就这样过了。陈地菊从来没有跟其他人提过这件事情，关于谭军爱人的真正情况。就算跟叶小萱摊牌的时候，也只说他是跟他爱人分居。正像谭军不愿告诉商业投资银行的同事们他老婆得了精神分裂症，陈地菊也无法解释她和谭军在一起又分手的来龙去脉——有两三次吧，在和傅丹心扯证之后，婚礼之前，她确实想过要不要跟傅丹心讲一讲谭军的事，毕竟是要过一辈子的，总不好一开头就扯扯谎谎。

她吞吞吐吐把她的想法跟她妈说了的，哪料想叶小萱一个反手就给她打着后脑勺上。

"你这瓜女子！"她妈妈说，"有啥好坦白的。你是要结婚又不是要入党！多的是越是两口子越说不得的事！"

各位看官，到这里你我两个都要难免起疑绪，想这陈地菊莫不是真有点愚钝。嗨，既然她早看过了他人的倒灶姻缘，见有女人被整得疯疯癫癫，见有男人没两年又朝秦暮楚，无非是：烂勺儿，豁口碗，反正摆个姑姑宴，今天围起明天散。离，也是恨；拖，也是恨。

都估谙这女子经了这一趟也该学怜伶了嘛，哪料到她转回来又撞到傅丹心这不落教的，再义无反顾地，挽起他的手一头跳进了傅家这个泥凶凶，很有点自掘坟墓的意思——到眼目下连人家傅丹心都销声匿迹了，她还忠心耿耿地回县委家属院去守株待兔，真真气得我们这些看戏的抓耳挠腮，捶胸顿脚，再不提了。

实际上为陈地菊操心的不只是我们这些外人，还有她的老人公傅祺红。星期六清早天才刚刚亮，这一对翁媳又在饭厅里打了照面，一个是胃痛醒了热杯牛奶喝，另一个被他爱人的噗鼾吵起来了，准备干脆就打套好久没练的太极拳。

傅祺红看他儿媳妇一张脸拉得像个苦瓜，忍不住也把嘴一撇。"小陈，你这年纪轻轻的胃就经常痛，不行啊！我和中医院的杨院长人还合适，晚点我给他打个电话，等你空了过去找他给你看一看。"

　　"不麻烦不麻烦，"陈地菊赶忙说，"我估计是这一次出门吃的海鲜不消化，肯定过一阵就对了。"

　　她这话说得脸不红气不喘，也不想她走泰国回来都四五天了，再是硬胃的肉也早就烂成糊糊。她老人公也不戳穿她这幌子，点点头转身把柜子里头把豆浆机拿出来，又一颗颗数：黄豆黑豆绿豆红豆芸豆。

　　"这胃啊，属土，"傅祺红把豆子装在碗里面，到水管下接了半碗水泡起，"土呢，主思。所以我们一般说胃不舒服是因为人心头有挂念。"他顿了一顿——陈地菊还以为他要把话说到傅丹心身上去，哪晓得她老人公转过来，笑一笑，说："所以小陈你这胃在痛啊，就是提醒你，你挂念的太多了。得要放下，要随缘。人呐，想其他人是想不完的，还是得多关心自己，照顾好自己才是实的，其他都是虚的。"

　　陈地菊手里握着温嘟嘟的牛奶，多的也不敢乱说，只点点头："谢谢爸。"

　　傅祺红叹一口气，把手上的水揩干了。"我那儿子的臭脾气啊，只有他妈还要娇惯他，我是早就不受了，"他说，"怪我们没把他教好，现在弄来为难你。你放心，小陈，等傅丹心他这回回来，我就肯定要把他收拾整齐了，随便要哪样也再不能欠你的。"

　　陈地菊哪想得到傅祺红指的是她给出去的那新房子的首

付，只觉得她老人公这客套话说得实在有点吓人。愣了一愣，她说："爸你说到哪儿去的，我和丹心都是两口子了，哪有啥欠不欠的。"

"理是理，法是法，"傅祺红抬起手掌来，在半空中徐徐摆两摆，"亲兄弟也好，夫妻也好，越是近的，越要算清楚，做错了就肯定不能姑息，少你的一分也不能少。"

陈地菊喉咙口一紧，抬起脑壳来，看那白炽灯下她老人公站得端端正正的，像是阎王殿上的判官。不能姑息，她耳朵里嗡嗡响着这半句。

傅祺红看到他儿媳妇一张脸被灯射得刷白，赶忙笑了一笑，像是才意识到他站的这塌塌不是哪家讲坛而是他傅家的厨房。"你把牛奶喝了就回寝室去再休息会嘛，"他说，"我看你这几天精神都不好，刚好今天周末就多睡会。我待会把早饭给你留起，你不慌到起来。"

"我今天要上班的，"陈地菊说，"我们这趟出去我换了假，这下回来要上满十天才能休。"

"十天？"傅祺红很是吃了一惊，"哪还有这本书卖？再哪样也该过个星期天啊？"

陈地菊把剩下的牛奶一口喝了。那奶已经有点凉飕飕，一下坠到她肚皮里。"我们那单位从来都是这样的，"她转身去洗杯子，"拿半个人的工资，做两个人的活路。"

她把抱怨的话说了，擦干了杯子要放到柜子里，才看到她老人公已经走了。站在阳台上孤零零的是他的背影，面对的外面灰里发橙的天，展开手臂来打了一个圈圈。

我们镇上没哪个说得清楚到底陈地菊这闷吞吞的性格是走哪儿来的，毕竟她妈妈叶小萱和她爸爸陈家康都是东门上有面子有手腕，敢作敢当的人物。想当年，叶小萱在南街菜市场门口买了一包春卷，递一张五块的出去，收回来两张找的：红红的一张一元是好的，绿油油那张两元却少了一个角。也要怪这缺的角角只有半颗绿豆大，叶小萱收了钱都走上街了才看到，又转回来找卖饼子的换钱。这老板呢，也是背时，一个外地人，有眼不识叶小萱，鼓捣不认账。这下子啊，就为了这缺了个角的两块钱，叶小萱扯起买饼子的衣领子，从下午四点一直扯到六点，聚起看热闹的人把菜市门口堵死了她还是不放，非要人家把钱给她调回来——最后看戏的都站得脚杆酸了，肚皮也遭不住了，毕竟还要回去煮饭，一阵起哄，总算吼得卖春卷的服了软，蔫头耷脑地把那烂钱收回来，给叶小萱换了一张崭新的票子。

叶小萱和春卷贩子吵的这一架陈地菊小时候就听大人摆了很多回。到了现在，她都穿起邮政银行的工作服，盘起头发坐在柜台后面了，还有她妈妈的朋友来取钱，隔着玻璃，一边填表，一边惊风扯火地把这两块钱的故事又对她讲了一遍。

"……所以梅梅你待会要把钱给我点清楚啊，不然我也扭到你不得走，"孙二妹说，把表格和证件一摞走玻璃下头递过来。

"孙二孃你硬是爱说笑，"陈地菊说，"肯定要点清楚嘛。"她看一眼取款单，上头填的"陆万元"。

她一边把卡刷了，敲键盘进系统操作，一边听到孙二妹又问（这回声音小了点）："诶，梅梅，你跟二孃说句老实话，你跟你爱人现在处得如何？我看你们婚宴上你那老人公好严肃哦，丧起个脸，抠脚板心都抠不笑一样！"

孙二妹这话说得陈地菊忍不住扬起了两个嘴角，算是她近几天来的头一遭。"我那老人公啊，看起严肃，其实人多好的，每天都多早起来给我们煮早饭。"

"看来这政府里面的人是要有素质些，"孙二妹脑壳摇一摇，居然有点眼渍渍的样子，"你莫说其他人都嫌你这女子不精灵，结果呢，量大福也大。啥事都不计较，偏偏就把好处占到了。"

陈地菊也不好说孙二妹这话是褒她呢还是贬她，只眼观鼻鼻观心地，把钱在机器上给她点了三遍，扎起来一百张一摞，又再数下一摞。

"其实也没啥好处，"她忽然说出来，眼睁睁看着点钞机上数字跳得飞快，23、38、59，像在数她的天天。"遇到了都是命，"她跟孙二妹说，隔着一扇玻璃，"这些事情哪个说得清楚是好还是不好——只有等嘛，是死是活，总得有个下文。"

孙二妹认认真真地听她说，两个膀子叠在柜台上，箍一对玉圈圈。"你说得太有道理了！"她点点头，"你这女子啊，从小就不一般——成熟！你看得透，二嬢就放心了。我再跟你说句掏心窝子的话，婚姻这条路啊，其实走下去都差不多，猫一天狗一天，总之两个人扶起慢慢走嘛。"

陈地菊跟孙二妹的女儿差了五六岁，跟孙二妹本人更是不熟，只偶尔在婚丧宴席上见一见，看到她穿起和叶小萱一个样式的花裙子，都烫着高耸耸的蓬头发，坐在一张桌子上搓麻将——哪想她嘴里面说出来的却跟她妈分外不同，竟像是触到陈地菊的心里去了。待会不然还是给傅丹心打个电话嘛，他也不至于真的就这样跟我扯脱嘛，她盘算着，把钱工工整整地重起来六叠，两只手递出柜台去。

"要不我给你拿个信封装啊，二孃？"她主动问。

"不拿不拿，我这有装的，"孙二妹说，笑眯了。只见她走兜兜里拿出一个塑料袋来，撑开在柜台上好像一个挖开的猪肚子，又拿了一叠票子起来，把细看了，再走这一摞中间扳开，嘴对准了，呴一声，"啪"地一泡口水吐上去——陈地菊瞠目结舌地，看孙二妹把这六万元挨个每一捆都吐了口水，齐齐收在袋子里扎好了，最后站起来，高高兴兴地走了。

其实陈地菊也看得出来，不管是她妈妈当年放不下那两块钱，还是现如今孙二妹气不过这六万元，实际上都和金银无关，牵牵扯扯的，还是世间儿女的闲气和痴心。正如那俗人作的：

> 本来多孤独，终究少良缘。
> 缘起皆为情，缘尽光说钱。

二〇〇六年年中她和谭军分了手，虽然是谭提出来的，也是在陈地菊意料之中。她虽然很是沮丧了一阵，但又看到她妈妈都病入膏肓了还在给她打气，也就慢慢振作起来了。又幸好她和谭军本来就不在一个网点上班，私下不见了，一天天地，这个人的影子就淡了。

陈地菊记得很清楚，是在叶小萱奇迹般出院了之后的那个星期，满街国庆节的红条幅都还没拆，地上的热气也很生猛，她心头好不容易开朗了，和两个同事约了去吃台湾刨冰。三个人点了一个红豆冰，一个花生冰，正在你一勺我一勺地吃，又说些闲话，她就忽然听到了谭军的名字。

　　"听说了没嘛，衣冠支行的那个支行长谭军，最近跟他们那儿一个女的网起了！"

　　陈地菊刚刚递了一勺子刨冰进嘴里，这下咕咚一声滚下喉咙去，寒气蹿上来，镇得她的眉心一阵钻心的痛。

　　她那同事哧哧一笑，说的："陈地菊，看把你吓得！这有啥了不起的，这年头哪个男人还没点花花心肠了？哪个已婚人士不想享受未婚待遇？"

　　陈地菊还是说不出来话。另一个同事说："曾靖，你话不能乱说哦。他们那支行长口碑一向很不错的嘛，都说是个妻管严。"

　　"就说明严政之下必有反抗啊，这下闹革命了嘛。他们支行都知道了——这一男一女正在热恋，嚣张得很，直接遭撞到在办公室里头抱起地亲！"

　　"这么血浸啊！你就编些来吓我们嘛，你看把人家小陈脸都吓白了。"另外那个同事说。

　　那一天陈地菊一个人走回了她租的房子，手冰脚也冰。她想了很久，终于给谭军拨了个电话。谭军倒是很快接了电话，也直爽爽地承认了现在的情况，"说起来真的是有点对不起你，我终于下决心要离婚了。"他说。

　　陈地菊一下子想起了叶小萱，想起她们两娘母在肿瘤病房里抱着哭的那一天，她鼻子里面冲起来了，全是那股子腐臭的味道，她妈瘦嶙嶙的锁骨边上插着那根蓝蓝的静脉输液管。"你这话笑人，"陈地菊对着电话那头说，"我感觉应该不是有点对不起嘛，恐怕是很对不起哦？"

谭军没说话，默默了几秒钟，咳了一咳。

"其实我这一阵也想了很多，"陈地菊接下去说，"我妈的身体好不容易好转了，我更觉得我该多拿点时间来陪她，照顾她。我估计我这两个月就要辞职了，准备回平乐镇去找个工作。"

"你，你这又何必呢，梅梅。"谭军喊了一声，是她的小名。

陈地菊胃上一紧，话一冲像是吐出来一般："我只有一个条件。我跟你在一起毕竟也有三年多——虽然我们的事我没跟半个人说，但我们的短信啊，你留在我这的衣服啊，也是很有些了。当然这些东西我都可以不要了，"她顿了一顿，"只要你把我该得的分手补偿费给我。"

电话里头又是一阵没声音。"你要好多嘛？"最后谭军问。

陈地菊一只手捏着电话，盯着自己的另一只手摊开来，五根指拇伸出去，一个手掌心白白的。五十万，她心头想，喊这不要脸的给五十万出来。

"四十万。"她说。

四十万。她还记得自己站在 ATM 前面，看着账单记录，最新的那一笔是从一个陌生的账号上转过来的，400000。

○○○○○○。

星期六一晚上都过了，陈地菊最终没给傅丹心打电话。

星期天她又准时到在单位上班，人来人往地，鱼贯雁行，她左手接卡，右手拿钱，看到一张张红彤彤的从点钞机上闪过去，上头的毛主席一个个都笑得很慈祥，好像在鼓励她干脆就把她爱人这号人忘了。该轮到她午休了她也像是不饿，继续按她的号，直到她同事徐佳走进来，拍了拍她的肩膀，说："陈地菊，你赶紧休了嘛，你看把人家等得眼睛都望穿了。"——嘴巴往玻璃隔断外面一努。

陈地菊顺着看过去，才看到最后一排的椅子上，傅丹心一个人坐在中间，头发油腻腻的，胡子也有点拉碴，只有一双眼睛还是黑炯炯地发亮。他看到陈地菊看过来了，就把手对她扬了扬。

陈地菊有点不敢相信她的眼睛。这两天她翻来覆去，把所有的事情都想了一遍，想过去，想现在，想未来，想她和傅丹心结婚的那一天晚上。那一天晚上，他到底是不是本来立意了要跟她分手呢——她的确是没有想到，傅丹心居然这么轻轻巧巧地回来了，伸伸展展地站在她面前，好像个没事的人一样，说："梅梅，你饿了哇？走哇，我带你去吃抄手。"——他笑起来，嘴角边上那个浅浅的酒窝还是在老地方。

陈地菊鼻子猛地一酸，蹲了下来，两只手抱在膝盖上，脸埋在手膀里——本来她一直都没哭的，和谭军打完最后一个电话没哭，看到他给她转过来的钱也没哭，槁木死灰一样回了平乐镇，落了这么个没出路的工作，起早贪黑，拿的工资不到以前的一半——就这样，她也没觉得特别难过，现在却忽然稳不住了。她蜷起来，在邮政银行营业大厅的地板上，当着傅丹心和其他街坊邻居的面，伤伤心心地哭了起来。

　　今天一天实在忙，晚上吃饭坐下来才觉得两只脚又酸又胀，肚皮也像是饿扁了，一口气吃了三碗饭。算一算，恐怕在那崇先祠里头来回跑下了十里路都不止，说话说得声音都哑了。值得欣慰的是今天赛歌会的彩排的确十分成功，安德镇终于争了口气，甩扇子这一趟把把都接准了，土产公司更是超常发挥，那一首《奉献》唱得简直像是原唱，连主席台上的领导们都在讨论，说那主唱还硬是跟苏芮有点挂相，有些明星范。

　　彩排结束后徐县长专门来跟我说了两句，表示他对整套节目非常之满意。领导还是有心，感谢了我这一阵的辛苦，毕竟今年赛歌会是跟省旅游局合办，作为川西民俗旅游线上的一站，不但各方媒体要来，天山和新泰宇几家公司的老公也要出席，如此规模空前任务就特别重，又碰到马主任在海口考察，剩下我一个人镇守政府办，总揽全局，大小都要管，确实是不容易啊。听徐县长话里话外，也说不清楚是不是对马向前这当口跟到熊副书记去考察有点不安逸。我呢，就还是把脚步站够，把主要功劳都堆到马的名下，说马主任虽然人在海口，但还是每天都电话监督和指导我们的工作。哪想到这领导的思路就是要比我们一般人细致，徐县长马上问我海南打过来的长途电话费要好多钱。

饭后，我和丹儿一起看了会儿甲Ａ，全兴队对阵八一。每次我跟娃娃一起看球，汪红燕就不安逸，总是怕影响傅丹心的学习。实际上她对"学习"这个概念的理解有点狭隘了。看足球比赛既是放松，更能学到运动员的拼搏和坚持。不到最后一秒钟绝不放弃——这是多么重要的人生一课啊。

全兴队虽然输了，但丹儿还是很被鼓舞，又问我过两周世界杯转播他可不可以看。我说世界杯当然是很值得看，但主要问题是有时差，他现在又正在长身体，最好不要熬夜。不过，我们可以尽量选几场重要的比赛来看。

第九章

　　之前说到：傅祺红他爸是东街口子上的傅银匠，他妈是凉水井的黄慧兰。他上头该有一个哥哥叫作傅祺永，一个姐姐傅祺华，都早夭了，所以他才生下来当了傅家的老大哥。接下去，他爸妈连生了三个比他小的都养活了，可惜全是女子，分别取名叫傅祺珍，傅祺玲和傅祺珊。

　　黄慧兰"文革"里面害了病，粉碎"四人帮"那年死了。傅银匠活得久些，拖起个肝硬化，好歹看到了傅祺红和汪红燕八一年结婚，但没多余的福气看孙儿。傅祺珍呢，早年上崇宁县当工人，后来下岗了自己开馆子做生意，很是赚了些钱，房子买了两套还有一间铺面，没想到九三年忽然得了心肌炎，医治不及，莫名其妙把命丢了，留下她爱人一个男人家带个娃娃不方便，只得取了个新媳妇好照顾娃娃，金山银山转眼跟他人姓了。傅祺珊师范校出来当了老师，书教得好被提拔调去了教育局，格外顺风顺水地，当到了副局长，不料〇二年一个忽然，查出来了子宫癌，医了一年半去了，花了一箩筐钱，拖起到现在都还没报销完。剩下一个傅祺玲没啥出息，土产公司上班上了几十年，土产公司关门了就在摊贩市场卖睡衣，她和她老公〇〇年就离了，一个儿子跟她，现在在永安市上大学。

按理说，傅氏这一门只剩下了大哥和三妹，就该要相帮相衬，平时更多些走动——但两家之间却很是疏远。早些时候过年还要一起吃顿饭，这几年春节也懒得见了。

傅丹心和陈地菊结婚的时候，傅祺红还是请了傅祺玲。她孤单单一个人来了，说肖江川现在实习正忙，就没回来。她把红包递了，跟几个老东街的邻居坐一桌，吃了中午就走了，话也没说两句。事后，傅祺红把那红包打开来，毫不意外地看到里面端端正正封了四百元——正是三年前肖江川考上大学的时候傅祺红封给她的数，一分不多，一厘不少。

归根结底，还是因为现在日子都过好了，哪个都不缺哪样，就哪个也不想哪个的了。回到过去那些更加困难的年代，就总还需要互相关心。比如七七年傅祺红考去上大学，他的钢笔是傅祺珍拿小半个月工资买的"英雄牌"，他的书包是傅祺玲一针一线缝的，傅祺珊最小没啥用处，就去厨房里摊五个溜圆的锅贴出来，拿给傅祺红路上吃——"我还打了个蛋进去"，她额外强调了。

等到傅祺红放假了走学校回来，舒舒气气穿个中山装，戴顶学生帽，赶三个小时的车到了石家桥，还得再走八里路，走得脸门发红头顶出汗，硬是不解纽子也不取帽儿。好不容易落了屋，祺玲和祺珊迎上来（傅祺珍还在厂头上班），一个给他端板凳，一个给他递开水。傅祺红把门关紧了，坐下来，这才把帽子取了，走帽子里头一摸，摸出来报纸包好的一包油浸浸热温温。打开一看，居然是厚厚的一叠盐煎肉！肥的透亮，瘦的精瘦，一片足足有半个巴掌那么大——那时候，只有大学生才有这种特殊待遇，祺玲和祺珊两个平头老百姓看也没看过这么漂亮的肉。两个人省到各吃了两片，其他留下来给爸爸和大姐吃。

难为傅祺红他为了攒回来这一包盐煎肉，整整十天都没吃荤的，看到她们吃得欢欢喜喜，一包口水苦苦地往心里头流。他忌不住口爱吃肥肉的毛病大概就是这时候落下的。

这事情本身不算是光荣的，因此傅祺红大概早就记不到了，更不会去想自己和傅家屋头那些人的纠纠葛葛。毕竟他是在高等学府里头浸润过的，多读了好多些书，因此早就想通了：

　　　为人孤有一命，亲缘难存一世。
　　　生前本不相干，死了各葬一边。

傅祺红身体本来不差，〇二年以后更是格外注重保健养生了。你看他现在五十四岁上吃五十五岁的饭了，还是腰板挺直，头发漆黑，穿件白衬衣纽子扣起来那叫一个端正，饭桌上站起来，两手抬平端起个酒杯子，嘴里面说："陈主任，柳主任，小朱，跑这一趟你们辛苦了！我们这县上条件有限，招待不周，见谅见谅！"

跟他一起在蜀风新园吃饭的这几位是市志办来的，陪席的有吴文丽、苏聪和实习小杨、小曾。傅祺红把杯中的酒干了，陈主任也站起来举个杯子："老傅啊，你硬是深藏不露啊！认识你这么多年，居然才见识你这酒量，简直了不得！我也敬你一杯，干了！"

这一席是吴文丽张罗的，十几样菜星罗棋布，有别致的如扇贝、刺身吃个新奇，有硬胃的如肘子、烧鸡吃得饱实，酒水更是不断，一群人聚到八点半九点才收拾，再由苏聪安排了车，送市上的领导回去了。

吴文丽说打个车送傅祺红，他说不必了不必了。一个人提个袋子，缓缓地走出了蜀风新园，沿着西街往东门上走。进了七月间，平乐镇上就有了夏日的风情。夜来了天也不一下黑透，反而发幽蓝。路边的梧桐树长满了蒲扇大的叶子，街上熙熙攘攘，尽是吃了夜饭出来转耍的人。傅祺红走过神仙桥，过了摊贩市场再过十字口，不知不觉也出了一层薄汗。他下意识地想解一个衬衫纽子，手都抬起来又终于算了，就这样慢慢地走回了政府家属院。

汪红燕一个人坐在客厅看电视，傅丹心又照样是还没落屋。傅祺红把鞋换了，走过去，坐下来叹了一声，把衬衣纽子解了两颗，把手里面的袋子放到茶几上。

"你拿啥东西回来呢？"汪红燕看了看那袋子，是个淡绿色的礼品袋，上面写着"蜀风"两个字。

"晚上吃饭有些虾子和扇贝剩下了，还有半个凉拌鸡，动都没动过好好整整的，我就打包拿回来了，明天热了吃。"傅祺红说。

汪红燕"噗"地笑起来："老傅啊，你这人硬是献宝！大老远的拿一包剩菜回来给我们吃！——谢谢了，我们简直鸡犬升天，沾你的光了！"

县政府的人都说二〇一〇年傅祺红是该要红了，不容易啊人家熬了那么多年，总算转运了：一方面在县志办终于坐端了，再不是傅副主任，而成了傅正主任；另一方面屋头也是喜事连连，年初儿子结了婚，娶了个亭亭玉立的媳妇，说不定等到就要抱孙儿。

也有闲人要多说两句，说傅祺红这不是转运了，其实是转性了：他本来是个光溜溜谁也不沾的独棒子先生，现在却和上头有些人牵连起来，被人家颠颠一提，才坐上了这正主任的宝座。你看他这一下，腰板也挺直了，脑壳也重新染黑了，衬衣裤子鞋子都换了新的；见人打招呼也响亮了，说话也要开玩笑了，甚至，上个月《永丰县报》社长范大成的公子办喜事，你猜猜傅祺红包了个多大的红包？——说出来吓死你：整整一千二百元！

这便是：

> 天官贺举人，切莫提年逾花甲；
> 金穗挂宝刀，敢叫你不识英豪。

这闲话一传自然马上就传遍了县委政府四大班子，整得人人的胆子都长出来了，跃跃欲试，要哄这铁公鸡再拔根毛下来。

"傅主任，你最近应酬有点多啊？"苏聪来交稿子，瞟一眼傅祺红办公桌上堆了四五个红艳艳的请帖。

"莫提了！"傅祺红说，二指拇朝那叠请帖一掸，好似要耍个戏法把它们都变起走。"也搞不清楚是吹哪阵风，一下子家家都在办喜事，人事局的，交通局的，统战部的——咳，就连这社精办哪个的孙女满个月都要在盛世荣和整个酒席！"

苏聪噗嗤一笑，说："那是说明傅主任你人气旺了，势头正红，都想过来沾一沾。"

"旺啥啊，都是虚的，"傅祺红摆摆手，"你看我们这大县志编得好磕磕绊绊嘛。这眼看就要七月份了，才整了不到一半！"

"你放心傅主任，"苏聪乖眉乖眼地说，"我保证八月份之前把经济这两章弄完，接下来教育科技文化就简单多了，一个月之内绝对交货！"

"哎呀小苏我说的不是你，"傅祺红一边翻稿子一边说，"我是说那几个吃闲饭还不着急的。"

他的话交代完了，就拿起红笔来在苏聪的稿子上画圈圈，画了几个，脑壳一抬，看到苏聪居然还没走，杵在办公桌另一头，一脸扭捏，树墩墩一般。

"你还有啥事呢？"傅祺红问他。

苏聪转头再看看办公室门的确是关死了，壮壮胆子总算开了口："傅主任，我是想来问一下你，我们这儿这副手的位置，你和其他上头的领导有考虑了没？"

傅祺红心头"咳！"一声，把手头的稿子一放，茶杯子拿起来喝一口，慢悠悠地说："小苏啊，你来给我说这话，我很高兴，这说明你是信任我的，也有上进心……"

"……你放心，"他点着头，"这事我自然是有考虑的，跟组织部的人也推荐过了。其实不用你跟我说，我们这办公室就是你最能做事，最是得力，我心里头当然清楚。"

"谢谢傅主任，谢谢傅主任！"苏聪连连说。

"我这还得正式打份报告上去，还得报分管县长批准——总要走这些过场。也是这样，我就一直都没给你提。应该快了，你就等他们来找你谈话嘛！"傅祺红说。

他看到苏聪脸上亮起来，感感谢谢退了出去，轻手轻脚把门关了，"咔嚓"一声脆响。

"就是要知人善用啊！"傅祺红给他自己鼓气，"再不能像那时候余先亮那样子，乱整一通，照顾些裙带关系，把能干的都打压了。"

他埋头下去，继续读苏聪交上来的"物价管理：非商品收费管理"一节，一边看，一边又拿起红笔来，再画了一个圈圈。

要让傅祺红自己来说，他现在的日子的确算得上圆满了，身体基本健康，工作基本顺利，家庭也基本和睦。有些美中不足的是他睡眠还是相对糟糕，常常两三点就醒了，睁着一双眼睛，一秒一分地枯枯熬到天亮；另外，他那办公室的工作也进行得比较艰难——手下好耍的一堆，做事的两个，走出去呢，左有党史办根正苗红，右有社会主义精神文明办花股零当，衬得他本来中正的县志办秋眉秋眼的，不逗人爱，就拿不到上头的钱；至于他这屋里头，本来没啥可挑拣的了，但主要矛盾依然还是在他那儿子傅丹心。

古人说虎父门下无犬子，又说：言传身教。傅祺红自问他为了养这个独苗苗也是费尽心力，圣贤文章读遍，颜子所训导的少不如意，犹捶挞之，故能成其勋业；父子之严，不可以狎，骨肉之爱，不可以简。简则慈孝不接，狎则怠慢生焉之类，他都倒背如流，且身体力行了多年——但傅丹心偏偏油盐不进，无论他老傅好说歹说，尽是那小子的耳边风，甚至有几回他实在气痛了，棍棍都给那娃娃打上身了，他也照样嬉皮笑脸的，好似他老子是在给他挠痒痒。

　　本来，在傅祺红看来，二〇一〇年该是傅丹心转运的一年：毕竟家都成了，业就该跟着立啊。加上他这儿子接进门来的媳妇也不像是那些从前在他边上打转的庸脂俗粉，很是有些要做大事的风度。老天保佑啊，傅祺红看着他儿媳妇进进出出，心头想，我的儿啊，你这回再也不能搞些不上相的事又把这一盘打倒了啊！

　　也不好说就是就又遭他老傅批中了，还是应了怕啥子来啥子的俗话，果不其然，就给他逮到了傅丹心把他拿给他们小两口给首付的钱自己捂下来了，恐怕又要作怪——傅祺红心如刀绞了整整一晚上，眼睛睁得滚圆，一遍遍念"爱子则为之计深远"，终于横下心来给这混头小子上了一课，不但把他扯的谎即刻戳穿，还把话给他说重了，喊他把钱交转来，务必要使他洗心革面，不能再在他新媳妇背后要些旧把戏。

　　也是亏得他这一步走得刁，走得准。傅丹心虽然要了几天离家出走的少爷脾气，但总归孙猴子翻不出如来佛的手板心，迷途知返地转来了，又过了一阵，把一个鼓鼓的天盛广场购物袋递来给了傅祺红，里头一分不少的：齐整整十万六千八百三十二元。

——那是大概五月份将尽的时候，因为国家四月份出台了第三套房限购令，带动房产金融钢铁机械一片跳水，那支傅祺红原本买在手上的基金已经跌了一个半月，弄掉了整整百分之十还有余。眼下他把袋子里的票子都数清楚了，心头就有点欠欠，想到还是多亏了他这儿子把钱拿起走了，他的小金库才没有缩水。

"你看你硬是笑人，咋还把零头都给我还来了？你拿去，拿去用！"傅祺红把十坨钱砖头收进了抽屉，剩下的松垮垮一叠在购物袋里，卷起来递回给了傅丹心。

傅丹心一双手扣在背后，似笑非笑的，说："亲父子明算账，我才不敢拿你这钱的，过两天你又想起了来喊我还。"

他的儿话说得冲人，当然也情有可原，随便哪个人揣到兜兜里的钱又喊你拿出来，总有两分不安逸。傅祺红就把那袋子又裹得紧了一些，递出去："你拿到嘛！我不得喊你还。既然人家小陈给了这首付款，月供自然就该你出了——你包包头还是得多两个钱，才好周转。"

他们那套新房子贷款了三十五年，每月月供一千五。傅祺红想他这也不算小气，六千多也够他两个给小半年了。果然，他的儿就伸了一只手出来，把购物袋捏住了，嘴巴一扯算是笑了，说的："那谢了。"

"我也谢谢你了，没把我这钱给我乱用了。"傅祺红说。

"我能用到哪儿去嘛？"傅丹心说，"我自己又没啥要买的，无非最多就是想给我跟陈地菊那小房子添砖加瓦——你以为给了首付就算了啊？等交房了，还要装修，还要买家具家电——这些才是无底洞，就看我去哪儿把这钱变出来嘛。"

"唉，你这话说的，"傅祺红说，"钱是变得出来的吗？还是得踏踏实实一分一块地挣出来，存下来。你想我跟你妈刚刚结婚的时候好艰难啊，现在也都一步步过出来了。"

傅丹心干笑一声。"你们那时候要穷大家一起穷，也就无所谓了。我们现在呢，都天一个地一个的比起在，这边整套联排别墅，那个又换台宝马7系，像我这种，开个烂垮垮的雪铁龙出去，想找钱都没人要跟你做生意！"

"那还是你不对，"傅祺红手伸出来朝他儿的脸门一点，"要是哪个因为你开的车不好就看不起你了，那你交的这些人也实在太肤浅了——你看你爸我几十年了，就是骑个自行车，我们单位又有哪个敢小看我的？都要客客气气跟我打招呼。实际上，只要你人做得端正了……"

傅祺红说到一半，看到他这儿一表人才地站在他面前，两眼空空，不问也清楚他说的话这小子半句也没听进去，恐怕又在做些春秋大梦。一瞬间，他有一种冲动想干脆把话给这浑头说明了，喊他不要操心那装房子的钱，其实他傅家屋头除了这十万的存款，又有他爷爷傅宝林留下来的几包银元，他奶奶黄慧兰生前的镯子钗子，最重要的是，还有他妈汪红燕名下的西门城墙边上的两间铺面——总是够他和他爱人以后的基本生活保障。而现在傅祺红不拿出来，只不过是暂时帮他小两口保管。

傅祺红眼看都要张嘴了，他那儿子却说："哎呀爸，对了嘛，我钱都还给你了就不欠你了，你也莫教育我了嘛。"一转身，提着轻飘飘的购物袋，两步出了书房。

各位看官，有一句说一句，你们恐怕也都估摸出来了：傅祺红对他这独儿子其实不太公正，把人家堂堂三十岁的大小伙子当成奶娃娃在哄，说啥看人衣装就是势利，爱开好车就是肤浅——就好像他傅某人是开了天眼的，可以走我们这镇上揪出来哪个不嫌贫爱富也不趋炎附势的一般。说穿了，不只是三才之芸芸众生，广瞰天地之中，两极之间，那四象五行六合七星，个个都是些风吹两边倒的主子，随气而动，看你衰败了一把躲得老远；见你得势了，就赶紧来逢迎。

　　比如傅祺红练了快十年的太极，每天早上五点半准时，风雨无阻从不间断，却连正道的影子也摸不见；硬是要等到被提拔了，成了永丰县政府县志办的一把手，一名堂堂县上的正局级干部，他才终于找到了感觉，袖子里头呼风唤雨，脑壳顶上日月叠碧，眼看着万宗的福气都往这边来了。

　　按理说，赵主任一走，聂县长对县志办的特殊关怀就该要了断了，一个办公室的人都战战兢兢，准备接下喝西风饮露水了——没想到年中政府工作会议一开，下半年预算一下来，发到他们脑壳上的钱比之前的居然分毫不少，还又增加了几项经费。甚至，因为现在正值二十年大县志的编写，工作吃紧，政府办主任肖德霖拍起了胸脯子表示：可以给县志办再增加几个借调名额。你老傅想要哪个笔杆子跟我老肖说一声，我马上去给人事局那边打招呼。

　　本来这肖德霖自古是看不上他们县志办的，就算是以前聂县长对县志办还有照顾的时候，他也没少在政府工作会议上给他们提意见，想方设法地使绊子减预算——现在他居然一转脸如此热情，弄得傅祺红硬生生起了几个鸡皮疙瘩。

他正还有些疑惑，马向前干脆一语道破了天机："哎呀老傅，你也不看看，这政府县委里里外外，有哪个不是熊书记的人啊？聂锋他再横，也就是个光杆司令！"

两个老朋友趁着午休时间到工作大楼的运动场来打乒乓球，你来我往正杀得激烈。马向前这话音刚落，傅祺红手上的板子差点甩脱了。

"唉老马，这些话不能在外头说哦！"他赶忙招呼。

"嗨！"马向前反手铲球，又快又准，"你怕啥，这又没人！"

他们这乒乓球桌子的确是靠在墙边边上，现在又只有他们这一桌在操练，周围十几二十米都是空空荡荡。

傅祺红勉强把球接起来，回身踩实了，把腰杆沉下去。"还是要谨慎点！说不清楚。"他说。

"老傅啊老傅，"马向前摇摇头，"你这人啊就是这毛病，太谨小慎微了！我看到你我都累！你怕啥？现在一个你老傅，二个我老马，我们都是退休倒计时了，过完这一届就拍拍屁股走人，该养花养花，该种菜种菜，总之都要下课了！"

"还是得站好最后这一岗啊。"傅祺红失了一个球，转身跟过去把球捡回来了，又扬手发出去。

"那是！"马向前笑，"这么多年的关系了，我还能不了解你？你老傅一不爱钱，二不爱权，无非就是关心你那著书立说、编史修志的事情——不然我干啥要去给德霖打招呼，喊他一定要全方位支持你，把这二十年大县志弄好？"

傅祺红这才反应过来，肖德霖是以前马向前在政府办的得力助手，马调起去了人大，肖才就被提上来了。

"哎呀老马，看来我是要感谢你啊。谢谢，谢谢了！"傅祺红说。

"谢啥谢，一句话的事情！"马向前说，"先不说那闲话，实际上我这头有个事情，是想找你帮忙的。"

"你说！"傅祺红吊他一个短手，"你有啥事我肯定帮忙嘛。"

这个球桌子上一弹飞出去老远，马向前小跑到篮球场边上才捡起来，又走回来。他把球捏在手上不发，先把话说完了："……其实也是个一句话的事情：你们办公室那副主任的位置，我们考虑让吴文丽来坐，由你来提个名，如何？"

一九九九年吴文丽从党校调到县志办，还是大而不小地起了一番风波。当年，永丰县报社借调来的范大成已经在县志办辛辛苦苦干了两三年，眼巴巴地盼着想有个名分。主任余先亮也颇看重他，一年年地报上去，跟上头争取：这一年初，好不容易下来了，多了个编制名额——都认为范大成是苦尽甘来了：先这一下坐稳，再过两年该余退休，就是要扶他上台继位——哪曾想天外飞来了一个吴文丽，端巧巧把这名额占了。气得范大成呐，烟灰缸茶盅子一通收拾了，搬回了县报社去写豆腐块块；余先亮痛失爱将，难得地在工作会上发了脾气，拍着桌子骂天骂地；只有傅祺红站得颇为客观，分析：摆明了是上头安排好的。这名额发下来，本来就是要给这个吴文丽的，所以从来就轮不到他范大成，又有啥好愤愤不平的？赶紧散了散了，各做各的事去。

吴文丽就这样在县志办扎下来了，平日里说说八卦，工作上开开小差，早上九点开着小轿车来，下午五点踩着高跟鞋走，好一个：

> 香脂红粉，好打扮鸳鸯轻薄，
> 娇侬软语，爱谈说燕雀浅拙。

傅祺红虽然偶尔嫌她聒噪，但也不讨厌这个人。反正她就是来这上个耍耍班，拿点工资作耍耍钱，无伤大雅——他确实是如何也料想不到，上头竟然又突发奇想，要把这个婆娘提起来，当他的副手？

当时，马向前话音一落，手上球紧接着发出来了，傅祺红却失了一秒的神，没接起来。马向前说："老傅啊，你也不慌马上答应我，你回去想一下嘛，想好了再跟我说。"

傅祺红说："好的，我想想看嘛。"——他捡起这个乒乓球滚滚烫的，捏起也捏不住，甩了也不好甩。

等他回了屋头，脸色就不太畅快。汪红燕正在厨房里头和抄手芯子，搅着一铁盆子的猪肉渣渣、韭菜渣渣和红萝卜渣渣，喊："哎老傅你回来得正好，赶紧出去帮我买一斤抄手皮子回来。我今天昏头昏脑的，皮子没买够！"

傅祺红把公文包放了："我一天到晚地办公室里外大小事情都忙不完，回来还要给你跑腿去菜市？"把一双皮鞋蹬下来，哐哐两声塞进鞋柜里头。

汪红燕赶忙把筷子一插，跑出来劝："哎呀我又没非要喊你去菜市场。对门子天盛底下超市里头就有，走两步就买了，就是贵点。"

傅祺红不理她，换了拖鞋就朝房子里头走。"那你自己去买嘛！"——把书房门关了。

汪红燕不问也清楚这老儿今天肯定又是单位遭不愉快了。"哎呀呀，老傅！"她对着门喊了一声，再没半点回响，没奈何，只得把手揩干净了，把围裙取了，又去寝室里头找钱包。

也是天可怜她。汪红燕正心烦找不到她的钱，就听到门口钥匙响起来了，银铃一般，然后门一开了，走进来又高又瘦，一套墨绿的工作服衬得那脸儿莹莹白的，正是她的儿媳妇陈地菊。

"哎呀小陈，小陈，你回来得正好，"她迎出去，"我这抄手弄到一半抄手皮子不够了，你帮我出去买一斤皮子回来嘛。"

陈地菊一串钥匙还抓在手头。"啊，好的，"她说，"去哪儿买嘛？"

"还得麻烦你多走几步。东门四八九厂那菜市场里头，进门左手边第二家买挂面的——他那的抄手皮子最好，你帮我称一斤回来。"

陈地菊答应着，转身扭开门把手，把脚踩出去正要下楼，就看到书房的门"咚"一下扇开来，走出她的老人公傅祺红，一张方脸脸色黢黑，一双眉毛皱得梆紧。"你这汪红燕还笑人的，使唤你儿媳妇就顺嘴，喊人家走那么远买抄手皮子——你拿钱给人家没嘛？"他说。

汪红燕说她打死都找不到她那钱包，陈地菊赶忙表态没事没事。傅祺红呢，直端端过去把他的鞋子走鞋柜里头拿下来，一脚一只穿进去，一迈出了门。

"哎，我去嘛爸，没事。"陈地菊说，跟在傅祺红后头下楼梯。

"你不忙，我去，这对门子就有。"傅祺红说，又把声音抬高了一些，对背后他爱人喊："我就超市买了！"

两翁媳出了小区门，一左一右地朝天盛广场走。"爸你又何必跑嘛，我一下就买了，方便得很。"陈地菊还是有些不好意思。

"咋可能喊你出钱买抄手皮子嘛，当真话我们这家人要把你吃干榨净了，吃饭都要你供？"傅祺红说，听不出来是不是说笑。

他们走到天盛广场门口，看到一个坝子里全是些外国国旗花花绿绿地挂起。"这是啥事啊？"傅祺红说。

"世界杯的嘛。"陈地菊说。

也是他最近的确被工作上的事把时间都占满了，经他儿媳妇一提醒，傅祺红才陡然想起原来南非世界杯已经开幕了，也难怪他这一阵连他那儿子的影子都没看到。"哎这傅丹心肯定又看球看疯了，"他说，"简直是，玩物丧志，朽木不可雕。"

陈地菊没接话，两个人顺着电扶梯下了地下一层，进了超市，就见那：

> 苹果梨儿赛秤砣，排骨坐墩齐崭崭，卖个好看，
> 肥膀肉臀两边挤，现金银卡手中舞，哪个没钱。

傅祺红想抱怨两句，又碍到他儿媳妇在，就把话就吞了，

带着陈地菊穿起斜起地朝熟食区那边走，忽然听到有人喊："傅主任！傅主任！"

他一听这声音迤逦迤逦的，头皮子就先麻了一半，回头去看心就重重地一沉：天公作弄啊！居然真就在这里遇到了吴文丽！

身边的人正挤得沙丁鱼一般，傅祺红无路可逃，只得站定身来，眼睁睁看着吴文丽朝他们走过来，手膀子上还挽了一个男人：穿一件深蓝色的休闲西装外套，戴个金丝眼镜，不正是她的爱人，永丰县电力公司的副总经理徐召。

"傅叔！好久不见啊！"徐召招呼他，又瞟一眼他边上的陈地菊。

"的确是好久不见了。"傅祺红只得笑起来挥挥手，再介绍："这是小陈，我的儿媳妇。"

"总算给我们看到了，"徐召说，"我们都在想傅丹心那么人才的，最后娶了个啥样的媳妇？不错嘛！"他对陈地菊笑一笑。陈地菊也笑一笑，点个头。

"你看我们傅主任就是清廉，"吴文丽插嘴说，"儿子结婚都不请我们这些——等二天孙儿满月了，随便哪样都要喊我们啊。"

这女人家的话说出来格外不加遮掩，傅家的新媳妇就有点尴尬。徐召说："小陈在哪儿高就呢？"

陈地菊说："我在西门上邮政银行上班。"

"噢！在代斌那儿啊，"徐召点点头，"他那人有点意思。哎傅叔，既然你儿媳妇是在银行，你又在你们那一把手了，就该把你们办公室的账都转到邮政银行去，支持人家小陈的工作嘛——现在他们银行的啊，都不容易得很，每个月都有任务，要拉存款，我那幺妹在市中行上班，每到月底都急得哭。"

傅祺红心头一麻，像是被电老虎咬了一口。你徐家屋头还怕没钱拿来存吗，他想，嘴头说："哎徐召你这话说得是挤对我了，总不可能连这点基本的都不清楚嘛：我们政府部门的财政都是统一管理的，我哪儿说得到话。"

"你这人！"吴文丽也扭一扭她老公的手膀，"都跟你说了我们傅主任清廉得很，你不要说些陡的来吓他。"

徐召一笑，对着傅祺红的黑脸说个抱歉抱歉。眼看闲话要说完了，他又像是才想起来了，说："对了傅叔叔，前两天我爸还在问起你，说麻烦你了啊，这么些年多加照顾我们小吴，真是该好生感谢感谢你。"

"哪来的话，"傅祺红说，"小吴本来就是能干人，用不上我照顾她。"

四个人笑眯眯道别了，各走一头。傅祺红手上点抄手皮子，嘴头忍不住，念一句："硬是贾不假，白玉为堂金作马。"

陈地菊说："爸，你说啥？"

傅祺红摇摇头，声音压低了在他儿媳妇耳朵边上，说："刚刚那两个啊，是我们县老县长徐定军的公子徐召和他爱人吴文丽，早年是个土产公司卖皮鞋的，现在在我那办公室上班。"

陈地菊白眼珠儿都睁圆了，想转脑壳回去看，又忍了。

傅祺红本来悻悻然的，看她那样子气一下消了。他扯个袋子装抄手皮，摇头晃脑地喃喃吟两句，脸上挂个笑。

这回陈地菊听清楚了，她老人公背的是李白的那一首："……且放白鹿青崖间，须行即骑访名山。安能摧眉折腰事权贵，使我不得开心颜。"

傅祺红心头的主意已经打定了，但表面上还是不露声色。他骑自行车去县志办上班，规规矩矩地，见了人，老远就要跳下车来打招呼；每周一召开工作会议，每份交来的稿子都挨个发回去，上头红笔密密麻麻的批注，包括错别字和标点符号都规整改了；逢周二去基层讲座，辅导各单位志书编写工作，幻灯片上一项项列得清楚，从材料搜集到写作体例，横向到边，竖向到底，巨细无遗；到了周三，他带着两个实习生亲自跑了一趟档案馆，把〇〇年到〇五年全县四大完中的高考档案提了出来，一个个人头比起，统计升学数据，忙到下午两点过才吃中午饭；周四一整天，傅祺红坐在办公室里又写又编，理出来《永丰县志1986—2005》第一章和第二章的初稿，把县里的乡镇区划、地形气候、水土植被都捋清楚了，划过去整整一百二十页；周五他挨个点卯，把办公室里苏聪、吴文丽、小杨、小曾，每个人这周的稿子收上来了，埋头一批大半天，又赶在临下班前跑了一趟组织部，把《永丰县县志办副主任推荐报告》正式提交给夏副部长。

"哎呀呀傅大主任！"夏定青是傅祺红政府老家属楼的邻居，自来爱开玩笑。他嘴上喊这么一声，还两只手都端出来，唱戏一样把报告接过去："谢谢谢谢！你随便喊个人把报告送过来就对了嘛，何必还亲自跑一趟？"

"那不行啊，"傅祺红也就笑呵呵地，"要送到老夏你手里头，我必须亲自来啊。"

"劳驾了！劳驾了！"夏部长捏住报告，护在胸口上。"怎么样？准备下班啦？"

"差不多了！忙了一个星期，总算可以清闲两天。"傅祺红说。

"你现在不容易啊，位子正，责任大！都在说啊，自从你转正了，县志办一派新气象啊！"

傅祺红就又笑了一笑："哪有啥新气象？每天埋起脑壳做事情罢了。"

"丹心最近还好嘛？"夏部长一边问，一边把报告打开来看，"我听说他那修电脑的摊子生意很红火啊。"

"见笑！见笑！"傅祺红说，"我那儿啊就那鬼样子，混个天天，没救了！"

夏部长却不笑了，凝起神来看着傅祺红的报告，越看两片嘴皮越是瘪在一起。

"咋了老夏？有啥问题？"傅祺红明知故问。

夏定青抬起脑壳来："没问题！没问题！辛苦了老傅，辛苦了。周末愉快，周末愉快！"

各位台下的诸君，你揣度傅祺红那报告里推荐的副主任候选是何许人也？——总之不姓吴！

傅祺红出了政府大院，一看大马路上堵了一长溜都是赶着要回家的，就悠哉慢哉地踩起他的自行车，从这些轿车旁边过去了，心里面想："……这姓马的想得美，以为这下就把我傅某人拿在手心里了？你以为你帮了我个忙，于是喊我圆我就圆了，叫我扁我就得扁？——没这本书卖！你们这些人要重用哪个，那是你们的事；我傅某人要推荐哪个，那是我的事。我不管你们的野心，你也莫管我的良心——就这么简单。说穿了，你能把我咋样？还能把我下课了？——反正我马上就退休了，我也不求你啥事了，你能把我如何？"

他脚蹬得更快了些，迎面一阵轻幽幽的凉风，正是那：
春残百花尽，小荷出塘来。

整个周末他都心情甚佳，一大清早起来煮了一锅醪糟粉子蛋，又把全家人都招呼起来了，提议去南门外的崇先祠公园走一走。汪红燕说不错不错，呼吸新鲜空气；陈地菊也很高兴，算来好久没去过崇先祠了；傅丹心呢就臭起一张脸的，想必是刚刚又熬了一夜还没睡醒，偏偏被鼓捣拉来出门当司机。

于是就由他开了车，四个人一路到了公园里头，买了门票进了拱门，转一圈坐下来在古柏树下，对着一湖新荷绿叶，数着远近亭台错落，喝喝茶，吃些小食，摆摆闲话。

傅祺红手上摆弄着他的相机，准备去荷塘边上照几张相片。汪红燕望一望看见湖心中间搭起来了一个花台子，就想起来："哎呀，这是又要开赛歌会啦？今年开得迟哦，这都六月了这才要开？"

"哎丹心，"她喊她的儿，"你眼睛好，帮我看看那牌子上面写的时间是好久？我到时候来看一看，好久没听赛歌会了。"

傅丹心一路上都哈欠连天的，刚坐下来就懒靠在竹椅子上，闭起眼睛打瞌睡，说不清楚到底睡着没有，反正不理他妈。

"七月五号，"陈地菊说，"每个单位都要出节目的，我们单位也要唱歌，都排练了好几个星期了。"

"难怪，你们都忙，"汪红燕点点头，"我说咋最近人影子都看不到。"

傅祺红一边调光圈，一边说："人家小陈不回来是单位有事，正儿八经的，你这儿子是个没单位的，不要跟人家合到一起说。"

造孽啊这傅丹心本来都要睡着了，清天大梦，正在盘算着今天晚上的意大利对斯洛文尼亚，被他老汉酸得不得不把眼睛撑开，颈项一挺："爸啊，你是还在清朝啊？那邮政银行有啥好正儿八经的？现在早就改制了，这些都是企业了——陈地菊他们全是合同工，今天不对明天就可以炒你鱿鱼。你还以为好了不得啊。"

他这话粗嗓嗓地讲出来，汪红燕脸立马白了："真的啊？我咋一直以为邮政银行是事业单位呢？都是铁饭碗的嘛？"

陈地菊坐起来硬直直的，两颊绯红，看着她的爱人："丹心，你，你啥意思嘛……"

"我就说你那狗屎单位啊，"傅丹心喷口气，"每天把你当牛使，你还兢兢业业地守到，就为了那每个月两千多三千块钱，耍也不能耍，累都累死了——是我啊，我早就不干了！"

"你这娃还有点好歹不？"傅祺红站起来，胸前的相机镜头黑洞洞地对着傅丹心。"你有啥脸说其他人，就你那烂摊摊在北门上杵起，走过路过哪个看到不笑我们傅家，做了哪辈子孽，竟然出了你这样个不上相的？"

傅丹心坐在椅子上矮他爸一截，本来想要站起来，又觉得胸口发紧——毕竟他这一阵天天熬夜，难免心力交瘁。

看他不说话，傅祺红乘胜追击："你不要以为我最近忙，就在我背后搞些花招——你趁着世界杯，天天晚上不落屋到底在干啥，我心头还没数？耍！耍！耍！人家小陈不要哪儿不对了，你这辈子就是遭这耍字害了！"

"老傅！"汪红燕两只手猛地一拍，像是要打个毒蚊子。她压低声音："大庭广众之下，你们两爷子还是给我留点脸面啊。有啥话回去说！"

傅祺红被喊了这一声，才像是从噩梦中惊醒过来了，转脸一望：周边好几桌的人都伸长了颈子，斜着眼睛朝他们这边看，歪着嘴巴说小话。再看眼下他爱人嘴上的干皮子都气得抖，他的儿呢，眼圈透黑，印堂发灰，陈地菊则把脑壳都快埋到了心口，一对耳朵绯红——他想说点啥又一句话都说不出来，就一转身，背着他的相机沿着人工湖走了。只见荷叶连连，粉白的菱花结在孤茎上，高高地开在远远的地方。

都被雨打风吹去了，世道也早就变了。比如说我们镇的赛歌会，往年都是五月间端午时候办，来的都是附近乡场的农民子弟，四条街上的街坊闲人，打起伞遮太阳，挑起担卖李子，台子搭起祭天地君亲，望丛二帝。老少相亲们聚在一堆，只要声音大又够胆的，跳上台就可以唱，唱的尽是农事乡情：石榴花开叶儿黄，要养鱼儿先挖塘；花香引来蜂采蜜，栽起梧桐招凤凰。也有：石榴花开叶儿多，割草碰到张二哥，搬个石头垫到坐，妹儿陪你唱山歌。等等。

这些年农田都修成了开发区，农民们也另外做生意了，赛歌会就成了个文化遗产节。卷裤杆挽袖子的不准进场了，上台要唱歌也得精挑细选过，又要请大小领导都来光临，还得邀省市媒体前来报道，一慌二忙，转眼间就拖到了六月底七月初。李子早就烂市了，石榴花儿也掉得朵都不剩，天天一过就都不算数了。

前一阵苏聪得了傅祺红的保证，当然是心中有喜，手上办事也格外来劲。连续三个星期，他都超额完成了编写任务，物价管理早就写好了，税费征收也去活了大半。傅祺红见他如此欢欢，心上的弦就又绷一绷紧。"哪怕这事有再大的阻力，我也不得服软——该是小苏上，就得要小苏上！"他心里面一遍遍念起，翻过一页稿子又翻一页。

吴文丽那边倒是一派寻常。交上来的文章照旧东拼西凑，狗屁不通。看到傅祺红就笑眯眯跟他打个招呼，看不到傅祺红就同刘姐小杨几个女人伙起来说些小话，笑声浪浪，引得傅祺红不得不起身出去把他办公室的门打开，又"砰"一声关了，走回去继续改稿子。

"太不像话了！"他喃喃地，"等于我这办公室就是拿来养闲的，给你们官家的少奶奶休息身心，打发时间的！"

他喝一口茶才发现这茶早就喝淡了，正想新冲一杯，就听到门上"砰砰"敲了两声。

"进来。"他说。

只见门一开，走进来了是组织部副部长夏定青，一边走，一边举起双手来作个揖，嘴头唱："傅主任好！傅主任好！"

傅祺红料定了他早晚要见到这个人，皮笑肉不笑地招呼他："夏部长你好，坐嘛。"

夏部长在沙发中间坐下来，左右看看："老傅，你这地方不错啊，全是书。"

"到处瞎堆起，乱得很。"傅祺红淡淡地说。

"是有点乱，"夏部长也顺着点点头，"你这办公室啊恐怕有点小。其实我们办公大楼空房子多得很，你该去跟德霖申请申请，把县志办搬到楼上哪层去——上头的办公室都要大些，还看得到创新公园，绿油油的，休息眼睛。"

"用不着用不着，"看他一来就要下套，傅祺红赶忙一退，跳出圈圈，"我们这里够用！够用！"

"这个我们往后再议，"夏定青说，"我今天来其实是想跟你说个正事。"他抬头看着傅祺红："上回跟你提起丹心，我心里头就挂起了——说句真心话，我对丹心那娃娃一直都感到很愧疚，那回光纤公司的事情我没帮上忙，弄得他遭开起走了，实在是遗憾！"他叹了口气，"其实你那儿子又聪明又能干，也很会做事，实在不该就这么违误了……正好我听德霖说起来，他们政府办缺个人手，我就想了，不然干脆把丹心调进来，在德霖那帮帮忙？他先把这位子占住了，熟悉熟悉业务，再喊他考考公务员，我们呢，跟去争取个指标，争取一两年之内把正式手续走完，你看如何？"

傅祺红自然是忘不了的。当年，为了傅丹心不被光纤公司开除，他上下打点，四处碰壁。这一转不过四五年，居然就有人捧过来了，舌灿莲花地，要把傅丹心调来在县政府政府办工作？——那可是个万人争抢的差事啊！

于是他就看清楚了：夏定青把这蜜坛子一放在他鼻子下面，盖子揭开来异香扑鼻，面上笑起说个"请"字，原来却是那：气出南天门，直压百会穴，由不得你颈项硬不低头！

傅祺红一时间心旌激荡，一双耳朵"嗡嗡"直响，一颗心儿"怦怦"地跳。

"唉，"他好不容易稳了一稳，发了个声音。"哎呀，"他说，"老夏你这话说重了。当年是傅丹心这人自己作孽才把工作出脱了，哪里怪得到你？至于政府办——你是抬举他了，他那人有几分本事我最清楚，他哪能做得下来那里头的事情？不说还要考公务员——他哪挤得上那独木桥？还有这人事指标，就更……"

"嗨呀！"夏部长喝一声，手一撑沙发坐端起来，两巴掌朝自己大腿上一拍，"老傅啊！就你我两个我也不编闲话了。这事当然不是我的主意——我哪儿有这么大的本事？——这是徐老老领导挂念你，交代下来，又有熊书记亲自拍板了的。人家徐老都说了，你老傅这辈子兢兢业业，可惜是遭了余先亮的整，委屈在这县志办都要退休了，于情于理，我们都该把丹心照顾了——他子承父业，你也就没有后顾之忧了嘛！"

傅祺红隐隐猜到了这一层，但现在夏把话说明了，就自然不同：那一字字是掷地有声，落地生根的——只要他说声好，他儿子的下半辈子就有着落了。

他把脑壳埋下去了，埋了好一阵，像是魂都出了窍又忽然抬起头来，直直地看着夏定青，眼睛精亮。

"上头这好意我实在是受宠若惊了，"他说，"只不过我那不肖儿子的确是没本事，受不起这抬举啊……"

入了七月份，天热了两天又冷了，连下了快一个星期的雨。就都正说今年这天怪啊，怕是又要发洪水，却见雨却又停了，晴朗起来。县政府的人都叹一声哎呀呀，说这是："天意从来高难问，况人情易老悲难诉？"——你就看看县志办这小小一个狗屎衙门，大半年下来尽是稀奇：先是赵志伦一把被自己老婆拆了台，轰然塌了，眼看就要锒铛入狱；再有半辈子不愠不火的傅祺红忽然来了运气，范进中举一般，坐上了一个正局级；剩下那副主任的位子，空空了将近两个月，还以为要发哪般神通，结果却升上来一个吴文丽，盈盈行个屈膝，娇一声多谢多谢。

吴文丽欢欢喜喜地搬了办公室，苏聪就闷起头来把自己关在屋里面，周一例会不出来，周二培训工作也没参加，直到周三，市上市志办的领导来视察，傅祺红叫实习小杨去找苏聪出来陪同，喊了一次没来，又由吴文丽亲自去喊了，这才出来了。一行人陪陈主任柳主任他们走了一圈，开了工作报告会，五点过散了会，再一起去蜀风新园吃晚饭。

陈主任柳主任坐了上把位，傅祺红陪在旁边。他看到苏聪站在门口，就说："小苏你过来坐我这边。"

苏聪半抬个脑壳，斜他一眼，说："我去陪小朱坐。"——转到桌子另外一边坐了。

还好吴文丽她们几个女人话多，嘻嘻哈哈地又会劝酒，使这顿饭吃得还算宾主尽欢。傅祺红不爱喝酒的，那天却破天荒干了好几杯，吃得脑壳有点昏昏沉沉，稀里糊涂地把剩菜一通都打包了，提上手上，千里迢迢地，从西门外走回了东门外，把好东西带回来给屋头的亲人吃。

第二天晚上难得的，赛歌会总算唱完了，世界杯刚好休战，于是一家人在一起吃饭，见桌子正中间两盘：一盘整整齐齐放着六个扇贝，另一盘一半列着水煮虾，一半盘着鸡肉——边上围着三个家常菜不提。傅丹心一屁股坐下来，嘴上就"哎"了一声，然后说："妈，你咋想的呢？到哪儿去买的海鲜？"

"哪是我嘛，"汪红燕笑起来，"这是你爸出去吃席，专门带回来照顾我们的。"

"嗨呀呀，"傅丹心也跟着他妈笑起来，"爸啊，多亏你想得起我们啊，我们也算沾你的光吃好的了！"

傅祺红捏着筷子坐在桌子边上，夹一口苋菜，自己吃饭不搭他们的话。

陈地菊说她上回实在把海鲜吃伤了，汪红燕喊她捡两口鸡肉她也说没有胃口，汪红燕没奈何，就自己夹了个虾子，剥了半天出来幺拇指大一块肉，老是老了点，还是有嚼劲。

"哎梅梅，你还是吃点嘛。"傅丹心一边说，给陈地菊夹了些炒苋菜，放到她碗里头紫红红，染得白米饭像是浸在了血里面。

陈地菊走碗边边上挑一坨干净的白米饭起来，送进嘴巴里。

"正好你们都在，我有个事情想跟小陈商量一下。"傅祺红忽然发话了。

陈地菊抬起头来。傅祺红才几天没留意，看她像是一下消瘦了，嘴皮也不见血色，眼睛肿泡泡的。

他把筷子放下来，对她说："小陈啊，有这么个情况：我们那政府办公室准备找个财会，一时找不到合适的人选，我就跟他们主任推荐了你，想看你愿不愿意来帮帮忙，借调过来当会计？他们那办公室人都还不错——以前我是在那工作过，都算是老交情了，你来肯定很快就上手了，然后再看过两年能不能整个指标下来，给你转成事业人员，这样就踏实了——那么就算我退休了，你也是稳当的。这工作肯定比你现在的轻松，也算抱个铁饭碗嘛？"

"你在说啥啊？"傅丹心第一个反应过来，"爸啊，你这是咋啦，是不是脑壳有点不对了？——我那天才给你说过，陈地菊他们单位早就改制了，是企业了，她哪能随便进县政府？"

"你这是有点异想天开，"汪红燕本来是体制里的人，更清楚其中的弯弯道道，"小陈她都不在编制里头，人事局都没她的档案，哪能说调就调？他们单位领导咋说？你们县政府的人没意见？这是不可能的事！"

傅祺红看了他们两个一眼，他的儿一张脸急得赤黑，他爱人一张脸愁得菊黄。

"有啥不可能的？熊书记已经表态了，这件事情他来帮我办。邮政银行的也好，人事局的也罢，还不都是他一句话的事？"傅祺红把话说清楚了，伸出手拿了个扇贝，筷子一挑，张嘴一口把肉吃了。

老打老实说，每周一的党分部小组学习向来都有些无聊，特别是社精办的夏定青，爱挣表现得很又偏偏没水平，啥事都要发表个意见又抓不到重点，又臭又长瞎讲一气，每回都整得人直想打瞌睡。但是今天的分部讨论却格外热烈和深入，归根结底，还是因为小平同志的南方谈话实在精彩，真正是一字千金，句句都振聋发聩，激荡人心。

说起来硬是不容易啊，小平同志如此伟大的一个人物，思想之深、眼光之远无人能出其右，说话却是那样的平易近人，比如说：改革开放胆子要大一些，敢于试验，不能像小脚女人一样。看准了的，就大胆地试，大胆地闯。这样的话，既生动幽默，又入木三分。

马主任今天也兴致高昂，讨论到一半站起来诵读了"走社会主义道路，就是要逐步实现共同富裕"那一段，赢得了全场热烈的掌声。哪想到这下那夏定青就也要跳起来读一段。结果这人看书看一半，光见到开头是"要坚持两手抓"就读了，结果越读越不对味，把啥子"吸鸦片、吃白粉"都读出来了，最后落在了"要反腐""要搞廉政建设"上，整得大家都有点尴尬。我呢就给他接了个话帮他下台，说了："对的，这一段啊就是特别要给你们精神文明办学习的。你看这经济形势一好，社会上怪象就要多，你们是该更多用心，搞好秩序和风气。"

等到散了会回办公室以后，马主任跟我透了点风，说县委常委也决定要深入贯彻南方讲话，加大我们县招商引资的力度，正在筹划准备成立一个"招商项目办"，本来是考虑喊熊副书记来挂帅，但他马上就推辞了，说要把锻炼机会多留给年轻人，现在看来可能要走我们政府办来选人。

马主任的话是点到为止，但意思比较明确了，应该是想让我来弄这"项目办"。说穿了，这事是个烫手的山芋，哪个拿到了，就有县委、政府，还有国土局，以及各镇各乡的一箩筐关系要协调，肯定不好整。但就像小平同志说的，现在正是埋头苦干的时候啊。我也就跟领导把态表了，只要组织上需要我，不管这项目办有好难搞，我一定赴汤蹈火，全力以赴。

第十章

　　陈地菊决定要回平乐镇是在二〇〇六年的秋天。眼看她单身公寓楼下梧桐树的叶子都黄了，脆了，飘飘落下来，她的心也就翩翩地离了胸腔，鸽子一般朝着西边飞，出了三环，沿着国道再下去二十八里路就是她的老家。她想要离开永安的心情是那样地切切，对平乐镇的工作就没有多余的挑拣。她妈妈帮她问了一大圈，四大银行都没有职位出来，刚刚启动的兴业银行永丰支行要年后才开始招聘，仅有邮政银行愿意招人，要的还是最普通的前台柜员。叶小萱觉得这职位对陈地菊来说有点屈才了，就劝她不然缓一缓，等年后再看。陈地菊却说："柜员就柜员嘛，反正都是上班，做啥不一样？"

　　二〇〇七年年初，陈地菊第一次穿上了深绿色的工作服，到平乐镇西街邮政银行上岗。当时和她同一批进来的柜员还有两个：西财研究生毕业的小贺和眉山来的小刘。小贺做事风风火火，每个月都超额完成存款任务，第二年就被提拔成了营业主管——陈地菊后来才听说，他的老丈人还是省分行的部门老总；小刘呢，倒是偶尔要和陈地菊一起吃午饭，说些抱怨，懒懒散散做了一年不到辞职了，听说结婚当了全职太太。剩下了只有陈地菊一个人，在防弹玻璃背后的铁笼笼里一坐就是三年。

这三年多以来，陈地菊早出晚归，上七休一，了解她的人说她是任劳任怨，不熟的就觉得她有些死眉死眼。她和同事们一起出去唱了两次卡拉 OK，也在不同的场合跟支行代行长打过几回照面，但每一次都不太说话——只有脸上带着半丝笑，却既不唱歌，又不喝酒，更不拍马屁，久而久之，邮政银行里心好的还要说陈地菊这女子可能有点内向，另一些爱搬弄的就直接宣布她是过分高傲。“摆起个死脸给哪个看嘛！”闲人些说，“你一个坐柜的有好了不起，还要其他人来抟你吗？该你背时，就把这牢底坐穿嘛。”

要让陈地菊自己来说，她这工作好像是有点日复一日地看不到头：每天坐在柜台后面，一双眼睛看着颜色和数字，两只手点着按钮和键盘，填表，点钞，盖章，完了再打流水，理库存，对票据，按部就班地，一天就过了——第二天和这一天是一模一样的，下一周和这一周也没有任何区别，一千多天一晃眼没了，像是一叠干透的废纸被火一引就成了灰。这灰灰扬起来，沾在陈地菊白生生的脸面上，一抹就晕了，沉下去，总要积成深深的褐斑。

认识傅丹心之前，陈地菊唯一的消遣就是去邮局斜对面的一家“学而知”书店买些小说看。店老板是个外地的中年女人，穿得很素雅，留一头长头发，偶尔和陈地菊打个招呼，说的是普通话。大多数时候，女老板都在收银台后面打钩钩针，打得一顶顶全是五颜六色的小帽子，雪花儿拼成的一般，很逗人爱——唯一令人费解的是这些帽子都出奇地小。有几次，陈地菊拿着选好的书过去给钱，看到柜台上放着些打好的帽子，每顶只有小橘子一般大小，就算是刚生下来的奶娃儿恐怕也戴不上。这些帽子是要给哪个的呢？这念头在陈地菊脑子里一闪而过。

和傅丹心恋爱结婚以后，陈地菊去"学而知"就去得少了。有一天好像是下雨，她站在街沿边上等傅丹心来接她，等了好久都不见他的车，就干脆把伞收了，进书店去看一看书。女老板照样坐在藤椅上钩她的花帽子，陈地菊选好了书过去给钱，老板忽然说："妹妹，你最近还好吗？"

她的普通话糯软软地说出来，陈地菊一晃神还以为她喊的是自己的小名。她愣了一愣，才说："还可以啊。我，我结婚了。"

女老板也愣了一愣，然后笑了。"是前段时间那个和你一起来过一次的小伙子，是吧？"她说，"长得挺帅的啊，跟你挺般配。"

陈地菊的脸就有点烧，把钱递出去，嘴里说："也就还好吧。"

女老板把钱收了，又从台子下抽了一个纸袋子出来把书装进去，说："真好，你们这么漂亮一对走到一起，可有的轰轰烈烈了。"

陈地菊还正在回味她的话，就看到女老板手上递过来一顶红艳艳的小帽子。

"这个送给你，"老板说，"也不算什么礼物，图个喜气。"

陈地菊把那顶帽子拿在手上，绒绒地卷成一团，像是个活物。她那谢字还没好整整说出去，手机就响了——原来傅丹心已经到了，却看不到陈地菊的人影子，又不方便停车。陈地菊只得匆匆地把帽子塞进纸袋子，小跑出了书店的门。

等她坐到了傅丹心的车上，她就忍不住转头去看她的爱人：棱棱的下巴，高高的鼻梁，眼睫毛又长又密。她的心里就有点甜，把帽子拿出来举在他面前："你看，乖不乖？刚刚书店老板听说我结婚了，送给我的礼物。"

傅丹心握着方向盘等转弯灯，瞟了眼这乒乓大小的线坨坨，鼻子里头喷了一口气。"我说你咋想的呢，咋老拿些小恩小惠当事说——这也算礼物啊？你有点出息嘛！"

傅丹心的话就这样杵到了陈地菊的心窝子里，一阵筋痛。当然，他事后也道歉了，说自己是因为铺子上的一些事弄得情绪不好，说话太冲。渐渐地，陈地菊也了解了傅丹心的脾气：平常都很通人性的，但是一旦牛劲来了，就像那小娃娃一般翻脸不认人。比如他跟龙刚在普吉岛回来的路上吵嘴了，就可以在飞机场冲起来走了，把自己的爱人都丢了不管。当然了，等气怄过了，人家还是要来道歉，主动到邮政局找陈地菊求和，请她吃了一顿抄手，席间把细把事情的来龙去脉解释了，深刻剖析了自己的急躁和不成熟，念了一句再一句：梅梅对不起啊，对不起，对不起。

傅丹心一边说，一边抬起眼睛来看陈地菊，一对黑眼珠镶在发了红的眼眶子里，看得她胸口尽是酸楚。

"算了嘛，"她说，"这的确也不是笔小钱，难怪你要着急。龙刚这人也太要不得了，本来就该一手交钱一手交货，他咋能把你的货拿了不给钱给你？"

傅丹心叹口气，把手伸过来握住了陈地菊的手。"你不担心嘛梅梅，"他说，"那钱我肯定要要回来的。现在最重要的是你不要怄我的气了。"

他的手指有些凉，掌心冷冰冰。陈地菊就把这只手捏紧了，对她的爱人温柔一笑。

陈地菊没有对其他人说过，包括对她妈妈也没有提起，但实际上傅丹心说的气话和做的狠事都还积在她的心里面，一坨坨地瘀起肿起，青里夹紫。

正是：

> 确可可一句句你道是要，却喊我怕也不怕。
> 顶心心一桩桩我本想忘，但叫你犯了又犯。

那个下雨天以后，陈地菊再也没有去过"学而知"，那红帽子顺手丢在傅丹心的车里头不要了，就连当时买回来的书也卷在纸口袋里，塞在衣柜底下。至于龙刚，她本来就不喜欢，这下就更憎恶他了，甚至连王婷婷约她喝水，她也因为怕撞见郑维娜找借口推了。

"真不好意思婷婷，我最近太忙了，"陈地菊在电话里面说，"半天的休息都找不到，实在出不来啊。"

老打老实地说，陈地菊倒也没有扯谎。她五一假期一回来就连上了十天班，好不容易熬下来了，气都没喘上，就被选进了邮政银行的合唱队，天天排练唱歌，备战赛歌会。

这劳什子她本来是想梭边边的，反复解释了她声音不大中气不足，唱歌就更不行，但还是遭选上了。上头的人怕她想不过，专门给她解释了：小陈啊，选你不是为了喊你唱歌，是女的里头总还得有两个高一点的站在边上，不然只有中间矮杆杆的那几个，显得不好看。

　　所以我们的陈地菊冤啊，本来只是充台面的，但正儿八经的排练又一次都不敢缺。每天午休也不休了，下午下了班也不准回去，一群人挤在会议厅里，看着简谱，跟着拍子，一字一句惊呼呐喊："红日照遍了东方，自由之神在纵情歌唱……"

　　傅丹心听她睡觉之前一边擦护肤霜，一边嘴里面还在哼《在太行山上》，就忍不住笑她："梅梅，你好像是有点喜欢唱革命歌曲哦——我们第一回去卡拉 OK 你就唱了个，那个那个，《英雄赞歌》，简直老鬆鬆不完了！"

　　陈地菊的喉咙上气一哽，哼了半句的歌词也立马哑了。她不好跟她爱人坦白这是她走她之前的男朋友那里得来的积习，只能把脸抹匀净了，脑壳转回来，说："你就笑我嘛！你是自己管自己体会不到。我们在单位里面的，都是人在屋檐下不得不低头。"

　　傅丹心咳一声，把话在嘴里面窝了几窝，还是吐出来了："哎梅梅，说到这个啊，我有个事要跟你商量一下。这马上再过两周就是世界杯了，龙刚他们准备整个沙龙，弄来朋友三四好一起喝酒看球，可能再下点小注。他们喊我去帮忙，给的条件还不错。我呢，觉得这也是四年才有一回的，再上我本身就要看球，就答应他们了。往下六月中旬到七月中这一段我就基本都要在他们那儿熬起，可能回来就要稍微晚点。"

陈地菊本来都收拾好准备上床了，这下像是遭天下掉下来一个滚地雷砸在脑壳上，痛得她半点瞌睡都没了。"你咋还会跟龙刚那人一起做事呢？"她瞠目结舌的，耳朵里头嗡嗡响的是龙刚在火锅店里头绊那一跤的咣啷。"他钱都给你了吗？跟这种人还是能离远点就离远点吧？"

　　傅丹心这一阵心头考虑的都是大事，愣了一愣才反应过来陈地菊说的是自己去邮局找她和好的时候编出来哄她的借口。"哎你才有点记仇的，"他说，"都是兄弟家，话说清楚了账扯平了就过了嘛。龙刚那个时候是资金周转不过来，上周都把钱都给我了。"他一边说，一边想起那个装满了票子的天盛广场购物袋。那袋子经傅祺红手头一转，回来成了轻飘飘的一张皮，而本来递到他手里的时候，还是那么沉甸甸。

　　"你要咋谢谢我呢，傅丹心？"把袋子拿给他的那个女子眯笑着望他，白手儿攀上了他的膀子。

　　傅丹心当时就一个激灵，赶忙就要把这女人的手指拇甩脱了，好像它根根都是杨梾子。"你这话才说得笑人，刘婷珊，"他勉强扯出一个笑脸。"这钱本来就是从我手头拿出来的，现在又不是走你包包头还，我谢你干啥？"

　　"哎，你这人才过河拆桥的！"刘婷珊手一伸，作势要把纸口袋抓回去。"不是我给你想了个办法去找我干爹帮你出这头，龙哥能把这钱给你吐出来吗？"

　　傅丹心看这女子的红蔻丹死死扣在了那白袋子上，只得说："好嘛好嘛，谢谢你。"

　　"这才对嘛。"刘婷珊一笑，把手松了。"那你要准备咋谢我呢？正好，反正我也饿了，你请我吃饭嘛。"

"我求求你了啊姐姐，"傅丹心说，"你是想整得我那老人婆直接把我撕了啊？你看我这里里外外的，你就不要跟我添乱了嘛。"

刘婷珊其实是比傅丹心小的，但倒像是不介意自己被喊老了，噗嗤一笑。"你说得，哪个把你撕得到啊！连我干爹都说佩服你，夸你有本事，你还怕你那老人婆干啥？"

"他真的夸我了？"傅丹心有点不敢相信。

"我骗你干啥？"刘婷珊说，手指拇又搭上来。"你等到嘛，马上就有好事情来找你了！"

傅丹心好像还能感到她那尖梭梭的指甲在他手膀上爬过，麻起了他背后一片鸡皮疙瘩。他皱了皱眉毛，定睛看到他面前那张瘦白白的脸，是他的爱人陈地菊，正在说："……跟他这种人搅在一起只有你吃亏的，他这啥沙龙是不是就是赌球的嘛？我早就听说过他要搞这些。你啊，好端端的有你的生意做，沾这些高风险的事情干啥？"

"哎呀，梅梅啊！"傅丹心叹口气，拍了拍陈地菊的肩膀。"赌球再有风险我又不得赌！我这是去给他们庄家帮忙的，稳赚不亏的。"他看到自己爱人脸上还是忧愁愁的，就忍不住伸手去抚她眉心那道杠杠。"你放心，你老公脑壳里头清楚得很，不得吃亏。实际上这回摊子也不是龙刚一个人支的，还有另外几个朋友，都是我们镇上有头有脸的，人家找我，其实是看得起我——老实跟你说，这世界杯的盘不是哪个都能操的。你看嘛，这一回整对了，我们那新房子的装修基金就一步到位了！"

有一说一，有二说二。傅丹心提的这门生意听起来有点陡，但它背后的道理还是实在的，也就是说无险不生财，无变不成功。毕竟连《周易》里面也有：穷则变，变则通，通则久。后来又有：通其变，天下无弊法；执其方，天下无善教——都是在跟你说，人呐，过就要过个活套。比如那柴火在铁锅下头烧起了，闷呆地坐在里头，还在想"好热和啊"，殊不知下一秒就要化成一摊糊糊；幸好有几个怜伶的，两下把痂痂搓干净，跳出来才跑脱了。

平乐镇偏安在西南内陆一隅，镇上的人生来难免木痴，还好自从改革开放以来，慢慢地都开了眼，学一学看一看，比着箍箍买鸭蛋，总算把这变通的门道摸到了，甚至还可以举一反三：肉联厂的猪肉卖不出去，眼见只得丢了，就有邱厂长灵机一动，把肉都冻起了运到广州去卖，转眼买了两辆桑塔纳；液化气本来是利薄的买卖，多亏朱科长消息灵通，听说眉山里头缺气，扣了十几罐车下来运上去，换来的票子铺满了几张桌子；开火锅店的进来黑黢黢的废毛肚，本来没人要的，双氧水甲醛洗白了薄薄切出来一盘，标价三十元；做服装的，走珠海搬回来几麻袋全是外国的二手垃圾，收拾出来，补了再熨伸展了，喊的一件八百；有姓蒋的无端端做起了玻璃瓶，我们先还不懂，等工业开发区的啤酒厂可乐厂开起来了，他的玻璃厂就成了印钞厂；还有老刘家投钱下去买机器，车出些叮叮当当的螺丝阀门，其他人还觉得笑人，等他们跟政府关系打通开始定向供货了，他那标准件厂简直比金矿还来钱——如此等等，全是身边真真切切的例子，我们看在眼里，心头就酸纠纠的，想：他都可以，我凭啥不行？

物伤其类，人见眼羡。狐狸看到兔子死了都要难过，你看到隔壁子家头遭贼了也要赶忙把窗子关紧点，而我们镇上的人想捞偏财的心情更是像红眼病一样，一个传十个，十个传一堆。

陈地菊听了她爱人那一套挣外快的算盘，心头自然难以安宁，但她又看他每天早出晚归的劲仗，再看到镇上也一派热火朝天，到处都是世界杯主题的促销，个个都想趁势捞一笔，就有点不好意思泼傅丹心这盆冷水。算了嘛他那么大一个人了，她劝自己，遇到你以前人家也好好活了将近三十年啊，也没出啥事嘛。

——她还想遮掩，但她的私心我们外人一眼就看穿了。其实陈地菊这一回没有架势去挡傅丹心是因为她毕竟还忌惮龙刚，想到如果她硬是要跟傅丹心闹不准他去帮龙刚的生意，不就很可能要把龙刚这人惹急了，那么万一他来挑拨傅丹心一句，把谭军那事说出来给他听了，到时候她才是再有十张嘴巴也解释不清。

她不敢螳臂当车，就只得曲线救国。趁这天刚好午休得早，陈地菊赶起到宋姐小吃店买了一碗抄手、一份红油水饺，提起穿过马路，走到金典影楼去。她想的是中午时间影楼一般都没事，刘毅文熬夜打游戏的人通常不到下午不出现，王婷婷就往往一个人窝在柜外后头，在电脑上看港台综艺，那么她这两份抄手水饺端过去就正好两姊妹一起吃了，叙叙旧拉拉家常，再问问婷婷有没听说龙刚的世界杯沙龙，探探刘毅文是不是也参与其中——

——陈地菊打了一路的如意算盘，没想到走拢了居然见王婷婷精蹦蹦地在影楼门口，头发扎起个高鬏鬏，白T恤，牛仔裤，拖着个大纸箱要过门槛。

"婷婷！"陈地菊赶忙先跑进铺子去把外卖放到柜台上，又转回来托起纸箱子给她搭把手。

"梅梅姐！"王婷婷喊，很有点喜出望外的。"你走哪儿跑出来了！"

两个人把箱子抬进去，在摄影棚里放下了，紧挨着旁边另外两个大纸箱。王婷婷这才站直起来，拍了拍腰杆。"哎呀累死我了！多亏你来了梅梅姐，简直救了我一命！"

那箱子的确是有几分分量。陈地菊看了看收拾得漂漂亮亮的摄影棚，背景布反光板都撑起了，相机也放在桌子上。"是马上要拍照了啊？"她说，"你们家的摄影师呢？"

王婷婷嘴一咧，两步跨到桌子边上，把相机拿起来在手里面一舞。"摄影师就在这儿！"

陈地菊有点惊讶，又忍不住被她那样子逗得一笑。"咋呢？你这是要一手包干啦？"

"我本来早就想跟你说的，"王婷婷把相机放回去，走到箱子边上一把把封条扯了，掀开来拉出黄灿灿的一条，"这是我和郑维娜准备做的生意。"

陈地菊把细一看，才看出来王婷婷手上那片布是条裙子。"咋呢？你们要卖衣服啊？在这影楼卖？"

王婷婷"噗"地一笑。"梅梅姐你硬是有点欢。我们这影楼哪儿有买主买衣裳嘛？我们是准备在网上卖！"

之前，陈地菊是听单位上几个同事吹过网购的事，但她本来不喜欢耍电脑，就没信进去。现在听王婷婷这么惊乍乍地一宣布，只觉得耳朵嗡嗡地发蒙。"啊？你咋想起在网上卖呢？"

"还不是娜娜嘛，"王婷婷说，把黄裙子甩到箱子上，跟陈地菊一路走回前台去。"她那女子，心不安，天天都想冤我跟她一起做点事。之前不是喊我投啥夜总会呢，我说的'你这种太陡了，我本来就穷得很实在不敢来'，她就又想起跟我说这开网店的事。她妈本来以前是卖衣裳的，有进货渠道，我这呢又方便拍照片，我就想啊……——哎呀，梅梅姐你最好了！我最喜欢叶姐的红油饺子！"婷婷把柜台上的外卖袋子撑开，喜鹊儿一样喊起来。

两个女子就一堆坐下来，一个人端一碗，面对面吃午饭。王婷婷把油泼泼的饺子吞下去，话也顺着喉咙钻出来。拿她的话说，这网上开铺子简直是个无本生意，又不用洗铺面，又不用办执照，就喊郑维娜当个模特，她王婷婷拿起相机，咔嚓几下，可不就乖乖开张了。

"我早就想跟你说这个事情，结果你又一直都没空出来。我们本来还说找你给我们当模特的，结果只有算了——就喊郑维娜将就上了，她是矮点了，只有把角度找好些。"婷婷说，筷子戳起来又是一个胖饺子。

陈地菊把嘴里的三鲜抄手嚼碎了吞了，喉咙上还是有点哽，就喝了一口汤。眼见王婷婷说得轰轰烈烈，她的胃芯子却莫名发凉。好像是一夜之间的事，她的爱人和朋友们个个都多添了几番事业，像是那枝丫上开满嫩红的花蕊子，只剩下了她一根光杆杆。"你们这网上卖东西，卖的和买的都见不到人，也不能一手交钱一手交货，稳不稳当啊？"她话才一问出来，就觉得自己的确是老鬆了。

"稳当得很！"王婷婷说，嘴皮被辣椒水染得通红。她把一碗饺子都吃干净了，转脑壳看了看墙上的钟。"怪了，这郑维娜咋还不来？说好了一点的嘛？"

陈地菊一看时间都十二点四十五了。"哎呀我得走了，"她站起来，"我午休时间要过了！"也顾不上本来想问的事一件都没问，她把吃了一半的抄手拴起来在塑料袋里，马上就要朝外头走，却见金典影楼的门"吱"一声开了，撞进来一个穿碎花裙子拿白皮包的，珊红的长发闪缎一般，覆下来像床绣花铺盖。

"哎呀娜娜，你总算来了。看嘛，人家梅梅姐好不容易过来一下，这都又要走了。"王婷婷在背后喊。

陈地菊注意到郑维娜走路有点偏，问："娜娜，你还好嘛？"

郑维娜把门扶起站住了。就看她婉婉兮抬素手，楚楚兮撩青丝，露出来左眼睛边上一圈乌红，红到颧骨鼓肿成一团，好像趴了只癫蛤蟆。

"娜娜，你咋啦？在哪儿撞到啦？"陈地菊说，心吓得怦怦跳，又隐隐期待着那个答案。

郑维娜白眼儿一翻，现出来红血丝一片。"撞的？"她鼻子喷口气，"都是龙刚那个贱人打的！"

"龙刚咋能下手打你呢？简直太过分了！"陈地菊冲口而出。

"你放心，"郑维娜说，走进来一屁股坐在沙发上，"他那脸上比我更见不得人，还有背上、手膀子上……痛死他龟儿子！"

王婷婷过来坐在她边上，伸手想挨一挨她的脸又不敢挨。"你们啥事整成这样子啊？"

郑维娜撇了撇嘴。"没事！就是龙刚这砍脑壳的最近脾气坏得很，我本来还让着他，结果越来越变本加厉，气得我不得不跟他整了一顿。"她瞟了一眼陈地菊，"说到底啊，还不都是因为你们那个傅丹心太能干了！"

听到这个名字陈地菊就走不动了，也不管墙上的钟分针时针越靠越拢。"咋呢？关丹心啥事呢？"

郑维娜走皮包里摸出一个粉饼，打开来照一照自己的脸，虽然黑了一坨但总还是人模人样的，也就不好意思提他们拐了傅丹心的钱又鼓捣遭还出来的事，只得叹了一口长气，捡了后半截说："这么多年了，每年都是我们龙刚帮六叔顾他那世界杯的局子，起早贪黑，哪回不是弄得巴巴适适的？今年子就不晓得扯啥怪教，六叔忽然把傅丹心喊进来入伙，喊他跟我们龙刚一起弄——把龙刚气得！……哎哟！"她忍不住手怂翻，把粉扑拿起来朝那坨瘀青按下去，马上吃痛喊出来。

"你这个粉饼哪儿盖得住？"王婷婷站起来，进去拿她的化妆箱。"要先整点遮瑕才得行！"

郑维娜这番话把陈地菊听得云里雾里。"丹心是跟我说了他在帮龙刚弄一个足球沙龙，这是你说的那局子吗？"她说，"这六叔又是哪个？是他们一起弄的朋友吗？"

郑维娜嘴巴张一张。"哎梅梅姐啊，你不会吧？连六叔是哪个都不晓得！"

正好王婷婷回来了，一边把她的罐子扭开，朝郑维娜脸上涂些蜡黄的膏膏，一边跟陈地菊讲这周六叔的传说：那可是我们镇上数一数二的大哥大，北门南门管完，黑白两道通吃。也就是今年年初的时候，他手下的几个弟兄跟公安局的两个小刑警在北门灯光球场起了冲突，直接就把砍刀亮出来了，"唰"的一声直接把一个警察的手膀子整条剁下来了。这事情闹得之大，最后居然整得公安局局长被下课了，只有周六叔还是屁事没的——你说神通不神通。

陈地菊就想起来灯光球场那事了，毕竟是洒了血的，她是像从她妈那儿听过一嘴。"我咋一点都不知道傅丹心认识这么个人呐？"她说，眼皮子有点跳。"他还喊丹心来帮他做事？"

郑维娜一边眼睛上被王婷婷涂了一层又一层，白花花的啥都看不见了，只有拿另一只好眼睛瞟了瞟陈地菊，见她头发齐整整地绾在脑壳后面的网兜里，脸上的粉底淡淡的，遮不住的是黑眼圈和细细的鱼尾纹。郑维娜就有点舍不得来捅她这一刀，但是又咽不下她心头的气：凭啥啊！就你一个傅丹心好了不起，股份买都买了又要反悔，直接把我"皇朝"的生意给我整垮了——凭啥啊！她吞了口口水，说："哎呀梅梅姐，你要说的话，这都是你们傅哥有本事有魅力，走到哪儿都有人捧！都清楚六叔是轻易不提拔人的，但就是对傅哥另眼相看了——就连六叔的干女儿也遭傅哥迷得五迷三窍的！"

"你说的啥呀郑维娜！"王婷婷眉毛都皱拢了，恨不得把手上的粉刷子塞进郑维娜的嘴头。"这些话你都敢乱说！"

"我哪儿是乱说嘛，"郑维娜委委屈屈地撇个嘴，"我是说他那干女喜欢傅哥，又没说傅哥喜欢那女子！这也没啥子，哪喊傅哥长得那么帅呢？——难道梅梅姐心头还没数？外头喜欢傅哥的人难道还少了？喜欢就喜欢嘛，给她喜欢一下，又不得少一坨肉——你看现在六叔是真正把傅哥看重了，这么大的生意就拿出来给他做，这就是傅哥的魅力啊！"

陈地菊总觉得自己早该忘了她爸爸和妈妈吵嘴的事了，实际上每一次的情景都还是历历在目——

——有一回正是在吃晚饭，两口子说话之间就争了起来，叶小萱手膀一抬，挥起桌子上的一盘蚂蚁上树就给陈家康扣在脑壳顶上，粉丝缠住渣渣肉，油水顺着头发往下滴，陈家康气得嘴一张鸡啊狗啊的都出来了，抓起一碗饭朝叶小萱脸上按。还有一次是晚上，一家人都睡下了，陈地菊忽然听到主卧的门"哐"一声巨响，紧接着是叶小萱的声音，"杀人了！陈家康杀人了！"，她赶忙起来去看，就看到她妈妈只穿着胸罩和内裤，赤条条地朝客厅里跑，后面撵出来她爸爸，全身上下也只有一条窑裤，手上舞个衣架要朝她妈身上招呼，陈地菊正想去拉，却见叶小萱两个箭步冲到窗帘后面抽出一根晾衣杆，眼明手快，反手就是一枪。最严重的一次是陈地菊高一时候，陈家康从海南出差回来，两个人吵了好大一架，整整一个星期陈家都没有开火煮饭，每天早上陈地菊起来，就看到她爸爸睡在客厅里，一床烂铺盖卷个脑壳，晚上她晚自习回来，陈家康还在客厅里，一边抽烟一边看电视，地上扑满了花生壳子——那一次，陈地菊觉得好像真要出事了，趁着和她妈妈在国学巷吃米线，她问："妈，你跟爸不会真要离婚嘛？"

叶小萱愣了愣，像是听了桩稀奇事，笑起来："哎呀梅梅，你想到哪儿去了！好端端地，咋会离婚嘛！"

陈地菊把脑壳埋在那碗牛肉米线上，看着那稀稀落落几坨牛肉，眼泪水一下就从鼻子芯里涌上来。她没有说话，光吃了口米线，把泪水压下去了。"我以后绝对不要像我妈这样。"她就是在那个时候下了决心。

她说这话的时候不过二八年华，唇红齿白，说得轻巧。等到她长到三十岁上吃三十一岁的饭了，嫁了傅家的郎，人也寄在傅家的篱下，再听她的女朋友们说了些傅丹心的闲话，她就一头想起了她爸她妈吵的那些架，想起蜷在寝室的她自己，不管客厅里的硝云弹雨，只把随身听的音量调了又调大，听张雨生唱："如果大海能够带走我的哀愁，就像带走每条河流"——陈地菊觉得手脚都发麻了，仿佛正浸在冰冷冷的海水中，多年前还很遥远的潮汐现在已经涨上来了，漫过了她的腰身，磐石一样压上她的胸口。

她听到她的女朋友问她："梅梅姐，你咋了？你还好嘛？"

"没事，我多好的。"她听到她自己说。

陈地菊一步步地走回了单位，继续上班。下了班，她就按时去参加排练。一周七天里头有六天，合唱队都要排练。怪就怪去年子赛歌会邮政银行没有拿奖，今年代行长下了军令状，必须得个名次回来，其他的人抗议了也没用，就变着花样请病假请事假，实在梭不过才出现，百无聊赖地张个嘴，癞蛤蟆似的假唱，但陈地菊天天都到，不但到了，每一句轮到她了，她都一字不漏地唱出来。

　　七天里头大概有五天，傅丹心都不回来吃饭，有时候头一天晚上就提前说了，有时候当天下午打个电话，甚至只发短信："城里头堵得很，吃了再回来""龙刚喊了吃火锅""周眼镜过生，我们要整他请一顿""有个朋友烧烤店开张，我跟文哥去照顾他生意"，不然就"今天足球沙龙吃开伙饭"。偶尔陈地菊也难免表现出来不高兴，问："你咋不喊我一起去？"他马上说："你要来的话就来嘛！我是看你累了一天上班又练唱歌，多半不愿意来跟我们几个喝酒，抽我们的二手烟。"——陈地菊就想到那乌烟瘴气的场子，想到那几个牙齿黄黄皮带扣闪闪的邓哥马哥周哥郑哥还有龙哥，"算了嘛"，她就说，"你自己早点回来，少喝点酒。"

　　七天里头至少有四天，陈地菊排练完了，回了县委家属院，傅丹心都还没落屋，只有她的老人婆在煮饭，还有她老人公永远在书房里面。汪红燕一定会出来招呼她，问她单位上还顺利吗，问她傅丹心是不是真的确定了硬是就不回来吃饭了，再不然就客客气气使她个嘴，今天少芫荽，明天缺抄手皮子。相比起来，傅祺红和她就交流得少些，偶尔走他书房里头探个脑壳出来说"回来了啊"，或者，遇到天下红雨了，他也要陪她下楼跑腿，说的是不想陈地菊花钱，但总是走一走就问起了傅丹心：这一阵夜不收是在干啥啊？陈地菊不好说穿傅丹心的生意，就只说他是跟朋友一起看世界杯，然后傅祺红就要叹了：我这儿没出息啊，没本事，没长醒，天天昏耍、瞎混、乱整——他一边眼渍渍地念了，过会又再说些不相干的，痛兮乎兮，呜呼哀哉。陈地菊先还要想如何答应，后来才悟出他只是在自言自语。

七个晚上里头有三个晚上，陈地菊都睡到半夜就醒了，有时候是因为做了噩梦，有时候完全是莫名其妙地就把眼睛张开了，甚至都弄不出清楚自己到底睡着没有。有时候她醒了十二点还没到，傅丹心也还没回来，她就干脆坐起来看书，《无人生还》早就看完了，又看《长眠不醒》，到了一点过两点听到大门钥匙响，又听到厕所一阵窸窸窣窣，然后就要看到傅丹心蔫头耷脑地推门进来，嘴头说"梅梅你咋还没睡啊"，人就一头栽在她边上像遭哪个一枪打死了，转眼扯起了噗鼾。也有醒得晚的时候是四五点，睁开眼睛傅丹心就已经在她隔壁了，睡得沉沉的，像是个装满了米的口袋——这样的时候，陈地菊就可以花好一阵来研究她的爱人，看看他的眉毛睫毛鼻子人中，闻闻他头发里的烟味有没有混香水气，搜一搜他脱下来的衬衣裤子上沾没沾长头发。她满意了，但小肚子里充满了像是惆怅，就去上了个厕所。上完了一个人站在阳台上，看到天边慢慢要透白了，才赶忙趁她老人公还没起来打太极拳之前回寝室，爬上床，掀开毛巾被钻到傅丹心身边，故意把凉透的脚板贴到他小腿上，冰得他"唔"地缩一缩。

七天过下来总要有两回，陈地菊要在下班的路上倒个拐，去看她妈妈，时间还早就左拐到宝生巷的万家中介，迟了就在城墙边右拐，回天然气公司家属院。她们院子门口的桂花还没到花季，但那几棵女贞就已经长疯了，白花花掉下来铺了一地，淡幽幽的味道混着哪家炒盐煎肉的浓香。陈地菊去看她妈妈是想问问她最近的身体，有没有又和她爸角孽，哪想到她妈这一阵忽然格外关心她那女婿，张嘴问她和傅丹心关系如何，闭嘴喊她多关心体贴傅丹心，又一遍遍讲：你看那孙二孃的倩倩遇了个恶婆家鼓捣喊她打胎，那刘五孃的珊珊遭离了婚还要分家产——"比上不足，比下有余，"叶小萱念叨叨，督促陈地菊孝顺公婆，体谅丈夫，站够脚步还莫忘了把自己收拾漂亮，还有，娃娃呢？"你马上就算是高龄产妇了，还不赶快抓紧揣起再说！"还有还有，工作呢？"你说你咋办？不然就把业务搞好争取升会计主管，不然就把你们代行挼好喊他给你转岗。要不然你是要一辈子死了都还坐那柜啊？"——仓皇皇地，陈地菊从娘家逃出来，忍不住怀疑她不是她妈亲生的，但隔了几天照镜子的时候看一看，又觉得自己越长越像叶小萱。

十几二十天悠悠过了，总算有了这么一天，陈地菊先是专门请了假说家头有事不能排练，又在午休的时候给傅丹心打了个电话。

傅丹心蔫耷耷地接了电话。他昨天弄到凌晨才回来，估计正在铺子上打瞌睡。

"今天晚上我们出去吃饭嘛？"陈地菊说。

"今天晚上？"傅丹心说，"我待会晚点还要去沙龙那边的嘛。"

那两个字响在陈地菊的耳朵里就像是哪个拿针尖尖戳了她两下。皱了皱眉毛，她说："我专门查了的，八分之一决赛刚刚打完，今明两天晚上都没有比赛的嘛。"

傅丹心在电话那头愣了一愣才笑了起来。"对的对的，"

他说，"你还可以哦梅梅，连赛程都搞清楚了。唉我这一阵简直忙得白天晚上都糊起了——也是，是该出去吃个巴适的。你想吃啥嘛？我请客。"

"吃啥都行，找个安静点的地方嘛。"陈地菊说，把电话挂了。

下班前傅丹心给她发来了饭店的名字，说是一家刚刚开张的日本菜，特别强调了厨子是正儿八经日本学了回来的，东西好吃得很，地点在创新北路蓉骏城。

蓉骏城在创新公园西面，陈地菊还从来没去过。她记得年初她和傅丹心去看新房子的时候它才刚刚开始修，四面都是田坝，到处装起脚架，没想到现在居然就自己阴悄悄地立起来了，硕大一坨，玻璃窗户亮闪闪的，空空荡荡的新铺面个个四四方方，上头的招牌五颜六色，宋体字写的都是香奈儿、普拉达一类的国际名牌。正是夕阳西下的时候，水泥地上积了一天的热气终于凉了，穿堂风过来，把积在喷泉池子里头的雨水吹得皱了几皱。

正是那：

琉窗映日辉，暑气渐消缓，
寂寞穿空院，晚飔动微澜。
欲说心上事，又恐丹郎怨，
独自登钢厦，远瞻忆稻园。

陈地菊绕了整整一圈才找到上二楼的电扶梯，走上去了又找了好一阵都没看到一家开门的铺子，只有给傅丹心打电话。傅丹心倒是立刻就出来了，穿一件银灰色的短袖衬衫，很是精神，对她挥手："梅梅，这边！"

他带着陈地菊拐几拐走进一家窄窄的店面，门只开了半展，挂了个深蓝的布帘子又挡了一半，帘子上写着"一期一会"。

陈地菊跟着傅丹心弯腰钻了进去。铺子里面客人不多，错落的竹门后面是榻榻米的包间，顶上垂下来摇曳着大小不一的纸灯，甚至还有个古香古色的石缸子，里面游几尾橙幽幽的锦鲤。

"怎么样，还多安逸的吧？"傅丹心说，熟门熟路地领着陈地菊进了个靠窗的包间。"上回我跟一个朋友来了，就想到你肯定喜欢这儿。"

你跟哪个来的？——陈地菊差点问出来，但还是先把嘴抿了，端起自己门前的茶杯喝了一口，是幽幽的麦香。

她眼睛侧过去望着窗户外面，只见楼下创新公园远处还算绿油油，靠近这一片却堆起来一个个小山丘一样的，都是些工地的建渣，断壁残垣，乱石穿空，又听到对面傅丹心在说："菜我都先点了，都是巴适的，还整了个刺身全拼，他们这的刺身你必须要尝一尝，听说是大阪空运过来的……"他滔滔地，说了昨天晚上的球赛，说他的旧友新朋，说他们这次足球沙龙的大获成功，"整对了啊这回世界杯完了直接可以换个新车！"

陈地菊就把眼睛转回来，看她爱人那神采飞扬的模样。"这回世界杯完了，你就差不多跟他们那些人淡一淡嘛？"

"你啥意思呢？"傅丹心眉毛皱起来。

陈地菊的心一下绷起了，舌头下面发酸。"我是听婷婷她们说的，你们那足球沙龙背后的老板好像是个有黑社会背景的？感觉是个不好惹的人物啊。你晓得年初灯光球场那个整条手膀都遭砍下来的，听说就是他手下的人干的。"她斟酌着把话头起了，一双眼睛观察着傅丹心，看着他俊朗的脸上略显疲惫的纹路。她捏紧了她的茶杯，脑子里面入了魔一样放的是叶小萱和陈家康吵得掀桌子的场景，叮咚锒铛，锅儿盘儿倒成一片。

傅丹心笑起来。"王婷婷这人有点喜剧，"他说，"她有空嚼舌其他人的老公，咋不把她自己的老公管好呢？她跟你说没嘛，她们刘毅文也天天都在我们那儿，一晚上要买几手，这也赚了一两万了——她有本事，这钱不要了，来把她自己老公牵回去嘛！"

陈地菊略略一惊，又马上想到王婷婷对这事大概一无所知。"这刘毅文还是有点胆大啊。"她喃喃地说。

"唉，"傅丹心叹口气，"你不了解他们那两口子，文哥是被逼上梁山了。他自己给我说的，他再不想办法挣点钱王婷婷就要把肾给他挖出来卖了。正好我在这儿顾摊子吗，给他点赚头嘛，我又不得害他。"他深深地看了陈地菊一眼。"梅梅啊，我晓得你担心我，但你还是对我有点信心嘛？这赌球堂子里头的人肯定复杂，但我也不笨啊。我心头清楚得很，他周老六喊我去给他操盘无非就是看我会算数，我就给他算好嘛，把这摊子给他弄转了，他也绝不会亏待我。我老实给你说，辛苦了这几周等于我那铺子开一年！你看嘛，我都奔四的人了，现在还不搏一把，这辈子就真的垮杆了。"

这些话从他嘴头出来了，干烧烧的，灼得他心颠颠一卷。傅丹心就想起了傅祺红，想起了他爸三十多岁的时候正在政府办兼管项目办，意气风发的，又恰逢招商引资的大潮，建工业开发区，建天山新城，批地，批定向供货，发指标，发债券，拿原始股，拿回扣——随便一抓都有一笔横财，但他爸那自命清高的硬就稳起不偷，把那一趟错过了，窝窝囊囊一转眼就老成了五十好几——

——他想到傅祺红那枯黄黄的脸，就觉得自己脸上肯定也满是不堪。他忍不住抹了一把脸，看到他对面的陈地菊还定定地坐着，垂下眼睛看着手里的茶杯，像是没听到他掏心肺出来说的话。她还穿着她的工作服，连西装马甲也没脱，似乎丝毫没有被这闷人的暑热影响。他忽然觉得很无力，鼻子钻进来是他自己的汗臭，又黏又馊。傅丹心从来没有跟任何人说过，包括对他最好的哥们也没有提起，但他一直怀疑陈地菊离开永安城不只是因为叶小萱的那场病——肯定还有其他什么事情发生了，把这女子的心肝都化了冷灰。于是她才回了他们这个死秋秋的镇上，将就找了个死皮赖活的工作，又随便抓了个死眉愣眼的修电脑的结了婚，半死不活地过些天天——他咳了一声，闻到自己嘴里面冲出来的气也是腐臭熏天。

"哎梅梅，我说了半天，你听到没？"

陈地菊把眼睛抬起来了。"我都听到了，"她说，"你说的我都理解。的确是啊，到了我们现在这年龄，再不拼一把就迟了。我不是挡着不想让你有发展，只是有点害怕其他那些人信不过。但是你既然心头有数，我就不说了。"她顿了顿，看到服务员过来了，端个竹盘子，放下来几碟小菜。"傅哥，几个开胃菜是我们老板送的，先慢慢吃。"服务员说，笑一笑退起走了。

那穿着粉色和服的背影映在陈地菊的眼睛里，过了几秒钟才散。她默默地叹了个气，又像是给自己鼓劲，把下头的话一股说了："其实我今天找你出来吃饭是有个事想跟你商量。周一的时候，我们代行长找我谈了个话，说我们银行准备建个新网点，是在石家桥那边，然后他们准备调人过去，问我有没有意愿。那地方现在有点偏，但以后地铁通了是肯定要发展起来的。他说我愿意去的话，就直接提拔我当营业主管。"

"石家桥？"傅丹心刚刚拿起来筷子又放下去了。"那不是都要到三环路了？那不就等于是要调你去城头上班？"一想到陈地菊要回永安城，他就觉得眼前像是蒙了一层雾，心头烦躁起来。

"是有点远。"陈地菊说。

"你们那行长才笑人的，"傅丹心说，"你又不开车，那不是只有坐公交车？那是要喊你天天四点钟就爬起来啊？"

陈地菊没料到她爱人会在通勤的问题跟她较起了劲。"嗯，"她脑壳里头一过，张嘴说，"大概总能搭下同事的顺风车吧。刚好新网点的负责人是我现在的营业主管，人还不错，我估计跟他说一下他肯定可以搭我。"

傅丹心依稀想起了陈地菊提过这个人，姓贺，"西财研究生毕业的高才生"。"你才想得美呢！"他说，"你们孤男寡女的天天一个车子来来回回，是要搞点事吗？"这话一出来他就有点后悔，酸纠纠的实在是难听。果然，他爱人的脸上红了，一双黑溜溜的眼睛瞪着他。

"你说的啥啊！"陈地菊忍不住说，"你车上载过哪些女的，我啥时候问过你？"

"我载过哪个女的？自从我认得到你以后，我就只载过你一个人！"傅丹心说——是，刘婷珊拿那十万元过来的时候，的确是进了他的雪铁龙，但他拿了钱就马上把那婆娘撵下了车。

他问心无愧地看着陈地菊，陈地菊的心就总算定了。他只载过我一个人，她想。只有我一个人。喝了口茶，她说："我知道这新网点肯定是远，也肯定不方便，但是既然代行长把梯梯给我搭起了，我总要上啊，总不能当一辈子柜员嘛——再说了，我本来就是合同工，这下要是不识抬举把代行长得罪了，只有坏处没好处。万一哪天他一不高兴就干脆把我炒了，那又咋办？"

炒就炒了嘛，我养你！傅丹心想把这豪言即刻就放出来，但又觉得时机未到，不能把运气说漏了。

陈地菊又说："其实我有个驾照，是高中毕业的时候我妈鼓捣我去考的，后来也试着开过几回。"她没讲出来她开的是谭军的车，"反正这新网点要明年初才启动，我还有时间再练一下，练好了再买个车，只要是自动挡的，应该也不难……"

"一个自动挡的车要好多钱，你有数没？"傅丹心说，打断她那轻巧巧的劲头。

"现在车都便宜了，"陈地菊想起在她妈妈铺子上看的广告，"好像七八万就能买个自动挡。"

"七八万不是钱啊？"傅丹心喷口气，"你哪儿去找？"

你哪儿来的钱？陈地菊一下堵起了，恨自己这笨拙拙的脑壳，无事生非地提啥买车（是不是因为傅丹心刚才说了要换新车）。手一下都没处放了，她拿起筷子来想夹一坨冷豆腐，没想到那豆腐太水了，不然就是她手劲没下对，遭筷子一挨就碎成了一摊渣渣。

各位看官，到这里你们来说句公道话：这扯谎捏白的是不是要不得？不然为啥要说"畜生不如"，归根结底，是因为牲口不会说话就不犯孽障，人呢，开了口动了舌，就无不是业：妄语，两舌，恶口，绮语——四口业中排第一个就是扯谎。至于扯谎到底有啥坏处？《淮南子》训诫的：口妄言则乱。这乱字最点得好，说的是说了谎心头就乱，心乱了就要发慌，一发慌就容易把事情打倒。所以往往扯了谎不是害怕遭其他人逮到——实际上十之八九都是逮不到的，也没哪个有闲心来专门逮你——主要是怕你自己做贼心虚，疑神疑鬼的，听的是风声鹤唳，看的是杯弓蛇影，走两步就方寸大乱，最后一个扑腾栽到网子里头，举手投降。

你看我们现在说的这两个人，实际上傅丹心是情有可原的，毕竟他先把自己心头放平了再圆个谎出来，口直言心，心平气和，退一万步说也是不知不怪，只犯了小妄言；陈地菊呢，糟就糟在有欺诳心，事情捂起不说，明知故犯，张嘴句不成句，心慌意乱——这就是大妄言，万万要不得。

陈地菊跟傅丹心吃了那顿饭，千把块钱的刺身落到肚皮里还是空谬谬的，话说了几圈又像都白说了。按理，傅丹心的态是表到位了：一是说他没跟其他女子有任何掺和，二是也没有一竿子否定陈地菊明年去石家桥新网点上班的事（"到时候再说嘛"），但毕竟这小两口子各有心事，因此还是有些离皮离骨。周末一家人去崇先祠公园，傅丹心就当着傅祺红和汪红燕的面对陈地菊工作发了些贬言；再到了周一上班，开完了例会陈地菊就遭代行长喊到，问她对调到石家桥的事情考虑得怎么样了，她就很扭捏，咋都说不出来一个干干脆脆的"对嘛"。

"这确实不是个小决定，"代行长说，点了点脑壳像是要强调他没怄气。"你再好好考虑一下，跟家头人也商量商量，等赛歌会结束了以后你再来给我回话。"

七月五号赛歌会，逢阴历五月二十四，宜扫除，宜拆墙，余事勿取。一大清早陈地菊起来了，看到外面风噗噗的，发灰的白云朵压在天边。"千万不要下雨啊。"她想，觉得右眼皮又有点跳。

邮政银行一伙人收拾出来坐大巴到了崇先祠已经是上午十点半。只见着天上阴云密布，然而古祠之中，红墙之下，却到处鲜花簇拥，彩旗招展，穿着旗袍唐装西装洋装的队伍们熙来攘往，大喇叭里面响的是激昂的《运动员进行曲》。

陈地菊一下像是回到了小学时候的校运会，不同的是，围在她身边的不再是她相熟相知的同学们，而是早已改头换面的同事，一个个脸儿刷得白白的，嘴皮涂得朱红，头发裹着发胶扭出百种姿态，女士的紫色礼服裙镶着闪钻，头上是小皇冠般的发箍，男士的条纹西装上一缕缕银线，配着亮缎的紫领带。这些人本来平时行走都是端直直的，现在就一个个满地乱旋，把陈地菊的脑壳都转晕了。她拿起手机来看了看，上面没有傅丹心的消息。本来他说好了要来看她们表演，结果早上她走的时候他都还在睡觉，她问他等会来不来赛歌会，他嘀嘀咕咕地像是说了个"好"。

"你出门没？我们马上要开始了。"她发了个消息出去。

第一组刚刚开唱几分钟雨就落下来了。领导们坐在听鹃楼二层阳台的房檐下干舒舒的，其他人就到处找地方躲雨。陈地菊跟一堆女同事们跑到了荷塘边上的游廊里，看到那些造孽的正在台上的一个个假装天还晴，一边唱一边笑眯了，任由水点子朝他们的白脸上溅。

"哎呀，我们这妆是不是防水的哦？"徐佳坐下来在陈地菊边上，拿出手机来耍。

"恐怕不是。"陈地菊说，使劲眨了眨眼睛，她眼皮上的假睫毛好像也沾了点水，跟两座小山一样重。

坐在她们对面的是一溜穿粉旗袍的女子，戴着圆润润的珍珠项链，头发挽起发髻，插着粉粉的绢纸做的山茶花，很是漂亮，可惜现在那纸都湿了粘在一起，显得憔悴了。

"哎，美女，你们是哪儿的啊？"一个同事问。

"我们是平乐工商联合会的。"对门子一个女子答，"你们呢？"

"我们邮政银行的。"那个同事说。

"哎呀，"对面的叹一句，"我听说你们那的理财产品比建行啊那些回报率要高些，是不是真的哦？"

这两个人就聊起来了，还聊得很是火热。其他人也在摆龙门阵，嗡嗡嗡的，夹着雨声，像是潮水在拍打着沙滩。湖心的台子上在唱："一九九二年，又是一个春天，有一位老人在中国的南海边写下诗篇……"

陈地菊本来醒得太早了，现在就觉得有点困，她眼睛都要闭上了，又害怕把眼妆弄花，只有硬撑着把眼皮张开。也是奇怪，她就看到她对面坐的那个粉旗袍正在对着她看，盯鼓眼地，看得她心头一丝发毛。

那女子微微有点胖，圆圆的鼻头，圆圆的眼睛，忽然对她一笑，露出两个酒窝。"你是梅梅姐吧？"

陈地菊感觉她像是有点面熟，但一下又想不出来是哪个，只有也笑了一笑。

粉旗袍看出陈地菊的尴尬，把身身往前倾了倾，介绍自己："梅梅姐姐，我是刘婷珊，刘五孃的女！"

陈地菊这才对上号了。"珊珊！好久没见你了。"她想起来上一次见到刘婷珊她还穿着白色的婚纱，一头黑发绾的新娘髻。"你还好嘛？"

"就那样子嘛！"刘婷珊说，"你也晓得吧，我离婚了。哎呀，还是单身的日子更适合我！"

陈地菊这才想起她妈跟她转达的新闻。走她妈嘴头说出来，那刘五孃的女现在不是一般的凄凉，但她面前的刘婷珊却是红头花色，容光焕发。"你看起来状态很不错啊。"陈地菊说。

刘婷珊笑起来。"你也不错啊梅梅姐，只有那么脱俗了。可惜你结婚的时候我刚好在韩国，错过了。我妈说的你老公好帅哦！"

"算了嘛，"陈地菊说，啼笑皆非，"他也就是看得顺眼罢了。"

"顺眼就不错了，我要是能再找个顺眼的啊，我就阿弥陀佛了！"

陈地菊在这一片乱哄哄里遇到了老熟人，就和刘婷珊聊了好一阵，聊到还有两个节目就该邮政银行上台了要去准备了，才说："珊珊，看到你真的多高兴的，问你妈妈好啊。"

"哎梅梅姐，"刘婷珊说，走她拎包里把手机拿出来，"好不容易遇到你，我们留个电话嘛。"

陈地菊就给她背自己的号码，一边看到刘婷珊一下下按手机，她的长指甲涂得嫣红，手机上也挂了个红坨坨的挂饰，随着刘婷珊的按键一蹦一蹦的，很是可爱。

这红艳艳的球球毛绒绒的，是个小帽子，钩针打出来，拼起别致的雪花纹。

陈地菊认出来这应该是那书店老板打的帽子，简直就跟她自己的那顶一模一样。

"你平时也要去'学而知'啊？"她问刘婷珊，很是惊喜。

"啥子知？"刘婷珊抬起眼睛看她一眼，她的睫毛上刷着浓浓的睫毛膏，丝毫没有被雨水影响，毛茸茸地翘起来像虫子的脚。

忽然地，陈地菊一惊。"你这个挂的是哪儿来的？"她指着那红帽子问刘婷珊，心头其实都有数了，耳朵里在嗡鸣。

"啊，这个啊？"刘婷珊才反应过来。她本来想扯个谎，但那谎又哪儿是那么好扯的？何况她是临到遭堵起了，还没开始编就乱了阵脚，说的："这，这是我在我一个朋友的车里头捡到的，是不是还多乖的？”

赛歌会时候的雨早就停了，天放晴了，黑了又亮了。好像已经过了一天多两天，陈地菊却还是昏沉沉的，眼睛看出去雾蒙蒙的，呼出的气又白又浓，散不开，一圈一圈地围着她，绕在她的脸上身上脖子上，把她包进了一个蚕蛹里。她好像是登到台子上去了，唱了"红日照遍了东方"，她的妆好像遭淋花了，但她也没有在意，第二天上班的时候她好像把午休都忘了，但也没哪个提醒她，代行长好像是在等她回话，但她也没去找他。

其实她有点想去找她妈妈，但又不知道要从哪儿说起：刘五孃的女儿跟傅丹心有些暧昧，而傅丹心，傅丹心当着她的面，青口白牙地对她扯了谎——陈地菊不敢想象叶小萱会作何反应，她妈是要拿起鸡毛掸子还是要抓起菜刀去找她的爱人，等把他逮到了，她妈就要一把鼻涕一把泪地都发泄出来，怪话骂遍，先人咒完，说不定还要把傅丹心的铺子上砸得一片狼藉，弄得哪个都收拾不到。

傅丹心好像感觉到她有点不对头——不然就是那个女子跟他通了风，他虽然没来赛歌会看她，但给她打了几个电话（她都没接），虽然还是夜不归地忙他的生意，但总要在屋头打照面的。看到陈地菊，他也问了几次："梅梅，你没事嘛？"

"没事。"陈地菊简短地说。

她不敢多说话，虽然在她肠肚里翻滚的，火辣辣的，烧得她胃发酸，她却害怕她一旦松了口，它们就要洪水一样汹涌而出，卷着泥浆，漩着白浪：吼，咒，骂，抓，打——就像她妈叶小萱会干出来的那样。

你不是她那种人，你不是她那种人。她一遍遍地对自己说。

晚上难得他们一家人都在一起吃饭。半决赛打完了，还要歇两天才打决赛。桌子上的菜比往天更多了几个，她也没在意，傅丹心给她夹了两回菜，她也拨到一边。

明天就去跟代行说算了，她心里想，嘴头嚼口白饭。就说我决定去石家桥那边上班。到时候可以在边上租个房子，我自己住。

一想到永安市，她就想到了她曾经的单身公寓，楼下的梧桐树，小饭馆，水果店老板的哈巴狗。街上的人虽然熙攘，但个个都是生脸面，也就互不相扰。周末了，她一个人坐29路去锦江楼公园，安安静静地坐在竹林子里，一本书翻开便过了小半天。

她的心都走远了，忽然听到有人喊她。"小陈，小陈。"她回过神来，看到跟她说话的是她的老人公傅祺红，一张方正正的脸，一双眉毛黢黑。

"怎么样？"傅祺红说，"你考虑考虑，要是你愿意来政府办工作的话，我就立刻跟熊书记那边说，把需要协调的关系办起来。"

陈地菊像是才醒了，清清楚楚地看到了这一桌子上的人：傅祺红的嘴角融融含着笑意，眼神炯炯；汪红燕瞪目结舌的，伸手嘴上一捂，遮不住，话还是钻出来："哎呀，熊书记许了个这么好的机会？可惜了，只要会计啊？还有没其他位置缺人嘛……"

而她的爱人傅丹心头一扭朝边上转过去，哪个人都不看，一对耳朵红透了。

　　陈地菊知道，每一次，傅丹心的血涌起来，他的耳朵就要红，不管他脸上再是镇定，这双耳朵总要泄底——现在它们像要沁出血来了，她爱人的心里面肯定满是失落和难堪，还有，愤怒。

　　这个词电一样穿过她的胸口，她就听到了自己咚咚的心跳，她的太阳穴也突突地在跳，扯得她眼窝发痛，让她没来由地想到了郑维娜脸上的那块瘀肿。一瞬间，陈地菊似乎听到了郑维娜骂龙刚的那句"龟儿子"，恍恍惚惚地，她好像明白了把那晾衣杆的铁尖尖深深戳到她爸肉里面去的时候，她妈妈心头的感觉——恍恍惚惚地，她知道了自己的答案。

　　她听到傅祺红还在说："小陈，你也不忙回答我，回去想想。跟丹心，甚至跟你爸妈也都商量商量，最晚这个周末之前嘛，给我个答复。我的看法是，你转到县政府来，对你的发展是有好处的，工作更稳定，平台更高，何况，我也在那儿多年了，有些人情关系，总能多些照顾。"

　　"我想转。"陈地菊说，"我当然愿意转了，这是大好事情啊，我爸妈肯定高兴都来不及，丹心肯定也是支持我的。谢谢爸爸啊，谢谢爸爸。"

今天硬是遭热惨了，明明才是四月间，居然有三大三十度，简直闻所未闻，又偏偏遭整起在太阳坝里晒了大半天，回屋头来一照镜子脸都红了，还有些脱皮。

今天这事本来办公室里头的人都争到想来的，先是这首届兰展开幕就很稀奇，又还有一株有兰王之称的"醉红素"，听说价值要上万，就更引得大家好奇。我呢，本来是不太想抢这种热门的差事，结果卫主任偏偏提前跟我说了："小傅，兰展你跟到马主任一起去，带好本子多记些，回来写文章。"

事实证明，今天这活动的规格的确有点高，不但白副书记和徐县长都来了，还有宣传部熊部长、农业办黄主任、乡镇企业局鄢局长以及平乐镇的聂镇长。领导们站成一排剪了彩，又按照顺序，挨个都发了言。烈日下头，领导们都是西装领带的，还要拿着稿子一页不落地念完，也是很遭罪。到最后，聂镇长站到话筒后面的时候，本来他稿子都展开了，结果就叹了一声气，把稿子一卷，宣布："太热了，我也不想多折磨你们了。我的话不讲了，大家先去阴凉的地方喝点茶歇会儿，然后看兰花嘛！"

底下的人掌声雷动。但据我观察，台上的其他几个领导脸上都不太好看。所谓行高于人，众必非之，这聂镇长确实是年轻有为的，只是可能还少了些低调啊。比如我自己就从来不提我是永安大学中文系毕业的，免得其他人要觉得低我一等。

这一阵硬是忙昏了。吃了晚饭我本来寝室头写稿子，汪红燕把丹儿弄睡了又来敲门，手上递过来一包香蜡，我这才想起今天是农历二月十九，我妈的生日。也是难为汪红燕，硬是个孝顺儿媳妇，从来没见过我妈的面，还就把她的生日记在心头了。封建迷信那一套我是从来不信的，但我妈就信得很，汪红燕也有点信，我们就去过道那边的厨房里头装了一碗米，把一对蜡插起。我呢，还是规规矩矩地把香给老太太点了，又给她磕了三个头。

第十一章

出平乐镇西门十七里是聚昌镇，聚昌出去再走三里，就到了长山子。这长山从永丰县绵延到灌县数十里，被青溪柏条两河相夹，山上沟壑交错，清泉浅流，楠木深翠中立有一座古庙，叫作荣昌寺，相传是隋文帝时候为了纪念汉代的道家名宿修的，到了清朝才改成了佛寺。按理说，这庙子坐两县之枢纽，汲两河之灵气，又承两教之遗辉，该是香客如织、香火不断的地方，可惜因为现在精神文明建设得好，大家都不迷信了，再加上到长山子的路又经年失修，弄得没哪个想朝那头走，它就被冷落了，进出只有几个和尚，念两句闲经，偶尔拿笤帚出来扫扫叶子。

好一番：苍崖古寺锁苔茸，寒殿老僧读残经。

荣昌寺的旧书堆里其实很有些名堂，那是二〇〇一年才被外头的人了解到的。这事还要说回到抗战时期，七七事变后，淞沪战败，南京失守，中原一片疮痍，就有个隆光和尚跑到我们这偏远地方来躲难，大概没其他事做，便干脆起兴来办了个"荣昌诗会"，邀请当时永丰一带的诗人文友们到他山上来重阳一聚，饮酒赋诗，咏爱国之情，叹家国之恨。可能还是有神佛保佑的因素，从三九年到四五年，虽然外头烽火连天，这古寺中的"荣昌诗会"居然连年办下来了，辑录的诗词有两百余首，可惜了埋在那庙子里几十年都没人看一眼。也是亏了祖先显灵，新世纪初，总算走县上派了个姓傅的文官来考察地情，又冥冥中引他去旧厢房里把陈书抄翻遍了，才睹见这雄啸悲吟、浩然弥哀的四卷《荣昌诗会诗抄》。如获至宝地，那姓傅的把这些诗文毕恭毕敬地誊下来了，又选编了十二首最为华彩的，连同隆光和尚的事迹一起，付梓登在了《永丰县报》上有一个整版，轰动了一县十五镇的文化界。

当然了，归根结底，最要感谢还是我们的聂县长（当时还是分管文化的副手）。他端的是雄才大略，卓有远见，果断拍板立项了"荣昌诗歌文化节"，大笔一画，拨了五十万启动资金——这下荣昌寺才是真正繁荣昌盛了：路也开始修了，墙也重新糊了，庙子里的和尚都发了新衣裳，几尊旧菩萨烂鼻子断膀子的，都丢了，换了一批玻璃钢制的，锃亮的粉脸描着彩绘金漆——

——这些都是路边上的人说的，并非傅祺红亲眼所见。它那荣昌诗歌文化节开到今年眼看快是第八个年头，但他一回都没去过。按说，这文化节办起来和他当年写的那篇文章不无关系，但偏偏就没人想起来给他傅某人发个请帖。早两年余先亮还在位的时候，人家倒是请了县志办，但光是正主任；等到赵志伦上来了，这文化节就越办越大，每年请常务副书记、分管副县长、统战部长、宣传部长、文化局长、建设局长、旅游局长、民宗局宗教科长、省作协市作协县作协领导、乡长镇长、各界媒体，还有赞助企业老板，啰里啰唆一长串，哪个还想得起你县志办那几个。

本来世态炎凉傅祺红都看惯了，荣昌寺那摊子每年闹得再响也是在几十里外的长山子上，他反正听不到——他早就不望了，但偏偏今年子样样都有点扯怪教，眼看刚刚过了处暑，飘一飘落到了他办公桌上金灿灿一张贴儿，上头写的：

　　恭请 傅祺红主任 于 二〇一〇年九月八日上午十点 莅临 永丰县聚昌镇荣昌寺 第八届荣昌诗歌文化节指导

傅祺红的第一反应是这请帖是不是投错地方了，但上头又清清楚楚写着他的名字：傅祺红主任。他把这五个字把细看了几回，就有一股暖流漾上心口。你现在想起我了，他想，等于你发张纸片片，我傅某人就该给你招之即来吗？

他把那帖子随手一塞到抽屉里，打定主意不得去凑这个热闹。哪想到没几天，《永丰县报》的范大成打来一个电话，欢声欢气的："老傅啊，你八号咋走有安排没？没安排的话跟我一路嘛，我和我们司机早上来接你。"

"去哪儿啊？"傅祺红说。

"咳！"范大成说，"你才贵人多忘事的，去荣昌寺诗歌节的嘛。我专门给他们住持说了又说，喊今年子一定不能把你搞忘了——你总不可能没收到他们请帖嘛？"

傅祺红心头冷笑一声，想的又没哪个喊你姓范的去多这嘴。"多谢啊，"他说，"多谢你们想得起我。问题是我这办公室里头一堆事情轧起，实在走不开啊。"

"你这就是给兄弟我打官腔了，"范大成说，"一个半天有啥走不开的？你有啥事弄不完嘛？拿过来，我这来给你弄！"

"哎呀呀，"傅祺红赶忙说，"你这话说重了，我哪劳得动你这金笔杆。"

范大成笑起来。"老傅啊，你我两个就不说这些废话了。八号早上九点半，我准时来你们家属院门口接你，你就当是跟我出去秋个游嘛。再说了，他们那庙子这几年整对了，经费足，每个来宾去的都有车马费，少说都是一千二。"

他这数字一报出来，傅祺红心头就有谱了。这范大成恐怕是念起他前一阵给小范结婚封的月月红，想要支他个好处，还他人情。

"对嘛，"傅祺红说，一边捏着电话，另一边手指摁在办公桌上心不在焉地划过去一串是1200。"那就八号早上九点半嘛，我准时家属院门口等你。"

八号那天正逢白露，西风骤起，霜露始凝，傅祺红早上下床踩到地上就觉得有了寒气。他专门煮了锅醪糟粉子蛋，又额外加了枸杞和龙眼，再守到他名下那三个人各自都吃了一碗才收收拾拾出了门。九点二十五分，他站在了政府家属院门口，等了三四分钟，看到开过来一辆又黑又亮的帕萨特轿车，车门一开，走后座钻出来一个大董董穿枣红夹克胖墩墩戴金丝眼镜的，正是我们《永丰县报》的一把手兼县作协副主席范大成。

"哎呀呀老傅！"范大成把傅祺红上下一打量，看他一套挺直的中山装配双亮闪闪的黑皮鞋，"你这身人才啊，简直是要参加开国大典的风范。"

傅祺红就有些尴尬，两只手扫了扫他那衣裳的下摆。"老范你又朽我嘛，"他说，"我自来就穿的这些。"

他这套中山装的确是新买的，皮鞋也专门才做了护理，但他总不好意思在光天化日下显耀，赶忙一躬身钻进车里，再朝另一头两耸，空出来半边位子，喊范大成："搞紧上来搞紧走，不然要迟了。"

傅祺红和范大成说话随便些，因为毕竟相识了多年。一九九六年，范大成走安庆镇文化馆调到县上来在报社当记者，结果直接遭当时县报的杨社长一脚踢到县志办来打下手。傅祺红记得他第一眼看到范大成的时候很是吓了一跳：只见这人竹竿儿似的一根，身上空穄穄挂件白里发黄的的确良衬衫，戴个黑框眼镜镶一对镜片瓶底子一般厚，更衬得他两颊寡瘦，嘴皮发青，活生生正像是哪儿钻出来的一个饿死鬼。

范大成那造孽样子看得连傅祺红这种喜怒不形于色的都起了两分恻隐之心，余先亮向来口无遮拦，直接说："锤子，这报社咋给我整了这么个干虾儿过来，你这样都做得到事啊？走走走！我先带你去把饭吃了！"

那正是县志办刚攒起小金库，余先亮初尝革命果实的年月，一个办公室动不动就要去西门永辉饭店整一顿，好方便余拿些回扣——傅祺红把这个人的丑态看得穿，范大成一个乡坝头来的就要单纯些，余主任请他吃这顿饭的恩情化进了他的胃里，就融进了他的心里，从此以后感恩戴德，鞍前马后，硬是成了余先亮的狗腿子。傅祺红也曾经苦口婆心，几回都想要教这娃伶俐些，多为自己谋福利，少替他人作嫁衣，可惜范的耳朵里头早就灌满了全是余许的愿，一句多的都听不进去。直到九九年吴文丽调起来，把范大成转正的美梦戳破了，这安庆镇来的小伙子才像把县上的人情淡薄看懂了。

罢了罢了，当年的峥嵘岁月都淡了，秋风几吹，他们就一个二个地生了华发。傅祺红坐在轿车里，看到范大成的腮帮子都胖得鼓出来了往下掉，像是个喝饱了水的蛤蟆。"你们报社最近忙不忙啊，老范？"他问他。

"咋不忙呢！"范大成一拍大腿，"我们报社啥都要靠我，写东西要我写，跑关系要我跑，拉赞助还是得我上！我就羡慕你啊老傅，你那办公室里头都是些能干人。"

"你我两个人就不说这些客套话了嘛，"傅祺红说，"我那囟囟头哪几个人吃哪碗饭的你还不清楚？我不也是一样，上下两头，从大到小，全得自己来。"

他深深地叹了一口气，范大成就笑了，把眼镜扶正了，说："结果吴那婆娘还真的遭提起来了？"

傅祺红不是没料到范大成要提两句他的老冤家，但心头还是一颤，嘴里说："唉！我也算是把她汤到了。但上头的意思我哪扭得动？想穿了，反正她人也不讨厌，我呢，马上都要退休了，过一天是一天。"

"是啊，是啊，"范大成点点头，"我当年青年气盛的还是很怄了一阵，现在呢，我那没出息的儿也二十五了，娶了个媳妇也没啥出息——我就懂了。到了我们这年龄，哪个不都是为下一代考虑呢？我最近也听说了，你也像是要准备把你的儿媳妇调到县政府啊？"

傅祺红这下着实吃了一惊，咋会传到他这儿来了？当到老同事的面，他只得挤出一个笑来，说："范老弟啊，你硬是消息灵通得很呐。不瞒你说，的确是想给我那儿媳妇换个稳当点的工作，女娃子嘛，不想她在那银行里头三天两头加班，太辛苦了。但这事办不办得下来哪个也说不清楚啊，只能尽人事听天命嘛！"

他们坐的轿车已经出了平乐镇，在灰扑扑的国道上颠簸。沿路两边的高楼都不见了，取而代之的是矮杆杆的汽修厂、配件厂和石材厂，间或有个小卖部，或者两棵刺桐树，上头稀稀落落地挂着几朵将要开败的红花。

"咋回事呢？"范大成把身身往前倾了倾，手指拇朝车顶子一指，"你这事该是有上头的帮忙嘛，不可能办不下来啊。"

"嗨呀，"傅祺红说，"阎王好过，小鬼难缠。就她们那邮政银行的领导啊，有点不好说。这人好像本来是想提拔她的，现在看我们想借调她就心头不安逸——这都整了两个多月了，老肖也亲自去打了招呼了，各种闲话说了一堆，反正不签字放人。"

范大成眉毛一皱，"你说的该不是代斌嘛？这人我倒是还熟，经常来我那投广告，他还多活套的嘛，要不我帮你去跟他说两句？"

傅祺红本来是病急乱投医，把这话头抛出来，想到范大成办报纸的总要比他老傅多认得到两个人，哪料到就真的还遭他一探即中了。"哎呀呀，"他说，"我这是闲话随便说的，老范你莫放心头去，我自己屋头那点小事哪好意思劳烦你呢。”

“你这话说得，”范大成说，“我侄儿媳妇的事哪是麻烦？你放心，代斌跟我还算合适，我跟他说两句，君子度德而处，相时而动，该放手时就放手。”

傅祺红打个拱手：“老范啊老范，你这古文功底硬是了不得！那你这情我老傅就领了，多谢，多谢。”

范大成点个头，把脑壳转过去了朝窗子外头看。他们谈话间，车已经开到了聚昌镇的地界，只见路边人头涌动，电杆上拉的全是横幅和彩旗，正前方立了个古香古色的石牌坊，上头一副刻上去又刷了金的：柏条丽水濯经纬，长山佛寺传诗魂。

“你看这对子，”范大成抬手一比，“简直很有些文采吧？是聂县长亲自写的。”

傅祺红扯扯嘴皮子，这对仗平仄都一塌糊涂到家了。“确实文采飞扬，文采飞扬啊。”他说。

各位看官，你们坐在这儿听了这么久，恐怕也把傅祺红这老儿的秉性摸熟了几分。他这人第一是稳重，第二是端正，说话从来滴水不漏，一般绝不轻易求人——所以你们掐指一算，也就能估谙到，既然他都要对范大成之流开口讨人情了，那么他儿媳妇换工作这事想必是把他弄得有点焦头烂额。

但你如果当面问傅祺红，他肯定是不认账的，硬要说他其实早就估谙到了，调工作这事难免要生些风波。毕竟他在衙门里沉浮了几十年，断不至于想当然地把熊书记画给他的这块大饼子立马当成了真的，一口咬上去——先要和面，再热油，就算下锅了也还要很是煎一阵去了。但好在他老傅还有四大四年的时间来等，而他手头再是没权，也就刚能拿捏住你徐家的儿媳妇，你要是出尔反尔不给我兑现诺言，我自然有的是小鞋子给吴文丽穿。

这只是官道上的计较，至于路边的热闹就还要多些。比如一般的人总要想当然尔，以为傅祺红是该维护他的独儿，见他要把这政府办的铁饭碗端来给他儿媳妇，就要发贬言、说闲话，但他傅某人又岂会被这些庸知俗见影响？龚自珍说了：不拘一格降人才。俗语也有：妻贤夫少病。君不见古往今来，早有则天朝侯敏之妻，肃宗时薛嵩之婢，再有高凉县冼家的女儿，东越国李家的幺妹，个个是巾帼更英雄，女子赛男儿的好例子。在他看来，调陈地菊进县政府也是同一个道理。是，这是一着险棋，一般人不敢走的，但又确实是一步绝杀。他儿媳妇这一子一旦在政府办落定了，就能把全盘都带活，即稳定小家，又繁荣大家——而他老傅作为一家之主，自然是要慧眼观大局，稳手掌远舵的，断不能被下头几个人的小情小绪左右了。

比如先是汪红燕唉声叹气的，几天煮出来的饭都不像话，肉味道没码匀，莴笋片也切得一片厚一片薄。他就把她教育了一顿，喊她不要做脸做色："人家政府办缺的就是财会，我才敢忙顺着把小陈的名字递上去——咋呢？难道我还能挑挑拣拣喊他们上头重新给你儿安排个岗位？"也好在这汪红燕虽然有点小心眼，总还听得懂人话，就终于把心态放平了，重新把家务捡起端端正正干了；至于傅丹心那娃娃，傅祺红本来是准备好了要看他做场，结果人家这回还算是稳得起，当时在饭桌上虽然脸有点黑但还是把话说到位了，听他爱人好生生答应了想要调工作，他就跟到说了两句恭喜贺喜，当然，后来小两口子进了卧房里头具体高声武气地在吵啥子他一个长辈就不好意思贴起耳朵听，总之，接下来几天这傅丹心又是神龙见首不见尾的，半夜不落屋。

汪红燕说："老傅你看你做的这事情，肯定是把你的儿伤了！"

傅祺红说："还不都是你给他惯适出来的这少爷脾气！等他不安逸嘛，几天就过了，难不成他还一辈子都不见我了？"

事实证明，他还是把他的儿子批对了。过了三四天，他大清早在客厅里头把这娃娃撞到了，秋眉愁脸的，两个黑眼圈挂起，喊他一声："爸。"

"看你这样子！"傅祺红说，"赶紧去洗把脸，喊你妈给你弄点吃的。"

是了，他屋头那两个人毕竟是他一手带出来的，脾气习性他都最清楚不过，捏一捏就都听听话话地该圆就圆，该扁就扁了。按傅祺红之前的预测，接下来就该开始走程序了，政府办肖主任起草个借调申请书，再由邮政银行的领导签上同意，那么他的儿媳妇就可以收收拾拾地坐进行政大楼 B 区三楼的政府办——这就算万里长征走出了第一步，至于接下来的人事指标要整好久这先不管，总之那创新公园人工湖从此就实打实地在陈地菊窗口外面荡漾了，岂不是比当年吴文丽来他们县志办的时候更见风光？

但也是该他倒霉，又说这说书人敷演出来的故事哪里有一帆风顺的？你看看傅祺红机关算尽，没想到还是出了两个来揽事的：一是邮政银行的代行长，先借口人手不够，说都有两个柜员在休产假了，现在是一个都不能再少，又夸陈地菊是他们的得力干将，都在考虑提拔她了，她在这坎子上走了实在是让他们银行损失惨重啊——就这样阴阳怪气，总之不放人。

至于这第二个揽事的就比姓代的更横，真真整得他傅家一家人人心惶惶，日无宁日。你说此人是谁？她不是别个，正是傅祺红那个疯死麻木，兴起了惊风扯火，惹急了油盐不进的亲家母叶小萱。

她一走她女儿那听说了这调工作的事情，马上不请自来地到傅家说了一回感谢，坐在沙发上拉拉杂杂扯了三四个小时，不但把傅祺红脑壳皮子说痛了，连汪红燕都起来上了好几回厕所。

过两天她又来了，叮叮咚咚地捧了一大堆礼行，喊傅祺红帮她拿去送给县委政府里头那些帮忙的，其中两瓶茅台指名给熊书记本人。傅祺红一听气不打一处来，跟她说你以为我们政府是啥地方啊，这些部长主任个个都是按公办事的，哪个要收你的东西？还有熊书记，他老人家都是你一个居民婆婆能见得到的吗？他屋头吃的用的都堆不下了，还稀罕你的茅台？何况都反腐倡廉了，你这是要谢他还是要害他。他把这婆子打发回去了，又叮嘱他儿媳妇喊她妈在外头千万低调，不要跟他人摆谈这事，更不要到处乱窜帮倒忙。

按理讲他的话说得很明确了——傅祺红事后想了几次，确定自己是字字咬清了的，就是喊叶小萱不要乱说、不要乱走。这明明是个奶娃儿都做得下来的事情，结果他亲家母那五十多岁的人了硬是没办到。这桩好事走叶小萱的嘴里头传了出去，溜溜转转地，出了宝生巷，过了牵牛巷，又到了西门七仙桥，走吴三姐传给了孙二妹，又遭孙二妹讲给了蒋大嫂，蒋大嫂告诉了蒋大哥，再由蒋大哥闲话说出来给他的侄儿，县报开车的小蒋听到了，就这样传到了范大成的耳朵里，整得最终出来了一个收拾不到的滔天大祸，把满盘都打倒了，使得有人官丢了，有人家散了，有人人亡了——这是后话，暂且不提。

转回来说这傅祺红终于到了长山上，走帕萨特轿车里钻出来，见仪态庄严地停了几排，都是亮闪闪的黑轿车。范大成眼尖，把车牌些一扫，就说："哎呀呀，吴县长和曾书记都已经到了，快走！快走！"

你看这范大成吨位虽大，却端的是身轻如燕，两步一阶地跑上去了，傅祺红也就跟着他上了台阶，急匆匆地跨过门槛，进了山门，眼不见一对金刚披红戴绿，怒目圆睁；再几步他们过了中庭，无心赏松柏下花花绿绿的看牌和香火炉里密密麻麻的高香；浮光掠影中，他走天王殿多罗吒毗琉璃留博叉毗沙门四个脚底下一溜烟过了，哪管这弥勒佛对着他笑眯了，更莫辨那韦陀菩萨手上的宝剑，就这样大步流星地踏进大雄宝殿门口的宽坝子。

这里面观众席的椅子都已经摆好了，拼成四个方阵，来参加开幕式的人或站或坐，人头济济，话声如潮。大殿门口一个花台子搭得高高的，顶上红条幅扯起，后头背景墙一张彩打出来的远山淡景碧瓦金檐，前面一排桌子椅子，坐起的全是县上举足轻重，有头有脸的领导和名人：部长、局长、科长、主席、县长、书记，一个个脸膛方方，西装挺挺。他们有些抱着茶盅，有些握着手机，目不旁视，只间或相互交头接耳两句。

傅祺红心怀激荡，飘飘欲仙地正要抬脚登到这台子上去，却遭范大成一把扯了扯袖子，喊他："嗨，老傅，你往哪儿走？我们坐这儿的。"

他把傅祺红带到观众席第一排，红绒面的椅子上放着刷白的A4纸，印有"贵宾席"三个字。他两个把这纸拿起来又把屁股坐下了，眼睛正对着台子上皮鞋们只只都一尘不染。傅祺红难免有些悒怏，还好周边坐的都是些熟人，县文化馆的老秦跟他隔张椅子，再过去是书法家协会的老郑。

"哎呀！祺红，好久不见了！你现在人红了，简直不容易看到了！"

"哎老傅，你今天硬要跟我们好生说一下，你到底有啥保养秘方？上个月退协小组活动我看到你们汪大姐，也精神好得很，越来越年轻了——你们屋头天天都在吃啥子啊？一个个都返老还童了。"

于是傅祺红虽然人坐得矮，但高帽子一顶顶戴起了，精神就逐渐抖擞了，跟这几爷子热烘烘地摆起来了，聊养生、聊花鸟、聊摄影、聊熟朋老友。

"对了，你们听说没？"老秦说，"赵志伦那案子最近判下来了，三年有期徒刑，罚二十五万。"

傅祺红胸口里头梆地一下。"三年？"他说，"咋会判那么久呢？"

老郑摆摆手。"人民公仆为人民。这还是放到我们现在才给他判了三年，你说要是回到从前那年月，肯定直接拖出去砍头了。"

"理是理法是法，"傅祺红说，"赵志伦工作上还是兢兢业业的，何况他还有爱人和娃娃，就这样关他三年，他屋头咋办啊？"

"早就离了！"老秦说，"哪儿还有啥爱人？他这就是正儿八经的身败名裂，妻离子散。"

这八个字滚地雷一般打进傅祺红的耳朵里面，震得他牙龈发麻，舌根发苦。他正想张嘴说点啥，就听到范大成也发话了。

"我有一句说一句，老傅你莫在意，"范大成说，"这赵志伦肯定是有可恨之处，但把他整成这样子也确实有点造孽。这我也是听人家说的，说他出庭的时候一头头发全部都白了——他才好大啊？四十多岁嘛？"

"我咋会在意呢！"傅祺红说，"你说得对，说得对！人非尧舜，谁能尽善。何况君子之过如日月之食，犯了错了总要给人家一个改正的机会嘛，得饶人处且饶人呐！"他一字字铮铮地说出来，也不知道是要说给哪个听，又怕还表达得不到位，再使劲叹口大气。"唉！"

"是这个道理，"范大成说，"老傅啊，我们这是闲龙门阵，你千万莫往心里去。说穿了，我们这些人都是虾兵蟹将，只能随波逐流。真正要朝哪儿走还不都是上头说了算。"他瞟一眼台上。

一群老朋友把脑壳点了一遍，扬声器里就宣布开幕式正式开始。他们便都坐端正了，听上头的挨个来发言。本来，这样的场合傅祺红应付起来是不用费吹灰之力的，但说不好是因为他进来走急了，还是刚刚听来的话很杵人，眼见领导们在上面滔滔不绝，他肚皮里头就有些翻江倒海的，一阵阵发恶心。他赶忙把自己的虎口掐紧了，把气沉住往下运，但还是没压住那一股浑浊浊的，更说不好它是要往上走还是往下去。没法子，他只得弓起腰杆站起来，跟范大成小声交代一句要用洗手间，蹑手蹑脚地走会场上梭了出去。

傅祺红解手出来，顺着侧门绕到了大雄宝殿的背后，见中庭里树木荫翳，有一丛夹竹桃开得正艳。也是奇了，这庙子前头都挤闷了，这儿后面居然清风雅静得半个人影子也没有，只隐隐传来曾部长断断续续的讲话。他舒了几口气，正好肚皮也不难受了，就顺着一条小径朝古寺深处走去。

将近十年前，傅祺红为了采集隆光和尚的诗抄，在这庙里头很是混了几周的时日，那各殿各馆的位置都还依稀在他心间。他走一走到了观音殿——这地方从前是盘丝洞一般，现在却修得赤墙朱柱了，柱子上挂两条长联，写的：

世间无常多少事如梦如幻如泡如影如露如电，
佛性有妙古今来不生不灭不垢不净不减不增。

要在往常，傅祺红多半要说这对子俗气，但今天他心里头却像是开了洞窍，空寥寥的就易生感怀。他正在恻然，忽然听到有人喊："哥！哥！"

他微微一震，转身过去正看到两个妇人搀搀扶扶地朝他走过来：有一个年轻些，大概四五十岁的样子，穿的素花衬衣搭个针织的开衫背心；另外一个就老了，头发稀白，弓腰驼背的，穿个深蓝色的袄子，嘴扁扁颧骨高高的，像极了他过世的老母亲黄慧兰。

傅祺红一下动都不动了，只听到那年轻些的女人又喊："哥！你咋在这儿呢？"——他把眼睛定起来再把细看了，这才认不出这女的不是别人，正是他许久没见的三妹傅祺玲。

傅祺玲信佛有七八年了，虔诚得很，天天烧香念经，不然就打蒲垫，有点钱都拿来捐了香火。傅祺红劝了她好几回不要搞封建迷信她都油盐不进的，他就算了，懒得管她。哪想到居然在这荣昌寺的观音殿门口再遇见了。

"我，我在这开会。"傅祺红说，眼睛不由地晃过去看傅祺玲搀的那个太婆。要是他妈还活起在，现在就该是快八十了吧？

"哥，这是五嬢，你还记得到不？"傅祺玲说。

傅祺红这才反应过来。是了，这太婆自然不是他妈，而是黄慧兰的幺妹，住在崇宁县的黄五嬢。她当年嫁得远，又是住在乡坝头，从来和傅家走动得少，他上回见她大概是十几年前了。

"五嬢好！你身体还硬朗嘛？"傅祺红说。

"这是祺红的嘛！"黄五嬢走近些，一双枯手伸出来把傅祺红的手握住了。"你还在做学问啊？好有出息哦！"

"我哥在县政府工作。"傅祺玲说。

黄五嬢本来都要把傅祺红的手放脱了，这下又一把捏紧了，拍了拍。"还是个长官啊，了不起！了不起！"

"现在都是公务员了，"傅祺红说，"不存在啥长官。"

黄五孃点点头，再凑近了些，把傅祺红的手板心抹开了，一边看一边说："是个当官的，你是有这当官的命。"

傅祺红眉毛皱起来，恨他妹一眼。傅祺玲清楚她哥的脾气，赶忙说："五孃，我哥不信这些的，你莫要给他看了。"

黄五孃只一哂，像是听了个笑话。她脑壳抬起来看傅祺红一眼，说："不怕，不怕，我们看起耍的。"——她说的这话硬就像他妈嘴头会说出来的，傅祺红恍恍有些失神，任这太婆把他的手拿捏住，干朽朽的指头在他手掌心里面划。

傅祺玲看她哥不作声气，赶忙再打个圆场，说的："五孃看手相准，出名得很。多的是做生意的当官的出钱排队来找她看的。你喊她给你看看，肯定没错的。"

他这三妹今年才是刚上四十五岁，一张脸却黄泡眼肿的，没有精神，头发也不收拾，抱鸡窝样的一团，染黄了的颜色褪了又长出来黑的，再花杂着几根灰白。傅祺红本来都算了，听她说的这话又再看她这样子一股气就上来了。"傅祺玲啊，你这女子就这样的，说好多年都不改。这些鬼鬼神神的哪能信？你看你这陷进去了，整个人都瓢了。"他一边说，一边想把手收回来，又扯不动，就见他姥子一双手瘦嶙嶙的，钳子一样把他的手握住了，脸上眉毛皱得梆紧。

"祺红啊，"黄五孃说，摇一摇脑壳，"你最近得当心你名下的人啊。你看看，"她点点他的手板心，"这就是说有你下头的人要出乱子，收拾不好的话，怕是个大凶呐。"

实际上傅祺红老早就总结过了：但凡遇到这些批命的看相的卜卦的测字的，就没哪个要夸你命好，总归要挑你点儿不顺——只有说你要冲煞了、遇凶了、犯太岁了，才把你吓得到，才能哄得你把那白花花的银子摸出来，交给这些活神仙，施个法儿来帮你挡煞避凶躲太岁。

　　正是：

　　　　喊你信你就信不信也哄你来信，
　　　　说有灾便有灾无灾也买个消灾。

　　因此，诗歌节开幕式那天黄五孃信口雌黄说出来的话他自然是一笑了之了，至于啥喊他改天去摊贩市场找她她好给他弄个符儿护身他更是只当疯话听。过了几天，他跟汪红燕两个在屋头吃晚饭（两个小的各有各的事都还没回来），忽然想起了，提了一句："哎，说出来你都不信，你猜前两天我遇到哪个了？"

　　"哪个嘛？"汪红燕正嚼了一嘴莲花白，含含糊糊地问。

　　"黄五孃！"傅祺红说，"我妈那个嫁到崇宁县的幺妹，你恐怕都没见过。我一看到她啊，还真的吓了一跳——长得只有那么像我妈了。"

　　汪红燕喝一口白肉冬瓜汤，应了声："是吧。"

　　"你说这时间过得好快啊。我算了一下，我妈死了有三十四年了。她死的时候我刚刚二十岁，现在我都要退休了。"他叹了一口气。

　　汪红燕把碗放下来，提起筷子又不捡菜，脸上凝起了也像有些感伤。"是啊,"她说,"真的好快啊。我爸死的那年,我才九岁。"

傅祺红的第一反应是不对啊,汪驼背不是九三年才死的吗——再转一个念,他心头就咯噔一声,明白他爱人在说的不是汪驼背,而是她的亲生父亲,傅祺红那素昧相识的岳丈汪文敏。这么多年来,汪红燕鲜少在他面前提起汪文敏这个人,而傅祺红也从来没告诉过他的爱人,实际上,硬要说起来,他和汪文敏勉强算得上是见过一面。

那是六七年七月中旬的时候,正是三伏天里,平乐高小早就停课了,傅祺红在屋头帮他妈编草鞋,汗珠子顺着胸口流。他热得遭不住,就把活路搬到门口去做。坐在门槛上没好久,就看到白花花的太阳下顺着南街一群走过来,像是贫下中农造反兵团的那帮人,浩浩荡荡地,押着队伍前头一个瘦嶙嶙的,戴个高帽子,脸上涂得漆黑,两只手举起来高高一个草人,上头挂个白条子,写起:地主阶级的孝子贤孙汪文敏。傅祺红把他手上的草绳子握紧了,看着这个人埋起脑壳遭游过来了,忍不住有些热血沸腾。这就是恶霸地主汪生祥的儿啊!他想。他旁边的人都在喊,他也就站起来,跟着喊了一句:"打倒封建余孽!打倒地主阶级的孝子贤孙汪文敏!"

也是怪了,不然就是他们两个特别有缘,也可能是因为他小娃娃声音额外尖。那么多人里面,傅祺红刚刚把口号喊了,就看到汪文敏把脑壳抬了一抬,朝他这边看过来,一张漆黑的脸上透着两个白眼珠,满满的全是红血丝,硬是像从十八层地狱里头钻出来的恶鬼。他那瘆人的模样把傅祺红吓得一颤，还好马上就有在汪文敏边上的一把把他的脑壳按下去了，再结结实实锤了好几下。

那天以后，傅祺红很是吓怕了一阵，就算是听到汪文敏今天又被红卫兵总队拉出来游街了，明天又遭毛泽东思想战斗队推上台去批斗了，他也不敢再去看热闹。到月底的时候，他听到说汪文敏自杀了，一个人躲在屋头吃了耗子药，等遭发现的时候死得都硬了。

四十多年了。到今天，傅祺红想到当时汪文敏看他的那一眼还是有些背脊发凉，他赶忙舀了点冬瓜汤，热热和和地喝下去，跟他爱人说："你今天这冬瓜汤做得好。放了些姜米子哇？硬是提味。"

——所以，要让傅祺红来说，应该是自从那天吃了冬瓜汤以后他胃里面才梗起了，没来由地就要想起黄五孃的话。我名下的人要出乱子，他暗自琢磨，那只能说的是傅丹心那个人了。

他便默默地多观察起他那不肖儿子，却发现这小子最近居然特别乖。应该说自从世界杯结束以后，傅丹心就像是收心了，晚上也不出去了，呼朋唤友的时候也少了，每天早上起来准时去开铺子，临到周末就到城里头电脑城进货，给他买了新的 SD 储存卡，甚至破天荒地主动洗了几次碗——儿子的变化连傅祺红都感觉到了，汪红燕更是早就喜形于色。

"老傅啊，"她对他说，"你莫说，你这一招激将法还硬是用对了。我看啊，你要提小陈去政府这事还真的就把丹儿点醒了，使他明白自己也更要努力——你看他最近好有干劲，好懂事！"

"再看嘛，"傅祺红说，"不要又是架势起得大，结果只有三分钟热情。"

毕竟傅祺红是要更加老辣，明白有些事情光看表面不一定靠得住，往往还得深入调研。他大清早在阳台上正打着太极，忽然听到厨房里头窸窸窣窣地响，不用猜肯定又是他儿媳妇睡不着起来了，他赶紧雀尾也不揽了，直接收了势，把玻璃门推开走进去，招呼："小陈，早上好啊。"

陈地菊明明刚刚才看到她老人公在起一招手挥琵琶，就想到她还多的是时间把茶泡好再回寝室，哪想到物换星移的，一眨眼就看到这老儿笑眯眯地站到了她的面前。她没地方躲，只有也笑一笑。"爸，早上好。"

"你这泡的是啥茶啊？还是袋装的？"傅祺红瞟一眼陈地菊手上拿的茶包。

"这是洋甘菊茶。"陈地菊说，把那纸封封递给傅祺红。"我朋友给我推荐的，说是助眠的。"

傅祺红一看那袋子上写的歪歪扭扭全是洋文，只有一朵小小的白菊还算熟悉。"咋你年纪轻轻的也睡不好啊？我是长期失眠的，中医院的杨院长前段时间专门给我开了些阿普唑仑，效果还不错。不然你也去找他看看？"

"谢谢爸，"陈地菊说，"我先自己调节看看吧，如果过段时间还是睡不好再说。"

"睡眠不好千万得重视啊，有问题还得正儿八经去看医生。"他把茶包还回去，又补了句："你调动的事我已经在找人了，你放心，你们那行长肯定最终得放你走的。"

"谢谢爸。"陈地菊又重复了一次。

她轻描淡写的语气让傅祺红心头一紧。已经有好一阵了，他也说不出来具体哪点没对，只隐隐觉得他儿媳妇有些离皮离骨，进出打招呼都显得蜻蜓点水，坐在饭桌上吃饭也样样浅尝辄止，偶尔这样跟她说两句话，她就总是心神不宁的，像是她背后有哪个一直在喊她，喊得她三魂七魄都散了一半。

　　"对了，"傅祺红问，"傅丹心最近对你还好嘛？他要是又耍少爷脾气啊，我来给你收拾他。"

　　果然，陈地菊愣了一愣，才说："没事啊。我和傅丹心最近都好。"

　　傅祺红认认真真看了她一眼。他儿媳妇只顾埋着脑壳，盯着薄薄的茶包，手指拇摩挲着那朵白花花。

　　"都好就好，"他说，"小陈啊，傅丹心那个人还没长醒，你呢，就要比他懂事得多。有啥事你帮我和他妈多看到点，万一他有没做对的，你一定要给他指出来——他这娃娃从来就是遭惯适了，光吃补药，最要不得。你要多帮助他，不要将就他那臭脾气。我在这儿先给你保证，我和他妈都是站在你这边的，不管咋样都帮你做主。"

　　陈地菊这才把脑壳重新抬起来了，一双黑白分明的眸子看到傅祺红的眼睛里。她脸上的神情使傅祺红确信，这女子这下是把他的话听进去了。"我晓得了爸，"她说，"谢谢你。"

　　说穿了，傅祺红是信不过他儿这个人的，但陈地菊他就觉得还算靠得住。因此有好话他都懒得跟傅丹心说，反而是要传达给他的儿媳妇——既然他儿媳妇稳稳重重地答应了，就必定会把她手上的绳绳拉紧些，那么他那儿再是个孙猴子，也总不至于一个跟斗翻到天上去。

也是亏得傅祺红毕竟当了多年的一家之主，运筹帷幄中，早就吃透了知人善任，唯才所宜的道理。孔夫子也说，举直错诸枉，能使枉者直，意思就是一定得多倚重有能力的，把风气立正，才能使那些吊儿郎当的自惭形秽，进而奋发向上——在他屋头是这样，在单位里面就更是这样。你看他每次县志办周一的例会上讨论上周的稿件，总要毫不吝啬地对写得好的人大加褒扬。

"这是人家苏聪写的。"他说，把稿子举起来朝下头坐起的挥一圈，然后捧到自己面前。"你看看这：第一章池塘养鱼，第一节渔场养鱼，第二节养殖品种，第三节观赏鱼，第四渔业户，第五科技兴渔——你们听一听，学一学嘛，人家这点到点列得多清楚，多全面！你再看你们其他人写的这些。"他伸手随便抽了一张起来念："公司成立之初，生产基地以每月一万元人民币租用了原永丰食品一厂的部分厂房，身为公司董事长，总经理的邓石方又兼任政协副主席，他慷慨承诺……"——他念不下去了，把这张纸朝桌子上一拍。"你这是啥子，吴文丽？你是在写小说啊？我要跟你们说好多遍：史体纵写，以时系事；志体横写，以类系事。志不同史，叙而不议——叙而不议是啥意思？你还给我来个'慷慨承诺'？"

吴文丽瘪一瘪嘴，不说话。苏聪呢，也是眼观鼻鼻观心，眼镜架得端端地盯着手上圆珠笔，眼皮都没抬。其他小曾小杨还有刘会计之流就更是木鸡一般，拿支笔在自己门口那张纸上戳戳点点。一个会开了四十分钟，傅祺红一个人就说了三十五分钟，口若悬河，苦口婆心，把茶盅里面水喝得焦干。好不容易散会了，他回了办公室，第一件事就是把茶盅里的热水再加起了，坐下来，看那碧潭飘雪的清香随着热气飘了上来。

傅祺红嘬半口热茶，正要享一丝清静，就听到他手机又突突响起来，屏幕上闪着三个字：范大成。他喉咙口一颤，赶忙接起来："哎老范，感谢你想得起，又给我打电话了。"

范大成笑起来。"我肯定想到你的啊。你放心，你儿媳妇那事我记在心上的，要给你问的——我这是有个其他事情想麻烦你帮个忙。"

"有啥事？你说，你说。"傅祺红一边答应了，心颠颠难免悬起来。

"我这儿有个市上《永安晚报》来的记者，下来报道我们县这两年的新发展。他想要来县政府走一圈，我呢，又刚好抽不开身，能不能麻烦你帮我接待一下，带他转一转？"

傅祺红松了一口气。这范大成，你就是不想请那顿中午饭嘛！"没问题，"他说，"你喊他来找我嘛，我给你好生接待。"

范大成赶忙道谢，一声声的"麻烦啊""麻烦了"。

"你我两个人，"傅祺红说，"不存在。"

挂了电话他心头有点得意，你说以前哪个想得起他县志办这个烂椠椠，现在居然也要找他接待市上来的人了——既然人家找到他了，那他老傅自然就要把这事情办得既周到又热闹，最好得找个人跟他一路去，最好还得是个女的。吴文丽当然是最佳人选，但她现在好歹是个副主任，拿来接待一个记者规格太高——傅祺红略一琢磨，就走出办公室顺着走廊穿过去（吴文丽的办公室门半掩着，苏聪的办公室门紧闭），走到实习生的办公室（门大大开着），敲了敲门框框。

小曾和小杨本来都在各自的办公桌前忙活，闻声赶忙把脑壳抬起来了，像两只惊了的雀儿。"傅主任好！"

这两个女子都是二十三四岁的年纪，都快要研究生毕业了，小曾是省社科院的，小杨读的我们本县的师专。小曾短发齐耳，一张圆脸，矮胖矮胖的，为人稳重。小杨呢，感觉有些内向，但长得就多两分人才，瘦瘦高高，头发落到肩膀上是微微的波浪卷。

傅祺红眼睛在这两个人身上来回扫了几扫，心头的计较也打了几轮，终于说："小曾，待会有个市上晚报的记者要来，你跟我一路去接待一下。"

事实证明，他老傅的决定果然英明。市上的记者十一点到了，傅祺红和小曾两个人在办公大楼西区入口把他接到，闲话一起，发现这记者（姓陆）居然和小曾是同一个高中的校友，气氛马上活跃了。这下傅祺红话也不用多说，就跟在这两个人后面，听他们聊得欢欢腾腾，过了花园和鱼池，坐电梯上上下下，看了四大班子的办公室会议室和三个风格各异的食堂，又拿出相机来咔嚓咔嚓，拍了中庭里别致的假山和设备齐全的运动场。

"傅主任，你们这好安逸啊，太舒服了。"陆记者说。

"是不错。"傅祺红也感到很骄傲。"我们平时用惯了还不觉得，实际上真的是很幸运啊，有这么好的办公环境。"

小曾说："我们这不但硬件环境好，同事和领导也都好得不得了。比如说我们傅主任，绝对是四川省方志界数一数二的人物——我分到这儿来实习，我们社科院的同学都羡慕得很。"

傅祺红心头一甜，看到陆记者一边点头一边又在笔记本上记了两句，就更有些美滋滋的。他还在盼望这美好的时光会持续得久一些，没想到陆记者十二点半不到就告辞了要打转身，说还要赶个新闻发布会，无论傅祺红如何留他吃饭也不干。

也罢了，傅祺红想市上的人是要有素质些，何况他给范大成的人情也做了还没花一分钱。他就热热情情地把这记者送起走了，和小曾一路去食堂吃了工作餐又一路走回了县志办。

"今天辛苦你了，小曾，"傅祺红说，"你刚才提的那几个点子都很好。不然你这周找时间写个材料，下周一例会给大家做个汇报。"

"没问题傅主任，"小曾说，"我争取周四之前写好，先拿给你过目一下。"

"要的，要的。"傅祺红笑起来，一边点头一边走进他办公室去，再一屁股坐下来舒了大口气。这女子莫看貌不惊人，能力还的确很不错——不错，不错。

他心悠悠地把陈茶倒了，重新泡了一杯竹叶青，又坐下来刚刚把电脑打开准备看看股市，就听到他那门上"咚咚"响了两下。

"进来。"傅祺红说。

门一推进来一个人，傅祺红一看就有点讶异：只见纤细细长梭梭的，居然是刚刚才见过面的小杨。

小杨朝他办公桌走过来，脸上阴阴的，坐下来幽怨怨喊一声"傅主任"，好似眼角都在发湿。

傅祺红这下股市也不好看了，把屏幕按黑了，问："小杨啊，你是有啥事？"

他心头大略有了几份估谙。果然，小杨吐了一长气，说："傅主任，我晓得我学历没曾婧过硬，为人处事也比不上她……"

"没有的事，"傅祺红打断她，"你和小曾都工作勤奋，各有优点。你来我们这儿这大半年和大家都处得好，你写的稿子呢，虽然还有很多提升的空间，但也算是不错了。你看，我这周不就派了你不少的写稿任务吗？我今天喊小曾陪我去接待完全也是因为我想到她要写的稿子不多，不想耽误你的工作——你千万不要多心。"

他这话说出来一个字都没错，哪想到就把小杨一双眼睛说红了。"傅主任，我晓得你向来是最公平公正的，"她说，"所以我这有个事情，我想来想去，还是只有来跟你说。"

傅祺红一下觉得胃里头空镠镠的，也不管他刚刚才吃了整整一份蒜薹炒肉。"你说嘛，你说。"

小杨走包包里面掏出来一张卫生纸先捏在手上，然后说："其实，我早就听说了现在有一个指标可以留我们两个实习生的一个人下来。我也晓得我只是个师专的，各方面也有各种缺点——但是我确实很想在我们办公室留下来，跟到大家，特别是傅主任你多多学习。"她顿了一顿，拿纸在眼睛下面蘸了蘸，水润润的眼睛看了看傅祺红。

傅祺红呢，就像是在坐在云里雾里，没听出个所以然。留实习生下来的指标？他心头犯嘀咕，这是哪儿来的天方夜谭？他吸了口气正准备张开嘴来给小杨解释清楚，说你现在业都没毕公务员也没考，爬都没学会咋就想学跑？

结果这小女子就偏偏不等他，急切切地说下去了，要诉苦把冤申："说起来这事肯定也是我有错，太心切了，而且也很幼稚——你也晓得嘛，苏聪苏老师他一直都很照顾我——这指标的事也是他偷偷个给我说的。我呢，肯定是清楚我自己能力有限，害怕自己留不下来，苏老师就跟我说的喊我不要担心，说他可以来跟你沟通一下，把这个指标拿给我……"她又没声音了，空空地出了一口气，才接着说："肯定也是我没做对，想要走这个后门。但我想到他的确一直都和你走得特别近，所以就把他这话信了，还，还……"

这实习生一边"还"，一边把脑壳埋得更深了一些，傅祺红的心也就随着往下掉。老天爷啊，老天爷啊，他默默地一遍遍念。

"还跟他发生了关系。"小杨把话说出来了，脑壳也一下抬起来，一双眼睛里眼泪水包满了，对着傅祺红。"其实，自从吴主任提起来了，我就清楚他给我许的愿多半实现不到了。所以我也一直在犹豫，不晓得应该咋处理这件事情——说起来虽然我也有不对，但肯定主要是他以权谋私，把我骗了。"她把这几个字咬得清楚。"我想了半天，觉得还是应该站出来，来你这举报他。这指标我肯定是拿不到了；但他既然做了这种恶事，肯定也得要承担后果。"

傅祺红把背脊挺得端直，看着他对面这个了不得的女子。

他耳朵里头嗡嗡的，像是黄五嬢那沙哑哑的声音在咒他。

他想到苏聪，想到他办公室最近都紧闭着的那扇门。这祸什污，扯个这么大谎出来是要哪个来给他捡脚子？他心头暗暗咒了一句，又记起去年七八月份，苏聪的爱人才给他生了个娃娃，好像是个男娃娃？还是个女娃娃？

他吞了一口口水，终于把嘴张开了，说："小杨啊，感谢你对我们的信任，把这情况来跟我们说明了。我是听得非常震惊，非常痛心呐！你说的这事情如果是真的发生了，那的确是大大的不应该，那犯这事的人必须要严惩。但至于你说的那实习生转正的指标，你恐怕有点误会——这指标要给哪个我们这还没定下来，这事情要决定还早得很，你看嘛，你们这儿研究生都还没毕业的，随便咋说都要等到明年年底去了。而你呢，其实各方面都非常突出，只要你公务员考过了，肯定是大有机会拿到这个指标的。所以，从我们的角度来说，如果现在我们把这事情闹出来，这指标就肯定不好再给你了，对你来说是不是就太可惜了。"

傅祺红把话说得很慢，又要表达沉痛，又要表达真切。他字斟句酌地，把这根枝枝朝小杨伸过去了，就看到小杨的脸色渐渐变了，泛起了一丝红润——他心头才算是踏实了些。

"唉！"他长叹了一口气，"君子之过如日月之食啊。小杨，你放心。这事情我们肯定是站在你这一边的，绝对要彻查到底——你给我们一点时间，我们一定会给你一个满意的答复，好吧？"

傅祺红日记

1986 年 12 月 9 日

这政府大院果然不是好混的，随便一个都不是等闲之辈。今天来了个三十出头的妇女，面生生的，一走进办公室就甩了一摞文件到我桌子上，说的："哎，你来帮我把这份报告顺一下，明天要。"

我呢，其实还是客客气气的，就问她是哪位。她跟我说她是城乡建设管委会的，还是没说名字。我其实也没不甩什她，只说等我把手头给卫主任的稿子弄完再来看看她这文件。结果这女人就老大不高兴，白眼一翻把文件抽回来转身就走了。

等她走了，我隔壁桌的马向前才跟我说，原来这女人是白书记的小姨妹，最是得罪不起的。"特别是你想嘛，"他跟我说，"你这要办转正的事情还不是得靠人家书记点头？"

这一下，剩下这一天我都心慌慌的，临到下班前还是主动去跟卫主任把这情况说了，特别强调了我其实是要帮她看的，只不过是要她等一会儿。卫主任呢还是人好，就劝了我两句，又跟我强调既然是他把我借调到政府办来的，就肯定要把我安顿好的，云云。

唉，也就只能先听到嘛，埋头好生做事情，千万不能再得罪哪个了。说起来也是怪我自己，本来广电站待得好好的，何必要心厚，挤到这政府办里头来受气？晚上我也没心情做事，就接着看《基度山伯爵》。你不要说这外国人写书硬是会编情节，确实扣人心弦。我看到莫雷尔还不出来钱准备自戕跟他儿子告别那一段还就还是有点眼睛发酸。"血可以清洗耻辱的。"——如果最后我真的在政府办没留下来，又遭退回广播站了，我哪儿还有脸活啊。

第十二章

　　不知道从哪一天开始，傅丹心意识到自己似乎有一门特异功能，就是他经常都能在脑海里听到他爸的声音。跟朋友出去吃饭，临到要买单，他听到傅祺红的念叨："唉你这娃娃啊要学会节约。尽去当冤大头帮人家给钱，等你没钱了看哪个要理你？"——他就手一挥把服务员招过来，卡丢出去喊她结这一桌的账。去买车，他眼睛刚刚落到那辆白色的雪铁龙上，就想得到傅祺红要说："买车吗买银灰色的嘛！好收拾，不显脏。"——他果断拍了板，把这雪白的小轿车开回去，好欣赏他爸皱起眉毛看它的样子。当年朋友喊他投资期货的时候，他倒是犹豫了一阵，拿捏不定自己到底能不能承担那个风险，直到他去交水费，看到账单出来比上个月多了五块钱，耳朵边就响起傅祺红理抹他的声音："跟你说了好多回，洗脸水洗脚水都不要倒，要接下来冲厕所，咋又搞忘了？"——他就在心头骂了句怪话，转脑壳签了期货合同，交了保证金。
　　真正要说起来，唯独有一件事情他自始至终都没考虑过他爸的反应，那就是和陈地菊结婚。他还记得那一天晚上他坐在肯德基里，一只手捏着户口本，另一只握着陈地菊的手，光听到自己心咚咚咚地一声声跳。他对面这女子的脸白而无瑕，像是一套崭新的房子，里面有铮亮的木地板、通透的玻璃窗，还有他未来的爱人坐在真皮沙发上看电视，看到他推门进来了，她就站起来，说："饭都煮好了，你去洗个手就可以吃了。"他呢，就对她一笑，潇潇洒洒地说："今天不在屋头吃。我带你出去吃好的，我这一单赚惨了。"

随着时间的推移，傅丹心不得不承认自己当时的想法还是太天真了。到头来，他和陈地菊虽然是名义上结了婚，却依然要寄身在他爸妈的屋檐下，两个大活人挤在他那十平米的小寝室里头，天天脸对着脸屁股贴着屁股，三顿都要在他人下巴底下接饭。于是他就听到了，他爸那不冷不热的声气在他心头响起："婚姻大事就该从长计议。你这对象其实是不错，但操办得太仓促了，急于求成，反而要坏事——可惜啊，可惜了。"

每一次，一听到他爸那阴司倒阳的声音，傅丹心的心就要尖戳戳地痛一下，人也就像触了电一般跳一跳：为了讨好陈地菊的爸妈，他把信用卡刷爆了，给丈母娘买金戒指给老丈人买新电脑；为了赚点快钱好还卡债，他把豹子胆长起了去火中取栗，把傅祺红给他的钱挪用了去买高效益的投资；又为了跟圈子里头的其他两口子齐头并进，他把脸打肿了充起门面，带新媳妇一起出国去普吉岛旅游了一趟；等等等等。

但是，就好像是被那死老儿诅咒了一般，傅丹心越是上了心，殷切切地想要把他和陈地菊的关系绑得更紧，修得更好，就越要弄巧成拙，捅些娄子。更糟心的是，本来以前是

· 334 ·

他一个人在他爸面前晃，遭骂就骂了，遭收拾了也没其他人看得到；现在倒好了，陈地菊驻进来在他们屋头，就多了一双眼睛随时看他出丑，两只耳朵天天听他遭训，至于她这个活生生的人更是成了他爸随时拿来教育他的榜样："你看看人家小陈好懂事"，"这小陈工作就这么认真踏实，不像你"，或者，"你啊你，学得到你老婆一半的稳重就对了"。被他爸念得久了，傅丹心居然就不由自主地把这份唠叨化到了他的心头。有时候两口子刚刚亲热完，他搂着陈地菊，无端端地听到他老汉儿的声音在说："哎呀呀，不晓得这女子咋就眼睛瞎了，把你这人看上了。"——他就要打个寒战，深深吸一口气，压住自己颈项后头倒竖起来的汗毛。

上一回听到傅祺红的声音还是他在恒发新城刘家的别墅里宿醉醒来的那个早上，耳朵里面灌满了全是女人的惊风火扯：刘婷珊在尖叫，刘婷珊她妈在尖叫，还有他的丈母娘叶小萱也在他面前张大一张嘴巴，嘴皮翻得像警灯在闪，滚出来的骂声像警笛在扯——都这样了，傅丹心却忽然听到他爸一声幽幽的叹息。"傅丹心啊，"那个声音说，"我真的管不到你了。你自己好自为之嘛。"

从那天以后，傅丹心再也没有幻听到过他爸的声音。他倒不觉得是因为他爸对他彻底失望了，只估谙是因为他现在害怕的人变了，不再是那姓傅的老儿，而成了他姓叶的丈母娘。毕竟，到现在都过了两个月，他手膊子上都还留着那时候叶小萱给他掐下的紫印子，而他只要把眼睛一闭，就能看到他丈母娘那张血盆大口，跟他恶吓吓地说："你这个龟儿子的，如果再遭我逮到一回你干这种不要脸的事，我绝对提一把刀来找你，不砍你个十刀二十刀我不姓叶！"

实际上他丈母娘是多虑了，他傅丹心从来就不是个挂念儿女私情的人。是，这刘婷珊是有点对他五迷三道的，他呢又因为这女子和周老六的关系，不可能脸一抹就不见她了。但归根结底，刘婷珊对他来说不过就是一堆白肉，他傅丹心不可能让自己掺到这堆肉里头去，更不可能为了这个人把他和他爱人的关系影响了，无事生非地整出点事来闹。归根结底，他傅丹心现在承担不起其他任何事情的打扰，他现在关心的只有一件，那就是：整钱。

他算是想通了，他丈母娘也好，他爸也罢，甚至包括他的弟兄朋友以及爱人，这些人要整治他，刻薄他，摔摆他，冷淡他，都是因为他没钱。等他有了钱，他就可以马上带着陈地菊走县委家属院搬出去，租个拎包入住的精装房等他们的新房子交房搞装修；下一步，他还可以换个上档次的新车子，开出去看哪个敢不给他面子；甚至，要是再整对了，他就干脆喊陈地菊把她那鸡肋似的工作辞了，也不用一天到黑加班了，也不用去啥山遥路远的石家桥了，直接来他铺子上当老板娘，两口子串起手来一个主内一个主外，可不就要把生意做得红红火火。

让傅丹心意外的是，这一回，他爸居然跟他想到了一堆。眼见他小傅还没把钱整到，来得及跟自己爱人开口喊她辞职，人家老傅就把关系画圆了，对他儿媳妇提出来：来嘛，你那熬更守夜的合同工不要做了，来我们县政府里捧个铁饭碗。

按理说，他的老父亲如此这般，专门绕了几圈路费了几转功夫来维护他的爱人，傅丹心是应该感到高兴的，但他心头却着实有点不安逸。这事被傅祺红在晚饭桌上提出来，他也不好意思发贬言，只得乖乖埋着脑壳继续吃饭，又等到他爸吃满意了，施施然站起来宣布散席，他才和陈地菊两个人起身了，一前一后地回了寝室。

"我要是你啊，我就把这事情再多想一会。"他对陈地菊说，"轰"地倒下来在床上，半靠着床头。"我爸这人你还不了解，我就再清楚不过了。他在他们单位上迂腐了一辈子，人得罪了一堆，关系没救拢过一回。因此我确实有点不太相信他突然就有那本事把上头都勾兑好了，把这么大个事办得下来。"

陈地菊不说话。坐在梳妆台前面，把她的粉饼拿起来，揭开盖子看一眼又关了放回去。"也是，"她说，"这事肯定不好办。不过爸既然有心要办，就试一试嘛。要是真的能转成了，那还是很不错啊。"

傅丹心笑一声。"这政府里头的工作看起来风光，其实没啥意思，无聊得很，又没油水——你就看我们这家属院里头的人嘛，说起个个都官大面大的，实际上今天又哪个偷隔壁子网了，明天又有人楼底下花台里头悄悄个种菜了，简直笑人得很。"

"你要这样说的话，"陈地菊抬起眼睛来扫了他一眼，"又有哪样事情有意思？说穿了，都没意思。我们邮政银行有啥意思呢，你开那铺子有啥意思，我们两个结这婚又有啥意思？"

他爱人这弯弯一转有点大，方向盘一打到底像是要把车旋下悬崖。傅丹心手撑住床，坐起来了些。"你这话啥意思呢？"

"没啥意思。"陈地菊说，转过去把台子上的罐子瓶子一个并一个排好。

从背后看，他爱人的颈项挺直得像一只仙鹤，傅丹心无来由地想到刘毅文他们楼底下的九味鸭脖，想到了他在刘家那个臭烘烘的客厅里头睡沙发的那几天里他想着陈地菊打的那些手铳。他忽然有点气，就说："你跟我结这婚也不亏啊，这马上都要给你换个政府办的铁饭碗了。"

果不其然，这话一出，他爱人的颈背就又硬了硬。缓缓地陈地菊把脑壳转过来了，看着傅丹心，脸上似乎有丝笑意，又见那皮子发着青白。"你这么说我还真的要感谢你了，"她说，"谢谢你背着我跟其他女的绞缠啊。"

傅丹心脑壳"嗡"的一声。狗×的，他想，结果说了半天她妈还是把那天恒发新城的事跟她说啦？"哪个女的哦？"他说，"我跟哪个绞缠过嘛？"

陈地菊盯着他："你敢说你认不到刘婷珊？你敢说你没开车载过她？"

傅丹心暗暗松了一口气。"你咋就把这个女的扯出来了？"他说，把脑壳摇起来。"是，她跟我生意上几个朋友关系都不错，一起吃饭见过几回。但我跟她完全不熟，更没开车载过她——人家开的是奥迪A6，哪需要坐我那烂车子！"

陈地菊眨了眨眼睛，眼眶子接着红了。"对的，"她说，"你说嘛，你继续说。你说啥我都信你。"

虽然他爱人的语气有所不同，但她说出来的这反话却像极了他爸会说的。汩汩地，傅丹心的脑壳里冒出了傅祺红延绵的唠叨，像是岩浆一样堵住了他的心窍。"你这人！"他说，身身一挺从床上冲起来。"我都跟你说我跟那女子没关系了你还要哪样嘛？你看我天天哼哧哧地在外头伺候那些大爷，净是当龟儿子，还不是为了我们两个的这个小家——结果呢，我回来还是个龟儿子！一天到黑听我爸那人阴阳怪气还不够，好不容易回寝室头了还要遭你来再跟我阴阳怪气，把我当成犯人来审！"

他骂完了还是气，提起脚来转到了床的另一头去，隔着一张席梦思看着他的爱人，瞪着眼睛，竖着眉毛。"我简直受够了！"他说，"你不要以为我傅丹心就真的是当龟儿子的料，比你们这些人都低一等，既配不上你们那些机关里头的工作，还要天天拿来给你们捧贬。简直是够了！"

陈地菊还是坐在梳妆台边上，一张嘴张了张但是又没话出来。她脸上的皮色依旧发青，两颊却泛起来两坨血浸的红。"我捧贬你？傅丹心，你还有没点儿良心啊……"

他爱人的话还没说完，就听到客厅里面他妈的声音。"哎你们两个，"汪红燕喊，"有啥事小声点嘛。我这儿看电视的嘛——电视里头的人说啥我都听不到了。"

古诗里头说：堆金积玉平生害，男婚女嫁风流债。这还是很有道理，意思就是金钱啊，情感呐，都不是好东西，妖妖艳艳弄得人心神不宁，就要造些孽来整不好几辈子都还不完，正所谓祖宗荫德儿孙福，前朝冤业后世还。《易经·坤卦·文言》里头也说：积善之家，必有余庆；积不善之家，必有余殃。这讲的就是一家一族一门中，好的歹的都要传继下来，丝丝缕缕，任你后辈小子扯也扯不松，挣也挣不脱。这样来看：傅丹心爱钱是有源头可循的，他爷爷傅银匠一辈子都和真金白银打交道，就算后来大跃进转去打白铁了，经手也是那亮闪闪的不一般事物；而他男女之情上的仓促和绞缠大概也是遭了前代的传承。我们镇上其他人不清楚，其实傅祺红当年和汪红燕的姻缘也是匆匆结下了的，婚前就有些说不清的腌臜，不足为外人道。所以你说傅丹心可恶也可恶，可怜也可怜，毕竟他这一辈子再大再野，也不过就是原河北清河县傅氏一门传下来至今四十七代藤藤上的一颗歪瓜——你就看它又扳又跳，最终也就不过是把自己扭得掉下来，扑通一声碎得稀巴烂，埋到泥巴里化成肥，来养傅家的根根。

现在而今眼目下，傅丹心浑然不知他原来渺如蜉蝣蟪蛄，正四仰八叉地支开在"阳光电脑"的柜台后面，一边抽烟，一边在电脑上看后天凌晨的球市预测：西班牙赔率下调，夺冠形势大好。他嘴头叼起烟，手上捏着一支圆珠笔，把立博、欧博和必发几家公司的赔率都挨个个齐刷刷地抄到他的笔记本上。周六叔的摊子看的是澳门盘口，但傅丹心每次都要纵览全球，提前把功课做足，才可以在比赛现场稳住缰绳，不被那分秒都在变化的数字带起跑，再来适时诱盘、滚球、放水赚差价。3.65，3.25，2.00……他一边抄，一边觉得心怦怦地跳。也就只有我傅丹心，他想，第一次上手就可以操决赛盘。你龙刚这些人一个个的猪脑壳，死了都整不醒豁——也就只有我傅丹心。

才是早上十点二十不到，平常"阳光电脑"是不得这么早就开门的。昨天晚上跟陈地菊架没吵完一晚上都没说话，傅丹心清早就走屋头走了，不想跟那几个人一起吃早饭，只随便在小卖部买了个菠萝包。他觉得自己肚皮里头寡寡的，看了一眼时间又还早，正在想不然泡杯茶来填个水饱嘛，忽然就看到有个人翩翩洒洒地踱进来，喊一声："老板，来买主了！"

就见这个人一张脸又黑又粗，两片嘴皮薄而发扁，下巴上胡子拉碴，眼镜就最见方正，穿进铺子来一边喊一边伸手就把傅丹心手上笔记本抢过去了，看一看又翻一篇。

"你个龟儿子的！"傅丹心一纵起来走周眼镜那里把他的笔记本夺回来，打开抽屉甩进去。"你干啥子，还想看我的赔率！"

周眼镜呵呵笑起来："你咋现在就开始搞算数了？这儿到半夜两点过还有大半天呢！"

"今天不是我守。"傅丹心说，把抽屉推进去关严了。"明天才是我守，今天是龙刚。"

周眼镜手一拍。"你娃可以哦傅丹心，直接把龙哥整来守季军赛了。他肯定有点不安逸你啊？"

"有啥不安逸嘛，大家一样都是帮忙的。"傅丹心淡淡地说。实际上自从周六叔出面，鼓捣龙刚把那十万退出来以后，龙刚就和他离皮离骨的，时不时还要发两句冷嘲，但傅丹心并不在意：怄嘛，你接到怄，怄死了我小傅来帮你收尸。

周眼镜点点头，把两只手背起走过去看傅丹心货架上的东西：耳机、音响、键盘、显示器、摄像头。"我那办公室准备再配一台电脑，"他说，"你帮我看看呢？"

没料想到这闲人还真是个买主，傅丹心赶忙把烟杆了，问他："你配来主要有啥用嘛？"

"就是普通办公用的嘛，"周眼镜说，"最多有时候网上看点视频。"

傅丹心就懂了，扯出一张 A4 纸来又拿了一杆笔。"你这办公用的就弄个英特尔奔四的 CPU 就可以了嘛，再整个华硕的主板，然后显卡我建议你要弄好点的，打游戏不卡，看视频效果好……"他嘴里面一灿火说出来，手头的圆珠笔也溜得飞快，写到单子最后划了一个价：8799。"差不多要这么多钱。"

周眼镜看着那四个阿拉伯数字，像是陷入了沉思。傅丹心就一把把这四个数划了，在下头重新写了一个：8599。"我给你算这个嘛，"他说，"都是弟兄家，友情价。"

他已经准备好了还要跟周眼镜继续还价，哪想到人家一伸手过来把那张纸接过去了，盯到上头像天书一样的字看了一会。"对嘛，"周眼镜说，"8599 就 8599。电脑有价，友情无价。"

傅丹心笑起来。一刀就把这闷猪儿宰了，反而让他觉得有点不好意思。"我再送给你一副华硕的耳机。"他主动说。

"可以嘛，"周眼镜说，"那你先配到，配好了我来拿货嘛？"

傅丹心说："没问题。等这马上世界杯收拾了我就来给你配。半天就配好了。"

所以说天道酬勤，早起的鸟儿有虫吃。傅丹心难逢难有上午开了一回铺子，就马上做成了一笔大单子。他笑眯眯地收了周眼镜五百元的定金，又听周眼镜问："走嘛，这都要中午了，跟我去吃饭嘛？"

"对嘛，"傅丹心爽快地说，反正这天挣得多的都有了。"我们去吃蹄花汤嘛，我请客。"

后来，傅丹心反复地把那天接下来发生的事情想了很多遍，但无论怎么看，怎么分析，他也不得不承认：当时的自己不可能察觉出任何的异样。毕竟，在我们平乐镇上，两个人吃顿饭吃出十个人太正常了，吃个晌午饭吃到晚上十一二点也不算稀奇。本来地方又小，馆子又多，大家都认得到又没啥正事做，遇到天气好的话就个个都出来了，偷油婆一样满街跑，找人一起吃饭喝茶。

你看这傅丹心和周眼镜跟出"阳光电脑"的时候天气正是烂漫，金灿灿的太阳挂起，天难得地发湛蓝。他们过了十字口，正在往南门菜市场走，还没走到老城墙边，周眼镜就"咚"地接了个电话，几句话说了挂了就跟傅丹心说："走哇，不吃蹄花了，我两个弟兄正好在摊贩市场那边吃鱼火锅，火都还没煮开，喊我们一起去吃。"

他们便打了个转身去摊贩市场，坐下来在大堂里头和周眼镜的两个朋友一起，追杀了一条三斤的大白鲢，又开了啤酒，刚刚喝了几口就听到店门外头有人在喊："哎呀呀，逮到你们几个了！背到老的吃好的！"

他们一转过去看到街沿上立了两个女子，一个穿红裙子，一个穿牛仔裤。那穿红裙子的一边喊，一边对着傅丹心招手，可不正是刘家那宝里宝器的独生女儿婷珊。

正是：

> 书生本无意，只怨风晴日暖不肯放人归；
>
> 小姐最多情，光见一枝浓艳哪料心祟祟。

傅丹心暗暗咒了一声，没奈何，只得扯出一个笑脸来，眼看着这两个女子穿进来，蝴蝶一样落在了这一桌男人中间。不消说，刘婷珊自然要挨到傅丹心坐，她的女朋友坐在对面。

"小傅，你最近还好嘛？咋都不理我呢？"刘婷珊说，手爬上来摸着傅丹心的肩膀。

傅丹心还没来得及表态，其他男人就都笑了。周眼镜说："哎呀珊珊妹，我认得到你这么多年了，你从来没对我这么热情过——我简直有点嫉妒啊。"

他的朋友接口说："周眼镜，你也好意思！你娃赶紧找个地方照一下你自己那尊容，还是要有点自知之明嘛！"

周眼镜也不生气，把自己偏分的头发一抹，说："是，我肯定是不漂亮，但是我很实用啊！"

"你这话说得，"他另外一个朋友说，"等于人家傅哥就不实用了？"

这下一桌人就把脑壳扭过来看着傅丹心，像是要等他表态。傅丹心只得把啤酒杯子举起来，说："哎呀，各位哥佬官不要洗刷我了。来，我敬你们一杯！"

一群人就都把酒都满上了，举起来一碰干了。"敬小傅！""敬实用！"

喝过酒的人都清楚，这第一杯一开，就像是吹响了比赛的哨子，接下来桌子上一个个就都要冲出来敬酒，一杯接一杯，一轮再一轮，越喝越快，越喝越猛，越喝越亲热。傅丹心开始想着要回去开铺子，后来就把这事搞忘了，反正今天晚上也没事，心头又堵起一堆气，干脆喝个畅快。他们吃了三条白鲢鱼，下肚了土豆藕片苕粉不计其数，把整整一箱啤酒越喝越少，又再点了半斤枸杞酒，不知不觉要把太阳都坐下山。

"你这死女子，"傅丹心脱口跟刘婷珊说，"你简直把我害惨了——你晓不晓得，昨天晚上我跟我老婆吵了一架，就是为了你这婆娘！"

"哎小傅，你这样说我们珊珊妹我就听不下去，"周眼镜说，"是，你那爱人是气质好人又漂亮，但我们珊珊妹也不差啊，而且人家还对你这么一往情深的——你倒好，还要骂人家！太不怜香惜玉了。"

周眼镜的话把傅丹心听笑了。他脑壳本来有点发晕，一笑人也就跟着飘飘的，手伸下去要抓放在地上的啤酒瓶，抓一下没抓到，却看到这瓶子居然遭两只白手握住了，再见一股细流自己涓涓地淌进了他的杯子里头。他盯了一眼给他斟酒的人，看到刘婷珊也在望着他，一双眼睛乌溜溜的有几分楚楚，长长的眼睫毛卷起来，又浓又密，像是一张小毯子。他心头一下有点软，听到刘婷珊说："周哥你这人！小傅爱咋说我是他的事，我爱不爱听是我的事，你是哪个嘛，要管我们两个的事！"

满桌男人都拍起巴巴掌来，呱呱地像一群老鸦："傅丹心你这娃艳福太深了，我们简直甘拜下风。""所以说人比人气死人呢，小傅你娃硬是要不完，那头有六叔看重你，这头还有这么多妹妹喜欢你，可以！太可以了！""来！来！来！跟我们珊珊妹喝个交杯酒！""喝个交杯酒！""喝个交杯酒！"

傅丹心想喝就喝嘛，酒桌子上演个戏，还把哪个吓到了。他就跟刘婷珊挽起手来，喝了个交杯酒。酒杯子放下来他刚刚想捻个菜来吃，就听到周眼镜和他的朋友又在起哄："对了！对了！酒都喝了，该进洞房了！走！走！走！你们两个先走了，早点进洞房。"

傅丹心说："你们这就过分了啊，我还有家有室的，你们是要害死我吗？"

刘婷珊扁起嘴说："你们看嘛。他不干，咋整嘛？"

周眼镜说："酒都喝了还不进洞房，简直是耍流氓！珊珊妹你不怕，哥佬倌我来给你做主！"

周眼镜的两个朋友干脆站过来了，绕到傅丹心后面一左一右，作势要把他架起。"狗×的！"傅丹心骂，两个膀子挥起，转身要踢这两个虾儿，三个人绕着桌子追起来，走马灯一般。还坐起的一男两女就齐齐鼓掌，笑得颠头倒耳。

这群人正闹得欢畅，忽然听到有哪个的手机在响。傅丹心虽然醉了，依稀一听这声音像是从他身上传出来的，赶忙伸手去裤子兜兜头把手机拿出来，看到上头屏幕在亮，闪着两个字："龙刚"。

他脑壳皮子一麻，一脚站定了，接起来："龙哥，咋想起给我打电话呢？"

"小傅你赶紧来救我个命啊！"龙刚说，声音焦干。"我这儿家头有急事，今天晚上这摊子我恐怕守不到了，你来帮我守一下嘛？"

傅丹心打个手势喊边上的人都安静了，走到店门口去，说："你有啥急事啊不能待会球打完再去？我该是要守明天，咋能今天来给你守呢？"

"哎呀，"龙刚说，"是郑维娜那女子出事了，我得马上要赶过去。小傅，你得救我啊，这事就只有你能帮我了。我给六叔都说了，他说的不然喊你来，不然就不准我走。"他有点哽咽了，鼻音也出来了，傅丹心从来没听过龙刚如此狼狈的声音，像个小弟娃在低眉顺眼地讨他的好。

"哎你不着急嘛。"他说，人大义大的样子。"我这正跟周眼镜他们在一起。我跟他们说一下，等看我打个车过来再说嘛。"

龙刚赶忙千恩万谢过了，傅丹心把电话挂了。他站在火锅店门口，看着对门子一溜紧闭的铺面，路灯已经打下来了，映着电线杆的影子又黑又长。他深深地吸了一口气。也就只有我傅丹心了，他想。

他走回去，看着那一桌子的人。男人们面膛发红，女人都杏腮含羞，五双眼睛在他身上，像是要等他宣布那开天辟地的消息。

"龙刚那娃整不醒豁了，打电话来喊我去救他，"他说，"看来今天这场子也只得我去守了。这下安逸了，老子一个人要连熬两个通宵！"

大话虽然说出来，但坐出租车上，傅丹心还是有点发怵。车窗子都被摇下来了，车里头却还满是酒气。微凉的风吹进来，吹在他脸上，也吹在他身边女人的头发上。

"小傅你不担心，"刘婷珊说，"你这是喝的啤酒，不得好上头，赶紧多喝点水。"她递过来一瓶矿泉水，瓶盖子已经扭松了。

傅丹心心头一暖，把水接过来，喝了一口。刚刚上出租车的时候，傅丹心本来是有点犹豫要不要带她，但周围几个男人都起哄，不准他把刘婷珊抛下了，再加上这痴心女子又造孽兮兮地望着他，嘴头说："小傅，我跟你一起去嘛。这还得一通宵，总得有个人来照顾你一下。"

傅丹心本来还有点将信将疑，但现在看来这女子其实还是识大体的，上了车再没啥咿咿呀呀或者要跟他动手动手，麻利地把窗子都摇下来了，又拿水给他喝。

看傅丹心把一瓶水喝了一大半，刘婷珊又说："我这刚好有醒酒的药。我平时喝多了就吃一颗，效果还可以，你不然吃一颗嘛？"她伸手进包包里面摸了一转，拿出来一个念慈庵枇杷润喉糖的铁盒盒，打开来，里头排满了全是圆圆的白颗颗，聚在一起像是一只巨大的复眼。

刘婷珊把一对蔻丹红的指甲并起，挑出一颗白药片来，递给傅丹心。"来嘛，"她说，"吃了脑壳清醒些。小傅你没问题的，你是啥段位嘛，比他们那些人不晓得要高好多。等会你好生整这一盘，保证喊把那些瓜娃子把窑裤都输干净。"

傅丹心看着这女人的眼睛里是赤赤的火，她说出来的话下到他的肺脏里，搅起来汹汹的血气。他想立刻就把这婆娘拉到怀里来，狠狠地亲她的嘴，再把她掀倒在后座上，痛痛快快地和她亲热。但是他忽然又听到了，在脑壳里面，那个很有些日子都没有出现过的，他爸阴森森的声音："傅丹心，你不能一错再错啊。你要是再把陈地菊违误了，你就真的是不叫人呐。"

傅丹心胸口一紧，把两个坨子都捏起了。狗×的，算逑了。他想，硬生生把他鼠蹊里窜涌的阳气按下去了，只客客气气把手伸出去，走刘婷珊手上把那颗药捻过来，放到自己的嘴头，再一口冷水给它灌了下去。

陈地菊喝了一口杯子里的茶，才发现里面的水没有烧开，仅仅是温热的，茶叶也没有泡开，硬杆杆地浸在倒冷不热的水里，渗出一股生味。喝都喝进去了，陈地菊也就只有把这口水吞了，抬起眼睛来，看着坐在她对面的男人偏起脑壳翻一摞文件，一双眉毛皱得梆紧。

"代行，实在是给你添麻烦了。"陈地菊说。

代行长叹一口气，把文件合起来又把眉毛舒开了，说："小陈啊，你确实是把我弄得很为难啊。"他摇了摇头。"你也晓得我们最近有好缺人手，小朱产假还没休完，这眼看小唐也就是这两周要生的事了——整个前柜就只有你和徐佳两个人顶起在，你要是现在走了，我去哪儿抓人嘛？"

对的，你编嘛，继续编。陈地菊心头想，脸上扯出个空洞洞的笑来。她面前对着代行长，背后却总感觉像有一双滚烫烫的眼睛在瞪她，正是她的妈妈叶小萱。"你这周一定要喊那姓代的给你个准话，"她妈反复跟她交代了，"不能再把我们当瓜娃子一样光喊我们瞎等。"陈地菊暗暗叹了口气，把背挺了挺。"代行，你说的这些我都清楚，"她说，"上回你找我谈话的时候也都给我说了，小朱刚刚休产假让我多顶一阵，我当时也是同意了的。只不过这都又要两个月了，我听说她好像还要延假？唉，主要是人家政府办那边也是缺人的，不可能一直无期限地把那位子空着等我啊……"

"我晓得，我晓得。"代斌摆摆手。"政府办那工作肯定是安逸，我要是你啊，我也想早点调过去。问题是你和我们签了劳动合同，是有责任有义务的，总不能说走就走嘛？对吧？"

"我当然不是想说走就走了，"陈地菊说，"不过只是想有个确定的时间。你看我是能国庆之后调？还是要等十一月，十二月？"

代行长把眼睛瞪起来，好像一只呛水的蛐蟆儿。"咋可能国庆节之后？这都还有几天就国庆节了，"他说，"看嘛，总要等小朱回来嘛，看她啥时候把产假休完嘛再说嘛。"

他说完这句话就不说了，嘴闭得梆紧，手指拇在桌子上哒哒几弹。陈地菊不由地怀疑：如果坐在这里的人不是她而是她妈妈，代行长的反应会不会有所不同——如果是她妈坐在这里，叶小萱该会要如何应对这尴尬的局面呢？是骂这姓代的说话不算话，本来只说喊她多上两周现在一抹脸成了要上到年底呢，还是把笑脸扯出来把高帽子给他戴起，再把代行长英明能干最体谅下属肯定能找个解决办法出来之类的赞美之词像花儿一样吐出来堆在他的面前？是扯出来一个满鼓鼓的信封给他上贡，还是把茶杯子里的冷水一灿火给他泼过去？有一瞬间，陈地菊觉得自己似乎看到了她的妈妈，黑脸董嘴，毛焦火辣地，在跟她说该要如此如此这般这般，把这个囚皮寡脸的赖子嘴撬了，肚皮剖了，脑壳钻了，总之要走他这儿挖出两句人话——但她仔细去听的时候耳朵里却是空缪缪的，只有窗子外面传来的西街上的车来人往。

"那就这样嘛，"代斌说，"你先去忙嘛。"

"好的。麻烦你了，代行。"陈地菊说，客客气气地站起来，走了出去。

她坐回了柜台后面，把几缕散下来的头发别到耳朵后面去了，按了下一个号把事情做起来了，行云流水地。上午的营业高峰已经过了，大厅里面稀稀落落地坐了小十号人，大多数都是西街上七仙桥和摊贩市场的老居民。开卡的，取工资的，交水费的，存定期的，何嬢嬢，孙大爷，叶伯伯，曾婆婆。陈地菊一边隔着玻璃和街坊们寒暄，一边心头的无名火在灼：代斌那人简直可恶，东拉西扯，一拖再拖，摆明了就是不放她走嘛。问题是她在你这烂垮垮的邮政银行干了这么多年，之前那么多次人事提拔有哪次想到她了？光现在假惺惺说些好话，好像很看重她的样子，其实无非就是想把她这老实人留下来继续哼哧哼哧给他做牛做马。

陈地菊觉得很懊恼，不仅是因为他们那个阴阳怪气的支行行长，更多的是因为她自己——已经不是第一次了，最近，她时常被这种愤懑冷不丁地罩住，像是一个黑漆漆的口袋哐地套在她脑壳上，一把就勒得她喘不过气。为啥呀，她又不是憨的，也不瓜，为啥要鼓捣把那没泡开的冷茶喝下去？道理她都懂，人她也看得明白，为啥就每次都把硬胃不起来，不能像她妈叶小萱那样当场就把态度表明了，把好话歹话都说伸展；为啥她就偏偏回回都那么肉扯扯的，那么窝囊？

她敲键盘的手劲大了起来，噼里啪啦地，像是冰雹在打下来，整得柜台那头取钱的也受了惊一般，把手头的袋子捏紧了，望着她。

"小陈啊，"那婆婆说，"不是我的钱有啥问题嘛？"

陈地菊转头去看这客户，看着她脸上的皱皱和花白白的头发。"没问题，曾婆婆。"她支出一个笑，把银行卡、收据和钱都摞好了，两只手递出去。"来，这是您取的五十元。您拿好了。"

其实也不怪陈地菊腹诽，她这调工作的事从七月中旬拖到了九月下旬还没有个下文，确实是有点气死先人的意思。好不容易到了午休，她没心情也没精力去给她妈扯回消，几下把她的盖浇饭吃了，又懒得这么早回去继续坐那铁笼子，她干脆悠悠摆摆地穿过马路，走到"学而知"去翻些书看看混时间。

因为上回专门来买了公务员考试的参考书，陈地菊发现这书店里面居然还有一个卖备考书籍的角落，整整两个书架上满是《国家公务员录用考试历年真题精解》《全国硕士研究生入学考试大纲》《法律基础知识》，还有《新东方英语》《新托福考试核心语法》《新 GRE 词汇精选》等。她本来还有些奇怪我们镇上哪会有人用得着这种书，问了老板才听说这些考试书其实销量好得很。

"就二环路外面西南大学的一个女孩儿，去年来买了好些考 GRE 的书，"女老板对陈地菊说，"结果年初还真就考上了一个美国的大学，一个多月前走了，现在该是在美国上研究生了。"

陈地菊觉得有点头晕，无法在脑海里丈量从平乐镇西街到美国的距离。从那天以后，她就像入了迷一样，时不时来这备考书籍的角落晃一晃，翻翻这本，看看那本。

"高中时候我英语还是不错的，"她想，手里翻着一本《考研核心词汇》，"咋现在就一个单词就认不到了？"

那些白白的书页上都印着黑黑的字，拼出来一页页的却在陈地菊眼睛里面化成了斑斓的景象，有摩天大楼、高架桥，大道上熙熙攘攘的人摩肩接踵地在走——陈地菊幻想她自己就在这些人中间，要去一个新的地方，换一张新的面孔。

有小令一首为证：

> 荷盘渐枯风渐凉，今日芳菲明日黄，美人遥思他乡事，梅心远，一半儿清冷一半儿犟。

她把书合上了，放回去，晃眼间看到有一个穿牛仔裙的年轻女子站在她斜对面的书架前面，散散地背个大手提包，脑壳上架个粗框墨镜，很有点明星架势。陈地菊不由地多看了她一眼，才发现这人居然是有一阵不见的郑维娜。

"娜娜。"她喊，难得地有些惊喜。

也是稀了奇了，郑维娜手上捧着一本书，看得像是入了迷，陈地菊又喊了一声她才把脑壳抬起来。"哎呀，梅梅姐，好久不见！"她走过来站在陈地菊面前，书还捏在手上。陈地菊看到封面上写的：网络营销宝典。

"我听说你和婷婷那淘宝店好像还很红火啊？"陈地菊问，想起前两周见王婷婷的时候她给她显耀的她那铺子的主页，上头五个黄灿灿的钻石。

郑维娜笑起来，像是有点不好意思，把那书翻了个转，封面藏起来贴着自己的心口。"还算可以嘛，"她说，"我们两个也没想到。这才几个月都升了皇冠店了。我们最近在跟几个服装厂联系，准备试着自己打版。"

"你们简直太能干了，"陈地菊说，隐隐有点懊悔当时躲了王婷婷一阵直接把给她们当模特的机会出脱了，"有啥需要帮忙的地方记得跟我说啊。"

郑维娜点点头。"你和傅哥最近咋样呢？我听龙刚说傅哥最近简直找不到人的嘛，他还好嘛？"

这恶吓吓的名字直接让陈地菊心头一哽。她不好把她的不安逸表现出来，只得额外扯开一个笑脸。"可以，我们都好得很。傅丹心就忙他铺子上的生意嘛。他世界杯以后的确像是收心了——看管得到好久嘛！"

郑维娜本来把话递出来是有点想探陈地菊的口风，没想到她一下直奔主题，把"世界杯"提出来了。她一下有点心跳跳的，又赶紧稳起了，一字一句抑扬顿挫地说："哎呀！我就说龙刚是瞎操心嘛！你看，还是傅哥那人对，浪子回头金不换，毕竟啥都不如顾家重要啊！"

陈地菊再是不多心也听得出来这郑维娜唱戏一般的其实是话里有话。本来，平常她也就算了，顺着你把话轱辘再转两转，反正马上就要说再见——但今天她忽然有点不想忍。干干脆脆地，她直接把话说伸展了，免得这女子再牙尖："其实，傅丹心前段时间出了点事，好像是在那足球沙龙操盘的时候出了错。他当时回来就跟我说了，还搞得很有点崩溃，幸好过后处理下来了——真正要说，这事还是个好事，他虽然赔了点钱，也算把教训学到了。"

郑维娜频频地点头，像是个认真听讲的学生，脸上也肃穆了。"原来你晓得那事啊，"她说，"我也是听龙刚摆了。还是很吓人啊，把赔率整错了两个点简直不是开玩笑的！还好是解决了，解决了就好。傅哥赔了好多钱呢？"

"赔了三万，"陈地菊说，尽量把语气放得淡了又淡，"他倒是自责得很，弄得我也不好多怪他。花钱买个教训嘛，花钱消灾。"

郑维娜又是一怔，像是听到了啥天方夜谭一般。过了一秒钟她回过神了，抿起嘴来想忍，又始终没忍住，哈哈地笑了起来。"哎呀呀梅梅姐，我确实是佩服你，"她边笑边说，"你简直太看得开了。硬就是人家说的那种，视金钱如粪土。换了我啊，我肯定要给他打一架。你呢简直大气，说算就算了。也是，也是，花钱消灾，花钱消灾！"

郑维娜的笑声又脆又亮，真正是像银铃儿一样响穿了整个书店，引得收银台后的女老板也抬起眼睛来朝她们这边扫了一眼。陈地菊觉得脸上发烧，这女子笑得她心头有点发毛，但又遭她把高帽子都戴起了，还拱到了台台上，一下不好跳下来，只得说："是嘛，只舍财就能把灾消了那就是不幸中的万幸。我也不是啥视金钱如粪土，只不过钱嘛，够用就对了。应该说我们还是都很幸运的，吃穿住行都不缺，剩下的多点少点其实也没啥区别。"

郑维娜再把头点了点，说："你说的这个我倒不是很同意。是，过的话都可以过，穿草鞋也是过，穿皮鞋也是过，但有那好鞋子拿给你哪个不想穿？都是人，哪个不想往高处走，往好了过？没钱的话咋走，咋过？就说你跟傅哥两个人嘛，现在是啥都不缺，等你过两年有个娃娃呢？万一一生生对双双儿呢？”

陈地菊万万没想到自己还真的遭这女子的几连问整得乱了阵脚。她勉强把脸绷住了，脑壳里头不由地回想自己上次来月经是啥时候。实际上，她也听她单位上那两个怀孕的女同事抱怨过好几回，说这年头生娃娃太贵了，光是订个好点的妇产医院再加月子中心就要八九万，还不要说请保姆，请月嫂，买进口奶粉，送双语幼儿园——她一下想远了，心里头空镣镣地发慌，背心子都有点出汗。

“这恐怕还是不至于哦，”她脱口而出，“我本来就没打算要娃娃的。”

各位看官，看到这儿你们是不是觉得有点稀奇，想的陈地菊这女子实在有点陡，咋好生生地跟她女朋友在书店里头摆了几句闲，就嘴一张蹦出来不想生养这样惊世骇俗的话。但你有所不知，陈地菊这一句乍一看像是遭郑维娜逼出来的气话，实际上却是话有其本，话有其源的。怪只怪我们说故事的啰唆，不像是台子上演戏的，往往一灿火把甲乙丙丁都凑到一堆来，三言五句，捉奸的，报恩的，解误会的，见分晓的，都即刻一清二白——但实际上真人真事里面往往没有这么简单，不是说前因就硬要挨着后果，也很少见作孽了马上便遭报应，不然也就不会有王世名藏宝剑五春秋终报父仇，韩秀才舍鬼子十八载才得团聚等故事了。再转过来说陈地菊这个人，她的毛病就在于太喜欢忍，往往有哪个把她惹到了，她都不即刻发作出来，反而是要按下来藏到肚皮里头，作出一副明事理识大体的样子，说不清楚是要给他人瞻仰，还是要供她自己欣赏。问题是气是不能忍的，越是要装就越装不下去，越是不想就越要怄，不然又哪会有怕黄昏忽地又黄昏，不消魂怎地不消魂的诗句，更不会落得香肌瘦几分，缕带宽三寸的下场了。

你看她把这话说出来其实自己也吓了一跳，当着她女朋友的面没好意思多作声响，但走回单位上了一下午的班都心不在焉的，在脑壳里反复想着自己骤然发出来的这一句宣言。我是不想要娃娃呢，还是不想要傅丹心的娃娃？她默默地问，拿起名章来盖下去，一个红框子青丝严缝地圈在中间规规矩矩的三个字：陈地菊。

从小到大，这三个字她不知道看了多少遍。最开始在她的作业本上，《小学语文》《小学数学》的封皮上，到后来在她的学生证上、驾照上、身份证上、工牌上，还有他们的结婚证上。小时候她不太喜欢这个名字，尤其见不得中间那个"地"字，她妈说是她命里头缺土专门给她补的，她就觉得这字扎实得心慌。她的同学们也都喜欢拿这个字取笑她，给她起了一系列的外号，诸如："地瓜""地龙""地钻钻"——总之没一个是好的。等到她和傅丹心去扯了证，九点半不到走民政局出来，一对坐在他的车里面看着两个红本本，一字一句地看了一遍又一遍。她记得傅丹心摩挲着他的那份结婚证上"陈地菊"三个字，说："哎呀，梅梅我好喜欢你的名字啊。"

她就说："啊？我最不喜欢我这大名了，土得很，瓜兮分的。"

傅丹心笑起来。"你这名字多好的啊，那么特别。而且我们两个的名字放在一起特别配。你看：傅丹心，陈地菊。"

陈地菊就顺着他的话把她自己本本上的那两个名字也对起看了看：陈地菊，傅丹心——的确有一种说不出的联系。

傅丹心出事的那天晚上陈地菊睡到两点过就忽然醒了，心怦怦地跳，脚心和手心都冰凉。她看着另外那一半空荡荡的床，记不起来傅丹心到底有没有跟她说过他今天是不是要去足球沙龙，把手机捏了好一阵还是没有把电话打出去给他——既然他都没有找她，她又何必去找他？

她强迫自己看书，却一个字都看不进去，右眼皮跳得像是哪个吃错了药在发疯。她不得不走书的扉页上撕了一个小角角，又拿口红把这片纸抹红了，沾了口水贴到眼皮上，才把它安定下来。她坐在床上，闭目养神，想的：等到六点还没的消息的话就给傅丹心打电话。

半梦半醒中，她的手机自己响起来了，陈地菊迷迷糊糊地伸手去把电话接起来，听到了在那一头她爱人的声音。"梅梅，"他喊她，发出来的每一个字都在颤抖，"梅梅，你出来一下嘛？"

陈地菊看了一眼时间，才是早上四点过。"你在哪儿啊？咋不回来？"

"我在肯德基，"傅丹心说，"我，我出事了——梅梅，你过来嘛，你快点过来嘛。"

他喊她喊得像是一个走失了的娃娃，陈地菊的心都揪紧了。她赶忙起来了，轻手轻脚出了门，穿过空荡荡的东街走到天盛广场，推开那家二十四小时营业的快餐店的大门，上了二楼，在窗户边上的那个老位置找到了她的爱人傅丹心。

他在椅子缩起来一坨，手抱着蜷起来的腿，脸埋在膝盖后面。"傅丹心，"陈地菊喊他，伸出手来轻轻摸了摸他的肩膀，"傅丹心？"

直到傅丹心把脑壳抬起来了，陈地菊才看到他真的在哭，一张脸被眼泪水浸得焦湿，眉眼都皱在一起，眼睫毛也绞起来，贴在眼皮上。"梅梅，梅梅。"他喊她，一把抓住她的手，扯过去，把嘴唇印在她的手背上，印了一下，又是一下，他的眼泪水也沾上来，又湿又冷。

陈地菊没有见哪个男人在她面前哭过，更何况哭得这样地涕泪齐下、造孽兮兮。她一下也没抓拿了，坐下来在傅丹心的对面："丹心，你咋了？有啥事你好生说嘛？有啥事我们商量解决嘛？"

傅丹心就吞吞吐吐给她说了，说今天晚上是本来不该他守那沙龙，所以他跟周眼镜他们几个一起夜饭就多喝了两杯，没想到又遭临时喊去操盘，他就只得去了，本来想的他喝的只是啤酒，打的又只是季军赛应该不得好多人来，但是没想到路上，没想到——"我遭整了！遭她整了，把我整惨了！"

他把这"惨"狠狠吐出来，龇牙咧嘴的，脸上的筋肉都纠起了，一下有几分狰狞。下意识地陈地菊想要往后一缩，但又把自己稳住了，问："哪个整你了？咋整你了？"

傅丹心望着她，大颗大颗的泪珠子顺着他的眼角往下流。他的嘴皮好像张了张，又最终什么都没说，只是把头摇起来。"是我错了，"他说的，"真的是我错了，我该听你的，不该跟他们那些人混的，我该好生跟你说，不该跟你吵架的——唉这下整安逸了，莫名其妙欠了他们一堆钱，咋整嘛？唉，我只有去死了，我只有死了算了。梅梅啊，我就想跟你说，不管咋样你一定要相信我，我心头真的从来就只有你一个人啊，就是我死了也只有你一个人啊……"

后来，陈地菊反复把这个场景想了很多遍，越想就越觉得那不像是一个真正发生过的场景，反而像是一个她在哪里看过的电影片段：她顶上的白炽灯打得透亮，穿过她身边一尘不染的落地玻璃窗，把他们的影子投射到外面还是沉黑的街道，忽然地，第一丝霞光破开了天空，照进了快餐店里，端端地打在了她和傅丹心握在一起的手上。陈地菊看着她爱人的手，皮肤比她的略略沉暗，把她的手紧紧地捏在掌心里，五个指头绞缠着她的，像是那大理石的雕塑即将沉入永恒。

"我只有死了，"她听到傅丹心还在说，"梅梅，我这下真的没法了，我只有去死了。"

"好多钱嘛？"陈地菊说。她的声音忽然发出来，有一种陌生的尖锐，把她自己都吓了一跳。"你欠了好多钱嘛？"她把声音放沉了一些，又问，"我还有些存款，说不定能帮你还。"

傅丹心把背慢慢直起来了，愣愣地望着他的爱人，像是弥留中的人看见了灵光，整个人都定住了。陈地菊只得又问了一次。

"三、三十万，"他终于说，"我欠了他们三十万。"

都是命，陈地菊想。她从自动检钞机里把那摞钱拿出来，桌子上顿一顿，再递进扎把机里，咔嚓一下出来齐崭崭的一捆，推过去和其他扎好的并起，又再把下一摞放进验钞机。都是注定的，一切都是命中注定的，她对她自己说，两只手上不停。……六、七、八、九、十，十扎数完就打起来一捆。

她找谭军要四十万本来只是随口说的一个数字，哪想到就刚刚巧是这四十万，先是给了她和傅丹心新房子的首付将近十万，剩下的三十万又正好还进去了填傅丹心的债，整整三捆十扎每扎一百张红票子，银货两讫，再不相欠。

她把现金都点完了，账对好了，回执理清了，又把还没有用的银行卡、存单，点好了摞齐了，一样样封到箱子里面去，再装进去她的名章、业务章、假币收缴章那些零碎。

以往，陈地菊都是最后一个扎账的，还常常留下来和值班领导一起等款车到了再回家。现在她总算想通了，把那些额外的都留给想被重用的人去挣表现，她呢，就只管好自己的本分。四点半过一点儿，眼看营业大厅没人来了，陈地菊便有条不紊地开始扎账，等到五点整钟一敲，她就提起包包准时下班。

"你们老公又在外头等你了哇？"徐佳说，"天天这么恩爱，简直要把我们这些单身狗气死。"

陈地菊笑一笑，跟她同事说了再会，推开营业厅大门走出去，果然就看到那辆雪铁龙停在银行旁边摊贩市场巷子门口，又白又亮。她几步走过去打开副驾的门，就看到傅丹心侧过脸来抬起头对着她笑。他这段时间精神多了，胡子刮得干干净净，头发梳得伸伸展展，更显得俊朗。"下班啦？"他说，伸手拍了拍副驾的椅子，又把靠垫调正了。

陈地菊轻巧巧地坐下去，把手提包往后一送放到后排座位上，转过来就看到她的爱人正定定地望着她，手绕过来抱住了她的肩膀，脸凑近了，一对薄薄的嘴皮骤地吻上了她的嘴。

"梅梅，"他喃喃地说，"我想你了。"

陈地菊觉得脑壳有点晕，她一边伸出手来揽住她爱人的后背，一边想：都是命啊，真的都是命。

等他们终于把车子开出去了，开在车水龙嘛的西街上。陈地菊说："今天午休的时候我撞到郑维娜了，她说龙刚在找你呢。"

傅丹心叹了口气，方向盘倒是握得稳稳的，但眼睛就飘过来看了陈地菊一眼。"他找我干啥？"他说，"我三大三十万都给了，也把态表清楚了，再也不想跟他们那些人有啥瓜葛了——他找我也没用。"

他这话说得笃定，陈地菊刚刚有些飘忽忽的心就又稳下来了。"怪只怪我们这地方太小了，总是要低头不见抬头见。"

傅丹心把手走变速杆上抬起来，伸过来沉沉地捏了捏陈地菊的手。"梅梅，你放心，"他说，"你那钱我肯定要慢慢还给你的。其实我最近也在想，不然干脆把我那铺子退了算了，我看人家都开始在网上卖东西了，又没房租，客源又广，方便得多嘛。"

他们的车开过了十字口，街心花园层层叠叠摆满了一品红，背后一墙的绿植，中间又再镶着红花，拼出来：欢度国庆。陈地菊从车窗里看出去，忽然发现花园中间的大摆钟不知道啥时候拆了，现在杵在那儿的是一杆探照灯，高耸的杆子上顶着一个飞碟似的大圆盘，等天暗下来了，这一圈灯泡就要亮起来，把我们镇四面八方的犄犄角角都照得通明。

陈地菊忍不住眨了眨眼睛。"我今天也还在做白日梦，"她说，"想的不然我也不要盼到靠爸的关系去县政府里面了——就像你说的，那里头关系又复杂，又死沉沉的，我这才三十岁一个人，是不是该再多拼一把？真正静下心来，说不定还能考个啥研究生。"

"研究生可以啊！"傅丹心马上说，"我支持你。你本来就爱读书的，肯定可以考起的。只要你考起了，不管去北京还是去上海，我都跟到你走。"

陈地菊嗤地一笑。"你咋还就当真了？说起比我还激动。"

"为啥不可以呢？"傅丹心说，再把陈地菊的手捏住了。"我是真的有点不想在我们这鬼凶凶待了，还不如换个地方闯一闯。"

为啥不可以呢。陈地菊感到一股热浓浓的气走她爱人的手心里涌过来。眼前，东街的路刚刚过了老城墙边，越展越宽，正有点峰回路转、云开月明的味道。陈地菊感到她的心口一阵悸动，好像真的有什么了不得的事要发生了——她转过去看着傅丹心，他坚毅而略带忧愁的侧脸。

等到他们把车开回了县委家属院陈地菊还是有些心潮激荡。他们钻出了车子，看到今天院子也像是额外热闹，一堆邻居三五成群地站在一起，说些小话，看到他们两口子走过去了，对他们扯起嘴角来笑一笑。

"今天是有啥事啊？"陈地菊说。傅丹心却不说话，眉毛皱起来，大步朝他们单元门口走。到了单元门口就又看到围了一堆人，是傅家楼下的邻居。这几户都是退休干部，平常很少看到人影子。他们看到傅丹心两口子过来了就显得有点紧张，讷讷地喊："哎，哎，小傅，回来啦？"

这下就连陈地菊也觉得有些不对了。她跟在傅丹心的背后，一步两阶地上楼，上了一层又是一层，楼道里面倒是空空的，陈地菊听得到自己咚咚的心跳，大喘喘地呼着气。她上了四楼，又爬了一层十二阶，转过来在平台上，拉着拐角的扶手，正要抬起脚来再走那最后一层——就是在这个时候，她看到了，高高地在五楼楼梯间的墙上，殷红的笔触画下了张牙舞爪的几个大字。这些字是那样地红，衬得那背后那本来污黄的墙发着幽白。

欠债还钱。那血红的字写的是。

"我 × 你先人！"傅丹心咒了一句，扑着冲上去，一把把身上的衬衣脱了，抢到墙上去，疯了一样擦这几个字。但字都写上去了，又哪是这么容易擦得掉的，他越是舞，就越是把这红漆弄到他的衣裳上、手上、脸上、头发上。

"哐"的一声陈地菊看到傅家的门开了，走出来她的老人婆汪红燕。她穿了一件棕黄色的衫衫，烫的头发像有点乱。"哎呀你总算回来了。"她说，期期艾艾地看着她的儿。

傅丹心把手停住了，垂下来不动了。他光着上半身，显得格外地瘦弱而单薄，像遭人卸了膀子。

"幸好你爸还没回来，"汪红燕说，"就只遭我撞到了。那两个人倒是还客气，说的你当庄家整错了把钱给他们输了，要喊你赔起，说的该是好多就要赔好多，不能少了。"

"那些狗日的。"傅丹心说。他的声音哑哑的，光看着那扇墙。从陈地菊站的地方，她看不出到他的脸上是什么表情，只看到他的身体在颤抖着。"狗日的。"她听到他又咒了一声。

"你少跟我来这些花的，"汪红燕说，依然轻言细语的，"你就老实说，你欠了他们好多钱嘛？"

傅丹心没有回答。他还是对着那面墙壁，只把手举起来了，按上去，落在"欠"字和"债"字中间。

"三百万。"他嗫嗫地说。

傅祺红日记
1981年5月29日

　　昨天晚上吃饭的时候红燕就说肚皮有点紧，到十点过开始叫唤，果然是宫缩了。我赶紧骑车子到十字口去喊了个三轮，又转回来把她弄上三轮，一路去了县医院。

　　晚上十一点过进的病房，呻唤得没停过，我陪在边上也一夜没睡，到早上五点过，终于推进了产房，等到八点过二十五的时候，有个护士出来了，怀头抱起一个包包，递给我，说的："恭喜啊，六斤七两，是个男娃娃！"

　　也不怕人家边上的笑，我那眼泪水一下就涌出来了，把这娃娃抱在怀怀头，硬是坠手得很。我的娃娃长得漂亮啊，一头黑头发，眼睛睁得圆溜溜的，不像其他娃娃都把眼睛眯起。那护士说再没见过这么好看的娃娃了，另外有几个跑过来看的也都连声夸他。

　　这娃娃被我抱在手里面，一双眼睛到处看我们这些大人，也不张，也不哭，简直有点像是个下凡的灵童。儿啊，你就是我傅祺红的儿子，我们傅家谱上的四十七世啊。爸，妈，你们在天之灵肯定都是欣慰的，我们傅家这下有后了，不得断根了。我得给这娃娃好生琢磨个大气的名字，就看他二天长大了更要出类拔萃，有大出息、大成就。

第十三章

词云：

> 池中并红莲，花揉损枝不断。待到绿塘摇滟，菡
> 蓉双双展。
>
> 别来万事难将息，清瘦潘颜减。幸有东君知己，
> 分钗终合钿。

词寄《好事近》

这一首长短句是我县老科协诗词研究会秘书长钟开德老先生亲自作的，为的是朝贺他幺儿钟铮和前儿媳妇孙玉霞破镜重圆，再结连理。一般来说，人家办二婚都比较低调，但钟铮和孙玉霞这回复婚就闹得有点响。说起来也是笑人：原本钟铮跟孙玉霞离婚是因为他和外头一个女的网起了跑了，还生了个娃娃；哪想到眼看这娃娃周岁都还没满，他姓钟的又想转了，背到那好不容易转正的小三和他的原配搞起了地下情，一来二去，居然直接跟这小三掰了，才生下来奶娃娃

也不要了，浪子回头，揣着一张旧船票硬就又爬上了他前妻这艘老客船。

我们镇上的人看他城头变幻大王旗一般几转又几转，爱人变小三小三变爱人，看得脑壳都昏了，心更是跳得怦怦的，一等到国庆假钟家在清溪路上铜壶苑请客了，就都一窝蜂地跑来吃喜酒。四十多张桌子每桌十二个人挤闷了，缩起肩膀伸起筷子夹些鸭子肘子酥肉肚条，边吃边说："这孙二妹硬是会整，将近五十岁的人了还搞得跟真的一样，二进宫还要宴客，又来宰我们这些人一刀。你说他们办这一趟席要赚出来好多？"

叶小萱说："都是那几个老朋友了，封她个红包倒也没啥子，问题是这钟铮朝三暮四的，到底靠不靠得住啊？我还是有点担心二妹，太重感情了，容易吃亏。"

吴三姐说："我看啊，二妹也是没法了，也就是冤家遇到对头，瞌睡遇到枕头。大概这就是人家说的剪不断理还乱吧！但又有哪个清楚这是良缘呢还是孽债呐？"

刘五妹听不下去了，筷子上一坨香喷喷的酒米饭也先不吃了，放下来到碗里头，说："都是过了大半辈子的人了，你们这几个人咋长不醒一样，说啥子爱啊缘啊的。其实这两个人复婚的事情说穿了，还是因为房市。"——她抿起嘴来笑了一笑，不紧不慢地往下说："也是这姓钟的不要脸，当初离的时候把他们那铺面裹起跑了。本来他是想得美，准备把铺子卖了买套新房子跟新老婆住，又东挑西拣没看定。结果硬是天意啊，你看这下半年一来，楼市冲天地往上涨，他那点钱本来还值个小套二，这下套一都买不到了。新房子没着落，新老婆就不干了，把钟铮吆起去找二妹——因为本来二妹手头还捏到两套房子的，这婆娘就心凶，想要再胎*她一套，哪想到肉包子打狗，房子没要到，把老公整掉了！"

蒋大嫂说："你不要说，这房子今年子硬是邪门了。哎，五妹啊，说起你恒发新城那套别墅硬是可惜了，卖早了！你要是多等三四个月啊，随随便便多卖两百万！"

"哪儿存在呢，"刘五妹潇洒一笑，"我无所谓的，只求早卖早了！那套房子晦气得很，我一天都不想多留！"她那房子最终挂给了万家中介的对头，六月初卖了刚刚三百万出头。

"结果还是我那女儿跟女婿聪明，"叶小萱说，"幸好年初就把房子买了，稳当。他们那小区也选得好，这一趟涨价里头一炮冲先，翻了一倍还不止。你看这都还没交房，我们那铺子上都有人把他们那儿的期房拿来卖了，买的时候三十多万，现在随便卖八十万！"

"啥小区哦？涨那么多？"桌子上有人问。

"川西名居，"吴三姐热情地说。"这也是天上掉下来的大运。它那位置本来一般，结果遇到六月份政府地铁规划图更新了，硬是在那儿多加了一个'平乐东站'，离他们小区门走路五分钟不到，你想想，这得有多方便？我跟你说，现在入手还不晚，等明年下半年地铁通了啊，还要涨的！"

"那倒是，"蒋大嫂也跟着点点头，"真正是买啥不如买房，你看今年股市跌得，渣渣都不剩了。"

这两个字一出来，满桌的人都呻唤起来，像是齐刷刷遭

---

* 胎，四川方言，揩油，占便宜。

踩了一脚。"哎呀哪个都不要在我面前提股市，"刘五妹说，"我这头套牢进去了将近一百万，解套简直遥遥无期啊。"

"说起解套，"叶小萱插嘴，"我那女子最近要换工作了。这儿要马上借调到政府办去了，苦啊！这下子压力就来了。"

"政府办的工作不得了哦！"对门子的人说，"小萱你硬是了不起，这种关系都找得到！"

刘五妹笑一声，"她哪儿有这种关系？肯定是她那亲家找的嘛！所以说小萱啊你是比我们这些人都要凶些，眼光毒，看人准，把你那女婿抓得那么紧——硬是抓对了。"

"儿孙自有儿孙福。"叶小萱谦虚地摆一摆手，"该你的总是你的，不该你的抢也抢不到——你看看二妹和钟铮嘛，不就正是这道理吗？"

"说得好，说得好！"蒋大嫂说，把她的雪碧举起来，"来，来，我们大家碰一杯，祝二妹他们两口子百年好合，白头到老！"

当着外人的面只能说些客套话。过了一会，两个老姐妹一起去解手，叶小萱在蹲格里面一边屙尿一边骂："这龟儿子刘五妹简直阴阳怪气，我真的有点不想理她。"

她隔壁子蹲的蒋大嫂是从来最明理的，劝她："哎呀小萱啊，你也晓得五妹的日子不好过，她那女离了这么久都没着落，看到你们梅梅他们两口子那么好，肯定嫉妒嘛。"

叶小萱肚皮里有千言万语，又偏偏倒不出来，只得撇一撇嘴，抖两抖站起来，一遍扎裤子一边又听到蒋大嫂关切的声音："说起梅梅，结果那姓代的放人没嘛？"

叶小萱说:"唉!我就正想好生给你说一下这事的。那姓代的就是有点扯怪教,硬是不放人!唉我确实有点后悔啊,早想到那个时候我就该把钱给他给够的——你看嘛,他肯定还是不安逸,弄得现在来卡我们。"

"不至于!不至于!"蒋大嫂说,也窸窸窣窣地像是站起来了,"一桩归一桩,他当年既然同意了收三万,也银货两讫了,哪会在现在这个当口上又来耍性子、使手段?"

"人心难测啊!"叶小萱叹了一口气,把裤子扎好了,开门走到洗手台前去洗手。正对着她的墙上挂着一面长长的镜子,擦得纤尘不染,上头的白炽灯透亮,映得她脸上的黄褐斑像是染上去的一般,她嘴边上皱皱垮成一个八字,耷下来深深的两笔。

二〇〇六年年底,她的宝贝女儿陈地菊冷不丁一个电话打回来,跟叶小萱宣布她准备把她城头的职位辞了,回镇上找家银行上班。"你帮我看看哪儿在招人嘛。做啥职位都可以,前柜、大堂经理都无所谓。"陈地菊说,"只有那么轻巧。"

叶小萱清楚她刚刚受了情伤,因此也就不好意思跟这女子明说其实我们镇上的银行家家都俏得很,毕竟这钱字头的招牌还是好看,工资拿好多无所谓(反正吃住都有爸妈包干),重点是说出去好听,找对象就好找。因此,不管是周家刚刚新西兰留学回来的儿子,还是王家马上大专毕业的女儿,都在排起队来托关系、走后门。当时,陈家康和叶小萱想了不少办法,把藤藤都摸遍了,地更是挖开了不止三尺,终于通过陈家康的老战友和邮政银行的代行长搭上了线。他们把陈地菊的履历递过去,很快就通过中间人传来话:这个女子不错，邮政银行愿意招。就是要出点钱，一口价：五万。

陈家康说出就出嘛，叶小萱就觉得这要价有点狮子大开口。也是女人家憋不住话，她转头遇到蒋大嫂，就把这事情跟她摆了，问她五万元在邮政银行买个柜员的位子到底合不合算。

"简直是敲诈！"蒋大嫂嘴一张蹦出来，"不瞒你说，我去年子才帮人在东门上建行找了个工作，当时是花出去五万——但那是建行啊！他个邮政银行，屁都不香的，凭啥也要收五万？我说啊，你就还不如等一等，看明年下半年说不定建行还要招人，我到时候来帮你问。"

叶小萱一听也觉得很在理，既然要花钱，肯定情愿买好的。她回去跟她的女说了，喊她不然等一等，哪想到陈地菊这女子就坚持得很，说邮政银行就邮政银行嘛，坐柜就坐柜——其他人都可以干，她又有啥不行？

没奈何，叶小萱得了这手谕，只得灰溜溜地转回来就准备交钱了，哪想到我们的蒋大嫂硬是古道热肠，顺着她的关系几刨几刨找到了邮政银行退下来的老行长，当年代斌的师父。蒋大嫂把这叶小萱命不该绝挫绝症，陈地菊孝女还乡望尽孝的故事给老行长讲了，说这家人为了医病钱都花得差不多了，这儿又要交五万实在有点具体。这下老行长还是动容了，就把话传给代斌，又通过中间人传来给了叶小萱：你还有点本事哦，小话都说到老人家那儿去了！对嘛，专门给你少两万，再少就没得了。

当时，陈家康的老战友其实有点怄气，想到你找都找我了又背到去找其他人。叶小萱呢就很高兴，感觉这事简直办得漂亮，多问几句就俭省了将近一半的钱，划得来，划得来。她这头对蒋大嫂千恩万谢的，那头就把钱交出去转给了代行长。很快，陈地菊收到了厚厚的一沓"劳动协议书"，等到翻了年便正式在邮政银行平乐支行上了班。

——按理说，那两万元是他们主动给她少的，的确不该有啥不安逸。但现在，眼看那姓代的肉眉肉眼，一拖再拖，总之不放她陈地菊的人，叶小萱就难免心欠欠地起猜疑，眼皮子也跟着跳，想的：早晓得喊我们给五万就给五万了，看嘛！现在多的都整出来了！

终于，她等蒋大嫂走她那一格出来了，站在她边上洗手，再晃一眼女厕所里头也没的其他人在了，张嘴说："老蒋啊，老实说我梅梅这事啊我感觉实在是不能再拖了，再拖就要坏！不然，还是麻烦一下你，去找一下他们那老行长，看能不能我们再给那姓代的送点礼？我就干脆包两万块钱去，给他把这账扯平了，请他高抬贵手，赶紧放人。"

蒋大嫂把水龙头关了，两只手甩几甩，再扶了扶她蘑菇云一般耸起的头发。"你这实在有点想多了，"她说，"哪可能是因为这么点儿事情就记仇了，现在又来卡你？"

"不怕一万，就怕万一嘛，"叶小萱说，低声下气地，"老蒋啊，当时这事就是你帮我费心的，我们都一直很感谢你。那现在你就好人做到底，再去帮我们通一通嘛。我这实在是有点着急，也没其他办法了。管他是不是因为这两万元，我总之给他送过去，有灾消灾，无灾祈福，总不得错嘛！"

蒋大嫂把叶小萱看了一眼又看一眼，最后真心实意地叹了一口长气："唉！小萱啊，不是我不帮你，问题是他们那老行长腊月间就走了。说是脑溢血，本来吃饭吃得高高兴兴地，忽然脑壳一栽，人就没了！"

　　各位看官，这就是节约害人呐。人家说的：越抠越穷，越花越有就是这个道理，你看那些鹌鹑嗉里寻豌豆，鹭鸶腿上劈精肉的，一千多年了都还在遭人耻笑；再反过来看阿房宫、圆明园，一个三百里遮天蔽日，从骊山直走咸阳，一个就整它个四十轩堂依丽水，七楹正殿见乔松，那么就算遭火烧得灰都不剩了还有后人来念想畅春光秀南苑，蜺旌凤盖长游宴，感叹长桥卧波，未云何龙？复道行空，不霁何虹云云，说穿了，还不都是因为修的时候舍得花钱？

　　因此人生在世，总要有点千金散尽还复来的架势才不枉潇洒走这一回。更何况该富贵该落魄都是命中注定的，又何必勒紧裤腰带自己虐待自己？你看叶小萱这边费尽心机，转来复去算这两万块钱，哪想到那一头她那乖乖女婿已经戳下了一个三大三百万的娄子，正是再有几具尸身也填不平。也是怪我们这些人是看戏的因此只能干着急，不然早就把脑壳伸下去对到叶小萱喊："哎！算了嘛！你莫在这儿瞎忙了。他那头该遭的都遭了，该垮杆是躲不过的，你赶紧把你剩到的好日子数到，过几天算几天！"

　　当然了，叶小萱她听不到这些话，而且就算听到了估计也不得认账。毕竟，自从战癌成功以后，她全身灌满了都是人定胜天的劲头，你看她这边走蒋大嫂那儿听到老行长的近况，那头吃了喜酒出来第一件事情就是给陈家康打电话："喂！看来还是得你去把老朱找到，喊他再帮我们牵个线，给那姓代的交点钱过去喊他赶紧放人。”

“我不是都给你说过了的嘛，”陈家康哀号一声，“哪个喊你当时又要去找那姓蒋的背后讲价——人家老朱得都遭得罪了，我现在才不好意思又跑去找他。”

“为了你的女有啥伾不好意思的？”叶小萱一个头子给他打回去，“我都给你说清楚了的嘛，这事要办要赶快，不然就要坏了。我都厚起脸皮跑去问蒋大嫂，结果她那头的关系死了，你那战友再咋个不安逸总还活起的嘛？只要还活起的，有啥不能找的？”

她下完了军令状把电话收起了，沿着清溪路慢慢走起去赶公交车。正是金秋十月的好天气，凉风送爽，天高云淡，路边的几棵木芙蓉树更是把花都开烂了，燕脂露染，粉影憧憧。按理说一般人看到这美景是要心旷神怡的，但今天叶小萱看了却有点儿伤感，莫名想起了以前他们农资公司院坝里头的那棵木芙蓉树。

那树子现在早就不在了，当年却不是一般的枝繁叶茂，成了精一般，差不多有两层楼高，开花的时候就更是要不完了，数不清的艳粉花儿前遮后拥，像是一团火烧云，引得街上路过的人都要绕进来看一看。叶小萱的办公室窗子刚好对着这棵树，她做一做事脑壳抬起来看到那遮天蔽日的芙蓉花，就总是忍不住叹气。

跟她同一个办公室的老邓就问：“小萱啊，你叹哪门子气呢？”

“你看这花现在开得漂亮，”叶小萱说，“结果最多再有一个星期就都要在地下烂瓤了。”

老邓笑一声。"你这女子才有点欢的，"他说，"这样嘛，明天我把相机拿来，好生给你在这花底下照两张相。"

叶小萱还来不及推辞，办公室里头的其他两个女的就欢呼起来："要得。要得。"

第二天，一群女的都穿得巴巴适适的，挨个排起队喊老邓照相。叶小萱也收拾出来，穿了一身白套装，依在树边上，对着老邓举起来的海鸥相机笑一笑。

"小萱啊小萱，"老邓把相机放下来，"你穿得跟个仙女一样，咋笑得比哪个都还苦——咋呢？看到我太倒饭了笑不出来哇？"

当时叶小萱才三十七过了三十八不到，离下岗还有几年，但她和陈家康的关系已经特别糟了，吵架早就是家常便饭，动不动惹急了两个人直接就要动手。她听到她的同事说了这句取俏的话，虽然鼻子还有点酸，但还是忍不住笑了出来。过了几天，叶小萱走老邓手头把自己的相片拿到了，说："嘿，邓科长，你还有点会照相的嘛？我自来最不上相的，这张居然还看得过去。"

"你哪儿不上相嘛！"老邓说，"是那些人不会照。你二天要照相啊就找我，我随时给你照！"

——引子起了，就有了故事。一来二去，采购科的叶出纳和邓副科长越走越近，两个人去菠萝滩的荒地里散了几回步，又专门约到去隔壁中兴镇看了场电影，等到正好女方的爱人要去海南出差，邓副科长提出来了：礼拜五下午，我在"仙客来"等你。

那天叶小萱到底去没去"仙客来"到现在都是个谜。等陈家康走海南回来了，就看到他爱人坐在床边上，红眼睛红鼻子的，两张结婚证也摆在床头柜上。"陈家康，我们离婚嘛。"她说。

"你这婆娘吃错药啦？"陈家康说。

"我们这日子早就过不下去了，"叶小萱说，"我还年轻，不想这辈子就这样算了。"

"你还年轻？"陈家康说，"我看你确实是有点没长醒。都马上要四十岁的人了，你现在离了婚，看还有哪个要你嘛！"

"你放心，"叶小萱冷淡淡地看陈家康一眼，"有的是人要我。"

陈家康这才觉得他爱人像是动真章了，一下寒从脚下起，一屁股坐下来。"你这婆娘啥意思？这儿娃娃都读高中了你要离婚，那梅梅咋办？我咋办？哎我都给你保证了的嘛，我再也不得去逮猫儿了，你这又闹哪出嘛？"

不用说，叶小萱的婚最终没离成。等翻年到了一月份，恰是三九四九最冷的时候，农资公司有人用取暖器搞忘关了，半夜引起线圈短路，火星子窜出来一灿火点燃了一堆编织袋，最后直接把整个院坝都引燃了，熊熊地把铺子里头的货烧得精光就不说了，宿舍住的人也烧死烧伤了几十号，至于院子里那株木芙蓉树，就彻底遭烤成了一截焦黑的桩桩。

叶小萱坐在公交车空谬谬的最后一排，摇摇荡荡地顺着清溪路朝平乐镇中心晃过去。沿途一排排竖起来的都是新修的房子，有的刷着浅棕的墙配红陶瓦的房顶，一派欧洲风情，有的是大块玻璃镶入挺拔简洁的楼体，满是摩登风尚——很快，她的女儿和女婿就要搬到这些漂亮房子里头去了，一个在公家办事稳当，一个做私人生意赚钱，和和美美地把小日子过下去。

幸好啊，她喃喃地跟自己说，幸好当时没冲动，稳住了没把她捉奸傅丹心的事说给她的女听，帮她过了个坎坎。你看嘛，都要过个坎坎婚姻才顺，就像走路哪有不绊跤子的呢。时间过了太久了，叶小萱早就忘了当时邓家良出事的时候她的绝望和悲痛，只余下一丝若有若无的庆幸：幸好啊，幸好没离婚，没搬到宿舍里头去跟那姓邓的一堆住——说一千道一万，再咋个过不下去了人总还活起在嘛，总还是比遭火烧死好。

说起来也是因为现在青年这一代人都是独生子女，又赶上改革开放的好时代，从小就遭惯适了，吃不得苦，心理承受能力差，丁点儿大个事就要死要活。也就刚刚上个星期，她正在一个人守铺子，就听得"吱呀"一声，玻璃门一开，一个年轻女子翩翩穿进来。你看她：一身墨绿套装瘦狭狭偏不显精神，一张粉白脸儿俏生生硬挂个苦相。这女子的两只愁眼看过来，喊叶小萱一声"妈"，叶小萱就即刻知道她的女肯定是出啥事了。狗日的，她想，不是我的那宝器女婿又跑去找哪个外头的婆娘了嘛？——面子上她还是稳住了，说："哎你这女子！好久都没来我铺子上了，今天是咋想转了？"

陈地菊把她的手提包丢在沙发上，人也跟着坐下去，问她妈："咋就你一个人在呢？三嬢呢？"

"她去带人看房了，"叶小萱说，"最近这楼市啊，大火！

每天看房的人比以前多了一倍还不止，整得我们简直转都转不过来了。"

像是要帮她做证，叶小萱话音刚落，办公桌上的电话就响起来了。她接起来："喂，万家中介……哎！曾哥啊，好久没消息了，你又在哪儿发财啊？……恒发的房子我这儿当然有啦，你要一期还是二期的嘛？……"

她嘴上谈生意，一双眼睛就探照灯一样看着她那女儿，见她游魂似的走沙发上站起来，走去到对着对面的墙，背起手来，把一张张彩打的房产信息看过去，把把细细地像是在读衙门外头的公告。那些加粗的大红字写起："黄金地段""绝版户型""房东急售"，再下头略小一号的字体显得谦逊些，写的是："五十八万""八十八万""两百零八万"。

叶小萱几下子把电话那头的人打发了，对陈地菊说："哎我给你摆，你跟傅丹心那房子简直买对了，现在你们那小区啊，涨惨了！"

她说这话是为了逗她的女高兴，哪想到陈地菊转过来了，一张脸还是哭丧起的，甚至比刚刚进门的时候更加凄凄。"妈，"她问，"你说我和傅丹心那房子如果要卖的话，卖得到好多钱呢？"

"你那房子现在随便喊八十万嘛……"叶小萱话说了一半才觉得嘴里头味道不对，"你啥意思呢？好端端的说咋想起问我卖房子？"

陈地菊把嘴抿了抿："我只是想了解一下。那，现在铺面卖得起价不？如果是两间西门城墙边的铺面，卖得到好多钱啊？"

"西门城墙边那要卖点钱哦！"叶小萱说，"你没看那边摊贩市场都遭围起来了，马上就要搞拆迁，听说是要修个建面二十多万平方米的商住综合体，还要修个 3D 电影院——本来自来西门上就是开铺子的，现在更要起来了，估计一个单间铺面都要卖上一百万。"

"那两间铺子该卖得到两百多万嘛？"陈地菊说。

"随便卖！"叶小萱说，"你这儿是哪个朋友要卖啊？介绍到你妈这儿来嘛，我中介费给他打折。"

陈地菊若有所思地点点头，像是定了心了。"那就好，"她说，"那就好。"

叶小萱说："好啥好？你问这一堆是啥意思嘛？"

她的女不说话了，走过去又坐回到沙发上，一双手抱住磕膝头，手指拇绞在一起。"唉，"她说，"没啥意思。说穿了，都是人家的事情，我只是帮起问一下罢了。"

叶小萱想说你还安逸得还有闲心想其他人，就听到陈地菊又接下去说："其实我是想来给你说我换工作的事。我最近反复考虑了，感觉这政府的工作实在有点不合适我。本来我从来就没想过要进政府，这样误打误撞调进去了估计也没好下场。再说了，我这性格生来就不会讨好的，连现在我们银行的领导都搞不定，哪儿有那本事在政府里头蹬打？"

叶小萱不得不承认她的女说的有几分道理。作孽啊，她心头念念，这女子咋就没把我体到嘛？偏偏跟他们陈家人学，死实得很。"你咋没本事呢？"她说，"退一万步说你都是堂堂本科院校毕业的，瘦死了还有副架子嘛！再说了，你自己也清楚得很，你那邮政银行的班有啥出息？天天上得有好磨皮擦痒嘛？你现在有这么好的机会调起走还不走，是还要霉杆杆地在你们那儿混一辈子吗？"

"你说的这个我也完全同意，"陈地菊说，"我现在上的那班的确是没意思，但我要走的话也不一定就硬是要调到县政府里面去啊——说穿了，我跟他们邮政银行本来就是签的合同，只要我递了辞职书就可以走的。"

你看我们这叶小萱造孽啊，安安心心坐在铺子里头，也没把哪个惹到，结果窜进来一个陈地菊，刚刚闲摆了没两分钟就一刀甩出来直端端戳到她的心口上，比杀手还狠。"辞职？"她说，吸进去一口粗气。"你这死女子是吃错药啦？咋说发疯就发疯呢？"她走办公桌后面站起来，几步踩到陈地菊边上去，坐下来，瞪着眼睛看她：这到底是我十月怀胎生出来的骨肉，还是哪个妖精变的祸害？"你的工作有好来之不易你有一分钱概念不？居然青口白舌就跟我说要辞职？辞职了你还能干啥？在家当全职太太？就他傅丹心开的那个烂偏偏养得起你吗？"

"哎呀妈，你莫要激动嘛，我是说假设的话。"她的女说，"退一万步说，我要是真的要辞职，肯定要自己把后路先想好的，哪可能喊傅丹心养我嘛？——他那人啊，把他自己养起，不要再整出点晃事来，我们就都谢天谢地了！"

叶小萱再是迟钝也听出来陈地菊语气里浓浓的不屑。这人硬是在傅家住久了，她暗自掂量，咋说个话越来越像那傅老儿？"你这女子，"她说，拍一拍她女儿的手，"都三十岁的人了，咋还像个小娃娃一样，说些话天一下地一下的？你啊，该学会踏实了。你听你妈的，你这换工作的事啊，是一般人几辈子都等不到的好机会。是，我不是不清楚，你肯定有委屈，有难处——但这些都是暂时的啊。你把眼光放远了看，真正到了县政府去了，扎稳脚跟，那前途不是一片光明吗？"她顿了一顿，把话在嘴里窝了一阵，还是说出来了："你啊，你现在也是嫁出去了，成家了，就该清楚过日子不可能是简单的——你看看你妈我，这么多年有哪天不是在熬，不是在忍？你再看看你的那些孃孃些，有哪个是过得舒服了？就说孙二孃，前年一时冲动离婚了，这会儿呢？你想都想不到，她居然又要跟她那前夫复婚。她那前夫是个啥样的人？在外头找小三，生娃娃，还帮到小三来剐她的房产——就这样烂布巾巾一样臭熏了的一个人，我们都觉得不值，她都还要捡起来，你说是为了啥？"

她说到这儿稍微吞了口气做个停顿，正要张嘴来宣布正确答案，哪想到居然听到她的女追来一句："就是啊，她到底是为了啥呢？"——这女子的一双眼睛睁得圆圆，黑白分明，犟兮兮来憨直直。

叶小萱一下遭她看来愣起了，提前编好了的话也说不出来，哽在喉咙里头像是一根陈年的鱼刺，憋得她干咳了一声。

说句公道话，我们镇上的妇女确实都过得不容易，特别是中年以后身材又走样，手膀子上吊起小肚子里头鼓起，长的全是烦恼和忧愁。其实圣人早就说过了：君子谋道不谋食，忧道不忧贫。又有：为腹不为目，故去彼取此。这都是在教我们要放眼天下，纵观大局，多想形而上，少念肺肚肠，钱不够花就少花点，饭不够吃就少吃点，所谓安贫才能乐道，无欲就好静心——可惜这些妇女听不进去圣人的大道，个个眼见短又心凶，斤斤计较还搬弄是非，贪、嗔、痴、慢、疑，这五样都占满了，也就难免要在尘寰世中生出许多挣扎。

好在老天爷有慈悲心，大道给你指明了你硬是不去，他也不得就把你丢了不管了，还是要找其他法门来渡你。比如说我们镇上这些女的舍不下自己的烦恼，就专门有"三黄"来给她们解忧。你道是哪"三黄"？且听我来给你分解：

第一黄是南门老城墙边珠江美发的黄师傅，一双手巧，一张嘴会说，你走到他那去，一边坐下来剪吹烫再焗个油，一边同他摆摆屋头爱人娃娃街道的闲话，走出来三千烦恼丝也顺了，心也宽了；那二黄呢，是中医院逢周二四上班的黄医生，专看胸闷气胀妇科杂症，也调青春痘酒糟鼻黄褐斑，你去她那挂个号，一边等一边看到身边乡镇上来的都是面黄寡瘦呻唤连天，就先觉得自己的病不恼火了，等几个小时终于轮到了，让黄医生好生看一眼，骂两句，开三服药吃五六天，保证郁气也散了，脸色也好了；至于这第三黄，就比前面两位还要稀罕些，是本来住在崇宁县，难逢难有才来我们平乐镇看相算命的黄仙姑，要把她找到就更要费些功夫，提前半年就要递条子，等她云游到我们这一方了，你就要沐浴更衣，准时到她的居所，再把封好的善捐（不少于三百元）递给看门的，才能进去走到黄仙姑面前，听她娓娓地把你的事业感情健康儿孙，远虑近忧小灾大难都给你说清楚，又教你如何化解，赠你香袋符纸，保证你走出来就要眼清神明，智增慧长。

现在而今眼目下，叶小萱最多的是贪心，最缺的就是智慧。黄师傅和黄医生都帮不到她了，只得找关系走后门再卡个位，来到摊贩市场黄仙姑的寓所里头，规规矩矩地，把陈地菊的八字递出去了，再惴惴不安地看着她对门子的太婆口里念念有词，手里捏着一支笔在本子上写写画画。

你看看这：

拉关系拜神仙阳间阴间上下都得打通，
批八字看面相真的假的高矮总要撞端。

黄仙姑一写一写眉头一皱，再"咦"了一声，吓得叶小萱胆浑身一颤，就听到仙姑说："你这女子不是一般人啊！硬是观音门前的童子转世的。"

叶小萱马上感到有一股热浪从她脚下涌起来，把她抛得高高的，头昏目眩。"真的啊？"她说，"真的啊？"

"我豁你做啥？"黄仙姑乜她一眼，嘴头喃喃地念："陈地菊，陈地菊……"她把笔放下来，"我给你说，你这女子是要成大事的啊。"

叶小萱还飘飘在半空中，又听到仙声荡荡，"成大事？她要成大事啊？"

黄仙姑眼睛还盯在本子上，啧啧两声。"可惜了，可惜了，你看你这娃娃，本来是百年难遇的好命，但偏偏就要遇克星——她最近是不是不太顺呐？"

"没错，没错，"叶小萱连连点头，"她最近就是浑事多得很，婚姻也像是不顺，事业也遇小人挡道，哎呀你不晓得我真的是焦得啊……"

黄仙姑把手举起来意思是喊叶小萱噤声，一边把眼睛一闭，掐指算起来。你看她枯瘦瘦的手看起像块老木头，但那大拇指就活如彩蝶，在指拇关节上下点动如飞。"戊庚壬……癸……庚丙戊……伤才官……杀……"她嘴头吐出来。

叶小萱坨子捏紧了，心头想：天啊天啊，她不得真的转不成这工作嘛，那咋办呢，我话都说出去了，这要咋收场呐。

"你这女子命里头木重，缺土，所以守不住财，"黄仙姑说，"还有我给你说她上辈子是观音门前待过的，所以慈悲心重得很，一旦遇小人，就容易遭整冤枉。"

"你说得太对了，"叶小萱附和，"她硬就是这样的人。"

"今年子刚好遇到是白虎年，又跟她犯冲，所以她今年子就该是要犯太岁。而且我看啊，你这女子的事业和姻缘的走势是重的，也就是说姻缘好，就事业好，姻缘出问题，事业也要出问题——所以你说她最近婚姻事业都不顺就是这样来的。"

"那，那我们该咋破呢？"

"你的女儿既然前世是个童子，今生就该是要找人护的。比如大姐你嘛，你一进来我就晓得你是五行属火的，对不对？"

"是的，是的，"叶小萱说，"我是火旺的。"

黄仙姑笑一笑："这就对了，所以你就是护你的女的，火体子就跟那罗刹一样，一路见鬼杀鬼见妖斩妖，帮这童子把身边的小人除了——但这是下策，因为罗刹跟童子是冲的，因此只能求保，不能求旺。"

叶小萱本来该不高兴的，想我又没惹到你，你咋一来就把我比成罗刹，但眼下利害关切，她也顾不得她自己的内心感受了，只问："那上策是啥呢？"

"上策自然就是找观音来护了，"黄仙姑说，一边走笔记本上扯了一张纸下来，拿笔写了几行字，递给叶小萱，"就是要找生日是这三个日子的人，命里头属水的，喊你的女去认个干亲——只要她把观音找到了，小人都退了不说，她自己的命也要旺起来了。"

叶小萱接过那张纸来，上头散垮垮的横竖撇捺凑到一堆，扭起斜起的是：弍月十九，陆月十九，久月十九。

"这是阴历啊？"她问仙姑。

"肯定嘛，"黄仙姑说，"阳历哪儿要得呢。"

叶小萱脑壳里头想一转，一时也想不出来哪个人的阴历生是在这三天，毕竟现在都过阳历了。"我回去问问看，找找看，"她说，把这张纸把把细细叠好放到自己包包里头了，又拿了一张纸出来。

"哎仙姑，"她说，"见你一趟真的不容易，我这儿还有一个人，是我女婿的，我也不晓得他具体的生辰，就只有名字和生日，你帮我随便看一眼，看这人大概咋样，还有，跟我的女合不合啊？"

黄仙姑稳稳坐起没伸手。"一般来一回就看一个八字的，"她说，"哪儿有看第二个的？我这儿后头还有好多人排起队在等。"

"哎呀麻烦你嘛，"叶小萱说，"我等会出去的时候跟门口的嬢嬢再多捐点供奉嘛。真的是好难得见你一回哦。而且这人也不是其他人，是我那女子的爱人，你也说了她的姻缘运还牵扯事业，我实在是很担心啊。"

黄仙姑叹个气，终于还是把那张纸接过去了。"对嘛，对嘛，"她说，"我今天算是给你特别破例了。你待会出去的时候再看到给我外甥女封个封封嘛。"她一边说，一边把那张纸摊开了，真的就只看了一眼，脸色骤地变了。

"傅丹心，"她问叶小萱，"这是你的女婿？"

叶小萱看黄仙姑那样子，心都掉到了胃里头。"唉！"她说，"我倒宁愿不是啊！哪喊我那女硬要跟他结婚呢？我汤都汤到了，有啥法呢？这人咋呢？命不好啊？是不是克我的女啊？"

黄仙姑像是没听到她的话，光把那张纸举起看。"傅丹心，傅丹心……"她一边念，一边摇头。终于她把纸放下来，说："老实跟你说，你这女婿的八字我以前是看过的。他的来头就更大了，上辈子是元始天尊座下的九头金龙之一，八字纯阳，五行里头更是足足有三个火。"

叶小萱松了一口气，又隐隐觉得有点不以为然。凭啥啊，傅丹心那娃述本事没得，一个中专毕业的，上辈子居然是条金龙？咋我的女都是重本高才生了，才是个童子呢。"那你的意思是说他的命还不错嘛？"她嘴头说。

黄仙姑摇摇头："他的命啊，不好说，也可以说是容易出大祸的，但也可以弄好了，就要成大事。我没记错的话，他那五行也是怪得很，火重，还缺水又缺木。所以全靠要看你咋给他补贴和平衡。比如说日常要多喝水，少喝酒，多注意按时作息，出行尽量多朝北方和东方走。总而言之，这个娃娃啊一定要给他顺毛捋，千万不能架势管教他训斥他——你想嘛，人家上辈子是条龙，哪个可能拿给你们这些凡夫俗子驯嘛？"

叶小萱揣着一肚皮的问题去找黄仙姑，结果走出来却感到更加困惑。尤其是黄仙姑居然亲自送她出了门，跟门口那个守门的妇女说："三妹，这是傅丹心的老丈母，把钱退给人家。"

那守门是个五十岁左右的妇女，她愣了一愣，赶忙把身边的坤包拉开拿出叶小萱才给的封封又递回来到她的手头。"我是说你看起有点面熟熟的，"那妇女说，"原来是傅丹心的老丈母！"

叶小萱还是没整懂这两个人和她女婿有啥关系，但总归把钱捏了，转身往楼底下走。楼门口已经有两个人在等起了。一个男的四十上下，白瘦瘦戴个黑框眼镜，搀了个女的大概五十出头，穿得像个上等人的太太，舒舒气气的，脸上的皮肤也又紧又亮，一看就是在美容院花了大价钱的，但一双眼睛却是鼓睛暴眼的，很有点吓人。按说叶小萱多耽误了黄仙姑的时间，使得这太太等久了，但她却丝毫不见愠色，反而温温柔柔地对叶小萱笑了一笑，她那鼓眼子盯着叶小萱，像是个成了精的蛤蟆，麻得她起了一身鸡皮子。

她赶忙几步跟出去了，又听到背后楼梯咚咚的是守门的走了下来，亲亲热热地喊："周幺妹，等久了，快上来嘛！仙姑挂念你和你们老聂得很，专门上峨眉山去给你们请了个开了光的平安佛！"又说："来，小苏，这楼梯间有点乱，把你姨妈扶到点。"

叶小萱当时心头还在想她的女婿是条金龙的事，迷迷糊糊也没多在意，等到她悠悠地走出了生死巷，又再穿过一溜的毛线铺、童装店、睡衣店出了摊贩市场，走到南门城墙边了，这才后知后觉地醒悟过来：×你先人的！刚刚那不是我们县县长聂锋的爱人，西门外长生街周家的幺妹周雨虹的嘛。

她一下觉得很得意，想她这算命的果然找对了，人家县长夫人都经常光顾的地方，灵验自不必说了。沿着城墙边她慢慢地走，心头就顺着这一路发散出去，想的等她的陈地菊进了县政府，是不是就能结识这些达官显贵，大有一番作为，说不定就有朝一日要弄个副科长来当，或者，万一再整对了，就要调去妇联谋个一官半职，当个副主席，再飞黄腾达了，祖先显灵，就要整成副县长——哎呀妈呀，那真的就是收拾不到，收拾不到了！

她的心突突地跳，面上挂着痴笑，不知不觉地走到了南门一环路路口边上，路这边杵起雄伟的一栋是农业银行，路对面几间歪歪倒倒的渣渣面肥肠粉铺子，左手倒拐是走十字口再回东门上，右手倒拐是去南门菜市场。叶小萱顿了一顿，朝右手边走了。去看周鹅哪儿说不定还有点剩下脚脚啊脑壳啊，她想，走一走的，最多走了五十米，总之不到一百米嘛，忽然听到她背后的人群鼓噪起来，呱呱地像是一群老鸦。

"整起来了！""打架了！打架了！""喔唷，喔唷！整哦！"

叶小萱一听也赶忙定起不走了，转过来伸起脑壳看闹热——也就才是一瞬间，路边上的人都站满了，走路的，卖菜的，连铺子里头的人都专门跑出来了，一层层围起来看农业银行门口有两个人扭成了一团：一个扯着另外一个的衣裳，挥起鞋子在打，另一个抱起脑壳一边躲一边打转。叶小萱眼睛一花，还没看清楚，就看到那个打转的人终于挣脱了，灰硕硕的耗子一样朝她这边窜了过来，另外打他的那个肯定不得就这样让他跑了，也跟到撵了过来，手头还捏起那只皮鞋，脚上就一深一浅的，一边撵，一边骂："傅丹心！你个忤孽不孝的祸什污！你给我站到！你给我站到！"

硬是等到她听到了那个名字，叶小萱才像是终于清醒了，真真切切地看到了那个跑在前头的人果然是她的女婿傅丹心，而那个撵在后面的也不是外人，却是她那个永远周吴郑王正儿八经的亲家傅祺红。

叶小萱眼睛都张大了，感觉自己恍若在梦中，看到傅祺红一边跑一边喘地走她门口过去了，他的衬衫走裤腰里头翻出来了，瓢眉瓢眼的，三七分的头发也乱了，一撮撮搭下来，麻花花的白。

"傅丹心！你给我站到！你个不要脸的二流子、祸什污，给我站到！"他骂。

叶小萱忍不住想往后钻，生怕身边哪个人看出来她和街上的这两个有二分关系，好在没有人在看她，我们镇上的乡亲父老都盯鼓鼓地看着傅家的这一对父子，一前一后地从农业银行门口一路撵到了南门菜市场边，又转进金家巷，朝着猪市坝深处去了。

"这像是亲父子的嘛？啥事情这么大的仇啊？"叶小萱听到她身边有个街坊说。

"你以为呢？"另一个说，"都是上辈子的仇家才会这辈子投胎给你当娃娃，专门喊你还债的！"

各位看官，你我两个都清楚得很，这傅祺红之所以公然不顾颜面了，在街上众目睽睽之下撵他的亲生儿子傅丹心，恐怕多少是跟傅丹心欠下的那三百万巨款有所关联——至于其中的曲折究竟如何，我们下文再细细分解，这里先暂且按住不表，继续来说陈地菊她妈叶小萱。

你看叶小萱去菜市场路上遇到了这一桩，鹅脚脚鹅脑壳也没心情买了，整个人像是遭丢到冰窟里头浸了一宿又才爬出来，颤巍巍地沿着城墙边朝东门上走。不用说，傅丹心那娃肯定是犯事了，犯的这事肯定还不小。叶小萱把手机捏住了，想着要不要给她的女儿打电话问，又觉得心悬悬的，不敢打。万一她的女还没听过这事，那她打过去不是捅娄子，或者陈地菊早就清楚傅丹心犯的祸了，这么久了又偏偏没跟她提一句，肯定就是不想把事情闹大了，那她这样打过去是不是就要整搅肇了。

这事情要是真的遭搅肇了咋办？先人的！我话都说出去了，都晓得梅梅要去县政府工作了，要是真的整倒了咋整？还是，万一，那两个人硬就离婚了，我哪儿还有脸在我们镇上混？她一边想一边走，手机握在手里头手心汗涔涔的，恍惚像是听到有人在喊她："小萱！小萱！"

她抬起脑壳看到有个人站在国学巷口子上，提了一兜黄澄澄的果子跟她招手，像是个熟人。

叶小萱就也含含糊糊地招了招手，脚步不停，接着往前走，走了两步又听到有人喊："小萱！"

她一看到红旗超市门口坐了一个人，一边嗑瓜子一边对她点头，像是个街坊。她就对她笑一笑，也不站住来说闲话，继续往书院街里头天然气公司家属院走。

　　急匆匆都到干休所门口了，她又差点撞到一个对穿过来的，抬起头来一看也像是认得到的。那人把她扶稳了，笑起说："哎小萱，这儿急匆匆地朝哪儿走啊？赶到吃油大啊？"

　　叶小萱昏里昏咚的，只说"还没吃，还没吃"，就跟那个人道别了，一路脚步不停地走回了她屋头，拿起钥匙把门打开，冲进去一屁股坐下来在沙发上，四方墙壁对着她一个人，清静了。

　　陈家康不在，可能又出去哪儿喝酒了。叶小萱坐了一会，不晓得要拿自己咋办，就跑进寝室里头去在床上躺伸展了，躺了一会她还是跟打慌了的兔儿一样，就又坐起来，把她床头柜的抽屉打开了，最下头一格的最底下抽出来一个大信封，又扯出来一张整整十二寸的照片。

　　这张照片是她癌症住院最恼火的时候阴到交代陈地菊去给她放大了洗出来的。当时，她想的是死都要死了总得挑一张好照片来当遗照，不然鬼才说得清楚陈家康要乱翻些啥不上相的照片出来。这张照片里头的她才不过三十七八岁，脸上没啥皱皱，也没生黄褐斑，穿的是她最喜欢的那套白套装，笑兮了，背后一树子袅袅红红的木芙蓉。

　　叶小萱坐在床边上，把这相片捧在手头，正要好生看两眼，忽然听到门上叮当当响起来，紧接着就听到门开了，癫癫咚咚穿进来一个，一身恶臭气，一脸黥黑，龇牙咧嘴，像个地狱里头来的鬼差。叶小萱猛地一颤，以为自己这回真的要遭逮起走了，却听到这鬼差说："叶，叶小萱，看你说我不管事，这下我把事情给你办了嘛！"

叶小萱惊了一跳，眼睛一定才看出来跟前的原来是她的爱人，她赶忙把照片奏进抽屉，反身问："你在说啥啊？"

"嗨！你这婆娘！"陈家康说，依然醉眼迷蒙酒气冲天，"前几天电话里头才把我骂瓢了的嘛，说我不管我们的女！我今天就出去给我那战友喝酒了，把梅梅的事情给他说了，喊他必须帮老子这个忙！老子直接就把那两万块钱给他拍在桌子上了，喊那龟儿子把话给老子下了，由他负责，绝对要喊那姓代的放我们女走人！"

傅祺红日记
1980 年 6 月 25 日

　　昨天这事情过了，我还真的就不得不有点信命了。本来，我是大前天就要赶回平乐好去独柏树看那说媒的给我们提的汪家那女子，结果遇到路上客车爆胎，整了半天回屋头就迟了，弄到昨天才收拾出来走到汪家去。

　　实际上，汪这女子我在街上就看到过她几次，人确实比较伸展，就是有点高高傲傲的样子。也可能是因为这样，我到了他们屋头坐下来，一开始硬是没咋对上眼。说穿了，你汪家解放前再了不得现在也早就落魄了，而我却是个正儿八经的大学毕业生，你有啥本钱拿冷脸来对我？她不咋理我，我也不想理她，稀稀落落说了些话又跟汪驼背一起吃了点东西，本来都要走了，结果外头天一下黑了，居然开始又打火闪又打雷。

　　我本来是坚决要回去的。但汪驼背说独柏树回东门城墙边还是有三四里路，这暴雨下下来乡坝头的泥巴路又更不好走，鼓捣留我下来过夜。后来就睡下来了，我跟汪驼背在外头那间屋，汪家这女子睡里头。结果哪想到半夜又是一个响雷把我打醒了，就看到这女子也居然坐起来了在她床上，光起个膀子，转过来看到我眯眯地笑。她这一笑确实是有点勾魂摄魄，等我反应过来，人就已经到了这女子的床上。

　　早上起来不消说，汪驼背还是很发了一通脾气，这女子呢也一直哭。实际上这事情都水到渠成了，也没啥多走撂的，我就直接跟他们提出来可以尽快把证扯了。这样说了一通，汪驼背才算消了气。

在他们那吃了早饭我才出来回东门上，一边顺着田坝走一边还是有点恍惚，觉得这一夜简直是有点聊斋的味道，结果正在想就遭我撞到了前头路边上的粪坑里头白花花地浮起一大坨，很是吓了一跳。幸好再看两眼才看清楚这肚皮朝天漂起的不是人，而是一头不晓得哪家圈里跑出来的母猪。

今天一天我都在想这事情，越想越是后怕。说不准确实是冥冥中祖先有灵，使我昨天晚上留在汪家了，醒了还多了个媳妇。你说要是我昨天硬就冒起雨走了，恐怕淹死在这粪坑里头的就不是这头猪儿，而是我傅祺红了。

第十四章

天还没亮，傅家阳台上的灯就亮了，在五楼高的地方幽幽地切出一块四方形的光，像是一扇通往另一个世界的门。齐师傅解了手回来，睡眼惺忪地朝门卫室走，抬起头看到傅家那阳台上已经是影影幢幢的，就估谙到傅祺红大概是起来在打太极拳了。他忍不住摇了摇头，再叹了口气。

"造孽啊。"齐师傅说。

国庆前，县志办主任傅祺红屋门口遭黑社会的写了血字，这事彻底在县委家属院闹昂了，整得人人都惶惶的，就连齐师傅也遭喊去谈了两回话，喊他务必要加强门禁管理，社会人员进出都要登记，绝不放任何闲杂人等进来。齐师傅呢，当时头是点了，保证也保证了，心头就想："你又不给我添人手，又不添设备，我就一个人两只眼睛还都长在脑壳前头，咋可能把一个个进进出出的都看到？"

另一方面，大家又默契十足地统一保持了沉默。上头反复打了招呼绝对不能出去说这事，"要注意影响！"尤其是在傅家人面前就更要注意了，远远看到这一家的老老小小便立刻提醒自己：务必要把脸上的肌肉管好不做怪相，把嘴头的舌头管好不问闲话。这一点齐师傅也基本上做到了。只有有一天，他坐在院子头正在抽烟，就看到傅丹心开车回来，然后提着一桶白漆走他的车里头钻出来了，手上捏了个滚筒刷准备上楼。齐师傅忍不住问："小傅，你要不要我帮忙？我这儿刚好有个梯子。"

傅丹心一手提着漆，一手握着刷子，一下愣住了，像是没把齐师傅的话听懂一样。

"你要不要我的梯子？要的话我这就给你拿上来。"齐师傅又问了一次。

傅丹心这才像是反应过来了，笑起来。"谢了齐师傅，"他说，"我暂时用不到梯子，等我哪天要上吊自杀了再来找你借。"

当时傅丹心说完就上楼了，留下齐师傅一个人坐在藤椅上心头悬吊吊的，烟捏在手上搞忘抽了就烧成了长长的烟灰，灰又掉了一地。

"造孽啊。"他再说了一遍，看着五楼那昏黄的光。

楼上的傅祺红当然听不到院子里头门卫师傅的兴叹，他正在出步翻掌，弓步推架，把注意力都集中在自己的呼吸吐纳上。"心静体松，"他心头默念，"圆活连贯，虚实分明……"

"哗"的一声他背后厨房里头忽然像是雪崩了，紧接着噼噼啪啪响成一串。傅祺红一抖赶忙把势收了，转身走进去看。只见他的儿媳妇陈地菊就站在橱柜门前，手里抱着一个半满的罐子，另一手伸出去想把柜子里头倒下来的红豆绿豆芸豆的罐罐都扶起来，但是大势已去了，只见各色的豆豆儿下雨一般走柜子上落下来，大珠小珠地朝地板上砸，弹起来、滚出去。

"爸！"陈地菊苦着脸喊傅祺红，"我本来在找红糖，结果一不小心把罐子都整倒了，不好意思！"

傅祺红一阵恍惚，一下像是回到了从前。那时候陈地菊才刚刚嫁进傅家，傅丹心还没整出这么多搅肇，那时候，他心头甚至还暗暗期待过，说不定马上就有孙孙儿要抱了——"不得事，不得事！"他说，两步走过去，一个接一个地把玻璃罐都重新立起了，又把陈地菊手上的那个罐子也拿过来，放回到架子上去，再弓起拿手去按，想把那些满地疯走的豆子安顿下来，但豆子些又哪会听他的？没奈何，他站起来了，跟陈地菊一起看这些豆豆儿跳，过了好一阵才算慢慢将息了，静下来，摊在地板上五颜六色的，倒也好看。

"哎呀！先人呐。"傅祺红说，忍不住笑起来。陈地菊也笑了。

翁媳两个把厨房门关了免得把屋头其他两个闹到，轻手轻脚地拿了帕子、笤帚和撮箕，把豆子走台子上抹下来，走柜子底下扫出来。

"你找红糖是干啥啊？"傅祺红问他儿媳妇。

"我胃有点痛，整得我简直睡不着，就想喝点红糖水。"陈地菊不好意思说她其实是在痛经。

傅祺红点点头，把脑壳埋下去看柜子底下还没有漏网的。"是这样的，这人睡不好啊哪儿都不舒服。"他站直起来，两只手握着笤帚。"小陈啊，我们对不起你啊。"他说。

"哎呀爸，你说啥啊……"陈地菊一下觉得有点气紧。

"我完全理解你为啥不想跟傅丹心过了，"傅祺红接下去说，"换了哪个人愿意呢？所以我真的是感谢你，宽宏大量，愿意再给他，也给我们傅家一个机会。"他顿了顿，把笤帚伸出去扫出来一颗藏在踢脚线边的黄豆。"等会下午我就要带傅丹心去取钱，我那儿正好有十万，先把他们那些人安顿到，等我和他妈再来把我们那铺面挂出去卖。你放心，我们既然给你保证了就肯定说到做到，绝对要把这个债解决了，随便咋样都不得影响你，拖累你。"

陈地菊隐隐觉得有点讽刺，想到出事那天可不就是他们两个老人家一个拖着她的左手泣声声地求她，一个拉着她的右手说要给她下跪，真正是把她将军一样堵死了——于是除了同意不跟傅丹心分手，她哪儿还有另一条路走呢？"哎呀你说的啥话啊，爸，"她说，声音有点哑，"你跟妈才不容易的。"

傅祺红长长地叹了一口气。"其实傅丹心这娃娃本质并不坏，就是朋友交拐了，近墨者黑，整成这个样子。小陈啊，老实说，我对他是没啥想头了，但是对你还是很有期望的。你看你那么有能力，又谦虚、踏实，等你调到政府办去了，好生干，肯定有前途。我那儿的几个老同事都给我保证了，都要把你关照好的。"

陈地菊笑了一笑。"爸你太看得起我了，"她说，"反正我是真的没啥信心，看这国庆后我们单位放不放人再说嘛。"

"他必须得放了，"傅祺红说，"你放心，我都去找了关系了，有人要去给你们那个代行长把话说清楚，他再不放你就真的不识相了。"

陈地菊没想到她老人公把事都管到邮政银行来了。她捏了捏手里头到那几颗豆子，像小石头一样硌在她的肉里头。"爸你不用担心的，"她说，"我这边单位上的事我自己晓得处理。"

"你跟我客气啥，"傅祺红说，"你这声'爸'都喊了，就跟傅丹心一样是我的娃娃，你的事就是我的事，我该管的。"

陈地菊一下回不出话来了。她把手松了，把那几颗豆子丢到撮箕里头。"我先回寝室了。"

"对，对，你再去睡会回笼觉，"傅祺红说，"等会早饭我给你煮红糖荷包蛋。"

陈地菊推开门进了寝室，一眼就看到傅丹心长瘫瘫地在地下睡得正香，嘴大张起，吹出低低的噗鼾，脸上还隐约挂着笑，像个奶娃娃一样。从出事那天开始，她的爱人就每晚上都打地铺睡，但他的睡眠质量似乎一点也没有被影响，天天十点过枕头甩下去，铺盖打开来，眼睛一闭就进入了梦乡。反而是陈地菊，一个人占着床上两个人的位子却一宿宿地睡不着，只得开起床头灯看书。

有时候傅丹心晚上醒了去屙尿，半梦半醒地走回来就顺着床头灯的光要朝陈地菊身边倒。陈地菊就伸手出去，两根指拇尖利利地抵在她爱人的肩膀上，另一只手朝地下一指。傅丹心才像反应过来了，喉咙里头咕隆一声，一翻身倒下去到他的铺盖窝里头，背过去，马上又睡着了。

陈地菊却睡意全无，接着看她的书，有时候书也不一定看得进去，就只是盯着纸上的黑印子发呆。她脑壳里天马行空的，想说是不是天下所有的两口子其实最终都是这样子睡觉的，一个在床上，一个在地下。她想到了隔壁子她的公婆，远一点她的爸爸妈妈，还有王婷婷和刘毅文，她高中时候的男朋友和他现在的爱人，大学时候的男朋友和他的爱人，还有谭军和他再婚的对象——想久了，想到这么多男男女女都那样一上一下地错起排起地躺起好像石滩上的海豹，她就觉得有些滑稽，忍不住想笑。然后她就感到眼皮还是沉沉的了，把书合起来，脑壳落到枕头上去，睡一两个小时天就亮了。

她没有等到吃早饭就出门了，把衣服穿好，包包拿起，跐起脚来走出寝室，走过傅祺红的书房（门缝里面透着灯光），走过厨房（里面豆浆机正在山崩地裂地响），然后在门厅穿起鞋子打开门，走出去又轻轻把门扣上了，"哒"的一声。

门口那面墙早就被重新刷白了，刷得太白了，显得楼道里面其他地方都额外的脏。陈地菊尽量不去看那些腌臜，只管一步步下楼去。院子里有几个邻居在排起做早操，看到她都赶忙挤出笑来，问她早上好，就连门卫齐师傅也要蹾几步专门把小铁门给她推开了，说："这么早就出门啦。"

"早。"陈地菊说，侧过身身，出了县委家属院的门。

按说，今年国庆假算是她运气最好的一次，七天的假期破天荒地轮到了整整四天。要是平常家，她不然就要跟傅丹心一起去周边哪个景点走一走，甚至住个一两晚上；不然就回天然气公司家属院，喊她妈妈把她喜欢吃的菜都做一遍，整点烤鸭汤回来给她煮藤藤菜，再不济也能和朋友约起去看几场电影，然后去河滨大道那边坐一坐，喝喝咖啡，摆摆闲话——但现在这些事情统统都做不成了。她肯定是不想和傅丹心一起出门，也不想回去找她妈妈，料想到叶小萱看到她是一个人，肯定又要唠唠叨叨、问东问西，而镇上那些最是闹热的场所也都成了最容易遇到傅丹心的熟人和朋友的危险地带。

一天天的她不敢在东门上晃，就孤直直地朝西门外头走。九十年代中期，西门外这一坨是我们镇上最繁荣的地方，有西游记艺术宫，有激光打靶场，有普莱斯娱乐城，还有政府专门打造的餐饮一条街，却赶到〇〇年前后一家接一家地停业了，灵霄宝殿和罗马广场都空了，荒草长起半人高。很多年了，陈地菊都没有来过这一带，过了也是坐在车子里看个浮光掠影，只有等到她走穿了西街，走过了长生街，走到二环路边上才发现现在这西门外头居然有了人气。艺术宫和娱乐城的房子都刷新了，外面挂起了白底黑字的招牌，写的"西南大学平乐校区"，路上走动的全是些新鲜面孔的大学生，说的都是普通话。反正也没其他地方去了，陈地菊恍恍地跟着几个学生走进了校区的大门，在学院广场上晃一晃，去商业街买杯奶茶，不然在路边的长凳上坐下来，拿本书出来翻开，像一片叶子那样静谧谧地遁入了林间。

王婷婷找陈地菊倒是已经找了将近一周。她给她打了几个电话都没人接，找傅丹心也联系不上，问刘毅文，他也说傅丹心自从世界杯打完以后就喊不出来了。好端端的，总不是我们咋把你们得罪了嘛？婷婷有点气不打一处来。好在她最近神来气旺，又有一大堆事情在忙，因此也没闲心使劲去怄这两口子的气。你看她一大清早就去西南大学里头见了个毕业生，正在马不停蹄地往外头走顺便接了个电话，忽然就看到路边一棵银杏树下面坐了一个穿着灰针织裙的在看书的。那女子打一眼看上去像是个学生，再把细一认可不就是她的朋友陈地菊。王婷婷大而不小地"咦"了一声，跟电话头说"我等会给你打过来"，再轻手轻脚地走过去，生怕把眼前这人吓起跑了一样，走拢了才喊一声："梅梅姐！"

陈地菊一抖脑壳抬起来，先是愣了愣，总算还是笑了，说："婷婷啊。"

"哎呀你还算认得到我。"王婷婷说，"给你打了那么多电话也不接，发了那么多短信也不回！"

"不好意思，"陈地菊说，把书收起来放回包包里，"我这段时间事情有点多，心头也乱七八糟的。我是准备要给你回短信的，你说你找我有事情，是啥事嘛？"

王婷婷想不是我撞到你你鬼才要给我回短信的。面子上她还是笑眯了，挨着陈地菊在长凳上坐下来，把她的手挽起，说："我找你嘛肯定是好事啊！"

这两个朋友许久没见，先就摆了些闲条。婷婷问陈地菊最近好不好，陈地菊说还凑合嘛，反正日子只得一天天过，边走边看要走到哪儿去嘛。她再问王婷婷最近都在忙啥，婷婷的眼睛就马上亮了。

"给你说嘛梅梅姐，说出来我自己都有点不信：我和郑维娜注册了一个公司！"王婷婷说。

陈地菊心头咯噔一声，一下说不出是啥子滋味。她料想得到王婷婷和郑维娜的淘宝店应该做得不错，但没想到就这样把公司都开起来了。"哎呀，安逸哦，是啥公司呢？"她问。

"服装公司，"王婷婷说。她拉开手提包里摸出一个玫瑰金的名片盒，翻开来拿出一张名片递给陈地菊。

名片上写的：鬼丫头服装文化有限公司 总经理 王婷婷

陈地菊一笑。"咋取个这个名字啊？"她问。

"鬼丫头啊？"王婷婷也笑起来。"这是我们的品牌啊。说起来还是多亏郑维娜第一天来拍照的时候脸遭打瘀了——你还记得到不？那天你也在的嘛——我就将计就计给她画了个女鬼妆，结果也不晓得为啥，可能是因为有特色嘛，一下子就在网上火了，然后我们的铺子也就跟到火了。"

陈地菊当然还记得，就是那一天，她从王婷婷的店里面出来，第一次在明晃晃的日头下不知道要朝哪里走。"那还有点欢的。"她说。

"就是欢得很啊！"王婷婷也点点头，"我们最开始还只是进衣裳卖嘛，上个月开始就决定试试找工厂来自己打版做些基本款，结果反响好得很，五百件两天就卖完了还一堆人来预定。"她手一拍。"现在啊娜娜就干脆把她那套房子拿出来抵押贷款拿了些钱，我呢也把我们屋头那点存款拿出来了，一起凑起来把公司注册了，准备就看看能做到哪儿去嘛！"

王婷婷在陈地菊面前说得眉飞色舞，陈地菊呢就觉得脑壳有点晕。也就是不过五六个月以前嘛，郑维娜和王婷婷还一个为了男朋友出轨哭得稀流，一个为了爱人不会挣钱恨得牙痒，现在居然就说起抵押房产注册公司这样的事情来了。"那真的是要恭喜你们啊，"她扇一扇手里面的名片，提醒自己要把笑容挂在脸上，"这简直是了不起了！"

王婷婷呢，本来前一秒还高高兴兴的，这一秒忽然就把眉眼皱起来了，说："哎呀梅梅姐，了不起啥啊。我就这两个星期忙得都要把脑壳转掉了。又要刻章，又要办税务登记，办公室又要买桌子，厂里头还要说的之前的面料买不到了，又要换面料，我这都还没去取样品……"她把脑壳摇一摇，深深吸一口气，伸出手来一把捏住了陈地菊的手——陈地菊的手冰凉，王婷婷的手滚烫。

"梅梅姐啊，这几天我都在找你，就是为了这个事，"王婷婷说，"你看我们这一大摊子，又碎又乱的，我和郑维娜呢，虽然是搭档，但是老实给你说我还是不是很信得过她——坑我的事那女子以前又不是没干过。我就想啊，如果你能来给我们入个伙的话就最好了。你来当会计给我们把关，我就最放心了。你看嘛，"她又把包包扯开来，摸出一个文件夹里面都是些A4纸一排排印起字，"我这儿找不到你，就只有跑到他们西南大学来找应届毕业生，收了一堆简历，没哪个上相的。"她狠狠地拍了拍那文件夹，又把脑壳扭过来，一双眼睛鼓得溜圆，看着陈地菊。"梅梅姐，真的，你考虑看看嘛，看愿不愿意来跟我和娜娜一起做，一开始你不放心可以做兼职，等我们上轨道了，我们肯定把工资给你开够，二天还可以分股份！"

陈地菊耳朵里头有些嗡嗡的，眼睛看着王婷婷那一张热切切的脸，没来由地她就想到了那个在张三哥烧烤摊的夜晚。那时候，这女子也是这样看着她，把那话一句句海浪一样拍在她的心上，劝她和傅丹心扯证结婚。

"你让我想想嘛婷婷，"她终于说，"我这儿还些事情我得先考虑清楚了，再来给你回话。"

有人说绝处逢生，否极泰来。又说祸兮，福之所倚，福兮，祸之所伏。说的就是这命运难测，时运多变，就像那天上的风云忽明忽暗，一吹就吹得我们这些人鸣蜩学鸠一般东倒西歪，乱打旋旋——所谓：治乱，运也；穷达，命也；贵贱，时也。这些都是在民间广为流传的，连黄口小儿也可以颂唱得声声琅琅，听到的就以为必定是真知实理。殊不知娃娃些往往鹦鹉学舌，捞起一半就开跑的更是大有人在，很少有几个能够真正把书接到读完了，看到圣人下半句里头就在说：孰知其极，其无正也。正复为奇，善复为妖，人之迷，其日固久——这才说到了本质。就是说福啊祸啊其实打眼看过去都长得差不多，所以你我两个就很难认出来到底哪个是要帮你，哪个是要整你，到底是将降大任，先苦心志呢；还是将欲废之，必固兴之。因此祖先些又苦口婆心地说了：君子啊你这一辈子的修炼，就是要核乎邪正之分，权乎祸福之门，终乎荣辱之算，才可以舍彼取此，趋福避祸。

说回来我们这个故事里头，陈地菊她有没有眼水我们要打个问号；傅祺红呢，好歹经历了将近一甲子的起伏，自然就要火眼金睛得多，越是在扑朔迷离中就越要鉴毛辨色，听风辨位，不使其昭昭然绝不罢休。

你看他吃了午饭终于慢悠悠收拾出门了，揣着存折本本，带着他的儿傅丹心，深一脚浅一脚地走到了南门老城墙边十字口去取钱。抬起脑壳来他看到农业银行的大楼就矗立在面前，十几级台阶排上去像是升仙的天梯。他叹口气，忍不住又扭头看了一眼傅丹心，他那忤逆儿子的脸上刷了一层水泥浆一样，灰胴胴的，垂着眼睛。

"你这祸什污娃娃！"他说，"我是上辈子欠了你好多钱，这辈子没完没了地帮你还债！"

傅丹心站住不走了，始终和他爸保持三四步的距离。他还是不看他，光抬手摸了摸鼻子又把手放下去了。

傅祺红也挪不动步子，毕竟再走进了银行门口就要拿本本取钱了。"屡教不改说的就是你，"他接着说，"你上回炒期货捅了好大个篓子？这一转眼就忘了痛了，居然要赌球了！赌球都是你赌得起的吗？你也不看看你是啥料子，一没本钱，二没头脑——你哪来的本事去跟人家要？"

"我没赌球，"傅丹心终于说话了，声音闷咚咚的，"我都给你说了我不是赌球，我是帮人家当庄家，我自己又没赌。"

"噢你还有理了！"傅祺红说，"当庄家就不是赌了？那你又是咋栽下去欠了这么多钱的？咳！我这辈子就没听说过庄家输钱的，你倒好，一输输了三百万，简直有水平，说你笨得屙牛屎都是抬举你了。算赔率好简单的事嘛你都可以整错，你爸我教你那么多奥数你都还给先人了！"

傅丹心终于把脑壳抬起来了。他看了傅祺红一眼，两个眼眶子通红。"你何必说这么难听嘛，"他说，"我都给你说了，我不要你帮我还钱，我自己的事我自己会解决。"

傅祺红点点头。"对的，"他说，"你就在这儿跟我说大话嘛。你真有办法解决那黑社会的还要跑到我们屋门口墙上写大字吗？你爱人还会气死血了直接当到我们两个老的宣布跟

407

你分手吗？——我不把我这棺材本取出来先把那些人安顿到，是要等到看陈地菊跟你离婚呢，还是要看你遭黑社会砍死？真正把你砍死就算了，只要他们把你拖远点儿到那荒郊野外砍死了，我还就得个眼不见心不烦了！"

"那你就喊我遭砍死嘛，"傅丹心咕哝，"死了算逑了。"

傅祺红看着他的儿，颈项上的生筋活脉，厚实实的肩膀，遭乱刀砍下去了就要皮开肉绽，红浓的血顺着白森森的骨头往下滴。"死？你以为你死了就算了，你这子债就不用我父偿了？你想得美！"他气汹汹地把这句话丢下来，转身过去接着朝农业银行里头走。

"我们根本就不该赔他们的钱，"从他背后传来傅丹心幽幽的声音，"这事情里头根本就有鬼。我根本就是遭他们故意陷害的。"

傅祺红站在营业大厅门口，正好看到里头一字排开的柜台，墙上数字的屏幕滚动的是现下的利率：活期存款 0.35，三个月 3.00，半年 4.00，一年 4.55，两年，三年……可怜他本本上这失而复得的十万元本来存到了那么好的利率，这下提前取出来就分都不分了！他就站住了，再一次扭头问他的儿："你啥意思？你咋就遭陷害了？"

傅丹心看了他爸一眼，吞了口口水，像是终于下了决心。"老实给你说，我是遭他们设局害了。我当天去操盘的时候是遭人家下了药，吃了好几颗摇头丸……"

"啥子呢？"傅祺红说，一下子耳朵就嗡了，心口一紧。"摇头丸？你这娃简直没救了——你赌就算了，还整起吸毒了？"这两个字走他嘴里头钻出来，黑耸耸的，惹得他全身一颤，手挥出来，"唰"地一巴掌就给他那儿扇在脑壳顶上。

"哎哟！"傅丹心脑壳朝后头一缩，"你咋子？"

"我咋子？"傅祺红难得地提高了声音，憋了好几天的火涌出来，一下竟收不住势头。"我也不等其他人了，我今天就亲自打死你这个不肖东西！"

这正是：

> 圣贤书里习君子，还需耳濡目染；
> 黄荆棍下出好人，全靠身体力行。

你看傅祺红他老父亲恨铁不成钢，这下两步上去左右穿梭，膀子一挥双峰贯耳，直接就给他的儿傅丹心招呼过去，又再一式云手出来把他逮稳了，抢起坨子来，朝他身上接二连三地锤下去。

"哎呀！打人了！这儿打人了！"营业大厅里头有人在惊呼呐喊。傅丹心呢，就抱起脑壳想朝街上窜。这头傅祺红却死死地把衣裳给他揪住了，不离不弃地对他的儿步步紧逼上去，手上二指一弯爆栗子一个接一个，脆生生地敲在这混账的肩膀上，背上，脑壳上。

"祸什污！"他嘴头骂，"你这个祸什污！"

街上的都遭这一对的闹热吸引过来了。傅祺红本来是最在乎他人的，现在却仿佛在无人之境。他的眼睛里光看得到他的亲生儿子，那一张脸他太熟悉了，就算是扭眉皱眼揉成一团他也不得认错。傅丹心一边躲，一边嘴头喊："哎呀，爸，不打了嘛！不打了嘛！我错了，我错了！"

他那讨饶的模样让傅祺红蓦地想到了这娃娃小时候，也是一个德行，没皮没骨的，稍微挨两板子马上就涕泪齐下，一声一泣地喊："爸爸，我错了，爸爸，我错了！"

这都好多年了啊？傅祺红想，咋这娃娃一下就长这么大了？——他刚刚起了恻隐之心，手劲松了，没料到他的儿竟泥鳅一样一板把他的钳制挣脱了，连滚带爬地，甩起脚朝南门外头跑。

傅祺红手上一下空镠镠的，像是把个氢气球放飞了。

"哎！跑了！跑了！"街上的人喊。

傅祺红却没有动。有那么一两秒钟的时间，他呆呆地立在路上，眼睛空空地望着他的儿越去越远。

"赶紧撵嘛！快撵啊！"街上的人又喊。

他才像是反应过来了，脚一蹬，拖起一身的皮肉跑了出去——等真正跑起来，他才意识到自己确实是老了，脚上灌了铅，骨头又硬，关节又痛，头顶上冒虚汗，胳肢窝里发恶臭，再加上那路边看热闹的视线，炯炯的如微波一般辐射过来，硬是要把他的里外都烤焦。他觉得气紧，又不得不把劲提起，在众目睽睽之下把步子绷撑了，撵着傅丹心拐进了南门菜市场金家巷，又再转进去到了猪市坝僻静深处，才终于在一堵老墙跟前把他那忤逆子一把揪住了，站稳了，脚顶下、心窝头、脸面上都像是遭整脱了一层皮。

"你个祸什污！"他说，"你跑啥跑？朝哪儿跑？跑得了和尚还跑得脱庙？"

他那儿子虽然比他年轻不少，但平常缺乏锻炼，又经常熬夜，眼下这脸色居然比他的还要难看，弓起身身张大嘴，只有出的气，没有进的气，说不出话。

"我打你两下你居然还敢跑？"傅祺红接着骂，杵在穷途末路里又是四下无人。"你有啥脸跑？你赌就算了，居然还吸毒！吸毒这种事都是随便沾得的啊？你一沾就人都不是了，只能是人渣！"

傅丹心把脑壳摇了摇，又把手抬起来跟着摆。"不，不是，"他终于把气接起了，"我没赌，我是当庄家，自己根本没赌。还有那摇头丸也不是我自己要吃的，是人家设局害我，豁我吃的！"

"害你？"傅祺红冷笑一声，"你才会抬举你个人的！是，你傅丹心硬是了不起完了，还有人专门要设局来害你——是为了你的才啊，还是为了你的钱嘛？你是个啥了不起的人物，要招得人家来害你？"

傅丹心的耳朵唰地红透了，一张嘴闭起，牙齿咬紧下嘴皮。"我咋晓得他们为啥要整我呢，"他说，"但那个给我下药的婆娘就跟我诅咒发誓地说了，说的是六叔喊她给我下药的——我也想不通啊，我勤勤恳恳地帮他周在鑫守摊子，是哪点把他惹到了，整得他宁愿把自己的生意肇了也要来整我？前头先说的输赢都跟我无关，现在又说'江湖上从来只认庄家'，要喊我个人掏腰包把钱赔给那些下了注的——哪儿有这本书卖？爸，"他看着傅祺红，一双眼睛红得像在渗血，"爸，你相信我嘛，这事情肯定是有鬼，中间绝对有哪个人在挑。你信我这一回嘛，先不慌去取钱，更不要卖妈西门上的铺面——凭啥就要这样轻飘飘地送给他们？你等到，我肯定要把这其中的鬼揪出来——等我把他找到了，你看我不把他朝死里头整……"

傅丹心嘴里头还在说，喋喋地跟中了蛊一样，傅祺红却忽然定住了。他的心咚咚地跳着，像是有个人在他胸膛里头擂鼓。恍恍然地，他看到一缕灵光走乌云里头穿出来，端端照在他的眉心之间。

"你先不忙。你说的这个周在鑫是不是有点年纪了？以前天生房产的董事长，住在西门上的？"他问傅丹心。

傅丹心嘴皮停下来，皱一皱眉毛。"他像是有六十多岁，我倒不晓得他还搞过房地产，"他说，"是西门上那个没错，不然我们这儿哪儿还有第二个周在鑫嘛？"

这三个字落进傅祺红的耳朵里头，硬像是老天爷终于答应了他这几天的祷告，他绷紧了的心一下松了，腿杆的酸痛也消散了，浑身舒软。"周在鑫！"他说，"这还真的是冥冥之中自有定数啊。我给你说，这个人我和他打过交道的，按理说他还欠我一个大人情。这样，你先不忙去找他，把这事交给我。等我去把他找到来，跟他好生摆一摆，说不定还有点儿柳暗花明的机会。"

摸到心窝子说，傅丹心觉得他在数任前女友和现任老婆那里都还算吃得开的原因并不是因为自己长得有多么帅，也不是因为他格外温柔体贴，更不是因为他在床上有啥过人之处——虽然这些方面他都不算差，但傅丹心深信他之所以在情场中纵横十多年，浑事昏事幌事都干了不少却还没遭报应的原因只有一个，那就是他傅某人道歉的本事绝对是卓绝群伦，很要找些人来比的。

再多的危机他都用凄切切赤忱忱的"对不起"化解了，一回不行就说十回，光说不行就再加点眼泪花儿——但这一次他和陈地菊之间的问题却没这么简单。不用其他人说，傅丹心自己也意识到这一回不再是他道个歉就可以混过去的。自从那天出事以后，虽然陈地菊是答应了他爸妈不跟他分手，当着屋头两个老的也会淡淡跟他说几句话，但一旦他们两个进了自己的寝室，她就眼睛也不朝他这边瞟一眼，声音渣渣也不冒半点出来，直接把他的枕头铺盖抱起来朝地下一丢，自己呢就躺尸一般直挺挺地占住床中间，不然看书，不然耍手机，总之彻底把他傅丹心当空气。

　　傅丹心确实是有点心灰意冷了，再加上他现在的心思都在如何消灾减债上，也就更没闲心来想如何逗他爱人高兴。因此两口子吃了夜饭又回寝室，忽然听到陈地菊喊了他一声："傅丹心"，他就有点不敢相信他自己的耳朵。

　　他倒拐子一撑走地上坐起来，望过去床的那一头："你喊我？"

　　"啊，"陈地菊说，"能不能把你的笔记本电脑借给我用一下？我要上个网。"

　　陈地菊要用笔记本上网，这也是有点稀奇。不管嘛，傅丹心一跃跳起来，麻利地走他的双肩包里头把笔记本电脑拿出来——心头盘算桌面上没啥不能见人的东西嘛——递给了陈地菊。

　　陈地菊把电脑打开了，连起网，又把浏览器点开来，输入：www.taobao.com。那屏幕本来是刷白白的，过了几秒钟就哗地跳出来各种五颜六色的文字和图片，叠起摞起，密密匝匝，像是哪个把糖盒盒打倒了。她盯着这堆东西看了几秒钟，无奈何，转过脑壳去问傅丹心："哎，你来帮我看看咋个在这儿找具体的铺子呢？"

傅丹心一双眼睛都亮了，站起来绕过来坐到床边上，走陈地菊手头把电脑拿过来放在自己膝盖上，说："你要找啥铺子嘛？"

"就王婷婷和郑维娜开的铺子，叫鬼丫头服装店。"陈地菊说。

"嘿，她那两个是有点鬼。"傅丹心说，手上把名字敲进去在搜索框，又按回车。

陈地菊再看的时候就看到"鬼丫头服装店"赫然列在屏幕最上面，名字边上三个金色的小皇冠。

"我好像是听文哥说婷婷是在网上卖衣裳，"傅丹心说，鼠标点进去，"咋呢，你准备要去照顾她们生意啊？"他尽量把语气放得随意了又随意，就他们两口子之间一切都只是寻常。

陈地菊没说话，看着屏幕上服装店的页面，入了迷一般。一张张照片都是郑维娜的脸，但又不像是她。那张脸有一大半都被涂成了泛着幽蓝的青黑色，像是海底下游上来的水怪，莹莹地发光。

"这是啥意思呢？"傅丹心说，"有点另类哦，搞不懂，搞不懂。"他看了一眼他的爱人，觉得她的脸上也像是被一层颜料包裹住了，讳莫如深。

"前几天我遇到婷婷了，"陈地菊终于说，眼睛看着屏幕，"她说她们这家店开得还很成功，现在刚刚注册了一个服装公司，想喊我入伙，去她们公司里头当会计。"

傅丹心愣了一愣。"服装公司？"他说，"王婷婷和郑维娜？她们两个女子疯扯扯的能搞啥服装公司！先不说王婷婷了，光说这郑维娜——你也不看看那龙刚把我们整成啥样子了，难道你现在还要跟这女子裹在一起？"

陈地菊看了他一眼："你的意思是如果你跟龙刚闹翻了，我就不能跟郑维娜一起做事情了，是不是？"

也还是谢天谢地傅丹心总算不笨，感觉出来他爱人这话恐怕是反起说的。"也不是这意思嘛。"他赶忙深明大义地表态，"我是害怕你吃亏——他们那屋头的人惹不起啊。"

"我的确也是不想跟郑维娜和龙刚打交道。"没想到陈地菊居然顺着他的话说下去了。"婷婷也跟我说她不太信得过郑维娜，"她又说，把电脑屏幕转过来给傅丹心看，"但她们的网店生意确实是做得很可以。我估计她们是运气好，赶上这一波电商要起来了。听说郑维娜把她房子都抵押了，重新找银行贷款出来投资这个公司。"

傅丹心也就把细去看那屏幕上的页面，裙子，T恤，针织衫，成交量五百、一千六、两千三。"看起来是还可以哦。"他说。

"我有这么个想法，"陈地菊说，"想听听你的意见。你也听说了嘛，最近房产大涨，我问了我妈了，我们那新房子现在随便可以卖八十万。"她顿了顿，瞟了一眼傅丹心一眼——傅丹心眼睛都不转了，听得全神贯注。"我觉得这其实是个机会。"她接着说，"本来那房子我们去住了也就是住起，再涨价也变不出现来，其实我们只要下决心再在爸妈这儿住一阵，把那套房子出手，拿起钱去找王婷婷，就说我们要入股她的公司，喊她跟我们打伙做，把郑维娜踢出去——听婷婷的意思，这铺子本来就是她在弄，郑维娜实际上就是当个模特，还有就是出了些钱。那么其实这模特哪个都可以当——她那脸都涂成那样子了，又有哪个认得到哪个是哪个——至于钱嘛，我们也可以出。何况她跟我们合作的话，我可以来给她做管理，做会计，她呢，也肯定也信得过我们，这样她也放心，我们也赚钱，这不就是双赢嘛？"

傅丹心觉得大腿上一阵刺痛，脑壳一埋才发现是他自己在掐自己。还硬不是在做梦的嘛，他想，看着他的爱人，依然是那个清清淡淡的模样，眼睛里头却又有点脱胎换骨的意思。

"哎你可以哦梅梅。"他说，喊出来她的小名。"你不要说，这事情可能还真正做得！我前段时间也在想干脆把我的铺子关了在网上开起卖——结果你还跟我想到一堆去了！你说得对，我也觉得现在电商肯定是要起来了，再加上我们跟刘毅文王婷婷这关系，真正我们两家人联手了，啥生意整不好！我看这样，你呢就去探探王婷婷的口风，把她那头先说拢，把郑维娜踢出局，然后我们来入伙。"他伸出手来叩了叩电脑屏幕，上头一排排卖的都像金缕玉衣，一串串评的全是灿灿五星。"这事要是整对了，我们就真的要发家致富了！"

县志办办公室里头最近很有点人仰马翻，鸡犬不宁，说起来还不是因为四个字：君心难测，再补四个：想些来整。本来，今年子县志办重中之重的任务就是完成二十年大县志的初纂一审，因此其他的年鉴啊地情文献啊之类的工作都统统排到后头去了，全办公室的人加班加点地资料、撰稿、统稿，眼看胜利在望了。哪想到，十一假期才刚刚过完，忽然咚地下来一个手谕，说要求县志办务必在年底之前把二〇〇七到二〇〇九年的三年年鉴整出来，最好是十二月份就要拿定稿来给上头过审。

这一下满办公室的人都是瞠目结舌的，彻底成了铁桅杆上的耗子——没了抓拿。苏聪说的这不就是君要臣死臣不得不死吗，吴文丽说死倒是简单了，白刀子进红刀子出一分钟都要不到。问题是这三大三年的年鉴，虽然每年各乡镇单位的资料都交上来了，但是还全部都堆在资料室里头生灰，黄瓜都还没起蒂蒂，这就要喊我们整个菜出来马上要等到吃，请问是不是在搞笑？

当然了，会议室里头坐了一圈没哪个笑。傅祺红就更笑不出来了，他一双眼睛盯着他底下的人愁眉苦脸，心头不免有些火烧火辣。这些做事的人还懵懵懂懂，但他老傅这管事的却心头有谱：下这异想天开的指令的不是其他人，正是我们县上的一把手，县委书记熊国正。而这姓熊的忽然慌到赶到想要这二〇〇七到二〇〇九年鉴的原因也不难猜，大概是因为（据小道消息说）中央纪委的人已经下来了，正在彻查市委李书记的贪污腐败案，估计李下台是早晚的事了——那么你就算一算嘛，所谓的巢倾卵破，再加上一个萝卜一个坑，李书记下课必定要牵动一堆人遭殃，紧接着组织上就要蹭蹭把人朝上头提了。而我们的熊书记呢，眼看着也就只能再坐一届了，这一趟再不上就真的上不到了，因此肯定是要铆足了劲，调动各方资源来颂他的政绩表他的成果。那一九八六到二〇〇五的二十年县志记的都是前朝旧事了，远水解不了近渴，因此这人才下了急令，喊县志办必须要把这二〇〇七到二〇〇九年的年鉴赶出来，真真个急功近利、公器私用。

傅祺红默默把心头这口气吞了，脑壳抬起来，脸皮也拉长了都是肃穆。"既然上头话都下来了，"他说，"我们这些人也只有好生做，尽快把任务完成了。这样，我来弄概况和政治部分；苏聪，你和小曾搭手来整经济——这个是重头戏，得多费些心；吴主任，你就和小杨一起负责把文化和社会生活搞了，剩下的人物乡镇企业和其他的我再来想想办法，不然就去党史办，不然去中学里头借调两个笔杆子过来，帮我们一起整，大家这个月辛苦一点，先把手头其他事都放了，加班加点一下，应该可以……"

他话还没说完，就看到吴文丽把手高高举起来，长梭梭像一根白萝卜。"傅主任，我就有点不懂了。"她说，"我一直都是带小曾的，我们两个一起做事也早就做顺了，这咋又换了个人给我？"她瞟一眼小杨，对她一笑。"不是说我对其他人有意见，问题是我们既然现在都在赶时间，我哪儿还有空来又要重新磨合，不是反而把多的都耽搁了？"

吴文丽的话赤瞎瞎地说出来，满屋的人一下都有点尴尬。傅祺红心头清楚得很这女人是舍不得人家小曾能干，想到搭个会写稿的她就好梭边边，遇到小杨不如小曾灵性，她就生怕自己要多干事了，因此当然不安逸要发杂音。他眼睛扫过去看一看小杨，就看到她满脸通红，嘴巴瘪起来像个要煮破的饺子。再看看苏聪呢，便见这小子是静如处子，脑壳埋下去，把圆珠笔死捏在手上，一动不动——早在放假之前，傅祺红就把苏聪喊到他办公室里头来跟他摊了牌，说他跟小杨的事他已经了解到了，也把人家小杨那边暂时安抚下来了，那么这一回姑且既往不咎，但是这种原则性错误以后绝对不能再犯。

当时，苏聪那张本来一向白生生的脸居然涨一涨地发了紫，嘴皮也白了，哆哆嗦嗦半天，终于说："谢，谢谢傅主任。"

"唉小苏啊，"傅祺红说，"人这一辈子总是要犯点错，特别是你还年轻，就更是难免。我呢，也不是啥老学究，更不想教育你在男女关系应该如何去处，但这件事情里头你最不该犯的其实是扯这个谎，跟小杨说我们这儿有转正的指标。你看你扯了一个谎，我们就都要源源不断地编出些假话来圆这个谎——这就像是吸毒一样，一旦进去了，就轻易都出不来了。"

"是，"苏聪说，"傅主任你教育的是。"

"我不是要教育你，"傅祺红说，"这道理也是我看多了血淋淋的例子才学来的。特别是我们这政府里头，人与人之间更加复杂。说不好今天要帮你的，明天就要害你，因此千万要万事谨慎，站够脚步。不然你看嘛，一旦你有个把柄落到其他人手头了，你就这辈子都不要想安生了。"

他这话慢吞吞地说出来，声音虽轻，分量却重，压得苏聪脑壳埋得死死的，身身缩起来像是个淋了雨的秧鸡儿。"对，"他说，"你说得对。"

傅祺红叹一口气："小苏啊，我是真的希望你这一回学到教训了。这事呢我反正就尽量帮你压嘛——但你这幌子确实扯得有点太大了，你说我们哪个有那本事，去给那小杨伸手一抓抓个名额回来给她？也就看嘛，我们只有先把她安抚到，走一步算一步嘛。"

苏聪还是没抬脑壳，心头想的是办公室里头早就传遍了的八卦：傅主任找了关系要把他儿媳妇调到政府办去了，而且是先上车后买票，公务员都先不用考的！

"谢谢傅主任，"他说，"谢谢傅主任。"

傅祺红看他那造孽兮兮的样子，又叹了一口气出来。"你不用谢我，"他说，"你好生工作就是对我最好的感谢。你看嘛，我们这办公室里头除了你，哪儿还得出来第二个真正能写文章的？"——是这道理啊，当时傅祺红想，安顿自己惴惴的良心和跃跃的私心，所以我帮他也是帮我自己，不然他要是再遭整起走了，这一箩筐的事还有哪个来帮我做？

还有哪个来做事啊？傅祺红又把这话默默地跟自己说了一遍，再看一圈这几个散兵游勇一个个坐得又胖又巴，最后才把眼睛落在吴文丽的身上。他说："那这样嘛，吴主任，既然你不想麻烦带人，就干脆跟我调算了。你来弄概况和政治，我来跟小杨做文化和社会生活，这下总对了嘛？"

陈地菊坐下来，才发现她的写字台上已经积了薄薄的一层灰，手放上去就是一个印子。转眼间，她搬到傅家去已经要一年了。最开始她还经常回天然气公司家属院，吃个饭，跟她妈妈摆会龙门阵，然后再去她的寝室里头拿点衣服，找两本书——那一阵，每一次走进来她的寝室里都是干干净净的，一尘不染。据她爸说，叶小萱每天早上起来第一件事就是要来把她寝室抹一遍，"就跟打扫神龛一样"。

她妈妈是多久没来收拾过她的寝室了？陈地菊想。她甚至一下都想不起来自己上一回回来，坐到这张写字台前是什么时候。她本来想去厨房里面拿张抹布，但犹豫了几秒钟又算了——反正总归都是要积灰的，又何必抹它？

有诗为证：

> 秋光秋影入秋室，红稀香淡，旧台无心扫。
> 一番风雨一番凉，往事流连，何处梦明朝。

她弓下腰来，一把拉开写字台抽屉最下面那一个，里面一叠叠摞起的都是她高中大学时候的纸纸片片。她把它们都搬到写字台上来，一张一本地翻过去：笔记本叠起笔记本卷了边边，模拟卷贴考试卷粘成了一饼，还有复习时候写的提纲，课上传的纸条条，同学和笔友写给她的信，零碎碎的光写了个开头的文章，以及各种成绩单、卡、学生证、图书馆证，上头是她十五六岁十七八岁二十一二岁时候青寡的脸，有时候圆些，有时候又尖了。

她翻过她大学时候宏观经济学课上的笔记，上头的字草得她自己都认不到了，红笔画了些圈圈，记号笔写的"必须背""默写三遍"。又有她高考前模考的卷子，像是掉到水里头又捞出来了，和数学英语物理化学卷子皱起糊起在一起，凝成了一块硬邦邦。还有高三毕业的那个暑假，她南京的笔友写给她的信："……最终差了三分没上复旦，哭了整整一周。

算了，同济就同济吧，我总之是下了决心不复读的。明年寒假你来上海吗？或者我可以到九寨沟玩，顺便找你……"

这么多年了，陈地菊看到这信心头还是一紧，手腕子一翻把这几页旧纸卡回去，又接着往下找。她拿起来一本薄薄的笔记本，封面上一只泰迪熊，四个彩虹色的字："美好生活"。她一下想不起来这本子是哪儿来的，翻开来才发现是她曾经的日记本。实际上也算不上日记，就是她断断续续写下来的一些随想，用了大概有半个月就荒废了，难怪她没印象。那时候她的字要端正些，陈地菊翻了几页，看到这么一段：

"想不出来明年这个时候我会在哪里。每个人都说考不上大学你就毁了。那么说不定明年这时候我已经死了。但或许，可能死根本不是最可怕的事，大学没考上还要活下去才是最可怕的，一天天的都看不到尽头还要一直活着才是最可怕的。周老师说的话虽然很残酷，但的确是有道理的，我这种成绩现在才想去拼上海交大肯定是来不及了，的确是西南财大要更加实际一些。'实际'，意思大概就是要承认自己只是一个普通到不能再普通的普通人吧。"

陈地菊忍不住笑了起来。一瞬间，她希望她可以时光穿越回去，跟那个十六七岁的她自己说：能考上西南财大就已经很不普通了。她不知道那一个陈地菊会作何感想，当她得知自己根本没有考上西南财大，只不过上了一所本地的二本，工作了几年也没有长进，依然是个一文不值的前柜。最终，她不但没有考上外地的大学，甚至干脆嫁了个东门上一条街长大的，还和他爸妈住在了一起，每天睁眼睛出门，闭眼睛睡觉，周而复始，终而复始。

陈地菊叹了一口气，出来的这一声是那样沉沉，把她自己都吓了一跳。她眨了几下眼睛，把这本子放回去，又继续在这一堆纸里面翻下去——她是下了决心了，这个抽屉找不到就找下一个抽屉，写字台抽屉里面没有就去找床底下的纸箱子，总之不把东西找到绝不放弃。

皇天不负苦心人，最后还是遭她找到了，两个齐崭崭的蓝本子，她的本科毕业证和学位证。陈地菊翻开来，看着照片里面她自己那瓜兮兮的样子，头发扎起来一个马尾，脸上没有打粉，又偏偏专门擦了口红，太红了，落在那黄垮垮的脸上，像是哪个拿红笔画上去肇耍的。

她站起来一下觉得脑壳有点晕，把手扶在椅子背上站稳了，也不管一桌一地的狼藉，把椅子推进去了，拿着这两个本本走出寝室去，走到客厅里面坐下来，狠狠地吸了两口气，才慢慢地听到了她自己的心在跳。咚。咚。咚。

伸手过去她把她的手提包拿过来，摸出一张对折好的 A4 纸，打开来，再把里面的内容最后看了一眼：

辞职信

尊敬的代行长……

她把这信折了回去了，拿手掌抹了几抹展平了放到毕业证里面去，确保它不得遭压皱，又把两个蓝本本都放进了包包里——陈地菊站起来，趁她爸妈还没回来之前，几步走出了陈家的大门。

往年家，每到重阳一过，秋意愈见浓重了，傅祺红就总要诗兴发作起来作两首七绝，再不然填一阙"清平乐"或者"减字木兰花"，赋些秋风飞落叶，黄菊散满庭之类的——也就是看到物候变化了，之前妖娆兴盛的都渐平淡萧索了，他老傅心头的愁绪就汩汩地泛滥开来，掩不住，硬是要化成些形销断肠的截句。每到这个时候，唯一能宽他心的就是去畅想他退休以后的生活，想到到时候闲下来了就正好把这么多年写的文章都整理出来，弄个集子，再把几十年记下来的日记好生看几遍，说不定就能触发些灵感，整一个长篇出来，以他个人这一辈子的沉浮来折射我们国家这五六十年来的蓬勃变化，还正好可以利用他县志办工作这些年积累下来的观察和数据，真正做到包罗万象，写尽众生百态，写透人情世故——每一回，一想到这里，傅祺红再是消沉的意志也要重新被振奋起来，胸口里头激荡起少有的昂然。甚至，他连书名都想好了，不如就叫作"大志"，而他自己也可以仿效前人取个笔名，类似于：平乐孤翁。

　　——这是往年家的情况。

　　到了今年子，也说不清楚是哪儿不对，重阳早就过了，眼看都霜降了，马上就要说立冬的话，傅祺红却一首诗都没写出来。他估谙大概是这一阵事情实在太多，有他办公室里面的人事纠葛，上头下来的各种任务压力，又有他儿媳妇调工作的事，还有他那宝器儿子欠的账。你看他这一大清早就到了办公室，茶水泡了，端端坐下来在他的办公桌前，手上捏着从他儿子那抄来的周在鑫的号码，眼睛盯着桌子上方方的座机，就硬是提不起气来打这个电话。

当然了，电话本身他是打得来的，无非就是把话筒先提起来，手指拇照着纸条条上的号码按下去一、八、六……十一个数字按完听筒里头就该响嘟嘟的声音，声音响一阵电话那边就该有人接起来说话，十有八九说的都是"喂"。

接下来麻烦就来了。傅祺红在脑壳头想了又想，腹稿打了一遍遍，硬是没有一稿满意。他是该说："周总，你好啊，好久没联系了。不晓得你还记得到我不? 我是以前项目办跟你打过交道的傅祺红。"或者说："请问是周先生吗? 我是县政府的，姓傅，以前在项目办当副主任，现在是县志办的主任。"不然干脆说："周在鑫，是我，傅祺红。以前你们天山找政府买七仙桥那块地的时候，我帮过你的忙呢……"

傅祺红正在揪心挠肺地搞排练，就听到办公室门吱呀一响，打开来走进一个亭亭玉立的小杨，手上抱一堆资料，脚后跟一带把门关了。

"哎，哎，"傅祺红赶忙说，手头的纸飞飞塞到抽屉里，"你不关门嘛，不用关门。"

小杨抱的资料垒起来抵到了她的下巴尖尖。她直端端走过来把这些都放在傅祺红的办公桌上，说："这是文化局和旅游局交上来的二〇〇七到二〇〇九年的全部大型活动、社区活动、园区开发的文件，我把我觉得比较重要的都用红笔勾出来了。"

傅祺红把资料柜的门关了，转过身来，一双眉毛皱拢了。"你这女子! "他叹口气，"我给你说了几回了，红笔只能我改稿的时候用，其他情况一律只用蓝色或者黑色的签字笔。"

"我是害怕你看不到嘛。"小杨说，有点委屈。

傅祺红笑一声："白底黑字，我又不是瞎了，咋会看不到？"

两个人话说到一半，忽然听到门上又是咚咚两声。今天才闹热的，傅祺红想，就看到门一开走进来一个脸上笑眯了小胡子收拾得油光水滑的，可不正是他的老熟人，组织部的副部长夏定青。

傅祺红心头咯噔一声，料到此人此时来到此地来肯定是没好事，面子上他还是绷起了，喊一声："老夏啊，好久不见！难为你还想得起到我们，大驾光临到我们这椸椸里头来，简直蓬荜生辉了。"

夏定青本来手抱起来要作揖，结果眼角一扫看到端端还站了个年轻女娃娃，不禁把她多打量了两眼。

"这是小杨，"傅祺红说，"我们这儿的实习生。小杨，这是组织部的夏部长。"

小杨脸上立马露出一个笑来，眼睛里面也莹莹的。"夏部长好！你喝茶嘛？我来泡。"

她话一说完没等两个老的有多余的反应，便脱兔一般两步走到饮水机边上的柜子前面，轻车熟路地拿出来杯子和茶叶罐子，又问："傅主任，我也给你泡一杯啊？"

"我这儿有茶了，你不管我。"傅祺红说，觉得有点尴尬。

夏定青倒是笑呵呵的，说："老傅啊，你看你简直福气好。手底下一个二个都能干得很嘛！"他一边笑，一边闲步踱过去，走到傅祺红办工作对面的椅子上坐下来，一副要在此安营扎寨的样子。

傅祺红的心跳得更快了。他勉强把自己稳住了，走过去把桌子上那堆文件抱下来放到地下，再转进去在自己位子上安顿下来，隔着一个空荡荡的办公桌和夏定青双目对着两眼，好似蜻蜢儿向着蟾蜍。

"来，夏主任，你的茶。"小杨走过来把杯子放下来，再把茶杯盖斜起盖起，好漏出些缝缝散气。"有点烫，你稍微等会儿喝。"她把这过场做完了，就再笑起来，一边退了出去。"那我先走了，你们慢慢聊。"轻手轻脚地把门掩起来关了。

"哎你这实习生确实是有点灵性，可以，可以。"夏定青又说了一次。

忽然间傅祺红脑壳里头灵光一闪，想这姓夏的莫不是走哪儿听说了苏聪和这女子的事，要理抹我手下的人？要真是那样，他老傅也就再没他法了，只能把苏聪交出去喊组织上处理，反正他对这小子也是仁至义尽了——他一边想入非非，一边隐隐松了口气。

"老傅啊，我也不跟你卖关子，"夏定青说，"我这趟来是给你说你儿媳妇调工作的事。"

傅祺红的心掉下去了，哐当一声把他的脾胃肠都砸穿了。

夏定青看他脸上那样子，呵呵笑了起来。"哎呀呀，我话还没说完呢，"他说，"你不要捞起一半就开跑嘛。你儿媳妇这工作是肯定要调的——我们都给你说好了，人家肖主任那儿的位置也给你留起了，绝对不得反悔。"他把桌子上的茶杯拿起来，吹了两口，杯子倾一倾将那茶水在嘴皮上沾了沾，的确是滚烫，就又放回去了。"只不过现在有这么个问题。你也听说了嘛，中央纪委的人下来了，主要是要调查市上那个人的问题。"他顿一顿，手指拇朝天花板一指。"现在估计李

· 427 ·

是要下来了，下来了哪个要上去就都等到在看——这真正是个紧要关头啊。所以书记格外交代了，喊我们大家都要更加谨言慎行，千万不能在这个时候整娄子出来。我们现在的意思呢，就是看能不能把你这调动的事情缓一缓，等中央的人调查完了走了，该下的人下了该上的人上了，再来做计较。"

所以你看这官场上是不是波谲云诡，丝丝相扣，真正是投一石则起千层浪，牵一发而动全身的地方。傅祺红哪想得到上两星期市上开会听来的闲龙门阵居然扭起绕起跟他这区区小文官搭上关系，不只把他的事业牵动了，现在还有家庭——先要加班加点搞年鉴就不说了，现在居然连他屋头的妻小都要遭连累！

他缓缓地点了点头，好像他那脑壳有几千斤重。"老夏啊，"他说，"你们在位子上的硬是不一样，是要比我考虑得周全得多。的确是这道理，本来我们这里里外外就人多嘴杂，眼下这关口调人确实是有点冒险——唉，也是怪我儿媳妇那单位上那领导，紧到不放人，拖到现在，拖得这样不上不下的。"

"这事我刚刚才听德霖摆起来，"夏定青点点头，"我也是觉得奇怪啊，这都三四个月了，咋还没办下来？根据他的分析啊，他估计肯定是有聂那边的人到你儿媳妇那行长那儿去递话了。"

"不可能哦？"傅祺红说，"我这么小个事情咋可能惊得动他聂县长？"

夏定青一讪。"咋不可能呢。聂这个人啊心细得很，心眼又小，而且他做事情都是不按章法的，他要是想整你不安逸，啥子下三流的法子都使得出来。"

傅祺红颈项背后没来由地一凉。好像是有个啥重要的事情他该是要记得的，又偏偏想不起来了。

"哎呀你放心！"夏定青手一摆，嘴张开来一笑。"我都给人事局蒯局长打了招呼了，喊他过了年直接去你儿媳妇那儿调档案，那么他邮政银行那头再哪个横也不可能不给的，到时候直接就把你儿媳妇调过去到老肖那了。"

"蒯局长愿意帮这么大个忙啊？"傅祺红说。

"人心所向呐！"夏定青又把茶盅子拿起来吹了两口，这下终于像是水温对了，伸伸展展喝了一口。"你看嘛老傅，我把这话给你说在这儿放起。等到后年子换届的时候，那姓聂的肯定是坐不住的！"

各位看官，你看这夏定青来的时候把傅祺红吓得心跳跳的，等夏把话说完了人走了，他的心依然是跳得咚咚响，但这响声里面又有份不一样的激昂。默默地他把县委常委这几个人数了一串，姓熊的要上，姓聂的要下，那留下来的坑坑又是要哪些人去填呢？

他觉得很是遗憾，自己年龄到了只能退休了，再没想头了。但好在还有下一代——等陈地菊年后进了政府办，万象俱新，哪个又说得清楚会有啥样的事情要发生呢？

骑起自行车回家的路上，他很久以来第一次留意到路是那么宽，天是那样蓝。在家属院门口他跳下车来，笑眯眯地跟门卫齐师傅打了个招呼。

也是巧了，傅祺红刚刚在楼门口把自行车停好，就看到陈地菊走了进来。她少见地穿了一件橘粉色的毛衣，配着米色的灯芯绒半裙，衬得她一向惨白的脸上有几分红润。

傅祺红想这女子今天是轮休啊，就听到陈地菊喊他："爸，你下班回来啦。"

"啊。"傅祺红说，把钥匙捏到手上，都要上楼了，又忍不住（再看到也没其他人），转头来把话热喷喷地说了出来："小陈呐，我给你说，今天人家的组织部的领导专门来关心了你调工作的事。他们现在给我保证了，你这事年后马上就办，而且是由人事局的局长亲自去办——至于现在嘛，就暂且缓一缓。你呢，反正就拖起拖起把事情做起嘛，也不要再去找你们那领导了。等过了年，他们上头的人来处理。"

他这话说完了，想到他儿媳妇该是要对他笑一笑的，哪想到她却忽然嘴巴一扁，眉毛皱起来，一副要哭的样子。

"哎呀小陈，你咋了？没事嘛？"傅祺红说，又左右看了看有没哪个邻居要走过来。

"我没事，"陈地菊说，"就是觉得多感动的。爸啊，你对我太好了，对我调工作的事这么上心。唉，其实，"她停下来，咬了咬下嘴皮，又接下去说，"这事我本来不想跟其他人说的——傅丹心是知道的，但我爸妈我都没说——其实我前几天已经给我们单位上递了辞职信，这个月月底就正式离职了。我是想反正我也做不到好久了，他不放我我就自己走了算了。不过，爸你千万不要多心，我也不是为了调到政府里头去才辞职的。因为我这正好有个朋友的生意让我去帮忙，我就准备先去她那帮她们一阵再说——不管咋样，至少不用再受我们那行长的窝囊气了。"

傅祺红一下有点天旋地转的，赶忙把楼梯扶手捏紧了。

硬是不是一家人，不进一家门呐，他想，他这儿媳妇做这事咋很是有点他儿子的风格呢？这儿眼看河都还没过完就反手把桥拆了。

"哎呀小陈呐，"他好不容易挤出来一句话，"你放心。年后你那政府办的工作肯定是要落实下来的，绝对万无一失！"

一直到走公证处出来了，陈地菊才觉得自己那颗悬了好几天的心终于落了下来，她的手也才实实地搭在了傅丹心的手膀上。傅丹心脑壳转过来对她一笑。"走哇？要不要去哪儿坐一会？"他说，"我请你喝个奶茶，暖和一下。"

陈地菊没说话，像是失神了一般望着街对面的银杏树。那些枝条都萧索了，落下来脆黄黄的叶子铺满了街沿，好似一条金色的地毯。她把这故乡的美景勾勒了几遍，细细地镶到心窝子里了，才对她的爱人笑一笑，说："我倒想去喝奶茶啊，那哪个帮我把这公证书拿过去给吴三孃嘛？"

"这还不简单，"傅丹心说，"我开车带你过去宝生巷，你把东西拿给她就可以走了。我在路边等你，火都不用熄的。"

"你啊，硬是少爷命，"陈地菊说，"三孃本来就是给我们帮忙的，背到我妈帮我们卖房子，连中介费也不收我们的——你倒好，就把委托书给人家一丢就算了？感谢的话也不说两句？再说了，我下午这马上还有事。"

傅丹心吞了一口气，眉心忍不住一皱。"我就不是很理解，"他还是把话说了，"为啥你现在啥事都要把你妈瞒到？辞职也不给她说，这卖房子也要背到她来弄？实际上你不拿你那点死工资，出来投资生意是好事啊。你妈不像我爸他们，她本来就是脑壳活套的，你给她解释一下现在电子商务的红火，她肯定是要支持我们的啊。"

陈地菊说："我妈那人在你这女婿面前装得很潇洒，实际上还不是老古板一个，特别是工作啊房子啊这些事对她来说更是比命都重。我们这生意还没成之前千万不要跟她说，不然她一个不对歇斯底里发作了，你去把她收拾到嘛。"

傅丹心一下想起他那丈母娘横起来的样子，陡地寒战就走背心子蹿上来了。"对嘛，"他说，"你说了算，你说了算。"

两个人说话间已经走到了街边上停的雪铁龙旁边。这一阵天天都雨稀稀的，本来雪白的车身身溅满了到处都是污泥巴。"这车啊硬是不经脏，"傅丹心说，眉毛一皱，"算了算了，只有再去洗趟车了——你要不要我把你载到宝生巷嘛？"

"不了，"陈地菊说，"我两步就走过去了。"

傅丹心看到陈地菊把手提包打开，把那份公证了的房产交易委托书放进去，忽然莫名其妙地心头一跳。他不由地伸手出去把他爱人抱拢过来，嘴亲下来在她脸上像是要盖一个章。"辛苦了，老婆。那卖我们这房子的事情就都交给你了。"他说。

"没啥辛苦的，"陈地菊说，笑起微微把脸往后一缩，提包也挎回到肩膀上，"既然都想好了，就一步步地去做就对了。"

一步步来就对了。她心头默默把这句话又念了几遍，望着雪铁龙钻到车流里头往北门上去了，才转过身来，穿过了街，朝摊贩市场里面走过去。

摊贩市场门口开的那家李记凉粉是夏天时候最红火的，

陈地菊记得她有一段时间很是沉迷这家的口味，每天下午下了班就要走过来吃一碗。现在天冷凉粉早就卖不动了，它顶上那招牌还在，铺子里头却堆起来五颜六色的改卖羽绒服了。陈地菊就觉得这有点取俏，把嘴角扬起来想笑，笑了一半又觉得鼻子发酸——她走过了半条街的铺子，绕过两个卖杂柑柚子的贩子，再钻进一个细长长的楼梯口，上了二楼，就看到一扇防盗门半掩着，门边上贴起一张 A4 纸，上面黑字印起：鬼丫头服装文化有限公司。

她在门上敲了一下，听到里面说"进来嘛"再把门推开走进去，迎头就是好几堆摞大半个人高的纸箱箱，耸起横起把本来该是个客厅的这间屋挤得像个仓库。只有挨到窗户边上还算有点空，卡进去一张办公桌，办公桌后面站起来一个女子笑眯了的，可不正是前一阵刚刚当了总经理的王婷婷。

"哎呀梅梅姐，"婷婷说，走办公桌后面绕出来，使劲把陈地菊抱了一抱，"谢谢你啊，你简直是帮了我们的大忙了！"

"你说哪儿的话，"陈地菊说，"我才要谢谢你和娜娜信得过我呢。"她一边说，一边又看了看这乱得章法都没了的房间，心里头琢磨自己待会要在哪儿做事。

"来，来，你来这边！"王婷婷硬像是当了经理了就额外灵性，不用陈地菊问，立刻就挽起她的手把她带进边上另一间屋。这一间该本来是个寝室，小是小点，但是比外头那间整齐了许多。正对着窗子的那面墙刷得雪白，上头挂了几个原色的木挂钩，吊起几套配好了的衣裳，橘红的毛衣，奶白的裙子，靛青的大衣，款式都很大方。再来房间中间更是像模像样地放了个大办公桌，上头杵起一台电脑，配的办公椅还是正儿八经可以升降的那种。

"这是你的桌子，"王婷婷说，"昨天娜娜专门去龙刚他们公司搬的。这一套是全新的，他们才买来的。"

"哎呀呀，"陈地菊说，"婷婷啊，我都给你说了我本来就只能给你们临时帮几天忙，随便找个角角就可以了，又何必还专门给我弄个这么大的办公桌，还把龙刚都惊动了。"

"几天也要给你弄巴适啊！"王婷婷把陈地菊的手又挽住了，荡秋千一样晃一晃。"你先做嘛，做一阵再看，再看！"

陈地菊看王婷婷那嬉皮笑脸的样子，就清楚这女子肯定没把她的话当真听进去。"不是，婷婷，你听我说。"她把眼睛沉下来，盯着她的女朋友。"我是正儿八经不可能帮你们长久做的。你们这账我先给你开始理出来，但你们那头找会计还得继续找，需要的话我也可以帮你们面试，把把关。不过我确实是最长也做不过这个月月底的。"

王婷婷这才感觉到事情不对，领悟到陈地菊不是要端架子试探她，而是实打实地不得来给她当会计的——完了完了，她心头想，好不容易找了一个来镇那鬼头鬼脑的郑维娜结果这儿就又要跑了。她把嘴扁起，说："哎呀梅梅姐，我简直不懂了，你都辞职了为啥不能来给我们做嘛？你是不相信我吗，还是不相信娜娜？"她一顿，像是一下开窍了，再看了陈地菊一眼，终于说："梅梅姐，你老实给我说，你是不是有点顾虑娜娜还有龙刚那边的关系嘛？其实这个我们都可以慢慢商量啊……"

"我不是顾虑哪个，"陈地菊说，把王婷婷打断了，"也不是不信不过你或者娜娜。你看你们两个把这路都选了又这么有决心地往下在走，肯定会越来越好的。我只是，"她深深吸了一口气，"我确实已经有其他安排了。"

她本来是想到把话说到这儿就差不多了，哪料到眼睛一抬却看到王婷婷还是目不转睛地望着她，矢志不渝地，像个台子底下听掌故的娃娃。她一下就有点下不到台一样，不由得就把本来埋在肚皮里头的下半截也吐了出来："我已经想好了，准备要去读书。"

这一下，不只是王婷婷吓了一大跳，就连陈地菊自己也心头一悸。她这才意识到这是她第一次把这句话说出来——不是在心里面回回转转地惦念也不是在梦里头萦萦绕绕地逸想，而是实实在在地把这些音节一个接一个地发了出来，炸开了在她的嘴上像一串响炮。

"我想去读研究生。"她又说了一遍。

王婷婷张着嘴巴过了好几秒钟才想起来要说话。"研究生？你要读啥啊？要去哪儿读？"

"我还是准备就读金融方面的，"陈地菊说，"至于学校嘛……"她把这一阵都在日思夜想的那几个字在脑壳里转了又转，终于还是觉得不要把话说满了，就说："看到时候考得起哪儿嘛。"

婷婷还是有点瞠目结舌的。"小傅晓得这事吗？"

"前段时间我稍微跟他提了一下，感觉他应该是支持我的。"陈地菊说，恍然想起那个他们开车回家属院的傍晚。那个时候，那几个红漆的大字已经染在了傅家门口的墙上，但他们两个还对此一无所知，徐徐说了一路的话。"不过我还没具体跟他说的，"她接着说，"这段时间他烦心的事情有点多，我就想等他那头稍微消停点了再跟他慢慢说。不然你也清楚他那性格，一旦自己心烦就啥事都听不进去，万一爆起来就要整得鱼死网破，恐怕就连我来帮你们看账这事也搞不成了。"

王婷婷赶忙狠狠地点了点头。"哎呀梅梅姐你这放心，"她说，"你们两口子的事情我不得多嘴的——再说了，你要继续去深造是好事嘛，等你学成了，说不定我们生意就真的做起来了，到时候你来给我们做财务总监。"

婷婷这痴话说得格外欢喜，却莫名让陈地菊眼睛一热。她把脑壳偏了偏，看出去窗户外面是那再熟悉不过的街景，灰白的云重重叠叠在深秋的天上，衬着"蜀香美鱼火锅"的大红招牌。

她深深吸了一口气，眨了眨眼睛，转回来对着婷婷扯出一个笑。"反正估计也就是这几个星期的事了。"她说，一边走到办公桌边上去，把她的手提包放了下来。"等我把你们账都理顺了，估计其他那些事也就多多少少尘埃落定了。到时候，我肯定是要跟傅丹心好生摆一下。"

直到她肩膀上陡然轻了，陈地菊才意识到那个塞满了各种证件证书申请书报名表的通勤包是多么沉重。

人家说：逢人只说三分话，未可全抛一片心。又说：真人不露相。还告诫了：率性而行，不诛即废。这都是在教育我们为人处事要多个心眼，要有分寸，要低调，切勿招摇——是为韬晦。话说到这儿，我们就不得不承认这县志办的傅主任祺红确实是深谙德高愈要偃伏，才俊尤忌表露，家财千万深埋的道理。你莫要看这老儿貌不惊人，天天骑个烂自行车，四季都穿一样衣裳，却阴到暗到这儿有点基金，那儿有点存款，你再朝他肚皮上按几下，力道下对了，他就"哗"地嘴一张，吐出来整整两大两套铺面！

也是不当人家的，这两间铺子的事情傅祺红这么多年来都是当国家机密来保守的，连他亲生儿子都毫不知情，只有他的爱人汪红燕，也是因为房产证上要写伊的名字，才被告知了有这么回事。至于傅祺红是从哪儿网来的这两间铺子，就连汪红燕也搞不伸展。表面上傅祺红说："不该你晓得的，就不用你操心。"但其实他心头清楚这件事情是有点说不得的——不该说，不好说，不说了不说了。

傅祺红不得当到其他人的面承认，但他实际上是有点得意的，每每回想到九三九四年那一阵，小平同志南方讲话响彻神州，各地招商引资大潮汹涌，永丰县政府里一派云蒸霞蔚的气象，各办公室各部门里头更是龙驰虎骤的闹热，而他当时才不过三十多岁的年纪，不但在政府办里头混成了一人之下、数十人之上的副主任，又被委以重任，坐上了刚刚新成立的项目办副手的宝座，每天接待的是县内外举足轻重的地产老板和总裁，过目的是动辄上百万上千万的项目报告，需要协调的更是上到书记县长，下到大队街道办的各方利益——这是个啥三头六臂才干得下来的活路啊？也就只有他傅祺红不但漂漂亮亮地干下来了，还神不知鬼不觉地从天山集团老总周在鑫的手头套出了两间西门一环路边上的铺面。这还不算。更重要的是他这铺面绝不是以公谋私、趁火打劫来的，而是得的光明正大、名正言顺。

为啥说是正大光明呢？因为他收的不是回扣，而是润笔费。毕竟如果不是他亲自帮那周在鑫洋洋洒洒起草了八十三页巨细无遗的《七仙桥商住楼项目开发申请报告》，助天山集团在审核会上得了个满堂彩全票通过，直接以国土局规定的一类土地定价（每亩二十六万）把西门城墙边这黄金口岸端了，这块地皮就要走进拍卖程序，到时候啥子新泰宇、嘉祥、鑫丰都要来争，价格不翻个四五番才怪。这样一算，他帮这姓周的省下来的就不止七八百万，那么他们拿区区两间铺面出来给稿费，绝对是天值地值。又说了，当时傅祺红提出来要这铺面并不是看上它好值钱——那两年，走他手头过的有钱的项目还少了？他为啥就偏偏看上了天山这一家？说穿了，还不是因为它要开发的这项目偏巧是落在西门老城墙边，汪家祖上老店信诚魁的地皮上——说穿了，这西门上的地本来就该是他爱人屋头的，因此他伸手出去拿这一坨回来也是为了完璧归赵，可不就是正儿八经地名正言顺嘛？

只是可惜了这事情不好意思出去到处宣传到处说，不然哪个听到了能不佩服他傅某人那笔下生花、火中取栗的风流；更可惜的是枉自他这老子有如此的手腕和身段，却偏偏半点儿都没有传到傅丹心那混账小子身上去。硬像是应了人家说的：老雕蜕生夜猫子，一代不如一代。你看这街上勾栏瓦舍中五行八作的，总难免要干些鸡鸣狗盗、作奸犯科的勾当，却再不见哪个会瓜兮兮地咚一声就欠下来三大三百万，硬是把祖上几辈子的德都丧了，逼得他老傅不得不走到这西门外头的巷陌地方来，帮那不肖儿子收拾他的烂摊子。

——傅祺红一边心头发些牢骚，一边还是老老实实地沿着西街走拢到了长生街口子上的三花茶园，正是周在鑫在电话头约了他要见面的地方。老远他就看到茶馆门口立了两个人，一个高高瘦瘦还见斯文，一个脑壳溜光就有点瘆人。傅祺红估谙这两个都是那姓周的手下，就赶忙把多余的口水吞下去，腰板挺直了，马起脸走过去正要给他们下话，哪想到那高瘦的居然一看到就对着他作了半个揖，嘴头说："傅主任哇？你好啊！快进来嘛，六叔在里头等到你在。"

傅祺红心头一下就舒坦了些，跟着这高瘦的走进了茶园，穿过大堂到了间雅间，便看到一张大桌子上红木茶盘盛着套工夫茶茶具，茶杯茶海茶宠一系列林落有致。桌子后头坐了个头发略见花白穿暗花唐装袄子的，依稀是他十几年前见过的天山集团前董事长周在鑫。

更能消几番风雨，匆匆霜发染两鬓。

旧巷陌再觅英雄，可堪回首恩怨冥。

"傅主任，多年不见你还是神采依旧啊！"周老六抬起手来，指一指桌子对面的位子，"坐，坐！"

虽然他这老熟人的架势很殷勤，但傅祺红心头却隐隐有点不安逸。他一边坐下来，一边琢磨这姓周的装模作样的到底是喊他喊的"副主任"还是"傅主任"，他很是想把话说清楚，说他现在已经坐正了，早就不是副手了，但又感觉不咋好开口。

"你想喝啥？普洱还是岩茶？"周老六问，把茶杯子一个个地从茶洗里头夹出来。

"不麻烦了,"傅祺红说,"我就说几句话,说了就走。"

"话要说,茶还是要喝嘛。"周六叔不紧不慢地把杯子放下来排好了,扫一眼傅祺红。"你电话里头说是想跟我谈一下傅丹心的事。老实说,你这儿子的事我最近也经常在想啊,"他叹口气,"实在是有点可惜啊!他本来很不错的,又聪明又灵性,会做事还围得住朋友,大有前途啊——咋就搞出这么大个娄子,我们是着实没想到。可惜啊,可惜了!"

傅祺红说:"他那个人啊,从来就是这样子的。看起来长得大胴胴的,实际上心思还是单纯得很。与人交往从来不多个心眼,一来就称朋道友,动不动就推心置腹,毫无城府,不是摆着要喊其他人来整他、害他嘛!"

周六叔笑起来,呵呵地,一边把刚刚烧开的电水壶提起来,把滚水浇到茶壶里头去。"傅主任啊,你这样太小看你那儿子了。你不要说,他其实还是很有点你当年的风采的,面子上规规矩矩的,背后脑壳打得滑得很。"

周在鑫笑的那声音让傅祺红背上一阵发寒,心头也跟到起烦躁。莫不是这盘棋里头还有哪一步他老傅看漏了?他就赶紧哈哈了两声,像是要给自己鼓劲。"守规矩是必须要守,但是这规矩的条条款款之间本来就留有很多空间,那就当然是要有点心思、有点智慧的人才看得出来,走得出去。"眼看周在鑫给他倒茶了,他就抬起两个手指在桌子敲一敲,茶杯端起来喋了一口,再舒口气。"话说回来,老周,当年还不是我这打滑的脑壳给你帮了忙,写的项目报告一上去就通过了,你才那么顺利把西门上那块地买到了——哎,我这人不做生意的，但我也晓得那块地黄金口岸值钱得很呐！十几年前你就已经是买赚到了，到现在你说嘛，翻了至少有二十番吧？"

周在鑫凝神起来像是在脑壳里头打算盘，手上举的公道杯也停在半空中。"不止！不止！"他笑了，把茶水一溜线屡下去。"也是那块地啊，确实是风水好。你晓得我为啥当年下了那么大的功夫硬是要买它，就是看中它毕竟是那时候汪生祥他们屋头发家的地方。结果呢，硬就还有点神，自从拿了那块地，天山的生意还真的就一笔比一笔顺。"

傅祺红把茶杯子端起又喝了一口，发现这茶到现在就有丝回甘了。他点点头，说："是啊，那块地确实是好啊。我当时项目报告里头也专门写了的，回溯了西门七仙桥作为我们县商业口岸的历史渊源……"

"哎你等一下，"周在鑫说，把傅祺红打断了，"你说的这个项目报告到底是个啥子东西啊？跟我七仙桥那块地有啥关系？"

傅祺红鼓起眼睛，盯着茶桌子对面。这人看起来还是穿得周正啊？总不得就已经老年痴呆了嘛？"项目报告啊！"他说，本来是想说得落地有声，结果听起却有些鹦鹉学舌的效果。"就是我当时专门给你们写的申请政府批那块地给你们天山集团的报告啊！哎要不是因为我那报告，你们咋可能当时第一次审核会就全票通过了？"

他这话说得有点急，心也跟着跳起来，眼渍渍地盯着周在鑫，盼望他赶快把这一紧要关节想起来——哪料到这姓周的眉毛却皱得更紧了，嘴头嗤一声。"咳！傅主任啊！"他说，"我晓得你这人迂，没想到有这么迂！我那项目通过跟你啥报告哪有半毛钱相干？还不全是我真金白银去通的关系！你去问问你那马主任他从我这儿拿了好多钱，你再去问问他们国土局那姓蒯的又从我这儿拿了好多？哎，就连你，当时还是给你们马主任打杂的，我也拿了两套铺子给你啊？我没记错嘛？"

傅祺红也说不清楚是不是因为周在鑫说话的声音特别大，总之他的耳朵就嗡鸣起来，呜呜的像是有风在里面蹿。他下意识地伸出手去拿他的茶杯，却发现里头早就喝干了，又没哪个来屩。他的心又咚咚地跳起来了，硬是有一种要出事的感觉。他把坨子捏起来，手指甲狠狠地掐进手板心里面去。冷静，他对自己说，一边下意识地把眼睛朝门那边扫一眼，就看到那高瘦瘦的小伙子站得笔直像根石柱子，脸上一丝笑也没了。

"是，"他冲口而出，"是有这么回事。这样说来硬是惭愧，这么多年了，我才第一次晓得这铺子我拿得是受之有愧——受之有愧啊！"他顿了一顿，"老周，你看不然这么办嘛，我愿意把我那两间铺子都还给你。你呢，能不能就看在傅丹心那娃娃还算是个可造之才的分上，把他欠的那债给他抹了？"

傅祺红的话一说出来心头即刻一阵酸痛。毕竟这铺面不只是钱，更是他丈人家的祖产啊！但如果现在不把这房产给出去，恐怕他傅家就要绝后了。算了算了！关二爷也要大意失荆州的，他想，也算是有借有还嘛。说穿了，只能怪傅丹心这混账东西自己把各人家产肇掉了，难道还能怪我吗？他看一看周在鑫，看到这人本来把茶杯子端起来要喝，这下却把杯子放下来了，嘴张张地盯着傅祺红。对了嘛，傅祺红悻悻地想，这下你该高兴了嘛？

"傅祺红啊傅祺红，"周在鑫说，笑得身身都仰起来，朝椅子背后一靠，"你啊！早知今日，何必当初！哦，你现在想通了，连七仙桥的铺面都要拿出来还给我了——只不过我商铺多得很，难道还馋你这两间吗？"他脑壳一摇。"你说得对，你们傅丹心那娃娃的确是个可造之才，可惜了，摊上了你这么个爸！老实给你说，你以为他的债是咋欠出来的？要不是你当时鬼迷心窍要去给赵志伦那娃落井下石，整得我外甥女婿丢了那么大个面子，我还真就真心实意地想重用重用你那傅丹心的——哪个喊他那么倒霉，遇到了你这么个爸！"

傅祺红一下硬是觉得像是地震了，他人在板凳上好端端地坐起却陡地一陷。他背后出了冷汗，人就清醒了，眼睁睁看明白了那件他一直没想起也不敢想的事情：可不是嘛，天山集团的老总周在鑫也就是西门外的周六叔，也就是当年一手助聂锋选上了县长宝座的他的舅丈人周老六。

傅祺红说不出话来，周在鑫就接续把话往下说："傅主任啊，实际上你想要给你儿了这个债也很简单。说穿了，我也不想要你的铺子，也不想要你的钱。我只想要你帮我写份材料，写清楚当时你说赵志伦贪污、挪用公款都是诬陷他的，是你一时鬼迷心窍，公报私仇。实际上人家赵志伦一向清清白白，根本不晓得你们其他下头的人背着他搞的花样，吃的回扣，等等等等——你懂我的意思嘛，就朝这方向自由发挥就行了。总之，只要你把这个材料写了，交到你们政府纪委去，傅丹心欠我的这三百万啊，我就给你一笔勾销！"

傅祺红记不清楚他是咋个出的三花茶园。大概是跟那姓周的嗫嗫了两句，保证了一定回去好生考虑，才遭那高瘦瘦的客客气气送了出来。他一双眼睛里雾蒙蒙的，手也像是在发抖，颤颤巍巍地顺着西街朝东门外头走。一路上，他像是遇到了几个熟人，迷迷糊糊地跟人家打了招呼，又仿佛遭哪个扶了一把，不然就要摔个跟跄。他脚底下踩着银杏叶，满地猩红红的像哪家办了丧事刚刚炸完了炮仗，恍恍地，就有个说书先生走浓白的烟子里头钻出来，上了台，惊堂木一拍，嘴头唱：

　　　　算计计终归错算计，叹息息难免长太息。
　　　　黄雀儿等在螳螂后，贪一子就要输一局。

　　好不容易傅祺红走回了县政府家属院，眼见天都黑了，霓虹灯路灯也东风夜放地亮了起来，正好齐师傅就站在门口，也像是失了魂一样，大张着嘴，手头捏着一张报纸。

　　"齐师好啊。"傅祺红听到自己招呼他。几十年都是一样的话，下意识就说出来了，生冷冷的。

　　"哎呀傅主任！"齐师傅却像是一下活了，两步走过来抓住傅祺红的袖子，"今天的晚报你看了没？出大事了！"

　　傅祺红似乎没听懂门卫在说什么，但他还是看到了，那张递到他眼前的《永安晚报》，黢黑的大字映在橘红的路灯下，写的：触目惊心！永丰县奢侈办公楼背后的权力腐败。

　　"这就算完了啊？"陈地菊问，把委托合同又仔细看了一遍，两只手递回去给了唐老师。

笑眯眯地唐老师把合同接了，扫了一眼，轻飘飘放下去在办公桌上那一叠文件的顶上，盖着陈地菊的身份证复印件毕业证书学位证还有成绩单。"哪儿就完了，"她说，"这不就才刚刚开始吗？"

唐老师这话说得像一句广告，惹得陈地菊本来有些沉甸甸的心也多跳了两下。"希望能顺利嘛，"她说，"英语我好久没摸了，一次考不行的话就只有多考两次。"

"你没问题的！"唐老师说，"我看了你的本科成绩，GPA多高的，英语也一直很拔尖。而且澳洲相对而言竞争并不是很激烈。如果你雅思能考个七分七点五，那么申一轮下来八大里头录取拿个三四个也不是不可能的事。"

陈地菊扯出来一丝苦笑。"我能拿一个就不错了。"她说，把手上的报名费收据又卷了一卷，卷成细细的一条塞进钱包。"随便哪儿要我我就去哪儿。"

"你啊！"唐老师说，"你放心！我在我们出国中心搞了十多年培训，见过的学生多了去了，好多根本不如你的都出去上了名校。你只要是下了决心，好生努力半年，肯定是八大随便选！"

"也只能努力了。"陈地菊说，"我工作都辞了，房子也要卖了，没的退路了。"

"对的！"唐老师说，笑得愈加灿烂。"今天背水一战，明天海阔天空！"

陈地菊觉得有点缺氧。等她走出了出国培训中心的办公楼，忍不住狠狠地吸了两口气。正是快要到饭点了，远远地可以闻到空气里炒菜的味道，校园的路上三三两两走着去食堂的学生，拿着饭盒或者开水瓶，穿着灰黑黑的防寒服，眼睛是黑的，头发也是黑的。

澳大利亚，她在心头默念。

仅仅一个月之前，这四个字都还完全像是天方夜谭。也真正是撞了鬼了，她在西南大学里头游魂一样飘的时候，不知怎的就看到了出国中心的广告：澳大利亚金融硕士直通车——中了邪一般她走了进去，走进了招生办唐老师的办公室，走火入魔似的她听到自己在问："我就想问一下，像我这样毕业了又工作了好几年的人还有可能出去留学吗？"

哎哎哎，各位看官，你们听到这儿是不是觉得有点莫名其妙，想的陈地菊这小女子咋一把打这转弯打得这么猛？其实你们如果走去问一下她妈，叶小萱就要跟你说她的这个女实际上从小就是这样子，看起来文文静静的，但心头就最是刚烈。一般你稍微惹她一下可能也看不出来，因为这女子平常闷墩墩地就忍了，但你千万不要这样就以为她是好惹的再继续惹她，不然把她惹凶了，她直接彻底翻脸往往是一瞬间的事。她小学的时候把同班经常欺她的那个费头子娃娃的书包连文具盒带门钥匙一灿火丢到阴沟里头去就是这样子来的；到了中学，发现她妈把她写给隔壁班男生的信都偷偷收起走了，她直接一个月没跟叶小萱说话；高中时候遇到有一次叶小萱和陈家康打架——其实根本比不上他们打得最凶那几次，结果陈地菊居然打电话报警了，弄得他两个老的丢死了先人，从此再也不敢在屋头打了。

所以如果你拿陈地菊一下整陡了居然要去澳大利亚的事

去问叶小萱，她估计就不得像你我两个人这样惊讶，毕竟是她肚皮里头钻出来，发起狠还是体她。唯一的问题是现在叶小萱对这事完全不知情——不只她没听过，连同陈地菊的爸爸、公婆、朋友、熟人和爱人也都通通被蒙在鼓里。

摸着良心说，陈地菊也不是故意要豁他们，主要还是因为她实在想不好应该在什么时候、什么地方，咋个拿话给他们说，以及应该先给这一长串人的哪一个先说——本来嘛，这些问题没个三五个小时是想不太清楚的，而她最近又实在太忙了，忙得经常中午饭都来不及吃，忙得恨不得多长两只手，再添一个脑袋。

你看她这才走西南大学平乐校区出来，直接打了个车就准备到摊贩市场王婷婷她们公司继续理账，结果电话却响起来了，接起来那边急吼吼喊她的是她妈妈的好朋友，万家中介的吴三孃。

"梅梅啊，"吴三姐说，"你搞紧来一下铺子上！这儿有个诚心买主，马上就要下定金签合同。"

他们那套西川名居的房子喊吴三姐帮到卖才不过三个星期，这样的警报就已经扯了两回。第一回因为叶小萱刚好在守铺子不好带买主回去，人家就觉得这儿里头是不是有点问题就直接黄了；第二回因为陈地菊在屋头帮汪红燕洗窗帘走不开，等她把窗帘洗完了过去买主等不及都走了，整得吴三姐很是不安逸。"梅梅啊！"她说的，"你卖这房子不然就给你妈说清楚光明正大地卖，不然你就灵性点，喊你来铺子就赶紧来，几下卖了好收拾，不然你拖拖拉拉今天不成明天不就的，总要遭你妈逮到——到时候你自己给她解释清楚啊，不要把我扯进去！"

这次陈地菊就不敢怠慢，赶忙喊出租车司机改个方向，不去摊贩市场了，去宝生巷。到了巷子门口一派人挤人的，她就干脆走车上下来了，一路小跑到了万家中介。

吴三姐正焦眉愁眼地坐在办公桌后面，心头盘算叶小萱今天下午在安德那边带人看房子肯定是不得来铺子上，就看到终于进来一个瘦长长的穿件蓝紫大衣很修身，可不就是那个她看到长大的侄女子陈地菊。

"哎呀陈姐，"吴三姐站起来，绕过桌子来迎陈地菊，"辛苦你了还要专门跑一趟！你的车停进建行背后那个停车场了哇？要注意点啊，你那奔驰不能随便停到路边边上，不然万一遭刮花一道就要大几千！"

陈地菊眼睛都张大了，还以为自己一下发了梦天。吴三姐却把她的手一捏给她使个眼色，又介绍："来嘛陈姐，这是小张，还有小何。小张小何，这就是房东陈姐。"

陈地菊这才看到沙发上有一对两口子模样的年轻人，一个穿了黑夹克，一个穿的黄大衣，手牵着手站起来，期期艾艾地喊她："陈姐好。"

"好。"陈地菊说。

三个人就都坐下来了。两个买主矮矮地坐在沙发上，陈地菊拖了张椅子坐茶几对面，显得高些。吴三姐拿了一次性杯子给他们倒了水放下来，然后介绍了两个年轻人的情况：他们都是灌县人，都在工业开发区工作，收入稳定，贷款没问题，首付也是齐的，万事俱备，现在就差一套位置佳、风水好的新房子当婚房。

"我带他们看了五六套房子，"吴三姐对陈地菊说，"就把你这套看上了。位置这么方便，又马上赶到就要交房了，户型也很巴适。"

"我们真的很喜欢你这套房子，陈姐。"小何把话接下去，"只不过你这要价八十七万其实是有点高。本来我们就没钱装修了，都想好了买了就住清水房嘛，只不过厕所厨房还是得装一下啊，不然没法住啊，你看……"

"嗨呀小何！"吴三姐吆喝一声把她打断了，"我都给你说了，这套房子八十七万真的是天值地值！你看我这儿上周刚刚卖了一套一个小区的，户型还不如陈姐这套，直接是八十八万成交的。我都给陈姐说了她这套该要提价的，结果是她心好，想说价都定了都这样卖嘛——八十七万卖给你你就算捡到了，咋可能还要少？"

"陈姐，老实给你说，"小何就不理吴三姐，继续对陈地菊发力，"我们两个存了三年才有点钱给首付，哪想到这儿遇到房市又猛涨，只有又回去问家头亲戚借了些钱——这样七凑八凑，再加上贷款，我们的预算也就是最高最高八十五万，这里头还要给中介费，给契税、印花税，真的是有点恼火啊。"

她眼巴巴地看着陈地菊，陈地菊也就看着她的脸。她应该是不过二十五六岁的年纪，一双眼睛不大但画了眼线，脸长长的打着橘色的腮红，嘴皮皱了，口红就跟着裂开几条路路。

"你们没那预算就不要看这种房子嘛，"陈地菊说，淡淡的语气，"就在这儿街道上看一套旧点的二手房也可以啊，还能剩些钱来搞装修。"

铺子上其他的人万万没料到陈地菊会说出这种话来。吴三姐手心都有点发汗，生怕她一招以退为进跟得太远，要把这好买主放起跑了。她扫了一眼沙发上那两个，看到他们也不说话了，相互把手捏得梆紧。

"这样，八十六万五，少五千总是应该少的吧。"小张说话了。他长得干瘦，声音却有点大，口音里头带着重重的灌县腔，又硬要说普通话。

吴三姐松了口气，想到这门生意跑不脱了。陈地菊当时来找她的时候说能八十万卖出去就很好了，还是她建议喊价多抛起点，"万一遇对买家了呢。"喜滋滋地吴三姐就料定陈地菊是要接招了，她看着她的侄女子咬了咬嘴皮，沉吟了几秒钟，又把落在她那白净净脸上的一丝头发拨到耳朵后面，才不紧不慢地说："既然这房子你们买了是要来当婚房的，那确实是该少一点。这样吧，图个吉利，我给你们少六百，六六大顺，就当是我送你们的红包了。"

本来听到陈地菊说这前半截话吴三姐还在心头发"哎哟"，等她把说完了，吴三姐就简直有点折服。不愧是叶小萱的女啊，她想，简直把她妈体到了，伶伶，伶伶！

你看陈地菊这话一说，他们讨价还价的调性就定了，使再大的劲也只能在三位数上转，整死上不到四位数，又是几个来回，最终这套房子以八十六万九千两百成交，三方在合同上都签了字，买家给了五万定金。接下来就只需要等贷款办下来，最多再两周，双方就可以一起去房产局办过户。

等两个买主手牵手地走了，吴三姐就忍不住也把陈地菊的手握住了，说："哎呀梅梅，你简直有点能干哦！恭喜啊，恭喜！你这价钱卖得太好了！"

陈地菊眨了眨眼睛，脸上是几分恍惚，像是没听到吴三姐的恭喜。营业税和个税要交掉百分之五还多，她心头算，还要交增值税、印花税、提前还贷的手续费。商科硕士读两年得花五十万，可能还要拿五万出来给些杂费还有机票呢——剩下的大概还有二十万出头，就都给傅丹心吧。

一想到这名字她就从心颠颠连下去一路痛到胃里面，一下醒了，看到吴三姐一张脸笑得像是开了花，皱起在她面前，嘴头说着恭喜。

"还是真的要感谢三孃你帮忙啊，"陈地菊说，"这中介费我还是要给你的，该给好多就给好多。"

吴三姐手伸出来，一掌打在陈地菊肩膀上。"你这女子跟我说啥见外的话！哪个要你的钱了！我就高兴总算把这事了了！"她叹口气，手抬起来在眼角上抹一抹。"其实啊，这一阵我心头一直不安生，背着你妈帮你卖这房子，等她晓得了还不气死血。但是梅梅，你的心思三孃懂得起。你还年轻，想通了就赶紧走，看开点把眼光放长远些，好日子还在后头。"

也说不清楚是不是因为肩膀遭打痛了，陈地菊一下觉得鼻子发酸，眼睛里面也热烘烘的。"三孃，真的谢谢你啊，"她说，"你放心，这事我肯定是要给我妈说清楚的。说穿了，我妈最终还是得站在我这边啊。她其实也清楚得很，我咋可能跟这样一个人过下去，过一辈子嘛？"

"是。"吴三姐点点头，"你妈她实际上也为难得很。你说她撞到傅丹心跟刘家那女子在床上，她不气吗，不替你抱不平吗？其他人不晓得，我就最清楚。她怄得啊在我面前都哭了两场。但她不敢给你说啊，害怕你承受不起。其实当时我就跟她说了，梅梅没你想的那么经不起事，你那女都三十岁的人了，该是要见些风雨的——再说了，不经历风雨，哪能见彩虹呢，是不是？"

陈地菊愣了好几秒钟才把吴三姐说的话听懂了，把那些离肢散片拼起来，眼睛前面一下雾了，一片刷白。她像是有点站不住一样，靠到吴三姐身上去，再伸出手来使劲抱了抱她妈妈的好搭档。

"谢谢你啊，三孃。"陈地菊说，"真的谢谢你。"

从宝生巷出来已经快要是五点了。按理说这时候我们镇上的人都该还在上班，但他们却一个个都提前跑了，出来买菜准备弄夜饭，围着摊摊挤作一团，拣两把冬寒菜，不然买块烤红苕捏在手头焐热和。冷湿湿的风吹在陈地菊的脸上，使她觉得自己的脑壳里头前所未有地清醒。她的魂魄像是升腾了，飞到了一个高高的地方，俯瞰着这街道上的熙攘，三姑六婆、尘垢秕糠——曾经，她自己也在这些人中间，苦痛和愧疚都长在身上，迟疑和自责也坠在心头，真切切、沉甸甸；而现在那所有的一切却忽然变得轻巧又荒唐，像是哪个随口编出来的一则故事。

她拿出手机，很快找到了自己要打的号码。只按了一个键，陈地菊就听到电话里响起了熟悉的回铃音，紧接着是傅丹心的声音："哎梅梅啊，咋呢？这时候想起给我打电话？"

"傅丹心，"陈地菊说，"我现在在去肯德基路上，你等会铺子关了就过来嘛。我有些事情要跟你说清楚。"

苏子有云：山高月小，水落石出。又有俗语：不是不报，时候未到。都说的是天老爷行事自有一套，看起是垂眼昏昏，实际他高高在上的，把啥子看得明明白白，底下但凡做了过恶事，最终没有不喊你还出来的。你就看永丰县的县委书记熊国正，自从十五大以后就稳踞我们县的第一把交椅，任县长那位子上人换了又换，他熊书记总之安如磐石。客观来说，熊书记确实为我们县做了不少好事：东南西北四条街挖了修了填了又挖整了五六次，现在下雨天总算不积水凼凼了；直达永安市的车子，以前本来是面包车，现在换成了有空调的大公交，车票还便宜了一块五；南门东门菜市场整改了几次，终于把卖蔬菜卖干货和卖熟食的分开了，免得串起串起不干净；至于要买东西，以前买衣裳要上西门，买五金杂件就得去北门，来来回回要把脚都跑断，现在就对了，整起来一个天盛广场应有尽有，一趟整完——如此总总，不一而足。

因此，虽然我们都清楚熊书记的老婆女儿早就移民美国了，他在各处的房产也是两只手都数不过来，但还是认为他总体而言是个好官。本来嘛，哪个坐到那么高的位子不想顺便捞点油水呢？主要要看人家还是兢兢业业把工作做好了的，也正儿八经为我们父老乡亲谋了些福利，哪想到走啥地方跑来这么个记者，出了这么篇报告，说我们县政府修得如何如何富丽堂皇，好死不死就把正在市上的中央纪委的专员惊动了，就这样咚咚里个锵，直接把我们敬爱的熊书记拉下了马。

"哎，你说这是不是理扯火？人家古时候的县衙些专门都要修得额外宏伟，要分三堂六院，要有照壁，要有头门，为了就是震慑刁民，以立官威，咋现在熊书记把我们政府楼整漂亮点儿，就还犯了法了？"

汪红燕万万没想到在这摊子边上等个锅盔会等出这么长一串壳子。她下意识地张了张嘴，但是话就跑不出来。她身边的街坊接了话："嘿，罗锅盔，你个打锅盔的哪搞得伸展官场上的事？你以为熊书记真的是因为他那办公楼遭下课的吗？肯定还是把上头哪个得罪了！"

街坊眼睛一翻，伸个指拇朝天上一指。打锅盔的呢，就埋起脑壳把煎锅掀起来，拿火钳把炉子里头的烤得脆黄黄的锅盔都挨个翻个面。"简直有点突然！"他把锅康回去。"好端端的，咋说下就下了！"

街坊笑起来："你才有点喜欢操闲心的。你等到嘛，我把这话先说在这放起：他熊书记下课还仅仅是个开始，那政府里头这下肯定要大乱的，最后跟到遭起的绝对是一耙拉！"他一边说一边把手朝边上一舞，差点把汪红燕打到了才赶紧把势收了，嘴上说："哎大姐，对不起啊。"

"你这人，"汪红燕忍不住说，"理是理法是法，哪儿有你说的那么玄？政府是党的，又不是他熊国正的，咋可能他一下台就乱了，还要整其他人也下来？我老实给你说，我爱人就是政府里头的，现在他们那儿一切都是井井有条的，一点儿都没乱！"

她把这话丢下来，锅盔也不买了，提起她的菜就走了，等走到了倪家巷，才觉得自己的心咚咚跳得像是一面鼓，脑壳顶上也发旋旋。她赶忙在路边上找个花台坐下来，把菜都放下来了，人瘫在花台上，伸手掐住自己的虎口，张开嘴大口大口地喘气。幸好这条巷子里头要拆迁，铺子早就关了门，冷清得很，再没哪个路过的撞见她这落魄样子。

她抬起眼睛来，遇端了一样就看到对面墙上有个血红的"拆"字，伸开来有半面墙大，四仰八叉，龇牙咧嘴，穷凶到了极致——汪红燕呆呆地盯着它，莫名其妙地想起了她爸爸遭造反兵团那群人把一双手反绑起拖起走的那一天，眼睛里头一下热烘烘的。

简直不要人活了啊，她心头想，一边抬起袖子来揩眼泪花儿。这日子简直是不要人活了。

先是她那儿子天天都提心吊胆的，害怕黑社会来整他，这就不说了。关键是，根据汪红燕的观察，傅丹心跟陈地菊两个人也像是出了问题。她那儿媳妇本来就有点清高，一贯都离皮离骨的，这一阵更是经常都见不到人，偶尔撞见了也是皮笑肉不笑地随便打个招呼，一转眼就又不在了。

"小陈最近咋了？"她就把傅丹心逮到悄悄个问，"是不是因为你爸说要给她调工作又这么久都没调下来，她有点不安逸我们啊？"

"还调啥工作啊？"傅丹心说，眼睛恨起，鼻子头喷口气，"她跟我这儿基本上就算拉豁了！"

"你在说啥啊？"汪红燕吓了一跳，"你们婚都结了，生米也都早就煮成了熟饭，咋可能又要说分手？"

"咋不可能呢。"傅丹心看他妈一眼，眉毛皱成了一团，硬像是跟她有啥深仇大恨。"她陈地菊不想跟我过了，我还要死皮赖脸扭到她吗？"

"哪能这样呢，"汪红燕说，"婚姻不是儿戏，她还青口白牙了答应了我和你爸不得跟你分手的嘛？"

她还想多说几句，傅丹心就把钥匙一抓出门了，门一甩哐当一声。

当天晚上两个小的都没有落屋，汪红燕前思后想，还是把这事说给她爱人听了。"你还是赶紧想个办法把小陈那工作给她落实了，"她说，"不然你看嘛，你那香喷喷的儿媳妇就要飞了！"

傅祺红两只脚都提起来了，正要浸到那热滚滚的洗脚水里头，被她这话吓得一愣，又把脚放回去在瓷砖上。"啥意思啊？"他问，声音干嘶嘶的。

也是自从傅家门口遭写了红字以后，傅祺红就像吃了瘆药一样，日渐萎靡，最近这两周更是一夜夜地睡不着，脸上尽现枯朽。毕竟是相处多年的夫妻，看他这样子汪红燕都有点不忍心了，但该说的话又不得不说："啥意思？就下午你儿自己跟我说的，说陈地菊要跟他离婚！"

"咋又把这一头提起来了？"傅祺红说，伸手在脸上一抹，"小陈她不是答应了我们说不分手的嘛？"

"这空口无凭说的你也能信吗？"汪红燕说，"更何况你给人家承诺的，一是要负责还债，二是要调她去政府办，现在有哪样兑现了吗？人家肯定等不及了嘛！"

"这几天政府里头啥情况你又不是不晓得，咋可能现在调她进去嘛？"傅祺红说，"至于这还债的事情，我这正在进行中啊，正在进行中。"

"我就搞不懂你有啥好肉扯扯的,"汪红燕说,"他周老六要喊你写个申明说你当时冤枉了赵志伦你就写嘛,他赵志伦的案都判了,当时判他也不是因为你傅祺红一个人说了他啥坏话,你就写了交上去他们也不可能把这姓赵的放出来——退一万步说,就算他遭放出来了又回来当主任,你就退下来当副主任,这也不是天要塌了。你也算得到的,你还有四五年就退休了,你就忍这一招把这几年混了就了事了,有啥大不了的?难道你的脸皮子那么值钱,比我那两家实打实的铺面还值钱?"

她爱人在位子上蠕了两下,一双光脚板冷飕飕地踩在地砖上,大叹了一口气。"哎呀红燕啊,"傅祺红说,"你说的这个我完全同意。本来我之前就跟你说了,我的确是准备写这检讨信去消他那三百万的债——这肯定比卖那两间铺面划得来啊!我老傅的脸皮子值几个钱嘛?问题是现在政府里头天已经变了,熊书记是肯定要下的,中央纪检委的人也说来就要来了,完全是风声鹤唳,人人自危啊!我在这个关头去找纪委递个检讨书,那恐怕就不是光给赵志伦翻个案那么简单,一个不对啊,多半要把我整进去!"

傅祺红的话说得激动,一双肿泡泡的眼睛都鼓出来了,脸上的老人斑也显得更加黢黑。汪红燕不由得想,要是她这随时都周吴郑王的爱人真的进了监狱,那简直是有点取俏。"唉。"她叹口气,眼睛瞟到电视上广告马上就要放完了,"反正话都是你在说。前几天跟我说要写信上去帮赵志伦平反给你儿消债的是你,现在说办不成了的也是你;给你儿媳妇许愿要调她去政府办的是你,现在整得不上不下的弄得人家不

· 457 ·

安逸我们的还是你。傅祺红啊，你自己也清楚得很你的儿是因为你才遭那些人整了，欠了那么多钱，现在他媳妇也要跑了，你就不管他，光想到你脑壳上那顶乌纱帽！对嘛，只要你良心过得去，你自己看着办嘛。"她把脸转回去了，继续看她的《母亲心》。

也就是：棘心夭夭，母氏劬劳。你看这汪红燕坐在路边花台上气都接不上来了，却终究还是放不下她的骨肉。她把冷风一口口吸进去，脑壳慢慢清醒了些，想起昨天晚上跟傅祺红说的话，就觉得自己是没做对，不该气上来就拿话去堵他。毕竟现在唯一能解开这团乱麻的人就只有傅祺红了，她是该说多点好话把他抟到才对。

一想到这儿，汪红燕也顾不得脑壳昏了，立刻走包包里把手机摸出来，拨通了她爱人的电话。响了两声那边接起来了，是傅祺红那不愠不火的声音："喂。"

"老傅啊，"汪红燕说，"你今天啥时候回来呢？我这儿正在菜市看到卖的猪脑壳还可以，不然我给你买点凉拌猪脑壳，你还有啥想吃点没？"

"凉拌猪脑壳可以啊，"傅祺红说，"你喊他们多放点榨菜，多放点芫荽。"

"没问题！"汪红燕说。她顿了顿。"昨天是我不对，把话说急了，今天你回来我们慢慢商量。没事的，再是好大个坎，总是要跨过去的。"

"你是话丑理端，"傅祺红淡淡地说，"我也想通了，这事也没第二条路可走。那姓周的本来就不是我们这些平民百姓人惹得起的。我这儿正在写那情况说明书呢，待会下班前我就给纪委那边送过去。"

"哎呀，哎呀，"汪红燕说，"太好了！简直太好了！"

傅祺红说："也是没其他办法了。唉，就跟你说的一样，反正我都要退休了。"

"你先赶紧写嘛，"汪红燕说，"我这马上去把猪脑壳肉买了。"

她就把电话挂了，而傅祺红却还把手机贴在耳朵边上，嘴头依然堵满了幽怨，就只听到话筒那边那"嘟嘟"的忙音，一声声越拉越长。他眼前浮现出来他爱人那张又瘦又冷的脸，昨天晚上斜起眼睛恨他的那一眼。这么多年来，虽然嘴上不说，但傅祺红心头总认为汪红燕肯定是有点看不上他的。毕竟是汪家的大小姐啊，当他还在东门上帮他妈打纸钱折元宝的时候，汪红燕就跟着汪文敏背《论语》读《诗经》了，真正要不是因为"文革"把啥都打翻了，地主的女儿没人敢要了，汪红燕又哪会听了那汪驼背的安排，下嫁给他这穷酸书生？

他深深叹了一口气，把电话揣回了裤子里，重新拿起钢笔来，对着面前的稿笺纸。

尊敬的各位领导：

尊敬的各位领导，他想，你们个个神通之大，手段之高，硬是要拿点人来比。本来我傅祺红安安生生地编我的县志，你马主任就偏要跑过来跟我叙旧，关心我的升迁——说穿了，不过想借刀杀人，喊我帮你们弄赵志伦，话都帮我编好了扯过我的手指拇过去画押，现在就整得我的儿遭人陷害，欠了一笔巨债。还有你范总编，妄自我这么多年还把你当朋友，结果你阴到暗到居然帮聂锋办事，送个啥记者来喊我接待，哪想到引狼入室，把熊国正整垮台了，弄得我的儿媳妇工作都调不成了，眼看就要跑了，还有我那爱人，这下更是要把我看扁了，恨死血了。各位领导啊，你说你们是不是把我老傅提起来耍，简直是整我冤枉整惨了！

他接下去写：

　　首先，我要感谢你们在百忙之中抽出时间来看我的这封信。我怀着沉痛和悔恨的心情……

也是巧了，他这一句还没写完就听到办公室门上响了两声。傅祺红马上寒毛都竖起来了，一把把稿笺纸收进抽屉里，坐端起来，问："哪个？"

外头的人说"是我"，然后就把门推开走了进来，原来是会计刘姐。刘姐手上抱起个文件夹，一边抬起脚来跨过地上堆起叠起的书和文件，穿到办公桌前，说："哎，傅主任，你还好嘛？咋这才几天没过来，你这办公室一下这么乱哦？"

傅祺红说："咋呢？我办公室有点乱是犯了哪条规矩、哪章要求了？这就是我们埋头苦干做事的人顾不得挣表面功夫，至于那些办公室里头整整齐齐的，多半是天天在耍的。"

刘姐一愣，把手上的本子都抓紧了，想的还是吴文丽她们说得对，这老儿这几天脾气硬是怪得很。她吞口口水，说："傅主任，你上周喊我理一下我们今年的账看还有好多钱，我这算出来了，大概还有七万多块……"

"那就都拿来发年终奖嘛，"傅祺红说，手一挥，"连实习生在内，按人头平均除一下，该是好多就好多。你算好了拿来给我签字就是了。"

刘姐再是一愣，正儿八经以为自己听错了。先不说在这当口发年终奖简直就是顶风作案，更不要说他们办公室从来都没有给实习生发年终奖的先例。不会吧，她想，又看了一眼办公桌后头傅主任那张酱黄的脸，这人是一下癫冬了？还是外头传的那事情，总不可能是真的嘛？

好歹也同事了十多年，她忍不住说："傅主任，这事你恐怕还是再考量考量呢？现在这风口浪尖上发年终奖实在是有点不妥当啊，简直有点是要主动去撞枪……"

"撞到枪口上也是我撞嘛，"傅祺红说，把她打断了，"你们其他人反正拿钱，遭是我遭，又不关你们的事。而且我总之都要下了，也不差这一桩事。"他把这话干炸炸地说出去，有一种泻火的感觉。他盯着刘会计，看到的全是那些整他、害他、冤他的人。

"哎呀傅主任，"刘姐说，眨了眨眼睛，居然像有点渍渍的，"我晓得现在熊书记下了，中央纪委调查组又来了，大家肯定都有点紧张。但只要是坦荡荡的，就不得出问题的。你看嘛，"她把手上的文件夹举了举，"今年子你上来以后的账都在这儿了，一笔一单都是清清楚楚的，我前后看了三遍，绝对没问题——这话我还是敢说的，我们这账随便他们哪个来查，绝对查不出来半点问题。"

傅祺红没想到会走刘会计那听到这一番话。他定起眼睛看了看她，看她那高耸耸的卷头发，扁方方的棕框子眼镜。"唉刘会计，"他说，"我谢谢你啊，谢谢你！我们也算是共事多年了，我老傅今天就跟你说句老实话，我怕的不是纪委，而是那姓聂的。熊书记走了，他又还在记恨我当时把赵志伦整下来的事，往下走，我绝对没好果子吃。"

刘会计摇摇头。"傅主任，你说的这话不对。赵主任那几年的账是啥样子，我是最清楚的，也就是一直没人来查，真正把本子翻开了他咋可能走得脱呢——这是一是一、二是二的事，他要是没做，你光说他又咋可能把他说下课了？"

傅祺红喉咙一紧，一下话都说不出来了，只得把茶盅拿起来喝了一口，里头只剩了茶母子，又冷又冽。他笑一声。"我硬是没想到，"他说，"到这个时候，居然是你来说了句公道话。"

"该是啥就是啥嘛，"刘会计说，"老实说，我从余先亮那时候一直做到现在，傅主任你名下的账肯定是最清楚的。而且，"她顿了顿，"当年余先亮跟梁英网起的时候，偷偷个拿了好多钱出去哦，我呢，一个刚刚毕业分配过来的，拿到那本烂账，真的是吓得睡都睡不着，想的到年底上头查账的时候我咋交代得清楚哦。"她摇一摇头。"你还记得不？那是九八年，还不是多亏了傅主任你写信去把他们两个举报了，我这工作才算保下来了。"

九八年，傅祺红悠悠地想。等刘会计走了，他就站起来，一边把饮水机重新烧起来，一边把地下散起的书和杂志都收回到原来的位置去。九八年，他想，那一年傅丹心在职高最后一年，汪红燕刚好上四十，那一年开了十四届人大，古城镇发现了新石器时代遗址，上海市委书记专门来视察了中兴镇的农科村，还有，平乐一中评上了省重点，永丰县首次选上了全省十强县，位列第九。他把办公室里头理顺了，书柜门都关好了，又重新把热水氲到茶盅里，在办公桌前坐下来。九八年，他眼睛一闭，就清清楚楚地看到了那一年的数据：全县国内生产总值三十四亿七千零五百元，地方财政收入一亿六千六百九十二万，城市居民人均可支配收入四千九百元，全县水稻种植二点五万公顷，小麦一点二万公顷，马铃薯五百三十七公顷。那一年，"七·一五"特大暴雨降雨二百三十毫米，淹了六千三百九十七户房子，死了十一个人。

　　他把抽屉打开来，把里头刚刚一灿火塞进去的稿笺纸拿出来，理伸展了，然后"哗"的一声把那张检讨信扯下来，拿两只手捏紧了，再一下又一下地，撕成了片片。老傅我这么多年兢兢业业，他心头念，是有哪一年哪一本志书没写清楚，写翔实，写出彩？我凭啥要写检讨？就因为你聂锋刚愎自用，专横跋扈，我傅祺红就该要让到你，给你磕头——没这本书卖！至于你傅丹心，你老子我养你这么大该是够意思了，也没啥事情亏待过你，你自己要想不开去跟人家赌球的混，还吃啥摇头丸，整出这么大个事情来，就该自己收拾，你这翻年吃三十一岁饭的人了，没道理还要靠你爸来给你捡脚子。你想下我三十一岁的时候我爸在哪儿嘛？死都死了几年了！

　　傅祺红本来还气势汹汹地把那坨废纸捏在手头，一想到傅银匠忽然就心头一闷，脑壳发旋。他把嘴张开来，却只听到自己喉咙里头干响响地响，像是坟飘子在冷风里面残卷。

爸啊，你硬是走得太早了，他想，眼睛酸叽叽的，背上全是冷汗。他抓紧了办公桌的边边，还是觉得自己的椅子在往下陷。他就把脑壳埋下去，居然看到脚底下的地板都不在了，只有漆黑黑的一片看不到底，还有幽幽的冥火在往上钻，要缠住他和他的办公椅，卷起他们，眼看就要卷紧了，扯一把掉下去就是那阿鼻地狱。

"老傅！老傅！"

好不容易傅祺红才把脑壳抬起来了，听到像是有人在喊他。他一双眼睛是糊的，眨了几下才看到面前站的是他的老战友，人大主任马向前。只见马向前一双浓眉皱得梆紧，一双手伸过来掌住傅祺红的肩膀，说："老傅，你这是咋了？这脸色咋这么白啊？你是哪儿不舒服啊？"

傅祺红手抬起来抓稳了马向前的膀子，总算把他自己拉起来了，坐正了，又赶紧灌了下去一口热茶，暖烘烘地到肚皮里头去了，这才说："哎呀老马啊，你这来得太是时候了！我肯定是这一截失眠有点严重，刚才一下简直遭啥子魇了一样——幸好你来了！"

马向前认认真真把傅祺红的脸看了又看，屁股慢慢坐下去在沙发上，说："老傅啊老傅，失眠还是要重视哦，要去看医生才对。"

"看了的，"傅祺红说，"你放心，人家给我开了药的。来嘛，我给你泡个茶，你要喝绿茶还是红茶？"

"不喝！不喝！"马向前说，"我就是来给你说个事情，说了我就走！"

傅祺红屁股都抬起来了，这下又重新放回去在椅子上。

"啥事呢？"他说，心又有点跳，只有拿刚刚刘会计的话给自己鼓劲：我们的账清楚得很，不怕哪个查。

马向前抿一抿嘴，长叹了一口气。"这事情其实有点不好说，"他说，"不过我想来想去，还是决定必须来给你说一声，毕竟我们这么多年的朋友了，不然我随便咋个都过意不去。"

傅祺红的心再跳得快了些，两只手捏成了坨子，放在磕膝头上。

"你说你啊！"马向前把脑壳摇了好几摇，才说，"你的那位实习生杨伊婧这周一已经正式去纪委做了笔录，把你跟她的那些事情都跟罗书记说清楚了。你这事情啊，本来如果是单纯的男女关系也就罢了，但你又给人家许了愿，说要给她安排正式政府工作，要进编制，这就属于以权谋私，就比较严重了，再加上最近这形势你也清楚，所以我们也是骑虎难下，不处理不行啊！现在呢，纪委那边已经定了，要严肃查处你的案子。我呢，左思右想，还是想到来给你提前说一声，是有这么个事情要进行了。你就最好是能回去先给红燕把这情况交个底，也可以考虑给傅丹心说一声，大家都有个心理准备。"

傅祺红听马向前说了这么大半天，只觉得像是有个蛤蟆在学起说人话，架势摆得像模像样，说出来的却全是呱呱呱呱。他实在忍不住，大笑了几声。"老马啊！你这说的是哪儿跟哪儿啊！"他说，"小杨说的这事情是跟苏聪闹的，跟我哪儿有半分钱关系？前段时间这女子也来找我说过，我呢，是可惜苏聪是个人才，当时还跟她安抚下来了——哎呀，其实我也晓得最后肯定是安抚不到。她还是有点能干，居然钻去找罗书记说了，那就该咋处理就处理嘛！问题是这不关我的事啊，跟她许愿要给她转正的是苏聪，跟她搅起的还是苏聪！"

马向前的眉毛又皱起了。他干脆把手也抬起来，揉了揉自己的眉心子。"老傅啊老傅，"他说，"你跟我这儿狡辩有啥用？你也在政府里头这么多年了，该是清楚纪委办事最是稳当的，轻易不出手，出手必定要拿人。罗书记他们肯定是不得听一个小女子的片面之词就要处理你老傅嘛——人家他们早就全面调查过了，你自己说，你难道没有把这女子专门调来跟你一组工作？没跟她在人前人后打情骂俏？没去找肖德霖的关系给她在政府办找位子？"

"你在说啥啊？"傅祺红忍不住了，两只手撑在桌子上想站起来，却觉得整个办公室都在打旋。难不成他刚刚已经掉下去了在阴曹地府，现在在这儿跟他说话的其实是那马面罗刹？"这些瞎话都是哪儿来的啊！全是些血口喷人无中生有，真正是欲加之罪何患无辞！"

他自己把这几个字说出来，忽然就一下懂了。他看着马向前，忍住胃里面正在翻腾的酸腐。"老马，你就给我老实说一句，"傅祺红一个字一个字地说，"这是姓聂的要弄我，还是姓熊的要弄我？"

有一两秒钟，马向前没有接话，脑壳转了一半过去，目不转睛地看着饮水机上的红灯在闪。终于，他像是回过神了，拍了拍沙发，站了起来。"傅祺红啊傅祺红啊，"他说，"你还是真的有点本事，咋就把人都得罪完了？"

汪红燕把凉拌猪脑壳倒到盘子里头，又把把细细地把边边上溅起来的红油都揩了，再退了一步，欣赏桌子上的盘盘碗碗：卤肥肠、回锅肉、韭黄肉丝、泡椒猪肝，再加上这盘凉拌猪头肉，硬是百花齐放的样子。她把酒杯子拿出来洗了，挨着筷子摆在碗边上，以防傅祺红性子来了要喝两口，又拿起帕子来，准备再把厨房台面擦一遍，免得漏了哪个角角等会又要遭批评。

她刚刚把灶台擦了一半就听到门口钥匙在响。那几十年不变的节奏一听就是她的爱人。她赶忙把帕子挂回水槽边上，走出去迎到门厅里，高高兴兴地喊："哎呀，你回来啦？"

傅祺红一头进屋来了——与其说是走进来的，不如说是栽进来的。汪红燕吓了一大跳，赶忙两只手伸出来把他扶稳了，说："哎呀老傅，你咋啦？路上绊到啦？"

她爱人没说话，只听得到喉咙里头在喘粗气。"哎，红燕啊，"他终于说，"出事了，出事了。"

透过厨房照出来的灯光，汪红燕看到傅祺红一张脸白得吓人，额头上密密麻麻的冷汗挂起，印堂发青，嘴皮发抖。"来，来，你不慌。"她赶紧说，扶起傅祺红到客厅沙发上坐下来了，又转过去倒了杯温开水，拿出来喊他喝。"有啥事情你慢慢说，慢慢说。再是有天大的事情，总有办法解决的。"

她在傅祺红边上坐下来了，把水杯子接过来放在茶几上，又捏住他的手。"老傅，"汪红燕轻言细语地问，"你说嘛，出啥事了？"

傅祺红的嘴皮子抖抖瑟瑟了半天，终于说："我，我遭他们整了，我遭他们整惨了。"

一点点地，汪红燕听到她的爱人把事情说了，说聂锋肯定是早就设了局要整他，说现在连熊那边的人也对他落井下石，准备把他弄掉算了。那诬告他的实习生也不晓得是遭哪个撺掇的，更说不清楚还有好多人都遭买通了，准备要做假证来害他——老天爷啊，都是些蛇蝎心肠啊！他傅祺红一世兢兢业业，刚直不阿，居然要遭这样子整下课，遭人家说他搞小三，潜规则自己办公室里头的实习生！

"你的意思是，"汪红燕趁他发泄完了正在歇气，问，"那你跟那实习生是清白的了？"

"当然是清白的啊！"傅祺红说，声音又大起来，"红燕啊，你要相信我啊！难道我的为人你还不清楚吗？我咋可能做那种事嘛？"

汪红燕看着他，看他一双眼睛本来都陷到眼窝子里面去了，现在又恨得鼓出来了。"这你不要问我，"她说，"当年我是咋个嫁给你的，难道你搞忘了？"

"你咋嫁给我的？"傅祺红说，"不就是江西巷一个媒人给我爸提的亲，我又专门去独柏树你屋头见了你和你爸，就这样定下来的？"

汪红燕笑了一声，本来握到傅祺红的手朝怀里头一缩。"对的，你硬是记得好，记得精巧得很。"她摇了摇头，"算了嘛，几十年前的事我也不跟你扯了。那现在这纪委要调查你的事你准备咋办？你是赶紧把那检讨书给他们递过去还是干脆等他们来找你谈话的时候再给他们嘛？"

"你在说啥啊？"傅祺红喊一声，耳朵里面嗡嗡的，看到眼前他的爱人，"还在想啥检讨？我这就是要万劫不复了，彻底是要身败名裂、遗臭万年了！不只是我一个人，我们这家人现在都完了——你想下当年傅丹心搞那早恋遭传成啥样子，那几年我们简直是比过街的耗子还讨人嫌！现在这事情闹出来我们还要咋过？还有啥脸面出门？还有啥脸面拿来见我傅家的列祖列宗？"

"天呐！"他站起来，在客厅里面走过去到博古架边上，又走回来，来来回回地打旋旋。"红燕，你说，这是咋就搞成这样子的？这一下外头欠了黑社会三百万，儿媳妇要跟我们那儿离婚，然后我这儿又要遭纪委调查，说我搞小三？"汪红燕看到傅祺红把坨子捏起来了，一边走一边骂一边舞。她胸口一紧，下意识地赶快扫了一眼傅家的大门——那门关得死紧。

傅祺红轰地一屁股又坐回了沙发上，真正是走投无路。"红燕，你说我们咋办啊？"他把脑壳埋下去在磕膝头上，肩膀抖得像两把蒲扇。"你说我们这家人现在该咋办啊？咋办啊？"

"其实办法倒是有一个。"他忽然听到汪红燕的声音，又细又轻。他把脑壳抬起来，看着自己的爱人。她一张脸上没啥表情，映着橘黄的灯光，像一尊佛像。"五一年的时候，我爷爷晓得肯定是跑不脱了，就主动去跟工作队的人说的，他确实是罪孽深重，愿意把命交了，希望他们高抬贵手，给他屋头其他人一个改造学习的机会，"她顿了顿，接着说，"就这样，我们屋头其他人才留下来了。等到'文革'的时候我爸又遭逮了，天天遭造反派的人斗，但他其实也不是遭斗死的。其实，是因为他听到那些人说要喊我妈第二天上台去斗他，不然就要给我妈剃阴阳头，他呢，当天晚上就不晓得走哪儿找了一瓶耗子药，把那一瓶都喝了。"她抬起眼睛来，看了傅祺红一眼，又把手伸出来了，轻轻地放在他的手上。"我听到人家说，把耗子药吃下去肠子都要给你烧烂，不是一般的痛。但那天晚上我和我妈一点儿声气都没听到，等早上我们睡醒起来找到他的时候，才看到他把一个枕头都咬穿了。"

把最后这句说完汪红燕就不说话了，只张着眼睛看着傅祺红。她那眼睛像是两汪死水，又似乎还有微澜。

"你，"傅祺红也看着他的爱人，三十多年了，就是这张脸、这双眼睛，他看了三十多年，"你这是啥意思？"

汪红燕把手收回去，坐正了，叹了口气。"不是我心狠啊，"她说，"你想想是不是就只有这一条路？不然就我们一家人都要遭殃，遭人家吐口水，接下去几十年都毁了、没落了；或者就我们剩下来的人还有条活路，你们单位也没法调查你了，那黑社会的债也抹了，丹儿那小家估计也就不得散，那傅家人以后走出去还好歹抬得起头来。"

傅祺红下意识地也把脑壳抬了抬，颈项后面有一股热气冲上来了，冲得他眼睛里面雾红红的。没来由地他想到一句：血可以清洗耻辱的。他记不起是在哪儿看到这句话了的，但它就一遍遍地在他脑壳里头转起来：只有血才可以清洗耻辱。

像是过了很有一阵，傅祺红终于站起来了，这一回站得稳当了些。他把茶几上的那杯水端起，平平整整地走起来，一步步扎实又庄重。是了，是了，也就只有这个办法了。一时间，傅祺红说不清楚这念头是他刚刚才想到的，还是，在那些无数个失眠的夜晚里，他早就已经把接下来要做的事情在脑壳里反复演练了一遍又一遍。他走进了他们的寝室，把门关了，坐到双人床他的那一边去，把水杯子放到床头柜上，又埋下去把柜子最下头一个的抽屉拉开，拿出来里面两个盒盒。这是杨院长前两周才给他开的，走后门专门开了三个月的量，免得他紧到跑中医院麻烦。

他把盒子打开，抽出来第一板药，大拇指轻轻一推，推出来白白的第一颗。

傅祺红按部就班，一颗颗地把药拿出来，放到水杯子边上排好，他爸挨着他妈，他妈挨着他的大哥还有大姐，再来是他的大妹、二妹、三妹，然后是他的爱人、儿子，还有，儿媳妇，接下来就该是他的孙儿了，还有孙媳妇儿，又还要有曾孙儿、玄孙儿、来孙、晜孙、仍孙——他傅家生生不息的子子孙孙。

他脑壳里头又响起来了，那说书先生的声音。只听得这人把惊堂木一拍，走那丹田里头洪洪地发出来：

　　憎苍蝇竞血，恶黑蚁争穴，急流中勇退是豪杰，不因循苟且。
　　叹乌衣一旦非王谢，怕青山两岸分吴越。厌红尘万丈混龙蛇，老先生去也。

陈地菊怎么也没想到，自己这么快就把这本书看到了最后一页。也就是三四个星期以前吧，她走她老人公手头把它接过来的时候，还说了一句："这书硬是有点厚哦，要看到啥时候去了。"

傅祺红忍不住笑一声，说："哪喊你问得那么刁巧，要找关于澳大利亚的书看。我这儿就只有这么一本，还是好多年前的畅销书，我走夜市上买来的。实际上我好像就看了一章不到。哎呀，这种太现代的小说我看不懂。你是年轻人，可能合你的胃口。"

陈地菊就把这本书拿起走了。哪想到一翻开就看进去了，睡在床上看，雅思班课间休息看，中午吃饭的时候也在看——就连现在，她都坐在房产交易中心里头等到办过户了，还是忍不住把这本书拿出来，如饥似渴地把最后那十几页看完了，再脑壳抬起来，眼睛里面水雾雾地盯着交易大厅里头跑过去穿过来的人。

"陈姐你看的什么书啊这么好看？都走到这儿了也不放下来。"她隔壁坐的小张说。

陈地菊赶紧拿手把眼睛抹一抹，扯出一个笑来把书转过去给这小两口看。

"荆棘鸟，"小何念出来，"听起有点吓人啊。"

"多好看的，"陈地菊说，"你有空该找来看一下。"

他们还要往下再说几句，就看到吴三姐风风火火地跑过来了，一边跑一边招手："快来！快来！马上就喊到你们的号了！"

陈地菊他们就遭吴三姐带起，走一个柜台跑到了另一个柜台，签字，画押，画押，签字，硬是就像扮姑姑宴一样，交出去几叠纸，拿回来几张收据，然后就听到三姐宣布："对了！办完了！"

买家那两口子兴奋地抱在一起，吴三姐也走过来抱了抱陈地菊。

"哎呀，我算是把你交代了！"三姐说。

"硬是交代了！"陈地菊笑起来，也跟着说。虽然她不是很明确这个"交代"到底是啥意思。

也是他们今天运气好，赶在交易中心关门之前把手续办完了，走过大厅里头一堆堆没喊到号只有明天再来的，哀声一片。陈地菊和买家两口子还有吴三姐在交易中心门口告别了。"陈姐今天没开车啊？"小张问。

"今天想走一下。"陈地菊说。

她就一个人走了，沿着创新北路和未来城刚刚封顶的楼盘，走进了创新公园里面。这公园太大了，修了有一年多了还没修完。东面紧靠政府和城区的弄得比较巴适了，郁郁葱葱的，这一头呢，是挨着还没住人的新小区和新商业街，就坑坑洼洼的像野地一样，还到处堆起建渣。陈地菊有点后悔自己走这一头钻进来了，但她又确实着急，想抄近路，好回傅家去赶夜饭。她已经想好了，无论傅丹心咋个反对，她今天晚上都必须要把话跟傅祺红还有汪红燕说清楚，毕竟房子都卖了，钱咋分也说好了，下周就要去办离婚，实在是没有任何理由再把几个老的蒙在鼓里了。她想好了，反正她等会绝对不得说傅丹心半句坏话，好聚好散嘛，更何况她老人婆老人公两个人也一直都对她很不错。

她一边在心头打腹稿，一边走那泥巴混着石头的小路上踩过去，忽然看到不远处堆起的砖头和水泥板背后钻出来几个人影子。

陈地菊吓了一跳，再一看才松了口气。那些人都是农民